[长篇小说]

光芒大地

张祖文 / 著

重慶出版集團 重慶出版社

图书在版编目(CIP)数据

光芒大地 / 张祖文著.—重庆:重庆出版社,2015.6
ISBN 978-7-229-09309-9

Ⅰ.①光… Ⅱ.①张… Ⅲ.①长篇小说—中国—当代 Ⅳ.①I247.5

中国版本图书馆 CIP 数据核字(2015)第 008572 号

光芒大地
GUANGMANG DADI
张祖文 著

出　版　人:罗小卫
责任编辑:钟丽娟
责任校对:杨　婧
装帧设计:八　牛

重庆出版集团 出版
重庆出版社
重庆市南岸区南滨路 162 号 1 幢　邮政编码:400061　http://www.cqph.com
重庆出版集团艺术设计有限公司制版
自贡兴华印务有限公司印刷
重庆出版集团图书发行有限公司发行
E-MAIL:fxchu@cqph.com　邮购电话:023-61520646
全国新华书店经销

开本:720mm×1000mm　1/16　印张:20　字数:306 千
2015 年 6 月第 1 版　2015 年 6 月第 1 次印刷
ISBN 978-7-229-09309-9
定价:30.00 元

如有印装质量问题,请向本集团图书发行有限公司调换:023-61520678

版权所有　侵权必究

1

　　陈洛与一头倨傲的鹫鹰在短短几分钟内就成为了彼此的雕像。那时陈洛刚刚来到那个白云生处的天葬台几分钟。

　　陈洛在天葬台的一角看到那头鹫鹰的时候,他自己已经完全沐浴在了一片有如佛光的金色阳光之中。拉萨的阳光对每个人都很慷慨,包括对陈洛。此时的阳光已将陈洛整个拥抱在了它的圣殿,让他感觉到一丝有如天鹅绒般的轻柔正在慢慢地将他的内心掏空,使他的整个身体有如一叶历经狂浪的扁舟,瞬间安定了下来。那鹫鹰居然一点也不怕人,甚至以一种同样安详的眼神,默默地注视着自己面前的这个突然闯入自己领地的陌生人,仿佛这人与自己有着某种天然而又必然的联系。陈洛与鹫鹰就在这样一种看似不可能却又真实发生的场景里,成了彼此的风景。

　　陈洛甫一站立在拉萨的阳光下时,入眼所及全是巍峨高山,山很雄伟,却少装饰,甚至连在江南水乡常见的林木也几乎难觅踪影,只有各种嶙峋突兀的岩石静静地不屑一顾地独自附着在那些山体上,还有一些五颜六色的经幡在赤裸着的褐黄沙土上迎风招展。陈洛伸出自己的手掌在阳光中像鸟的翅膀一样轻轻滑动。那手掌就像一个装了方向仪的滑板,顺着他头上倾洒而下的阳光移动。他从来没有对任何一个地方的阳光有这样的感受。他觉得这里的阳光简直就是老天对人类最好的赠予。

　　这状态让陈洛的内心产生了一种强烈的恍惚感。他甚至怀疑自己是不是真的再次来到了这个叫做日光城的地方。陈洛感觉到自己有点冷。他紧了紧衣服,押了押脖子,想让自己脸部和脖子都能尽量浸浴在阳光之下。他摊开双手，再弯曲十指，想把那些阳光攥在手里。他看了看周围，和他一车的人都纷纷涌向了这个城市的各个角落，包括那辆载了他两天的破旧大车，也已经不见了踪影。阳光让陈洛产生了一种慵懒的情绪。这种情绪就像大街上随处都可闻到的酥油茶味道一样，不管你愿不愿意，都从各个角度钻入你的体内，让你在瞬间就会感受到一种宁静，一种懒懒的、让自己无能为力的惬意。

陈洛漫无目的地在大街上走着。这是一条老街。街上能看到的，都是一些白色的石头房屋，墙面粗糙，色泽昏暗，还有很多大大小小的洼陷。一些穿着旧式藏装的老人，悠闲地在街上闲逛着，有的手里还牵着一根绳子，绳子的另一头是一条活蹦乱跳的狗。陈洛看着那些狗，感觉到它们的幸福。其时他的心里，无端地羡慕起了那些狗来。走着走着，有如上天召唤，突然一个电话亭有意无意就出现在了陈洛的面前。他走进电话亭，伸手在自己衣兜里掏出一张泛黄的皱皱巴巴的纸片。上面有一串数字。陈洛拨了那串数字。

数字拨完了，话筒里却还是响着嘟嘟声。陈洛看了看那串号码，怀疑是不是自己拨错了，重拨了一遍，话筒里还是那些没有任何感情的嘟嘟声。他放下话筒，有点发呆，不明白这是怎么回事。来之前，他就已经和这串号码的主人牙签联系好了。牙签是陈洛老家的朋友，几年前来西藏打工，他偶尔回内地去的时候，都给人在拉萨挣了很多钱的感觉。一旦牙签回到老家光芒村，就有人问他是不是挣了"大钱"了啊。牙签都会倨傲地一笑，一副志满意得的样子。"大钱"在光芒这个地方，就是很多钱的意思。牙签经常给陈洛打电话，说这里工资比内地高，凭力气干一天也相当于在内地干两天甚至三天。牙签虽然是陈洛多年的朋友，但他不知道，其实拉萨这地方，与陈洛在很多年前就早有了某种微妙的关系。

但牙签的电话却怎么也打不通。从扛着大包离开光芒时，陈洛就一直没想到过会出现这种情况。牙签在电话里信誓旦旦地说，只要陈洛来了拉萨打他电话，他就会给安排好一切。想着牙签给自己说的话，听着话筒里一直反复响着的嘟嘟声，陈洛的内心竟然生起了一股愤怒。他咬了咬牙，嘴里甚至开始诅咒起那可恶的牙签来！陈洛心中的愤怒很快就表现了出来。他先是狠狠踢了一脚自己脚边的大包，似乎觉得还不解恨，又重重地在电话亭的玻璃上擂了一拳!这一拳擂下去,电话亭的玻璃就被打掉了一边!而这一拳的直接后果,就是引来了一个男人,一个系满红头绳、头上有数不清小辫子、面如锅底的康巴男人。

那康巴男人横眉竖眼地站在了陈洛的面前。陈洛的愤怒因这男人的对视,也立即沸腾了起来!所以,他直视着面前这个原来与自己毫无关系的男人,同样也攥紧了自己的拳头,对其怒目而视。陈洛心中正有一股火没地方发泄,他的眼睛就像那些在眼前的大街上来回穿梭往返的牦牛的眼睛一样,睁得比铜铃还大。不同的是牦牛们很悠闲,而陈洛却很愤怒。

陈洛知道那男人是因为什么原因对自己横眉竖眼的。肯定是因为自己打坏了电话亭上的玻璃。但他对这些都不太在意了。他居然产生了一种莫名其妙的想法,那想法竟然是渴望着那男人的拳头能如疾风骤雨般地迎面而来。陈洛明显看到那个男人的内心已经产生了一种马上就要挥动拳头揍人的冲动,而他,竟然也渴望着拳头揍到自己身上时产生的那种如快感一般的疼痛。这种感觉,很是没有缘由,他自己也不知道究竟是怎么回事。而那满头系满红头绳、面如锅底的男人虽然看起来很生气,却咬了咬牙,似乎在努力克制着自己,好像并没有马上就要动手的意思。这竟然让陈洛的内心产生了一种失落。他又狠狠地将自己的拳头在面前电话亭另一边的玻璃上砸了一下,完全有如主动挑衅。只听得"砰"的一声,他手下的玻璃"砰"地发出了一声碎响,然后"哗"的一声,散落在了地上。这动作无疑直接刺激了那系满红头绳、面如锅底的男人。他再不迟疑,直接将拳头一下子击打在了陈洛左边的面颊上!他只感到一阵疼痛如盛开的樱花被劲风吹落,迅速从面部传遍了自己的全身。陈洛很奇怪地觉得,那疼痛果然是一种快感。因此,借着这快感的刺激,他也扑向了自己对面的那个男人。但陈洛还没有触及到他,却已被别人一把抓起,然后一脚踢向了远处。陈洛只感觉到自己的身体急速地在空中飞了好长一段距离,然后就与一种坚硬的东西碰到了一起。那坚硬的东西让他全身一下子就散了架。同时,一种比刚才拳头打到脸上更钻心的疼痛马上扩散到了他的全身,他的头也和一种物体相碰,发出一声沉闷的暗响,一股热热的液体随即流出了他的头皮,然后头一晕,眼一黑,就什么都不知道了。

陈洛醒来时,发现自己正躺在一张藏式床上。一个藏族老阿妈正满脸

3

关切地坐在他的身边。而他的周围，也是一看便知的藏族装饰。一条毛色黝黑发亮，威猛异常的藏獒正用一双亮亮的眼睛盯着他，眼睛中那种猜疑让他顿时就产生了一种不信任感。幸好老阿妈一看他睁开了眼睛，马上就用嘶哑的声音问，小伙子，还痛吗？老阿妈的汉语说得很不流利，但他却感觉有一阵春风一下子拂进了心底，一种最柔软的东西瞬间填满了他的内心。他环视了一下周围，发现这里很小，很昏暗。屋子正中央吊着的一个很显老旧的灯泡，正散发着昏暗的光，那些不明亮的光线却让陈洛无端地就体会到了一种温暖。

陈洛想张开嘴说话，回应老阿妈的问话。但他马上发觉，自己的嘴巴竟然疼得连稍微张开都很难，更不要说发出任何声音了。无奈，他只有点了点头。点头时，他觉得脑袋好像被什么东西缠得紧紧的，仿佛头已经被包在了一个口袋之中。他伸出手摸了摸，发现那是一些绷带。

老阿妈看陈洛一连串的动作，明显是知道他想表达什么。她站起来，说，对了，医生说你现在不能说话，那就好好休息吧，别担心，我这里很安全。说完，她向门外走去。老阿妈年龄应该很大了，因为陈洛发现她走路时双手很夸张地向两边扇动，一看就是站立不太稳，而且动作也很缓慢。那黑色的藏獒也跟在她的身后。

陈洛清楚地记得自己是因为什么弄到了这个地步的。但是他不知道自己是怎么被人送到老阿妈家里的。

陈洛在床上一躺就是好多天。他无事时就审视着自己所住的小屋，感觉这屋子虽然很小，却让他暂时有了一种安全感。陈洛是一个从小就缺乏安全感的人。正是因为这样，才让他的情绪经常都处于一种连自己都无法控制的反复之中，易怒，急躁。这段时间他天天看着从屋角窗户扑进来的半明半亮的光线，也不知道躺了多少天。每天老阿妈都进进出出帮他送饭、喂饭，扶着他上厕所，竟然让他产生了一种很少体验到的亲近感。

在陈洛伤势差不多快好的时候，有一天老阿妈给他送吃的东西，他听到有人用藏语在外面喊。这里很安静，平时很少有人来。老阿妈听了，却什么都没说，只是坐在屋子里，静静地抚摸着那条藏獒的头。外面的人喊了一会儿，也不耐烦了，直接推门进来。那人一进来，陈洛竟然觉得眼熟，当时他还认为自己眼花，用力擦了擦眼，再仔细一看，那人居然就是那个满头系满红头绳的男人!

陈洛有点尴尬。一看到那男人,陈洛就知道自己是怎么来到老阿妈家里的了。反倒是那男人理也不理他,径直走到老阿妈面前,用藏语说了很多话。说话时那男人语速极快,表情激动,明显是有什么事。陈洛听不懂藏语,所以也没办法知道那人究竟在说什么。不过老阿妈神情倒很淡定,只是看着那男人。男人连珠炮似的说了一阵,见老阿妈没反应,无奈只有停了下来,却回过头狠狠地看了陈洛一眼,不屑之中带有一丝明显的怼气。老阿妈则慵懒地躺在床前的一张长椅子上,似笑非笑地看着情绪仍不稳定的男人,用调侃的语气说,扎西,怎么你老是像长不大的小孩子嘛,呵呵,自己做什么事,都别这么冲动嘛,那事情不是什么大事,你干吗这样激动呢?老阿妈这句话居然是用汉语说的。陈洛一听,这人原来叫扎西。他虽然不知道他们究竟在说什么事,但感觉老阿妈是在劝扎西某件事。而扎西在听了老阿妈的话后,愣了一下,歪着头,苦笑着摇了摇头,什么也没说,退出了房间。

陈洛不由得苦笑了起来。因为,他这次来拉萨做的第一件事情,就是与人打了一架!从很大程度上说,还不是他与别人打架,而是在被别人打。想起这些,躺在床上不能动的陈洛只能苦笑。他也不明白为什么那天自己会莫名其妙地挑衅别人。也许是和牙签的爽约有关吧?陈洛知道这种情绪化的性格与自己从小的经历有关。他的眼前不由得浮现出了小时候在老家的一幕幕情景。

老阿妈照顾陈洛这些天,让他觉得自己与拉萨越来越近。陈洛静静地躺在床上,这些天他什么事情都不能做,但他没有忘记一个地方,那个地方就是拉萨的天葬台。陈洛觉得冥冥之中,那里一直有一个灵魂在召唤着他。当身体能动也能说话了时,陈洛问了老阿妈天葬台离这里有多远。老阿妈很奇怪,用一种审视的目光看着他,问他是不是想去看天葬。陈洛摇了摇头,说自己不是想去看天葬,只是想去看看天葬台那个地方而已。老阿妈明显不相信,却还是在陈洛反复询问之后,告诉了他一个地址,甚至还给了他一张拉萨市地图。

陈洛身体终于恢复得差不多了。他下床后的第一件事,就是去老阿妈告诉他的地方。虽然他对那地方并没有明确的概念,但当他一走出老阿妈

5

的房子，阳光再一次倾洒在他的身上时，他就知道自己该顺着街边往哪个方向走了。刚走几分钟，居然就在街边看到了一家租售自行车店。陈洛租了一辆半新不旧的车，骑上，感觉还行，就一路前行。走到大街的街口，再转了两条小巷，竟然就已经出城了。陈洛经过的地方，房子都很低矮，但修得很现代，也很漂亮，建筑的本地特色很浓郁，到处弥漫着一种民族风情。

陈洛驶上了一条羊肠小道。道路很窄，路面坑洼，可能因昨夜刚下过雨，有的地方甚或有些泥泞，但几乎不碍事，车子还是走得很平稳。到了一个路口，再往右转，一座山就突兀于前，像一尊巨大的佛像，安详地审视着陈洛。

山很大，地势陡峭，山峰直插穹顶，山顶上全是蓝天白云，而山体上则光秃秃的，除了山脚附近偶尔有点绿色，越往上，则越难见到植物。岩石倒随处可见，都是那种嶙峋得可见风骨的大块石头，裸露着一种让人淡定的静谧之光。陈洛顺着一条明显比刚才自己走过的路还要窄的看起来有人行走过痕迹的小径往上走。一些沙棘一样的暗红色植物有意无意地触碰着他身体的各个部位，特别是一些小刺刺进了他单薄的裤子，直刺入肉里，让陈洛感受到了丝丝疼痛。有些小石子或者沙子也顺势溜进了他的鞋底，让他的脚板也因沙石的不安分而感受到了稍微的坎坷。山路很崎岖，崎岖到让陈洛不得不放慢了脚步。他找了一块看起来稍微平坦一些的石块，坐了上去，想喘口气再走。可就在陈洛坐下，拍打着自己手臂和大腿肌肉时，他却突然感受到身后有什么东西让他有一种如芒在背般的感觉。他回头一看，一个人正冷峻地审视着他。那人眼里射出的光芒，让陈洛突然就感觉到了一种压力。那种压力是无形的，陈洛突然有点慌。因为那人居然是扎西！

你要去天葬台？扎西还是像这段时间一贯对待陈洛的态度一样，语气冲撞，完全没有一丝客气。陈洛看着扎西，不明白他为什么这样问，但毕竟是熟人，还是点了点头。

真搞不懂你们这些外地来的人！扎西语气中透露着一些不屑，说，你们为什么就老对别人死这事感兴趣呢！

陈洛有点惊讶，问，很多外地人都这样吗？

当然啊！扎西一脚踢开了自己脚边的一粒石子，似乎在发泄着某种情绪,说,多得让人数都数不清!

哦。陈洛不语,看了看扎西,继续往上走。

你就不怕遇到人家天葬?扎西不依不饶,追着陈洛问。

现在没人啊。陈洛不想说话,但还是扔了一句话给扎西。

你背那么多东西干吗?扎西干脆拦住陈洛,指着他背上的一个行囊。

没什么。陈洛说着,把背上的包放了下来,打开,取出一件衣服。

他打开衣服时,扎西眼睛都睁大了。

因为他看到陈洛居然拿出了一套藏装。

你装藏族?扎西直愣愣地问。

没有装啊。陈洛边穿衣服,边说,我自己可以说就是一个藏族。

你是藏族?扎西看着陈洛的脸,摇了摇头,不像,你一点都不像!

藏族必须要是什么样子?陈洛突然觉得好笑。

这……扎西一时也说不上话来。

我奶奶是藏族。陈洛说话间已经穿上了衣服,他再对扎西说,所以,我当然也可以说是藏族。

你怎么没说过?

你也没问过我啊。

陈洛突然踢到了一块石头上。一种疼痛袭击了他的某个脚趾。他弯下腰,用手揉了揉,再起身,向上走。

你来过拉萨?扎西好像对陈洛很有兴趣。

嗯。陈洛感觉自己现在话特别少。

有亲戚?

是啊。

什么亲戚?

我妈。

你妈在这里?

嗯。

那你为什么不去找你妈?扎西很奇怪地问。

陈洛闭上了嘴,不再说话。扎西看陈洛似乎不想回应自己,一种失落感好像立即占据了他的内心,干脆自己也不说话了。

没多久，一个小小的平台突然出现在了陈洛的面前。

这个平台很简单，上面几乎什么都没有，只有一堆零乱的石头和一些烧过的树枝摆在那里，石头和树枝边上有一些五颜六色的被风吹得翻转摇曳的经幡，这些经幡有如一个老人正伸开双臂把平台怀抱在中间。扫一眼看去，平台的边上就是深深的空谷，几朵如柳絮一般洁净的云朵，正飘浮在陈洛的周围。这空谷让陈洛的心里马上就有了一种异样的感觉，仿佛有一股通透的明净，一下子就占据了他的整个内心。那种明净似乎是一种与生俱来的缘，立即和陈洛紧紧拥在了一起。

陈洛将自己的身体完全放松，再伸开双手，闭上双眼。他感觉一缕阳光完全洒在了他的身上，阳光的温暖有如幸福的圣水，直接渗进了他身体的各个部位。他陶醉地站了好一会儿，再一点一点地睁开眼。他有一种感觉，这种感觉似乎已经从脚下的空旷山谷里升起，将他一点点融化。

陈洛终于还是睁开了眼。

就在陈洛睁开眼的时候，他发现一只鹫鹰居然就站在了平台边上的一块突兀而出的岩石上。

陈洛觉得很奇怪。

他知道鹫鹰与天葬的关系，他还知道一般天葬时都必须要先由天葬师吹响海螺，然后燃起桑烟，在桑烟浓烟升至空中发出信号后，鹫鹰才会来到天葬台。可是，现在他什么都没有做，居然就已经有一只鹫鹰出现在了自己的面前。陈洛仔细地看着那头鹫鹰，竟然有一种亲人般的感觉。然后，他再次打开背上的包，打开，掏出了一个盒子和一个袋子。

这……扎西指着那袋子，你居然带了糌粑？

陈洛还是不想说话。他打开盒子，里面露出了一些略显灰暗的白色粉末，然后再解开糌粑袋子，将糌粑往盒子里面倒，再掏出一瓶早已准备好的矿泉水，拧开，将糌粑和粉末混合搅拌。

扎西目瞪口呆地看着陈洛在做着这一系列动作。

之后，陈洛将那些搅拌好的东西捏成团，再抛向平台边那只一直等候在一边的鹫鹰。

鹫鹰似乎和陈洛有感应，每当陈洛一挥手，将那些粉团扔向它的时候，它就伸长脖子，发出一声轻叫，然后一口啄住，再一口吞下！这样，反复了很多次,陈洛那盒子就空了,什么都没有了。

陈洛望着那空空的盒子,若有所失。而那鹫鹰,则似乎也感觉到自己的任务已经完成,在和陈洛对视了几秒后,就展开双翅,飞向了平台边的苍穹,一会儿就不见了踪影,只听到由遥远地方传来的一声声划破长空的嘶鸣。

陈洛收拾好东西,全装入自己的背包,特别是那个盒子,他小心地捧着它,虽然里面都已经空了,却还是小心翼翼地用手巾擦了擦外部,再默默地看了一会儿,才轻轻地放入包中。

你来的目的,就是喂鹰?扎西终于说话了。他感觉自己已经憋了好久,再不说话,会憋出毛病来。

喂鹰?陈洛扭过头看着他。

是啊,你不就在喂鹰吗?

陈洛摇了摇头,再把本已装好的盒子拿了出来,交在了扎西的手里。

扎西不明白陈洛的意思,看着那个暗红色的空盒子不知所措。

陈洛用手帮着扎西转了转盒子,扎西才终于看到,原来在盒子的底部,竟然贴着一个白发苍苍的老人照片,照片下面还刻着一行字,写着:陈列。

这……扎西有点不解,他怔怔地看着陈洛。

这是个骨灰盒,陈洛淡淡地说,陈列是我爷爷。

你爷爷!扎西似乎有点明白了,却又似乎不明白,他追问着说,看这名字,你爷爷不是藏族,那你为什么要把你爷爷的骨灰这样处理?他指着天葬台。

因为,我爷爷的梦想,就是他自己也能够天葬。陈洛说。

为什么?扎西继续问。

因为我奶奶卓玛,她是藏族,是拉萨本地人,而当初她也是在这个地方天葬的。陈洛看着眼前缭绕的白云,眼前呈现出了一幅画面。这画面,让他突然之间竟然有点恍惚。

这……扎西显然没料到这个环节,他明显蒙了,不知所措地站在陈洛的面前,不知道说什么才好。

陈洛跪下,向着蓝天白云,深深地磕了一个头,这个头磕了好久好久。终于,在扎西还没有缓过神来的当口,站起,向平台下面走去。

9

爷爷、奶奶,你们的愿望终于达成了!陈洛往下走的时候,心里默默念叨着这句话。他的步履,突然变得无比轻快。

他看见一片片的白云,从他的脚下一缕缕地飘散开来,没多久就布满了整个天空。而天际边,一双鹫鹰的眼睛正闪烁着某种让他捉摸不定的眼神,注视着他。

陈洛回到了山下。阳光铺满了整个山头,让陈洛觉得好温暖。

2

陈洛相信,那天他看着自己面前那一丛不仅杂乱无章而且黯淡无光的黄草的时候,应该是没有任何表情的。他只是挥动着手中的那把镰刀,漫不经心地在那丛黄草上来回鼓捣着,任凭镰刀在黄草上滑过。之所以漫不经心,陈洛想是因为一双眼睛。那双鹰隼一样的眼睛。

那双鹰隼一样闪烁着寒光而又让陈洛觉得无处不在的眼睛,让陈洛唯恐避之不及却又挥之不去。它直接把陈洛带回了一个寒气逼人的冬天。

那个冬天,路边大白菜的菜心里,随手一摸,都能摸到一朵朵硬如钢铁的冰凌花,川南小乡村的空气里到处都飘浮着一股股让人闻着就想呕吐的牛粪气味。陈洛就是在这样的一个清晨,亲眼看到父亲手持一根打狗棒将母亲赶出家门的。父亲的眼睛,就像一双已经被寒气固化的玻璃眼,毫无感情地看着面前那位不断伤心哭泣却明显对面前这个男人完全无能为力的女人。女人的悲伤仿佛绝望的田埂,再也挡不住那些已经注定要流干的池塘里的水,只能无可奈何地任其流淌。那时的陈洛还很小,只能像一条刚生下来还没有任何行动能力的小狗,委屈地蜷伏在自家的门槛边沿,眼巴巴地看着父亲用打狗棒将母亲越赶越远。母亲离家时那跌跌撞撞的身影,让小小的陈洛内心一下子感觉到了一种强烈的无助。

陈洛只能看着母亲穿着一身破旧的衣裳越走越远。她凄厉的尖嚎声在村子里没有引起任何反响。村子里的房子都关门闭户,没有一家人开门出来看看发生了什么事情,仿佛所有的人早就知道这结果迟早会来,所以也就觉得现在自己表现得如此的无动于衷是理所当然。陈洛绝望地看着这个比平时还更显静谧的清晨的天空,发现那遥远的地方竟然怎么都望不到头。就在陈洛觉得与天空的距离是越来越远的时候,他的父亲,那个刚刚赶走了母亲的叫陈虎的男人,一把将他抓了起来,再"砰"的一声扔在了靠近门槛不远的那张单人床上,之后就咧开一张露着两排黄牙的大嘴对他咆哮,你这个兔崽子,也想死啦?!那灾星走了,你给老子好好待着,别惹老子发火!否则老子也把你扔出去!

听着这声音,陈洛不由全身打了一个寒战。他惊恐地看着墙角,再将脚边的破被子小心翼翼地拉来盖上,全身都躲进了那床被子里。陈虎虽是偏僻乡村的农民,却一直都有城里人一样的习惯,天天刷牙。这习惯陈洛刚记事时就知道了。家里本来有爷爷奶奶加上他们,一共五口人,但只有陈虎一人有牙刷。那时的四川农村,刷牙还没有成为一种普遍的行为。后来陈洛长大了一点,家里拥有牙刷的人,还是只有陈虎一人。之所以这样,陈洛也是慢慢才知道原因的。因为陈虎一直就不认为自己是农村人,他觉得自己虽然身在农村,却是地地道道的城里人命。在这个小山村里,村民们认为城里人的一个最明显的标志,就是天天刷牙。不过很奇怪的是,虽然家里只有陈虎一人有牙刷,但他的牙却还是最黄,一张开嘴,就让人感觉那里面好像有一股令人发呕的气息迎面而来。而这,也最让陈洛害怕。现在的情况也是这样,他一见陈虎那排黄牙,就直接将自己蜷缩进了被窝里。良久,等他觉得被子外面仿佛没什么动静了的时候,再悄悄拉开被子的一个角,却看见一双冷冷的、能一眼就能让人感觉到冷入心扉的眼睛正死死地盯着他!陈洛顿时就呆住了。那双眼睛,完完全全就像一只已经没有任何气息的死鱼眼睛一样,却散发着一种冷得刺骨的鹰隼的光芒。而那光芒,却正在一双看起来空洞无物的硕大的眼眶内随着两个漆黑的大眼珠咕咕转动着,像刀一样落在了陈洛的身上。

陈洛禁不住又打了一个寒战。这一刻,在他幼小的内心世界里立刻就深深地烙下了一个印痕。他胆战心惊地回想起前不久的那个晚上。那晚,他也是看到了这样的一种眼神!当时的外公,已经只能躺在床上不能再下床走动了,除了连续不断地咳嗽,就只能哀求着自己面前的那个叫陈虎的男人。外公在咳嗽的间隙反反复复地说,你毕竟是个男人,你就看在我的面子上,不再计较了吧!也算我求你了,反正我也要去了,今后她可就只有你一个依靠了啊!外公说得很无力,陈洛听得也是懵懂,不过他知道外公说的"她"就是自己的母亲。父亲却一句话就把外公的话顶回去了,她只有我一个依靠?你现在才明白啊?你之前怎么没想到呢?!听了父亲的话,外公叹了一口气,他艰难地伸出颤抖着的双手,用稍存的一点力气拉着陈虎的衣角,说,我明白是我错了,你就原谅了我们吧,所有的罪过都让我一个人去承担,不要……

不要?什么不要?陈虎横眉竖目地站在外公的病床前,口气无比鄙夷,稍带揶揄,那当初考察的人来时,你怎么不知道说不要了?陈虎话说完,再用力一甩,外公的手"呼"地就从他的衣角跌落,然后"砰"的一声重重地撞在了坚硬的床沿上。陈洛看到外公的手掌外侧马上渗出了一丝丝鲜红的血迹。一直呆坐在旁边的母亲见此情景,马上扑了上来,牢牢抓住陈虎的两只手臂摇晃着,声嘶力竭地喊,你这个畜生,你够了吧?爸都这样了!

陈虎却理也不理,只是不耐烦地一脚踢开紧紧抓住他的那个女人,那个他应该称之为"老婆"的女人,然后转身拉着陈洛,径直出了房门。陈洛身不由己地跟着父亲出了门。他那时还不知道外公到底要发生什么事情了。但他和父亲只走了不到一条田埂,就听到屋内传来了一阵撕心裂肺的哭喊。陈虎倒不以为然,相反却很不屑地撇了撇嘴,说,老东西,报应来了吧?然后一把抓住陈洛,将他在半空中旋转了三百六十度,再扛在肩头,头也不回地走了。陈虎那时表现出来的,似乎是极度的兴奋,更是一种报复之后的快感。陈洛在空中被晃得晕晕乎乎的,却也强烈地感受到了这一点。

陈洛后来才知道,那晚外公永远离开了他们。

奇怪的是,外公的去世在川南这个叫光芒村的小乡村却似乎并没引起多大的反响,大家表现出来的那种冷静让小小的他都觉得有点不太对劲。村子里的人只是在下葬时去了几个人帮忙,而且只是挖了个坑填了点土就算了事,甚至都没有人送个花圈,放个鞭炮,只有陈洛的母亲在坟头上哭得呼天抢地。葬礼简单得让人怀疑这是不是已经有一个人永远地离开了这纷纷扰扰的尘世。

之后母亲回家,就一直呆呆地在家里机械地忙碌着,除了与陈洛说几句简单的诸如"吃饭了"、"睡觉了"的话之外,再也不说话。她的整个人仿佛都只有躯体而没有了灵魂。这样的状况终于持续到了母亲被赶出去的那一天。

母亲的离去,对幼小的陈洛来说当然不啻于是一记晴天霹雳。但奇怪的是,那时才刚记事的他,居然能什么话都不说,而且还能顺从地从今以后就一直跟着父亲生活。不过陈虎那双鹰隼一样的眼睛,就再也没有离开过陈洛的生活。这些都直接养成了以后他隐忍而又暴躁的双重性格。

陈洛慢慢长大了,才知道自己家里发生的一切,原来都与一场荒唐的"农家肥"事件有关。

那时还是"大跃进"时期,光芒村也和全国一样,正在铆足干劲以争取能在最短的时间内"超英赶美"。因为不切实际的一些做法,很多地方都虚报产量,生产队把几乎绝大部分的粮食都上交给了人民公社。交了那么多上去,底下的人还要生活,没办法,就只能把一切的东西都收归集体所有,由集体统一支配。最让人哭笑不得的事情是,生产队甚至规定,不仅所有队员家里的镰刀、锄头甚至锅碗瓢盆归集体所有,应该交由人民公社统一支配外,每个人每天拉的屎尿也要装在一个粪桶里,然后第二天以家为单位交给人民公社,再倒入公家的积粪池里,统一称之为"农家肥"。如有人私积"农家肥",将以反革命分子之罪论处。

不幸的是,这事却发生在了陈洛家里。当然,那时的陈洛还没有出生。其时他们家,还只有陈虎和他自己的父母,也就是陈洛的爷爷奶奶。陈虎有一个叔叔,解放前逃荒离开了光芒村,后来一直没有回来过。陈家只有四口人在一起生活。陈虎还有一个弟弟。在陈虎的眼里,他的父母就是那种老实巴交的典型的农民。他们对生产队的决定当然是全力拥护。但是,因为规定刚出来,也因为陈家屋角下有一块正当太阳的不到巴掌大的地上不知道怎么就长出了一些东西,而且那些东西还刚好是一些在当地常见的蔬菜,陈虎父母就想当然地认为反正这些菜也只那么一点点,因此,就自作主张地每天留了一些自家积的"农家肥"用在了它们的身上。

让人没有想到的是,突然有一天,生产队队长王大明带着一帮人来到了陈家,气势汹汹地直奔菜地而去。一到菜地,王大明直接用手从菜根旁抓了一把土,然后放到自己的鼻子旁仔细地闻了闻,像狗闻被主人藏匿起来的食物那样闻。之后,王大明用力将泥土往地下一甩,声色俱厉地质问陈虎的父亲,陈列,你居然敢隐瞒生产队?陈列就是陈洛的爷爷。

一见王大明一行突然来到自己家里,陈列当时就已经吓坏了。他上前,战栗着问,王队长,你这么大的阵仗来我家,就是因为这些……这些泥巴?而且,我也没有对队里隐瞒什么啊。川南口语中的"阵仗",就是说人很多气势很凶。王大明睨眼看着陈列,嘴角露出了一丝阴笑。他嘿嘿笑了两声,将那把土凑近陈列的鼻孔,说,都被抓了现行了,还想狡辩?你真想当现行反革命啊?陈列脸色一下子变成了猪肝色,没想到王大明一张大嘴就要给自己扣上这么大的一顶帽子,当即吓得不知所措,但他也真不知道自己出了什么问题,因此,只能哑然看着王大明。王大明又将手中那把土在陈列的鼻子前面晃了晃,问,你真不想老实交代?陈列茫然看着他。王大明看陈列一言不发,更生气了,他一把将那些泥土扔在了地上,转身对跟着他自己来的人厉声说,看来陈列是想要顽抗到底了,今天你们可都是证人,我们一定不能允许这种情况再次发生!明天,就全生产队开会!说完,他们一人抓了一把泥巴,就走了。

陈列一听明天要开会,更是吓坏了。在那个时代因为某个人而开会,谁都知道是什么意思。而王大明也刚刚上任,前任队长因为私分队里粮食被人举报坐了牢,他现在"掌权"不久,正愁队里一直没有抓到典型,没办法树立威信。现在陈列居然敢顶风作案,王大明当然不会放过。因此,第二天开会,陈列立即被王大明树为了反面典型,上报上级政府,不仅天天对陈列两口子进行批斗,还减少了原本就已经很少了的口粮分配。

而直到在第二天的会上,在自己已经成了反面典型的时候,陈列才知道他之所以落到这个地步,竟然就是因为那些"农家肥"!

这事对陈家的深远影响让人始料未及。自此之后,因为私藏"农家肥",整个家庭成了生产队甚至整个公社的落后分子。虽然没被打成现行反革命,但以后不仅好事轮不上,甚至到后来"大跃进"最疯狂的时期,因为生产队的粮食已经几乎没有了,陈家理所当然地因为是"落后家庭"而断绝了原本还有的一点口粮供应。没办法,一大家人只能挖野菜充饥,但在那个饿殍遍野的时代,野菜很快也被挖光了。野菜没有了,只能吃当地的一种叫"白鳝泥"的泥巴。白鳝泥没有什么味道,但有水分,不难下口,可以暂时填饱肚子。但一吃下去,就容易堵住肠子,拉不出来。陈虎亲眼见到父亲在某个晚上用一根竹签,在弟弟陈龙的肛门处一点点地掏那些堵在他肚子里面的泥巴。因为泥巴吃进肚之后里面的水分已被身体吸收,到快拉出来时,就只剩下干巴巴的泥。而那些泥巴却是最难拉出来的,就只有用竹签一点一点地掏。可竹签只有削得异常锋利才能把那些泥巴掏出来,而锋利的竹签头却难免刺伤肛门。所以,陈虎的弟弟因为疼痛而不停地惨叫。弟弟的惨叫,一直持续到天明他彻底停止呼吸为止。

　　这事的阴影一直深深地刻在了陈虎的心里。弟弟那晚的惨叫,让他一直记住了那天王大明那气势汹汹的表情。他觉得根本就是王大明害死自己的弟弟的。如果没有王大明,弟弟就不会死。后来陈虎每每一见到王大明,就绕道而行,王大明开始没在意,后来觉察到了陈虎的反常行径,反而轻蔑地笑了,说,这小兔崽子,还真是反资修的后代啊,只能往角落里蹲!但王大明怎么都没想到,陈虎心中仇恨的种子已经在他很小很小的时候就开始生根发芽了。后来的一件事,更是让这种子直接占据了陈虎的整个内心。

　　那是陈虎已经长成一个青年的时候,突然有一天,家里收到了一封信。信是陈虎的叔叔写来的。陈虎的叔叔没在光芒,而是在远在几千里之外的拉萨,虽然一直和家里有联系,不过只是限于写信,一直没有回来过。陈虎的叔叔在拉萨安了家,也娶了妻子。不过有一个问题,不知道是什么原因,竟然一直没有生育。因为拉萨太远,妻子又没工作,经济困难,他就一直没有回家。陈虎的叔叔在信里说,他现在快到退休年龄了,按政策规定,可以找一个亲戚来顶替他的工作。叔叔问陈虎的父亲,愿不愿意让陈虎去顶替他。

　　顶替是中国特殊时期的一项特殊政策,让很多农村孩子一夜之间就变成了城里人。陈列拿到信时没有说话,只是给陈虎看,没有说同意或者不同意。但陈虎一看到叔叔在信里这样说,当然是非常愿意。他马上让父亲回叔叔的信,说他们一家三口都过去。陈列却说,不用了,如果要去,就陈虎一个人去就行了,自己和陈虎的母亲就不用去了。陈虎听了,用一种很不以为然的语气说,你认为这里是生你养你的地方,所以舍不得走吧?可是现在我们全家都是落后分子了,就是待在这里,也不是一样受排挤?陈虎和父亲之间说话一直都不太客气,在他的眼里,父亲就只是一个唯唯诺诺、毫无男人气概的人。不过陈列还是没同意自己也到拉萨去。后来陈虎也顾不上父母愿不愿意了,马上自己给叔叔回了一封信,说希望马上就去拉萨安家,而且说是越快越好。

陈虎要去拉萨成为城里人这事马上在生产队引起了巨大反响。毕竟拉萨是一个省会城市。省会城市在农村人眼里,已经是只能在梦里才有可能去的大城市了。所有人都几乎在第一时间就知道陈虎要成为拉萨人了,要成为城里人了。

在其时的光芒村人眼里,城里就是天堂,城里的人当然就是天堂里的玉皇大帝或者如来佛祖了,他们过着农村人一辈子都不可企及的梦境般的生活。陈虎当然也一下子变成了光芒村人眼里的"玉皇大帝"。这事的直接后果,就是引起了很多人来陈虎家提亲,要把自己的女儿或者是孙女嫁给陈虎这个马上就要成为城里人的光芒村乡亲。原本门可罗雀的陈家,一下子因为陈虎的婚事而热闹非凡。生产队甚至公社里很多能言善辩的媒婆们都陆续登门。陈家原来哪个都认为性格有点古怪、人也长得不怎么样、根本就无人问津的小子,瞬间倒成了红人。

媒婆介绍的姑娘之中,有一个特别的人,她就是已经当了十几年队长,现在仍在当队长的王大明的闺女王吖。

王大明让媒婆来给自己的女儿提亲,陈家可是真的没想到。王吖虽然长得不怎么样,但毕竟是王大明的女儿,在当地还是有一些影响的,在来陈家提亲之前,就已经有很多家的小伙子主动登门向王吖提亲了。川南人性格中那点小小的狡黠,在这件事情上暴露无遗。他们虽然认为王吖长得不怎么样,但王大明是队长,在当地属于有头有面的人,是"干部",娶了这么一个媳妇,自己家今后就会很有面子。

但现在的情况却是,王大明主动委托媒婆到陈家来提亲了。王大明内心的小算盘当然也昭然若揭:虽然陈虎这小子愣头愣脑的,但毕竟人家马上就要变成城里人,城里人,当然怎么都比农村人强。不过王大明可能没想到十多年前的"农家肥"事件对陈家造成的影响,也许,他根本就忘了那件事情了。那样的一个年代,批斗一个人,是多么正常的事。总之,王大明没有任何思想包袱就托人到陈家为自己的女儿提了亲。

陈列和他的老婆反而因为王大明的提亲惊住了。他们根本就没想到平时在生产队呼风唤雨甚至高人一等的王大明也会这样做。但陈虎却不以为意,从媒婆上门之后,就一言不发。不管陈列两口子怎么征求他的意见,陈虎都是既不摇头也不点头。前面的姑娘陈虎觉得不满意的,他都直接会表态,偏偏对王吖,陈虎却沉默了下来。陈列两口子问了陈虎几次,陈虎都还是不表态,陈列两口子认为儿子不表态,可能是害羞,觉得儿子应该是默认了,所以,答应了王家的提亲。

陈虎与王吖的亲事,立即成为了光芒村的一大新闻。人们都没想到相貌平平的王吖居然能嫁给一个虽然同样相貌平平,但毕竟马上就是城里人的小伙子。王大明即使在村民眼里是"干部",但农村的"干部"和城里人的差别,在大家的心里还是有着一道不可逾越的鸿沟的。奇怪的是,陈虎与王吖却一直处于一种不冷不热的状态,完全不像是一对正处于恋爱状态中的情侣。陈虎与王吖刚相处时,陈虎的叔叔来信了,说他们单位即将派人来考察,而且说考察也就只是走走过场而已。

在陈虎与王吖相处了一个月后,考察人员从遥远的省会城市拉萨来到了偏僻的小山村光芒村。

考察人员穿着一套洗得发白的军装,到了光芒村之后,却并没有先见陈虎,而是在生产队转了两天。陈虎知道考察人员来了,不过因为叔叔说的这就只是走过场,所以也没主动去见他。其时全国正处于"革命"浪潮中,村里经常在搞政治运动,以配合全国的局势,陈虎因为要成为城里人了,也觉得自己要尽快提高政治觉悟,以便以后到城里后能不再做一个落后分子,所以,陈虎也开始积极地参加各种政治运动。

考察人员到光芒村的那天晚上,王吖到了陈虎家里。那天晚上只有陈虎一人在家。王吖一看只有陈虎在,脸就红了,想退出去。陈虎却一把抓住她的手,眼睛看着王吖,问,你喜欢我吗?王吖可能没想到陈虎会问得这么直接,虽然不怎么漂亮的脸,却立即就飘上了一朵红云,少女的妩媚尽显。陈虎靠近王吖,揽住她的肩膀,又问,你以前没想过会与我在一起吧?王吖一听就急了,立即仰起头,慌乱地说,不……不是!看陈虎正用审视的目光看着自己,王吖又慌慌张张地补充说,想……想过的!真的?陈虎看着王吖。王吖脸上的红云更甚,都完全有可能飘离她的面颊了。王吖没说话,只能使劲地点头。少女的羞涩让她很多话都说不出口。陈虎一把将王吖揽了过来,拥入怀中。王吖挣扎了几下,但毕竟陈虎的力气更大,她觉得自己挣扎也是徒劳的,而且,面前这个拥着自己的男人,也马上就要成为自己的男人了,所以也就不再挣扎。那晚的灯光很暗,陈虎的眼睛在黑暗中闪烁得比灯光还亮。

过了两天,陈虎被考察人员叫到生产队队部面谈了一会儿,考察人员礼貌性地问了陈虎一些问题,第二天就走了。走时陈虎全家去送的他,那人也没有说什么,只是说在队部王队长那里拿了一些陈虎以前的材料,并叫陈虎等通知。

全村的人都看到那人走时是面带微笑的,于是普遍认为陈虎这次肯定是没问题了。这样,陈家开始准备陈虎到拉萨上班的事情,而王大明,则开始准备女儿与陈虎的婚事。他想在陈虎进城当城里人之前,将自己的女儿和陈虎"绑定",以免陈虎到了城里后变心。

王大明开始专心地筹备婚礼。为了这次婚礼,王大明可下足了血本。他把自己所有最好的东西都拿出来了,而且给几乎整个生产队的人都打了招呼,让大家在婚礼时来凑份热闹。生产队的人一方面看王大明的面子,另一方面看陈虎快变成城里人了,也是相当给面子,因此这场婚礼,从筹备的规模来说,可算是光芒村当时最有档次、最轰动的婚礼了。

考察人员走了十天之后,王大明就到陈家确定了结婚的日期。再过了半个月,王大明又到陈家商量婚礼的细节。那天王大明春风满面,兴高采烈进了陈家,然后激动地握着陈列的手说,我们以后可就是亲家了啊,两家要好好来往呢,放心,婚礼以后,就是你们离光芒村再远,我也是会来看你们的。王大明话都说得有点语无伦次了,嫁女的他比娶媳妇的陈家人还要激动。陈列也很兴奋,毕竟自己的儿子马上就要事业有成,家庭美满了,他也激动地握着王大明的手说,是啊,亲家……可陈列的话刚开了个头,一直站在一边的陈虎却冷冷地说了一句话,让两个正在热情握手的男人一下子蒙住了!他们转过头,表情惊骇地看着陈虎,都不敢相信自己听到的那句话是真的。

陈虎说的话是,这婚我不结了。陈虎说这话时,声音很轻,面无表情,可以说情绪相当稳定,他手里甚至正摆弄着一把他刚从乡场买回来的牙刷。牙刷是陈虎专门上乡场百货公司买的,而且只为自己一个人买了一把。从收到叔叔让他去拉萨的信后,陈虎已经完全按城里人的标准来安排自己的生活了。以前从来不刷牙的陈虎,现在专门买了牙刷。以前一家人洗脸洗脚都用一个盆子,现在分开了,洗脸和洗脚分别专用一个盆子。甚至洗脸的毛巾,陈虎都是和家里其他人分开了自己专用一条。

陈列和王大明都怔怔地看着陈虎。

不结了,还什么亲家啊?我们陈家可高攀不起!陈虎继续摆弄着他那把漂亮的牙刷,神情淡漠地再扔出了一句话。

王大明终于反应了过来,他缓缓站起,身体因内心巨大的波动而明显有点摇摆,似乎两只颤抖的腿完全支撑不了他那副瘦小的身架,两片薄薄的嘴唇好不容易才挤出了一句话,女婿,都定亲了啊。

定亲又不是结婚!陈虎看都没看王大明一眼,转身向门口走去,到了门口,又扭过头,将一句话甩到了屋里,就像扔了一块坚硬的石头进来,说,还有,我不是你的女婿,别乱套近乎!川南口语中的"套近乎",就是攀关系的意思。

陈虎单方面撕毁婚约的消息,马上传遍了整个光芒村,顿时成了轰动性的新闻,陈、王两家都立即成了风口浪尖的旋涡中心,人人都抱着一种好奇甚至幸灾乐祸的心态来等待着两家是否还有什么事情发生。但陈、王两家却没有像大家预料的那样发生任何动荡不安的事。这让习惯了看别人家笑料的村人渐渐地感到了一丝丝的失望。这失望的情绪甚至还波及了整个光芒村。因这失望,大家便想方设法地想再挖出一点什么猛料出来。可是,陈、王两家却依然平静。这让光芒村的绝大部分人顿感无趣,觉得生活完全没有任何新鲜的空气,好没意思。特别是在陈虎撕毁婚约时一下子晕过去的王大明都表现得悄无声息,这就让村人都极度失望。

就在大家对此事已经不抱任何希望的时候，不知谁却突然又爆出了一段猛料，说是看到王吖不间断地随时随地地呕吐！村人虽没多少文化，但农村人最重要的生活技能就是经验，经验让他们渡过了一个又一个难关，也让他们能从累积的经验中敏锐地发现很多隐藏在事物表面下的深层次问题。王吖的呕吐，立即就像一阵风一样传遍了整个光芒村。而且，很多人还言之凿凿地说，自己也亲眼看到了王吖在某个田埂、在某片竹林中呕吐的具体情景。大家在说着这段事情的时候，脸上都明显表露出了一种暧昧的神情，特别是在看到陈虎后，有人还会主动拍拍他的肩膀，然后一脸羡慕地说，哥们儿，不错啊，真不愧是光芒村的男人！陈虎也隐约听到了一些风声，但他现在的内心，也高傲得像村头那座水库大坝，很雄伟很壮观，一般人已经在他面前有了一定的距离，所以，每每听到别人说王吖怎么怎么了，他的嘴角都会浮上一丝轻蔑的微笑说，怪谁呢？然后就高傲地离去。在陈虎的眼里，光芒村这群衣着寒酸，表情猥琐的人，已经与他无关。他的未来，已经在拉萨的某个城市角落里开花结果了。

在村里有关王吖的流言甚嚣尘上的时候，陈家收到了一封来自拉萨的信。邮递员直接把信送到了陈列手里。那时陈列身边恰巧没有其他人。那封信很特别，与陈虎叔叔之前寄来的信不一样，因为信封的右下角印了一个单位的名字。而这个单位名字，就是陈虎将要去工作的地方。

陈列那几天对陈虎颇有微词。陈列是一个老实了一辈子的人。他觉得陈虎之前对王吖的出尔反尔做得很离谱，不是一个男人应该做出的事，甚至与陈虎还私底下在家里争吵了几次。不过每次都因陈虎的爱理不理而只能作罢。现在，拉萨来的信已经放在他的手上了，陈列神情严肃地打开了那封信，他的内心因为早就预知的结果而有一些颤动，甚至手都抖了起来。在陈列看来，这肯定是一封以单位名义通知陈虎马上启程到拉萨去的信。陈列就在这样的一种心态下拆开了信。他从里面拿出了一张上面印有一行红头字样的纸。陈列开始还微抖的手，随着目光从信的上头看到底部，却不抖了。

看完，他怔了一会儿，准确地说应该是站在原地发了一会儿呆，然后，摇了摇头，说出来两个字，命吧！脸上的表情，又回复到了他小农一贯的神色，有些许的听天由命却又神情呆板。他小心地把那信纸又装入了信封，然后再轻轻地放在了贴身的衣袋里。

回到家,陈列看到自己的老婆正在劝陈虎还是把王吖带到拉萨去。从老婆苦口婆心的样子,看得出她已经劝了陈虎好久了。陈虎却还是那种态度,甚至有点玩世不恭,他嘴里蹦出了几个字,要带,你们自己带吧。陈列冷冷地看了看陈虎,面无表情,然后他的嘴中也蹦出了几个字,你必须马上娶!况且,你不是不知道,人家王吖都有了你的孩子,你不娶,让人家姑娘以后有什么脸面在我们这里待!陈虎有点意外地看了看自己的父亲。他从来没在父亲身上看到过这样的表情,也从来没听过父亲的嘴里能说出这样斩钉截铁的话。他完全怔住了,觉得现在自己面前的这个人,甚至不是那个与他朝夕相处了那么久的老实农民。

陈虎已经完全把自己当城里人了,所以他一会儿就回过神来。他看着父亲,同样语气强硬地说,不行!我就是不娶!不娶?!陈列一把抓过陈虎,"砰"的一拳打在了陈虎的脸上!陈虎顿时就感觉到一阵钻心的疼痛从他的一边脸上扩散到了整个身体!他再一次为父亲的行动感到了意外。在他的印象里,父亲从来都是少言寡语,更是从来不会对自己动手的。但今天父亲反常的行为,却真让陈虎觉得太不可思议了。他傻傻地站在原地,感觉因父亲刚才的一拳,有什么液体都从他脸上的某个地方开始往下淌了。他伸出手擦了擦,却看到自己的手上满是鲜血。从这些鲜血中,他感觉到了父亲无缘无故就产生了的内心的坚决。他不再说话,只是看着自己面前这个突然之间就判若两人的男人以从未有过的恶狠狠的眼神盯着自己。

陈列喘了一口气。很明显,刚才的那一拳,他是倾尽全身力气打的。这让他感觉自己的身体突然之间仿佛就没有了任何支撑,空荡荡的。他顿了顿,再次语气坚决毫无商量余地地说,你们结婚!而且必须马上结婚!说完,转身而去。陈虎看到,父亲去的方向是王大明家。

陈虎的母亲看了看陈列的背影,又看了看陈虎,没说一句话,转身进了里屋。陈虎的母亲也是这个地方一道很特别的风景。她不是本地人,是藏族,名字叫卓玛。卓玛原本是藏区女人,因为其藏族女人的身份,在村里一直以来都是一个颇受关注的角色。而不管自己受的关注有多大,藏族女人在家里,对自己的男人从来都是百依百顺的,特别是家里有重大的决定时,更是只站在男人的一边。

三天后,陈家操持了本村最隆重的一场婚礼。村里乡里头头面面的人物,几乎都到齐了。因陈虎马上要成为城里人,陈家的地位也直线上升,光芒村人对陈家的看法已经和以前完全不一样了,因此,几乎人人都来捧场。但在这场盛大的婚礼上,人们却看到陈虎的一边脸是肿的,而且还有伤口。有人就开玩笑地问,是不是与新娘做那个事的时候太厉害,被人家抓了啊?陈虎却理也不理问的人,那人也没想到自己的玩笑会是这个结果,自觉没趣,也就不再问了。陈虎脸上的表情,完全没有新婚应有的喜庆,相反,却是一副苦大仇深的样子。

陈虎与王吖,就这样走到了一起。

婚礼过后的第二天,王大明就到陈家来问陈虎他们什么时候到拉萨去,开始时陈列还说快了,可过了几天,王大明问的次数多了,陈列就支支吾吾起来。起初王大明也没在意,毕竟两家都成了亲家了。可是,到婚礼都过去了两个月的时候,王大明再问陈列,陈列却还是闪烁其词,王大明的心里就觉得有点不对劲了。

甚至过了一年,当王吖生下了一个儿子,也就是后来叫陈洛的那个小子已经来到这个世上的时候,王大明都还没看到陈家要到拉萨去的一点点的迹象。王大明明显感到,自己可能被陈家耍了。但是,女儿已经进了陈家,而且还怀有了陈家的骨肉,因此,王大明也只能哑口无言。甚至当有外人在问王大明"你家女婿怎么还不带你女儿到拉萨城里去啊"的时候,王大明还只能故作轻松地回应,快了,他们正在准备,马上就要去了!

而陈洛,就是在自己外公的那种有苦难言的心态中来到这个世界的。

陈洛的奶奶卓玛知道,有些事情是不能瞒得太久的。因此,当有一天她看到王大明横眉竖眼地堵在自家门前时,她就明白,这事一定得给王家一个交代。否则,不仅自己说不过去,对王家更说不过去。无奈,她只有将实情给王大明说了。她说,陈列曾接到过一封陈常的信,说上次来考察的人,得知陈列因为"农家肥"事件而成为落后分子后,陈虎的考察就没有通过,所以,顶替的事情也就没影了。卓玛在给王大明说这事时,陈列没在家。王大明听了卓玛的话,当时就瘫软在了地上,久久地没有说一句话。卓玛对王大明说,这事千万不要传出去,因为她和陈列都没有对陈虎说。

王大明说,是啊,这事如果陈虎知道了,他岂不就会恨死我了?王大明当时无力地点了点头。但他们都没料到,其实那时陈虎正在屋外的某个隐秘角落,刚好听到了卓玛对王大明说的那些话。听了这些话后,陈虎就转身出去了,他找了一个地方喝酒,一个人喝了一整瓶白酒。

那天陈列从地里扛着锄头回到家,一看到王大明那种架势,他就明白出事了。他看了看卓玛,卓玛的眼神更是回避着他。陈列叹了一口气,把锄头放下,这个和土地打了一辈子交道的汉子一把拉起王大明,然后对卓玛说,整两个菜,我们兄弟今晚好好整几杯吧!

王大明那晚和陈列吃饭,始终都处于一种恍惚之中。后来陈虎进屋,见王大明的表情,也不言语。反正他已经习惯了对王大明的这种态度。

陈虎直接回了他与王吖的卧室。说是卧室,其实也就是一个穿堂屋。这一带的房子,大都是土屋,一排房间,房间与房间之间,没有门,如果有年轻夫妻,最多也就在房间门口挂一条布帘。陈虎与王吖的卧室,其实也就只是在陈家的厅房旁边。

陈虎一进去,看到王吖正躺在床上和陈洛玩耍。陈洛早就累了,所以上床很早,不过因为隔壁厅房一直有人,而且声音时大时小的,所以睡了没多久,又醒了。

陈虎一进去,就"砰"的一脚,踢了床边放着的一把小椅子!那椅子发出"吱呀"一声脆响,立即分崩离析于地面,散了一地。陈洛本来正与母亲在床上玩耍,因了这突然的事故,立马如被惊吓了的小兔,一下子呆住了,然后张开嘴,"哇"的一声哭了出来!

王吖一转头,厉声呵斥,发什么疯啊!

发疯?陈虎一把冲过去,从床的一角一把扯起了王吖,再猛力一推,嘴里嚷着,老子就是发疯了!怎么样!老子就是发疯了!现在的陈虎,已经完全不把王吖当回事了,动不动就乱发火。

突如其来的袭击让王吖一时没反应过来,等她看清了站在面前的男人脸上呈现出来的那种无可抑制的怒火时,立马从床角爬了起来,也冲着陈虎吼,你喝了两口马尿就回来耍威风!要耍到外面耍去!

王吖也是一个性格刚烈的人。因父亲在生产队当了这么多年的队长,周围的人谁见了她不是好言好语?所以何曾受过什么气?刚到陈家时,因为是腆着大肚子过来,虽然自觉没什么错,但农村女人善良而善于自省的品质让其始终觉得自己有点理亏,因此还没怎么样。但到了陈家几年了,陈虎进城的事却始终没有任何消息,这让她心里也早就窝了一肚子火。在她的心里,如果不是因为父亲王大明一再向她声明进了城是多么多么的好,她断是看不上陈虎这么一个人的。现在陈虎居然敢这么对她嚷,她心中早就压抑着的那些委屈和愤怒也一下子就发泄了出来,完全有如洪水,一发不可收拾。

陈虎的情绪本来已到了临界点。自从得知自己要顶替这事后,他整个人在王吖的面前就已然自觉高人一等,因此,和王吖在一起的这段时间,他早就已经习惯了这种居高临下的态度。现在突然见王吖对自己如此咆哮,心中原本的怒火不禁立马"腾"地一下又升了一级!几乎连想都没想,他一把抓过王吖,再挥起一只手,一拳就擂了过去!王吖的头上立即重重地挨了一拳。本来王吖也就想吼吼,发泄一下压抑了这么久的委屈,没想到陈虎竟然真的动手了,农村妇女的泼辣劲也随着就起来了,根本没顾上自己头上挨打的地方正疼痛着,就同时发出一声尖厉的嘶叫,再奋力扑向陈虎,和陈虎撕打了起来!

陈洛见这阵势,立马也被吓得"哇"的一声哭了出来。

堂屋里的几个人本来都听到王吖的吼声,开始认为这不过是夫妻之间的吵架而已,所以也只是压低了声音,准备散去,没想到突然就听到卧室里乱得一塌糊涂,都马上过来,一看,小两口居然正在卖力撕打着!不仅王吖正撕扯着陈虎的衣服,在他的脸上、脖子上抓出了一道道红印,陈虎也正在用拳头一拳拳毫无目的地捶打着王吖!

陈列一看,马上大怒!他上前,一脚踢开了陈虎,再一耳光扇过去,你这混账小子,你他妈想造反啊!

陈家这变故,事起突然,又在一场喜庆的庆典之后,实在让人匪夷所思。

事情却因这而变得复杂,第二天,王吖带着陈洛回了娘家。虽然就在一个生产队,但这里农村的风俗却一直都未变。哪家女人如在夫家受了委屈,第一个反抗的措施就是回娘家。这一方面显示自己不是孤立无援的一个人,另一方面也有一点示威的味道。王吖回娘家,王大明却是一愣。陈家晚上的事情他没有听说,他晚上回家后就一直郁闷了一晚上,不停地在床上唉声叹气,一夜未睡着。等天亮了,却发现女儿气咻咻地带着外孙回来了,他也不知道是什么原因。王吖的母亲好多年前就因病去世了,王大明一直也未再娶,只是一个人把王吖带大。在这地方,没有儿子也就等于没了香火,是会被其他人骂绝后进而被人耻笑的。但王大明却一直顶着各方压力没有再娶,因此王吖对父亲一直都还是感情很深的。

见王吖一脸乖戾地回来,精于世故的王大明一下子就知道肯定出事了。

等王吖一脸愤慨地将事情原委说了,王大明却也只是叹了一口气。他低下头,无限内疚地说,闺女,这事也得怪爹啊。

怪你?为什么怪你?关你什么事?王吖不解。

王大明把有关陈虎顶替资格被取消的真正原因说了一遍。

因为这事?王吖也一下子蒙了。说实话,昨晚公公和婆婆因陈虎的行为而不停地对她进行安抚,但她却怎么也想不明白陈虎为什么会进来就突然冲她发火。王吖想了一夜,也没个所以然。现在一听父亲的话,顿时明白了事件的原委。她看着父亲,说,这也许就是命吧!

是命啊。王大明吸了一口土烟,面无表情地说,可当时那环境,我能怎么办呢?公社要求我们村里必须得抓一个典型,而且是一个反面典型,村里又将这任务硬性派给了我们生产队。本来我也没办法,不想弄,可谁想到当时就恰恰有人举报陈家私藏"农家肥"这事呢?你说,他们这不是自己撞到枪口上来了吗?我当时不这样处理,又能怎么样呢?

王吖抱着陈洛,久久说不出一句话来。

陈家人早上起来一看,王吖和陈洛都不见了,一下子就明白王吖一定是回王大明那里了,于是陈列叫陈虎马上去把娘俩接回来。陈虎却闷着头,一言不发,逼急了,就扔出了这么一句话,谁愿意接谁接去!他对父亲昨天晚上不分青红皂白就暴揍自己一顿还很有意见。陈虎是一个对人不对事的人。只要对某个人一旦有了偏见,就会很难改变过来。就如现在,他已经认定了父亲是在毫无理由地偏袒王吖,因此,对父亲的成见也就越来越深。

陈列看陈虎那么个犟脾气,没办法,只好对卓玛说,没办法,那你去一趟？在这个地方，人家都说家丑不外扬，如果媳妇走了，回娘家了，这一旦传出去，对这一家人的名声肯定是会有影响的。本来也是，如果一个人在你家待得好好的，他干吗要走？而这乡村的观念，是无论什么事，最好都在家里解决就行了。

卓玛虽说来自藏区，但在光芒村生活了这么多年，对这里的风俗习惯也早就明了了，所以，也不多说，就向王大明家所在的方向去了。

但后来，光芒村还是发生了两件事，一件事是王大明的去世，一件事是王吖被陈虎赶出了门。王大明的去世，与其说是因病去世，还不如说是被气死的。因为自从王吖与陈虎结婚后，王吖那孩子就经常被陈虎打得鼻青脸肿的，而王大明自己还不敢吱声。他认为这些事都是他自己当初的行为造成的。王吖被赶出王家，则是因为后来的一件事情。不过这两件事似乎都没对光芒村造成太大的影响，而陈洛则在一种缺乏母爱的环境中由爷爷奶奶带着，慢慢成长了起来。

3

光芒村在陈洛刚要开始记事时，又迎回了一个人。这个人，就是陈虎远在西藏工作的叔叔。

陈虎叔叔回家，是当地人没想到的。陈虎叔叔一个人回的光芒村。那天他扛着一个包，直接站在了陈家老院子时，陈洛还很小，小得只要一见到陌生人就害怕。

陈虎叔叔走到陈洛面前，低下头，久久地审视着陈洛。陈洛突然见一个五大三粗的人出现在自己的面前，就心里发怵，一发怵，就往里屋跑。但他完全没注意里屋的门是关着的,因此,一不留神,整个人就撞到了门板上,然后因为疼痛,不可避免地发出了惨叫。

这惨叫,引来了陈洛的奶奶卓玛。

卓玛是循着哭声出来的。陈洛跌倒是经常的事,所以她也不以为意,只是来看看为什么陈洛会叫得这么凄惨。没料到一出来,就见到了一个似乎是陌生人的男人正站在自家的门外。

卓玛?陈虎的叔叔走上一步,是你吧?他的语调因激动而变得有点发颤。

你是?卓玛看着眼前的这个男人,完全没认出来。这时的她也忙于把陈洛从地上抱起来,没办法仔细辨认眼前的人。

我是陈常啊。卓玛面前的那个男人说。

陈常?

是啊!

你是陈常?!

那男人如鸡啄米一般不停地点头。

卓玛因这突然出现的男人,而立即变得局促起来。她放下陈洛,也顾不得安慰刚才因摔倒而啼哭不止的陈洛,双手不停地在围在自己身上的围裙下部来回擦着,紧张得都不知道怎么说话了。

陈列在屋里喊,婆娘,怎么了?小子没事吧?

小子当然指的是陈洛。

卓玛没作声。

怎么了,婆娘?陈列边说边出来,问,小子不是真伤着哪里了吧?

一出来,陈列也怔住了。

陈家因陈常的回家,一下子又成了光芒村的热点。

当天,陈家杀鸡宰鹅,欢迎陈常回家。这欢迎仪式,堪比陈虎当年的婚礼。

按这里的老习惯,一旦有亲戚来家,要把村里的人都叫上,然后在院坝里摆上宴席,请大家来吃饭。而村里人也会来捧个场,凑个热闹,只要能帮忙的,都会来帮着张罗,比如做饭,比如担水,比如到别人家借桌子碗筷等,这些都是大伙一起搭伙弄,几乎不需要给大家打招呼,只要让别人明白这家有人来,需要帮忙,就会自动来了。这是这个地方一直以来流传了很久的一种淳朴民俗。

这天陈家的宴席,也是这样。而陈列则一直在忙着向到自己家里来的人介绍着:这是我的兄弟,陈常!刚从西藏回来的!

陈列声音一直都很激动,陈常也不例外,他不停地给大家打着招呼,遇到儿时的伙伴,还会久久地握个手,甚至在对方肩膀上擂一拳,再拥抱一下。不过陈常毕竟太久没回来了,老家的事情好多都变得面目全非,和他记忆中也有很大的出入,特别是这里的人,更是如此。所以,往往都是别人先说自己是某某某,陈常再表现出一种激动的神情。但有的人的确是任凭如何提醒,都没了印象,但为了安抚对方,也不得不违心地说:是你啊?真的是你吗?

如此场景,这一天都在陈家上演。而几岁的陈洛,还从来没有看到过自家何曾有如此热闹的时候,因此也就早忘了之前摔倒的疼痛,反而因突然而至的热闹气氛而有点兴奋,不停地穿梭于人群中,和一帮小孩子们互相追逐着,自得其乐。

这天有一个人,却和大家欢乐的气氛格格不入。这个人,就是陈虎。

陈虎对自己这个叔叔已经完全没有印象了,但因为曾经要他去顶替这事,对他也产生过一种亲近感,不过后来事情没了下文,又对他没了什么感觉。相反,因事情一直拖着,让他成不了城里人,反而对这个从没见过面的叔叔产生了一种怨恨。这种怨恨让他即使是初见陈常,也是爱理不理的,甚至觉得他回来干吗。

抱着这种情绪,陈虎开始一直没和陈常说话,只是打了一声招呼,叫了一声"叔叔"。直到那天晚上夜深了,当村里其他人都走了的时候,陈列和陈常两人才有机会说说话,而那时,陈虎才真正和陈常面对面坐在一起。而之所以和陈常坐在一起,还是因为陈列特意给他说,宾客们走了,你好好陪陪叔叔,和他说说话。

可以说,陈虎是很不情愿才坐到陈常身边的。当时,除了陈家人,还有王大明。

陈常看着陈虎,先叹了一口气。

陈常在叹了一口气后,伸手拿过来自己带回来的那个包,打开,拿出了一叠东西,根本没任何迟疑,就递给了陈虎。

陈虎看着那东西,不明白是什么意思,想伸手,却又不敢。

陈常看陈虎的表情,明白了他的顾虑,说,你拿着吧,这是我对你的一点补偿。

补偿?陈虎终于伸过了手,拿过来,放在手里一看,竟然是一叠粮票。这是一叠厚得可以让他们全家人都用上好久的粮票。

陈虎有点不知所措。

陈常又叹了一口气。似乎叹气已经成为了他回到这个家的一个习惯。

陈列很奇怪,问,你为什么要说补偿的话呢?

陈常说,还不是因为顶替的事!

那事?陈列摇了摇头,这可能是咱家的命吧!

卓玛一直在旁边,见了现场尴尬的气氛,马上过来,岔开了话题,说,他叔!你怎么回来了呢?

这话无疑又勾起了另一个沉重的话题。陈列也转向了陈常,说,是啊,你怎么回来了呢?这么多年你都没有回来过啊。

我也想回来啊,可是……陈常的眼圈显然红了,说,但是西藏太远,而且,我的工作也一直走不开啊。

我知道,回来一次太难!陈列也无限感慨。

是啊,想当初你和嫂子两人回家,大概在路上就走了十好几天吧?陈常问。

是啊。陈列点头。卓玛的眼圈也红了。

趁着这空隙,陈常给陈列说了一个事,说他这次回来,有一个重要的任务。

陈常说,那一年他和陈列不是一起进藏的吗?当时进藏的那一批人,现在都陆续到了快退休的年龄了,可这些人的父母亲戚绝大部分都还是在内地,而且以在四川的居多,所以,现在他们单位准备在成都附近找一个地方,给大家修一个退休安置房。而他这次回来,就主要是来考察看选在什么地方合适。

哦,是这样啊。陈列不禁马上感叹时间的流逝的确是太快了,没想到当初大家一起进藏的,现在都快要退休了啊。

是啊。陈常说。后来他补充说,这次本来还有一个人要和我一起回来办理这退休安置房的事的。

谁?陈列问。

就是段营长啊!陈常说。

段营长?陈列的脑海出现了一个高大魁梧的身影。他还没有转业?他问。

转业了好几年了,不过后来一直在地方任职,在拉萨市的一个局当局长。

哦,原来是这样,那他为什么没和你一起回来呢?

他的身体突然出了问题,也许是在高原待的时间太久了,身体机能不适应了吧?陈常说。

哦,这样啊。一提起段营长,陈列就陷入了沉思。

他想起了二十多年前,他和陈常先后因逃亡而离开了光芒村,不想,却因一个极其偶然的事件又在西藏碰上。

那时,光芒村这个地方被一场突如其来的洪水把当年所有快要收成的庄稼冲了个干干净净。陈列印象特别深刻的是,在洪水来之前,光芒村就已经人心惶惶了,人们都说共产党要打来了,这地方已经不能待了,共产党会把这里的一切人都抓起来,把这里的一切东西都抢去的!但那时很多国军士兵已经完全没有心思应战,都在趁最后的机会到处抢掠,他们嘴里都在嚷着"撤退!撤退!"可是老百姓都在想,这已经撤到中国的几乎是最西部了,他们还要往哪里撤?有人就说,台湾啊!台湾?这名字对光芒村很多人来说都极其陌生,不知道这是一个什么去处。可是见国军那种架势,却也无可奈何,很多人都说,反正国军的心思也不在这里了,说不定共产党来了,还会好一点呢?但共产党还没有来,洪水却已经把这里全淹了。很多人都在洪水中失去了身家,从本来的赤贫变得更加一无所有。没办法,只好出去逃荒。

陈列和陈常两兄弟一直都是互相扶持过来的。两人的父母早亡,从记事起,两兄弟就东家一口西家一钵这样吃着百家饭过来的。本想等长大了,再好好找个事干,没想到突然遇到了这个天灾,没办法,陈常只好先出去逃荒,后来陈列见待在老家真是没任何出路了,只好在陈常出去没多久,也加入了逃荒的行列。

　　光芒村离西南重镇成都不太远。这地方原本在成都平原边缘，旁边有一条一年四季水量都不太大的河流，在光芒村人的记忆里，这河从来都是平平稳稳，从来没有过洪水暴涨的时候。可没想到，就是这样一条温顺的河，却突然就在那年发威了，真是应了"国之将亡，必有妖孽"的话。很多人都说，国民政府看来真是不行了，应该亡了。

　　可那时的陈列，根本没心思来对所谓的国家亡与不亡进行思考。他当时唯一想到的一个问题，就是填饱肚子。而成都是这地方比较大的一个城市，到成都去，比待在村里生存下来的可能性要更大。所以，陈列在陈常走了之后，也不得不到了成都。

　　虽说光芒村离成都很近，但陈列却从来都没有到过成都。陈列原本认为自己是没必要来这个地方的，因为光芒村那个地方原来仅凭自然条件就能提供的温饱已经让他产生了一种自发的慵懒，以至于成都这样的城市对陈列的吸引力并不大。当陈列不得不衣衫褴褛地出现在成都的街头时，他大脑里甚至产生了一种苍白的虚空感。这种虚空感一下掏空了他的整个大脑，让他对城市的全部想象几乎在几秒钟内就崩溃了。那么多的人！那么多的房子！那么多的人力三轮车！陈列当时就觉得这里的生活与自己完全没有任何关系。

　　但现在的紧要任务是填饱肚子。陈列找到了一家卖四川汤圆的小吃铺。那老板腰上系着一条黑得发白的白色围裙，正面无表情地看着自己铺子外面来来往往的行人。陈列开始有点局促，他内心还是有点害怕，但饥饿已经让他什么都顾不上了，他走到老板身边，弱弱地问了一声，老板，我饿了几天了，不知道……

　　不知道？那老板转过头，苦笑着说，你不知道，我也不知道啊，你看这兵荒马乱的，我这店子都马上没人了呢，唉……

　　这……陈列本来就是一个不善言辞的人，特别是求人的话，几乎更是说不出来，他黯然地转过身，准备再看是否有机会找到能给他施舍的人家。但他刚转身，就突然头一晕，眼前一下子虚幻了起来，很多影像就像一片风吹的落叶，在他眼前不停地重叠翻转，他努力想看清那些落叶，可眼睛却越来越沉重，终于眼皮已然睁不开。就在这种虚幻中，他倒了下去。

陈列再次醒来的时候,发现自己已躺在一个昏暗的房子里。

他用力睁开眼,一个朦胧的人影站在他面前。他擦了擦眼睛,那人连忙过来,扶起了他,唉,看你饿得!说着,把一碗汤样的东西递到了陈列面前,陈列一闻到那汤样东西发出的香味,立即精神一振,伸手端过,仰头一下子倒进了嘴里。

那人摇了摇头,你看啊,每天门前有那么多人饿死,我怎么就专门只把你弄进来了呢?说完,他放下陈列,走了出去,过了一会儿,他又端了一碗过来,再扶起陈列,说,再吃点汤圆吧,你看你都饿成啥样了啊!

陈列又几乎是一口倒下了这碗汤圆,之后又一连吃了五碗。

他看着老板,想起床感谢他,但虽然吃了不少,却还是全身无力。老板伸出手,把他按住,说,你还是好好休息一下吧,再折腾,我看你就死定了!

这一躺,就是两天。

两天后,陈列下了床。他从躺着的那个屋子出来,一出来,发现屋子外面就是汤圆铺。老板正一个人在铺子里呆坐着。

老板……陈列因感激而更不善言辞了,想说两句感谢的话也不知道怎么说出口。

啥老板啊,叫我旺堆吧。老板说。

旺堆?这样的名字陈列还是第一次听到,老板你姓旺?

旺什么啊,我叫旺堆,我是藏族人,我们没有姓,只有名字。老板说。

藏族?这个称呼陈列也还是第一次听到。

是啊,就是一个西部的民族,挨着四川的。旺堆说。

从小在农村长大的陈列,对"民族"这个称呼都是第一次听到。

这之后几天,旺堆老板让陈列在店子里面帮忙。事情倒也简单,就是每天在他的指导下做一些汤圆团子,有客人来了,煮好端出去就行了。不过这本也只是一个小铺子,加上天灾人祸的,一天也没什么人。旺堆老板也整天唉声叹气的,似乎这世道已经没有任何希望了。现实也如他所感觉的那样,世道是越来越乱,街上的人更是人心惶惶。

终于有一天,听人说共产党就要打过来了!这里的人都愁云密布,似乎天快要塌下来了。这天早上,一个国军军官模样的人进了店,一进店就喊,老板,快给老子整点吃的!旺堆一看是穿军装的,脸上就不乐意了,他知道这些官大爷是个什么德性,但尽管不乐意,却也没办法,还必须得给他好好做。

旺堆亲自做好,然后给那军官端了过去,说,官爷,你慢慢用啊。陈列发现旺堆老板凡是一见部队上的,都叫"官爷",感觉回到古代一样。

那军官一听旺堆的话,立马喊住他,哦?你说话的声音很奇怪啊,和这里的好像不太一样呢。

是啊,旺堆回答,我老家不是成都的。

不是成都的?那是哪里的呢?那军官似乎很有兴趣。

我老家是拉萨的。旺堆似乎不想回答,却又不得不回答。

拉萨?那军官好像很感兴趣了,问,那地方很远吗?

是啊,官爷。旺堆回答,从我们那里来成都,要走两三个月的路呢。

这么远?那你为什么还来成都?军官兴趣越来越浓。

我本来是在成都做茶生意的,以前在这里买茶,然后再通过马帮把茶运到拉萨。旺堆说。

可是现在为什么不弄茶而卖汤圆了呢?军官好像想打破砂锅问到底。

唉,这事很复杂的。旺堆叹了一口气。

不想说?不想说算了。那军官吃完汤圆,再稀里哗啦连汤都喝完,之后站起来,说,反正老子马上就要跟蒋委员长到台湾去了!你不想说老子还不想听呢!

说完,那军官就站了起来,向店子外面走去。陈列见了,上前,喊,老总,钱……话还没说完,旺堆连忙一把抓住了他,再一下捂住了他的嘴。军官本来都走到门口了,听到陈列叫"钱",很愠怒地回头,却见旺堆正捂住陈列的嘴,就轻蔑地笑笑,不屑地说,你这小子,看人家老板多懂事!还钱呢,不怕老子要你的命!军官拍拍自己挂在腰上的驳壳枪,志得意满地走了出去。

这……陈列很是愤怒,他想上前跟军官讨个说法,旺堆却还是一把拉住了他,说,祖宗啊,我是让你来帮忙不是让你来添乱的,你还是好好待着吧!

陈列只好看着那军官走远了。

他问旺堆,老板,这人这样,听说他们马上就要跑路到台湾了,你还怕他干吗呢?

马上跑路,不是还没跑吗?旺堆摇了摇头,说,忍忍吧,年轻人,这兵荒马乱的,能有个活命的,就已经不容易了,还想什么啊!

这天晚上,陈列肚子不再饥饿,竟因白天的事情而有点睡不着了。

恍惚到半夜,还是睡不着。他睡在铺子后面的一个小隔间里,其实也就是一个堆放东西的杂货间。虽然里面很暗很潮甚至还有各种臭味,但陈列已经很是满足了。

因为睡不着,他干脆起床,准备四处走走。不想,刚轻轻拉开门,却看到一个人影正在往外走。那人影很小心,正悄悄地向门外移动着,一看就很让人怀疑。

陈列的心一下子提了起来!因为旺堆老板的收留,他心存异常的感激,因此,对小铺子里面的一切事都很上心。现在突然看到一个人影,而且是在这么晚的时候看到好像有不怀好意的人,当然就很警惕了。他也轻轻地出了门,跟在了那黑影的身后。

那黑影背上背着一个包,轻手轻脚地到了铺子门口,然后小心翼翼开了门。开门后,先把头探出去,似乎是看外面有人没有,过了一会儿,才跨出了门槛。陈列本想一把从后面把那人弄倒,可是他却突然觉得那人影似乎很熟。他借着月光辨认,居然发现那背影酷似旺堆老板!但他不敢确认,毕竟在这月光下能见度太低,只能看出轮廓,而且按一般常识,老板在自己家里,根本也用不着像小偷一样偷偷摸摸地走路啊。陈列满是狐疑,却还是害怕弄错,因此暂时什么也不敢做,只是紧紧地跟在那人身后。

那人出了铺门,直奔一条小巷子而去。

陈列突然想起,是不是到旺堆老板的房间看一下?可是看黑影已经奔前而去,他只能也跟在那人身后,进了巷子。

巷子很深,陈列一直跟着,可还是不能确定这人是不是旺堆老板。看前面没人,陈列憋了一口气,突然鼓起勇气,一个箭步冲了上去!可就在陈列刚要靠近那黑影时,却见那黑影一个拐弯,立马不见了人!陈列跑到拐弯处时,却见那里有两个岔口,两个岔口边都没有任何动静,静悄悄的。

陈列有点后悔,想自己为什么不早点上前抓住那人呢?看那人身影,和老板差不多,他自己完全能够应付得过来。现在,人都不见了,如果回去后老板家真丢了什么东西,而自己明明知道,却没有帮老板抓到贼,那岂不是太对不起对自己有救命之恩的老板?

就在陈列心里懊悔不已时,他身边突然蹿出了两个人!一人猛然抓住了他的胳膊,另一个立即用手拧住了他的脖子!陈列立即就感到颈部倏然一凉!他知道,有一把刀已经放在了他的喉管附近!陈列立即不敢再动。果然,有一个低沉的声音在说,别动,马上跟我们走!

陈列就在一种突然而至的恐惧中被强行倒拉着往一个黑乎乎的方向而去!

4

陈列就在那天夜里第一次接触到了虫草这个东西。

以前的陈列,说孤陋寡闻完全不为过。一个从小就没离开过光芒村那块巴掌大地方的农村人,怎么会知道外界有什么东西呢?所以,当他被那两个人强行拖着走了几分钟,再感觉自己的脚在一道门槛上被蹭了几下,之后再被扔到地上时,他的头真的是晕的。而就在他处于这种晕眩状态时,他听到一个人对另一个人说话的声音,那人说,这人一直跟着你,看来也是为了虫草而来的吧?把他灭了?

这是陈列第一次听到"虫草"这个词。

灭?没必要吧?问清楚再说。另一个人的声音马上回应,我们怎么能随便就要一个人的命呢,那样佛祖是不会原谅我们的!

可是,万一他是白团长派来的奸细呢?

那也不急!看清楚再说!

就在这两句话之后,一盏微弱的煤油灯被端了过来。陈列突然听到一声惊呼,怎么是你!随着这声惊呼,陈列终于头开始清醒了过来,马上抬头看面前的人,却看到旺堆老板正一脸惊讶地看着他。

老板,是你啊!真的是你啊!陈列一下子就踏实了,我是陈列,我不是奸细,更不是为了你们所说的那什么草来的啊!

陈列看除了旺堆老板,其他几个人的手上都拿着一把明晃晃的刀。一看到刀,陈列的心就不停地打颤,全身都不由自主地颤抖着,连说话都说不清楚了。陈列当时不知道那是什么刀,后来他知道了,那是藏刀,是一种极其锋利的刀。

可是你为什么要一直跟着我?旺堆老板也不转弯抹角,直接问。

我晚上一直睡不着。陈列看着刀,心想自己必须马上把事情说清楚,否则后果肯定不堪设想,所以就说,睡不着就起来看看,没想到一起来,就发现了一个人从铺子里背了一个包出来,我还以为是小偷,就一直跟着出来,想找机会把他抓住的。

哦,原来是这样啊,那你起来吧。旺堆伸出一只手,抓住陈列的手臂,把他拉了起来。

可是旺堆拉,你这样就相信他了?另一个人在边上问。

他是我那个汤圆铺子的伙计,前几天刚招的,应该不会说谎。旺堆回应。

刚招的?那更有可能是奸细啊!旺堆拉,你忘了白团长是怎么对我们的了吗?那人不依不饶,继续坚持。

别这么草木皆兵。我们现在的主要敌人是白团长,那是一条疯狗,我们避开他就行了!旺堆说,你们约的李老板到底来不来?都等了这么久了。

应该会来吧?有人回答,我们也给他说了,说白团长早就一直在觊觎这些虫草,让他一定要赶在白团长走之前把虫草拿走,否则,那人狗急跳墙,会直接把这些东西抢过去的!

是啊,就应该这样给他说,这本也是事实。旺堆老板回答,那我们再等一下吧。

说完,他走到陈列面前,指着角落里面的一个凳子,你到那里坐吧,待一会儿我办完事就一起回去。

陈列听话地走到角落坐下,安静地看着这里的人。他发觉身边的人都穿着奇怪,最令他害怕的是大家手里都拿着的那明晃晃的刀。不过他坚信旺堆老板是一个好人。在这样一个人人自危的时候还能救他这样一个和自己毫无关系的陌生人,不是好人又能是什么人呢!

陈列就怀着这样一种朴素的情感看着旺堆老板和他的人在那里等人。

终于,门外传来了几声有节奏的敲门声。

屋内的人马上都警觉了起来!全都不吱声了!

敲门声一响,一个人马上到了门边。他支起耳朵听着,手里的刀也握得更紧,神情也更是紧张。门敲完了,他转过头,对旺堆老板说,旺堆拉,暗号对了!

旺堆老板点了点头,说,那就开门吧!

一个穿着长袍手提马灯面无表情的人闪身进来。一进来,旺堆的人就马上把门关上了。

李老板,你可终于来了!旺堆上前,拱手打招呼。

那李老板也拱了拱手,说,不好意思,来迟了!

我们就闲话少叙,李老板你先看看我们的虫草吧。旺堆边说边取下了自己身上背着的那个大包,然后把包放在地上,再解开。

好的,好的。李老板也不多话,他将自己手上提着的那个马灯放在旺堆摊开的那个包附近。

陈列看见一些虫子样的东西横七竖八地堆在那里。他是第一次见这东西,他觉得这东西真的很是奇怪。看着像虫子,但虫子的一头居然还长着一根草一样的东西。这就是他们所说的"虫草"吧。陈列想。

李老板蹲下,开始认真查看那些东西。他几乎是一根一根地看,那么大一包东西,几乎看了足足一个时辰。

在李老板查看时,全场的人都不作声,现场气氛异常的安静。陈列看了看天空,发现天都开始发白了。一夜未睡,陈列的头更晕了,完全是头重脚轻的感觉。可是旺堆老板没发话,他也只能安静地待在一角。

李老板终于看完站起身,对旺堆老板说,这真是一些好东西啊!

旺堆老板似乎对李老板的话很满意,说,这当然的,我们拉萨人做生意，从来不昧着良心乱来，都是说一是一的。

这点我当然知道。李老板连连点头。

那李老板认为这些东西值这么多钱吧？旺堆老板用手指示意了一个数字。

当然，当然！李老板连连点头，这完全是物有所值！放心，虽然我们是第一次做生意，但从这次以后，只要是旺堆老板的东西，我绝不讨价还价！

想不到李老板也是一个爽快的人！旺堆老板看起来似乎很开心，说，那我们就这样定了吧！

李老板点头，他蹲下，小心地把那些虫草包好，再站起身，从自己随身携带的一个包里取出了几根金光闪闪的东西。陈列一看，老天，那么一堆虫样的东西，居然这么值钱啊！他看着那几根金条，嘴巴张开就闭不上了！这是陈列第一次看到这么多的金条！

旺堆接过那些金条，用手掂了掂，满意地放进了自己的包。

李老板把虫草背在背上，又拱了拱手，转身，向门外走去。

房间里面的人都松了一口气，纷纷找地方坐了下来。

可就在李老板走到门边拉开门时，突然，"砰"的一下，门竟然从外面被撞开了！随即，陈列就看到一群荷枪实弹的人，从门外冲了进来！一进来，那些人就用枪指着屋内所有的人，喊，不准动！都他妈的蹲下！

陈列一看那些人，都是穿着军装的人。他们脸上凶神恶煞的样子，让人一看就不寒而栗！陈列正在看的时候，一个人呼地拔出了自己身上的刀，向最近的那个人挥刀砍去！可是那刀还没有靠近，旁边的枪就响了！那人"砰"的一声，倒在了地上！

旺堆老板连忙喊，大家蹲下！蹲下！

李老板此时更是狼狈，他本来要出门，结果门却突然从外面打开，他人一下子就被撞倒在了地上，因为猝不及防，连着在地上翻了几个跟头，然后才抖抖缩缩地爬起身来想看看究竟发生了什么事！可他还没抬起头，一个士兵就一枪托打在了他的头上，他又一个跟跄，倒在了地上！

一个五短身材、腆着一个大肚子的军官模样的人，走了进来。一进来，他就一把抓住了旺堆老板的衣领，说，旺堆，没想到我们又见面了吧？

旺堆老板叹了一口气，说，不是没想到，而是一直都想着，不过没想到这个地方你也能找到!

呵呵,这地方我还能找不到?你认为我白团长真是吃素的啊!那人呵呵笑着,完全一副志得意满的样子,说,你看你,何必费那么大的心思折腾呢,弄得大家晚上都睡不好觉,直接给我白团长拿来,不就得了吗?

你……旺堆老板脸上的愤怒明显有点控制不住了!

还有你!那个自称为白团长的人转过身,把李老板从地上一把抓了起来,你几个时辰前都在给我说你没钱,没钱,没想到你现在却有钱买虫草啊!

老总……李老板全身都在发抖了,我,我……他已经语无伦次。

我什么!我什么!白团长在李老板话还没说完的时候,猛然从腰间拔出驳壳枪,看也不看,就扣动了扳机!随着一声枪响,李老板连哼都没哼一声,就轰然倒地!倒地前,旁边一个小士兵一把抢过了他背上的那个包,递给了白团长。

白团长看都没看倒下去的李老板,只是把那个包拿了过来,在手里掂掂,再转向旺堆,用枪顶着旺堆的下颌,咆哮着嚷道,怎么,你他妈不明白吗?!

这……你不是已经把虫草弄到手了吗?你还想怎么样?!陈列感觉旺堆老板在说话时,牙床都咬出了声音。

到手了?白团长一脚踢向了旺堆老板,吼,你他妈的一直给老子玩沙枪,你认为老子不知道啊!"沙枪"是这个地方的方言,有点类似于东北人说的"忽悠"的意思。

旺堆老板被踢得身体一晃,但立马站着,咬着牙,不再说话。

上次老子问你,你就给老子说没有了,你当老子真是傻子啊!白团长指了指那包虫草,说,老子可天天派人在你店子外面转悠呢!

陈列突然就想起了那天那个吃了不给钱的军官。

拿来吧!白团长摊出一只肥厚的手掌,另一只手里还是紧紧攥着那把还在冒着烟的驳壳枪。

什么?旺堆老板退后了一步。

什么!还在给老子玩啊?!白团长一转身,"砰""砰"两声,旺堆老板身边的两个人也像李老板一样,轰然倒地!

就在这一瞬间,旺堆老板也快速地拔出了自己身上的藏刀,在晨曦中刀光一闪,向白团长砍去!

白团长明显没想到旺堆老板会反击,因为根本没防备,他还掂着驳壳枪,有点不屑地将枪口凑近自己的嘴,正在那里吹着刚才开枪后还冒着烟的枪口,所以当旺堆老板的刀砍向他时,竟然完全没有反应,只听到"咔嚓"一声,他拿枪的那只手就"啪"的一声从肘部与自己的胳膊分离,掉在了地上!白团长"嗷"的一声狂叫,他后面的士兵见状,立马举起枪,一阵乱扫!

陈列就见到好多支长枪短枪都突然就闪出了烟火!

就在烟火闪现的同时,陈列觉得自己的腿上一麻,然后往后一跌,好像是撞到了什么硬物上,就头一晕,什么感觉都没了!

陈列再次醒来时,他身边同样围了一群穿着军装的人。这地方不是什么房子,一看就是在一块空旷地搭了一些帆布一样的东西,用很多柱子撑起来,然后在帆布下面摆着一排一排的小床,床上躺着一个个人,这些人几乎都是缠满了各式各样的绷带,绷带上也到处都是血迹斑斑。

陈列现在一见穿军装的人,心里就发紧!他胆怯地看着周围的那些来来往往明显很忙碌的人,不敢说一句话。他畏缩地打量着他们,发现他们好像与国军士兵的装束完全不一样。

陈列觉得自己的嘴唇好干,他非常想喝水,可是他却不敢说出声,他现在对士兵已经有了一种无形的恐惧,但他感觉自己的喉咙里面似乎都已经快要冒烟了,不仅干,而且一吸气就会痛,没办法,他从喉咙里发出了一声轻咳。

就是这声轻咳,引来了一个正站在离他不远的地方的人。那人走过来,看了看陈列,然后转过头,喊,卫生员,过来,这个昏睡了几天的人终于醒了!

一个年轻士兵快步跑了过来。他手里拿着一支针管,看了看陈列,说,哦,那就好,还认为他已经醒不过来了呢。

陈列一听两人的对话,就知道自己已经又到了一趟鬼门关。

那年轻士兵过来后,给陈列打了一针,又像早就已经知道他口渴一样,倒了一杯温水,给他喝下。在陈列喝水时,刚才叫"卫生员"的那人转过头,说,现在伤员们都稳定了吧?

是的，段营长。小卫生员回答，同时有点不可思议地说，真没想到这些人都明知没戏唱了，还要顽抗，这不是拿鸡蛋碰石头嘛！

你认为他们想顽抗啊，是那些人要跑路，可是我们的大军到了，所以不得不命令下面的人抵抗，为他们跑路到台湾换一点时间而已。段营长说。

这倒是，小卫生兵嘟囔着说，他们想跑，却拿别人的命开玩笑。

算了，反正现在这里已经解放了，现在也没什么问题了，我们终于也可以安安心心地歇歇了。段营长说。

这倒是；现在全国都几乎解放了，真没亏了当初俺参军时所说的话！小卫生兵咧开嘴笑了。

你参军时说的话？说了什么啊？段营长调侃着问。

没什么，就只是想早点结束，回家看父母呗！小卫生兵不好意思地笑了。

好了，你给他好好看一下。段营长指着陈列，说，只要醒来了，应该是没啥问题了。

好的。小卫生兵回答。

解放？陈列听着他们说话，一下子想到的是："共产党真的来了吗？"他看了看周围，心里的害怕竟然越来越厉害。不过看着自己目前的状态，他又有点迷惑，这传说中杀人放火的共产党，怎么还会给自己治伤呢？

陈列后来知道，这是一个解放军救助伤员的临时中心。解放军解放成都，受到了当地部队的抵抗，很多人牺牲和受伤。

陈列问小卫生员，可我不是官爷啊，你们为什么也要救我？

小卫生员说，你现在可不能再叫啥官爷了，我们就是战士！

陈列愣了一下，战士？

是啊，小卫生员说，我们救你，是因为我们的部队在追剿一小部分国民党部队时，偶然发现了你，当时你身边躺着好多人，都死了，有老百姓，也有国民党士兵。

哦，这样啊。陈列突然就想起了那天的情景，问，那你们知道一个叫旺堆的人，现在在哪里吗？

旺堆？小卫生员很好奇地说，这名字好奇怪呢。

他是藏族。陈列说。

哦,这样啊,不过我们这种临时救助中心有好几个,而且我也不知道谁叫什么名字啊。小卫生员说。

这……陈列一听,心里顿时就失落了。旺堆老板救了他,他已经把旺堆老板当成了自己的亲人。

陈列在救助中心几乎养了近一个月的伤才恢复得差不多了。陈列的伤主要在腿上,头上只被撞了下,所以没什么大碍,但因为子弹直接打到了腿骨上,陈列康复后,脚有点瘸,但不影响走路。

陈列从救助中心出来后,发现整个成都已经完全变了天,到处都是解放军,到处都是战争之后的残破景象。

陈列在救助中心没见到旺堆老板,一出救助中心,他就回到了汤圆店。

可他回去一看,汤圆店竟然已经没有了,那里完全变成了一片废墟。

陈列问周围的人,这里怎么了?别人都说,什么怎么了啊,攻城时一发炮弹过来,就这样了啊。

陈列问,旺堆老板呢?别人都说,什么旺堆老板啊?现在谁还顾得上谁啊!

陈列怅然若失。他四处寻找了旺堆老板两天,未果。他想旺堆老板应该也是凶多吉少了。无奈之下只好放弃了寻找。成都这个城市,对陈列而言就像一只张着一个巨大嘴巴的老虎,等着人自动把自己当成食物,送到它的嘴里。第一次进城,对陈列而言是辛酸的,但就是在这里,旺堆老板救了自己,不是旺堆老板,也许自己现在就已经无法活命了。陈列觉得,这城市不仅仅是一只老虎。可这城市究竟是什么,陈列自己却也说不清楚。

陈列回到老家。老家民众正因解放而被调动起了巨大的热情。一批批原有的乡绅大户全被划成了土豪劣绅而被打倒,他们的土地,他们的房子,包括他们所有的一切,都被充公或者是被大家分了。陈列也分到了一些土地。这对于陈列来说,真是巨大的意外,他真没想到自己居然也能因解放而成为了"地主",而且还是从天而降!

陈列守着自己的土地,在家好好耕种了一年。土地对陈列这样打了多年长工的人来说,本是从不敢奢望的。以前一直以为土地只有那些有钱有势的人才有资格拥有,像他这样的人,最多只能到别人家做做工,谋一口饭吃而已。所以,陈列对突然分到手的土地,马上产生了一种强烈的感情。

这种感情让他兢兢业业、诚惶诚恐地守护着那些土地。他觉得那些土地已然完全成了自己的亲人。而那些土地也在这一年里给了他一种从未有过的安全感，因为它让陈列收获颇丰。看着装在粮仓里的高高的一堆粮食，陈列做梦都没想到。他甚至有几天都不能睡着。而这些收获，也让陈列从此对土地有了一种与常人完全不一样的呵护。

只是陈常一直没有消息，也不知道怎么样了。这也成了陈列的一块心病。恰在此时，他看到了一张通告，说年轻人要有当兵保家卫国的义务，号召18岁以上的人参军。生产队里的人因分田地而对新政权产生了无限的好感，但很多人一听要去当兵，却还是迟疑了。当兵就是打仗嘛，可自己好不容易有了田地，享受到了好日子，那可不想去打仗啊。生产队队长没法，只好挨家挨户作动员，说，现在的好日子是政府给的，难道去给政府当兵还不成？但任凭生产队长怎么说，却几乎还是没人响应，都只是在观望。当队长到了陈列家时，陈列正在扳看着自己受过伤的那条腿，他在想，当时如果不是被救助站救了，这条腿会不会就没有了呢？所以，当队长张嘴问他有兴趣参军没有时，陈列马上就说，自己只是一个人，现在也年轻，就想出去闯闯呢。队长一听，对他这种主动当即大为赞赏。

队长说，听说这次入伍的人以后还有可能转业留在城里呢！

留在城里？陈列问，留在城里干什么？

干什么？队长笑了，听人说，留在城里的人，就是国家干部，国家干部什么都是由国家安排，不仅国家包吃的、穿的、住的，甚至听说国家还帮助解决找媳妇呢！队长也不知道是听谁说了这些或者完全是出于一种朴素的情感，因为好不容易有人报了名，一定要促成这事儿，自己也好交差。其时刚刚解放，这地方也是穷乡僻壤，大家的革命主义热情还没有被完全激发起来。队长没想到，就这之后的两三年不到，参军就会成为一种完全不需要动员的事情。但因为这是第一次，所以，队长也不得不说了这些话。

陈列咧开嘴，憨厚地笑了，说，有这好事吗？我看也太玄了吧？不过这名我可是报定了，呵呵。队长说的"进城"几个字，倒对陈列没产生多大的促进作用，不过他还是当即作了决定，马上到公社报了名。

没多久，陈列就穿上了军装。他自己因大腿受伤变得有点瘸，可那只是轻微的，一般人如果不仔细看，根本就看不出来。因此，陈列顺利地参军入伍,分到了一个部队。这部队就在成都附近。

军营的一切对陈列都是新鲜的。最有意思的事是,陈列现在的营长,居然是他之前在救助中心见过的段营长!

段营长却并没有记起陈列是谁,也许是他见过的人太多而忘记了。但陈列却因了段营长,对整个兵营都产生了一种亲近感。

正常训练没多久,一天,营里突然开会,说是有紧急任务!大家都不知道是怎么回事,只听到段营长在上面讲,说现在中央已经下了命令,本部队要马上进军西藏!

西藏?陈列一下子就想起了旺堆老板。

段营长说,虽然我们目前新兵很多,大家都还没有很好地进行训练,但真正的训练不是在训练场上,而是在战场上。我们当兵的义务,就是听国家的号召,党叫我们打到哪里,我们就打到哪里!

现场因进军西藏的消息而沸腾了起来。当天晚上,大家都纷纷写血书,表明自己解放西藏的决心。陈列也不例外。几乎只是在十天之后,陈列就随着大部队向西藏进发了。

听大家说,西藏离成都很远很远。但西藏在陈列的心中,却因旺堆老板而没有了任何距离感。

部队出发后,逢山开路,遇河架桥,几乎是重新开了一条新路。段营长带着大家一起干,从来没有因为自己是营长而不参与。不过在一段时间后,段营长找陈列谈了一次话。

小陈,你身体没问题吧?段营长开门见山。

身体?陈列不明白段营长为什么突然问这问题,马上回答,没有啊,营长。

可是,段营长迟疑了一下,还是指着陈列的腿,说,可是我觉得你的腿好像与常人的不太一样啊。

这……陈列知道了段营长的意思,连忙说,营长,这只是小问题啊,这不碍事的,真的!说着,陈列还故意马上站起,在段营长面前来回走了几圈。

我知道不碍事,可是,你这腿毕竟有点问题,我看你还是到炊事班去吧,这样你的任务就会轻一点。段营长说。

陈列没想到段营长是为了照顾他才和他讲话的。开始还认为是段营长发现了自己腿有毛病,要开除自己呢!一听段营长这么一说,他马上放松了,说,好的,听首长安排!

段营长又问,你这腿到底是怎么回事?怎么弄成这样了?

陈列把那年在成都发生的事情给他说了一遍,还特别提到自己当时还见过他。

段营长伸出手,拍了拍陈列的肩膀,说,没想到咱们还这么有缘啊!

就这样,陈列到了炊事班,专门负责给部队做饭。

进藏的路实在太险,好多地方都是人在上面走着,脚下就是白云在飘。陈列亲眼看到过好几个战士走着走着,突然掉下了悬崖,连叫声都没听到,就再也见不到了!很多战士随着进军的行程,都头脑发晕,感觉自己的太阳穴在"突突"地跳!陈列也有这种头重脚轻的感觉。幸好卫生员说这是正常情况,说是西藏的海拔比内地要高,缺氧,大家来这里都会有或多或少的高原反应。段营长更是呼吁大家要用革命的乐观主义来战胜身体上遇到的困难。营里的指导员还一再动员大家,说是大家身体上再坚持一下,就没问题了,只要解放了西藏百万还在受苦受难的农奴,再怎么样都是值得的!

不知道过了好多白雪皑皑的大山,蹚过了多少条冰冷刺骨的河流,部队终于在一天停了下来,然后由上面的领导讲话,说是在前面不远的地方,有一个叫昌都的城市,在那里可能会有一场硬仗!

全营的战士都作好了战斗的准备。陈列还没参加过真正的战斗,心里既有一丝丝害怕的感觉,同时又充满了激动。虽说自己现在只是炊事兵,但陈列知道,真正一上战场,只要是兵,就都只有一个任务,那就是冲锋陷阵。

部队终于到达了一片开阔地带,那是一条河谷,听人说,昌都马上就要到了!那天陈列跟着班长做饭时也不知道怎么的,老是焦躁不安,集中不起精神,后来部队安营扎寨后,陈列问班长,我们会不会休息一下后,马上就打?班长摇了摇头,说,这我也不知道啊。班长年纪也不大,不过参军已经几年了,在兵荒马乱时参加了解放军部队,就为了能吃上一口饭,没想到刚参军,就开始了解放战争,后来跟着部队由东北到了四川,原认为全国基本都解放了,可以复员回家过安生日子了,没想到又要进军西藏。进军西藏的通知一下,他当即想都没想就主动报了名。

晚上大家休息,段营长在吃饭时要求大家在睡觉时都一定要小心,特别是快到昌都时,更不能放松警惕!再累,高原反应再大,也一定要坚持住,挺住!

陈列在大家都吃过饭后,到营地附近的河边担水洗碗。本来班长叫另外一个人去,但那人高原反应实在太大,陈列见那人嘴唇都紫了,就主动承担了这事。

陈列担着水桶,到了河边。

突然,他看到一个穿着藏袍的人,正在离他不远的地方看着他。因为也是夜幕,陈列看不清那人的脸。但部队有纪律,见到当地人,要热情。所以陈列就冲那人笑了笑,还伸出手摇了摇,表示给对方打招呼。

不想那人一看到陈列在向自己摇手,竟然马上走了过来。

陈列突然警觉,这人不会是对方派来的人吧?虽然部队要求对当地人要热情,但同时也强调,一定要区分普通老百姓与敌人,随时要绷紧一根弦,加强戒备。

因此,他马上将水桶放在河岸边,转身握住了自己背上背着的枪,再看着那人走近!

那人走近了,却一个趔趄,似乎是站不稳了,一下子倒了下去!

陈列一惊,下意识地放开了握枪的手,一个箭步冲了过去,扶起了那人。

那人在即将倒地时被陈列扶起。现在夜幕已经降临,陈列也看不清那人的脸,只觉得这人身上一股恶臭扑鼻而来!陈列在农村待惯了,什么样的臭味都闻惯了,但这人身上的这股味道却让他一下子就产生了一种想呕吐的感觉!不过他终究没有吐出来,而是紧紧地抱住了那人。

陈列问,你怎么了?

那人似乎很虚弱,几乎都说不出话来了,却还是用一只手抓住陈列的胳膊,气若游丝地说,我……我……

陈列看那人的状态,明白情况不好,但他还是把耳朵凑近了他的嘴,这时,他听到那人终于用尽了全身的力气,说,我饿!

饿？陈列一下子弄清了情况，他马上把那人放在了地上，连水都顾不上担了，就跑回了兵营，然后，从晚饭剩下的东西里面，拿出了两个馒头，就跑了出去！

陈列在拿馒头的时候，没想到班长正在看着他。班长见陈列那么急地拿着馒头往外跑，一步过来拦住他，问，怎么了？你担的水呢？

陈列一怔，不过马上反应了过来，说，班长，我遇到一个人，可能快要饿死了！说完，也没顾上班长的询问，就往河边冲了过去。对于饿的那种感觉，陈列自己是深有体会的，因此，他才会这样不管不顾地拿了馒头就往外冲。但在班长的眼里，这种行为却完全是违背纪律的，所以，他马上跟着陈列，想去看看陈列到底在干什么。

陈列很快到了河边，他扶起那已经倒在地上的人，然后把馒头送到那人的嘴边。本来连一点力气都没有的一个人，突然闻到了馒头的味道，竟然神奇地恢复了一些体力，他一把抓过去，再一下子将馒头塞进了嘴里，就开始狼吞虎咽！陈列看到那人几乎只吞了两口口水，两个馒头就已经进了他的肚子里！

几乎在陈列将馒头递给那人的同时，班长跟上来了。他一把抓住陈列，问，你在干什么？！

陈列吓了一跳，看清了是班长，马上就说，没什么啊，就拿了两个馒头给这老乡吃。陈列指着正在吃东西的那人。那人只顾着吃东西，只是眼皮往上翻了翻，对陈列的班长并没有过多留意。班长却一把拉住了陈列，你，你怎么能不顾纪律，私自和陌生人接触呢？！

陈列一怔，班长，我只是看他都快饿坏了啊。

这……唉，如果上面知道了，你会挨批评的！你自己也知道现在的形势啊！

我看他也不像是坏人啊！

不管这些了！我看我们还是快走吧！班长拉住陈列的胳膊，我们快走吧，别给自己找麻烦！

陈列没再说话，他只好担起水桶，装满水，在夜色中和班长一起回了营房。

回营房后天已经完全黑了。没多久，陈列就和大家一起休息。在床上,陈列还在想班长的话,他有点想不通,不过他能理解班长的用心。但陈列知道自己是一个不能看到别人饿着的人,因为他自己也曾经饿过。饥饿对陈列来说,已经不仅仅是一种感觉,那已经成了一种渗透到了骨子里面的血液,这血液,随时都涌动在他的全身,一旦有了一个触及点,它们就会勾起陈列很多不堪回首的念想。所以陈列才会在一旦分到土地时,对土地产生了那种近乎痴狂的迷恋。

陈列那晚上睡着时,他眼前还有一个影像在晃动,那是他在和班长离开河边回营房时,那人吃完手里的两个馒头后,那种企盼再得到一点的眼神。那眼神一直伴着陈列自己的回忆进入了梦乡。

5

陈列那天半夜是因为一声枪响而惊醒的!陈列记得那晚枪响时他还在酣睡。这些天的急行军,已经让他的身体有点不堪重负。而那声划破夜空的清脆枪声,却让陈列一下子就从床上蹦了起来,几乎是在迷迷糊糊中就抓起了放在身边的枪!营房里面的人马上全部起来了!

参军以后,陈列还是第一次遇到这种情况,他甚至已经认识到,这将是自己参加的第一场战斗!

可惜的是,这并不是一场战斗。因为就那声枪响以后,就再没有了动静。全营的人都集中到了一个地方。陈列一看,大家都用枪对着营房外某个地点,几乎所有的人都屏住了呼吸,只有一个战友在用颤抖的话说,刚刚……刚刚有人!

段营长问,谁?!

在厨房那边！那战友说。

段营长带大家冲了过去。陈列也冲在了前面。

过去一看，居然只有一团黑影倒在地上不停地抖动，还发出"哼哼"的声音！有战士用手电一照，竟然是一个穿着藏装的人！那人明显已经被枪击中了，身上一大片鲜红的血。他的整个面部异常痛苦，突然见这么多人拿着枪出现在自己面前，心里更是惊骇，当即连"哼哼"声都不敢发出来了！

陈列觉得这人非常熟悉！他借着光线一看那人的穿着，心里不禁猛然"咯噔"跳了一下，这不就是下午在河边见到的那个人吗？他再睁大眼睛，心里已经确认，这就是那人！这人难道真是间谍？！

一个战士上前，准备把倒在地上的那人拉起来，陈列却发现，在拉那人时，他的嘴里鼓鼓的，而且手里明显还拿着什么东西。拉的那个战士一使力，那人的身体就软软地离开了地面。也许是因为身上中了枪，人太虚弱，他手一松，陈列看到一团白白的东西立即从他的手里滚落到了地面。陈列看到，那竟然是一块还没有吃完的馒头。而那馒头上，还抹着一丝血迹！

那人被拉起来后，马上被拷问。因为怀疑是间谍，所以由段营长亲自审问。但那人却似乎全身无力，连说话的力气都没有了。陈列看那人的身上，衣服非常脏，脸上也黑黑的，似乎已经好久没洗脸，甚至连人的五官都看不出来了。他叹了一口气，因为那人手里滚落的馒头，陈列已经大概知道了这事情是因为什么：一定是那人饿得受不了，而又因为自己担水给了他两个馒头，知道这里有吃的，所以才在半夜偷偷闯进来的！

因为没有其他的发现，大家都被安排回去继续睡觉，只留下段营长几个人继续在一个房间里面审问那人。陈列也回到了自己睡觉的地方。

第二天一大早，陈列起床给大家做早饭。做早饭时，班长对陈列说，你看吧，我叫你不要惹麻烦，现在知道是怎么回事了吧？陈列听班长的话，明白他肯定也知道了昨晚抓住的那个人是谁。因为觉得自己的确可能做得有点不妥，所以陈列并没有吱声。班长说了陈列两句，又说，幸好那人还真不是间谍什么的，否则，你可能就会麻烦了！

不是间谍？陈列小心地问，怎么确认的呢？

班长一边做饭，一边说，你们回去休息后，我在这里检查，看丢了什么东西没有，幸好除了昨天剩下的馒头没见了几个，其他的倒都没什么，不过后来营长过来，我就问他那人是做什么的，他说那人就是因为饿慌了，进来找吃的。

哦，陈列摇了摇头，说，那就好啊。他自己本来还悬着的一颗心也踏实了下来。

不过馒头倒是吃着了，却白白地挨了那么一枪。班长摇了摇头，说，听说现在还躺着呢，卫生员说那人的一条腿可能都要报废了。

哦，这么严重？陈列问。

严重？没丢掉命都算不错了。班长苦笑着说。

这天傍晚，营里开了一个会，说是马上就要到昌都了，要大家一刻都不能放松警惕。陈列认为，马上要到昌都，说明到昌都肯定还有一段距离，但陈列没想到的是，就在这天晚上，部队就遭到了袭击！

陈列真没想到，自己的第一次战斗竟然就在这样毫无准备的情况下开始了。更让陈列没想到的是，自己的第一次战斗，居然很快就结束了！几乎一个小时都没到，来犯的一小股藏军就被消灭了。不过在战斗还没结束时，解放军和藏军几乎就是短兵相接那种状态，陈列因为紧张，一时都不知道怎么应对。他首先想到的，当然是厨房。对他这样一个从小就颠沛流离的人来说，吃的东西肯定是最重要的。其次，自己的职责也无可推卸，因此，他当然首先是到厨房。虽然现在的厨房是一个很简易的地方，甚至根本就不能算是所谓厨房，但因为它是一个做饭的地方，是一个可以供很多人吃饭的地方，因此它就已经在陈列的心目中神圣无比。但让陈列没想到的是，就在他快到营房的简易厨房前面的时候，一个突发的事件发生了！

他自己居然被一个藏军士兵劫持了！

这事，可是陈列做梦都不可能想到的！

当时，他的脑海中想到的第一件事，就是到厨房。可是，有可能是因为他太过于专注了，他根本没注意到自己已经处在了一种多么危险的境地。正因为这样，一个藏兵趁他不注意的时刻，一下子跑到了他的身后，然后用随身携带的藏刀，根本就没有用枪，抵住了他的喉咙！等陈列明白危险已经突然降临的时候，已经晚了！那个藏兵用很不标准的汉语说，你……你带我走！

陈列没听明白！

那个藏兵又说,佛祖说,让你带我走!

佛祖?陈列一下子怔住了,佛祖?

你连佛祖都不知道?!藏兵的刀又靠近了陈列的喉咙一步!

陈列完全没想到自己无意识的一句话,居然会导致这种结果。他马上反应过来,大声喊叫。一群战友闻声赶了过来,那藏兵立即被包围了!

藏兵明显没想到自己的行为反而会导致如此严重的后果。看着这么多黑洞洞的枪口,他全身都战栗了!他可能完全没想到,自己最原始的一种自我救赎的行为,却招致了一种比自己能够预料到的后果更为严重的后果!他看着周围围着他的人,一时不知所措,慌乱中,他手一动,竟然推开了身后的一扇门。门一开,他几乎连想都没想,立马就随势闪了进去!

陈列知道,这是临时搭建的营房中的一个房间,这房间就在厨房的附近。部队急行军时临时搭建的房屋其实根本就不叫房屋,甚至连帐篷都算不上,所以,藏兵推开的那一扇他自认为是的"门",其实根本就不是什么门,那只是一块木板而已。那临时搭建的木板突然因强力而推倒,立即发出了一声倒地的巨响。

几乎就在木板倒地的一瞬间,那藏兵一下子就离开了陈列的身体!随之,一声"操"的声音在陈列的身后响起,有人在骂,说干吗啊,疼死了!明显是藏兵撞到了人。而陈列听出来,那声音的发音是四川话的发音。因藏兵倒下,陈列马上解放了,他一下子放松,反手一抓,立马就抓住了那藏兵,然后想都没想,一枪托揍了过去,就在那一种毫不迟疑的状态中,"砰"的一声扣动了扳机!虽然是在黑夜中,但陈列可以保证,那枪开得绝对正是时候!

陈列就在战友们的火把中看清了倒在地上的那个藏兵。他也随之看清了就在自己一寸之遥,一个虚弱的人正躺在一张行军床上喘气。陈列环视了一下自己所处的地方,那里就只有一张行军床,床上就一个人躺着,其他地方再也没有人。

其他战士都一下子涌了进来,马上就把那一声都不哼就倒地的藏兵拖了出去。陈列看到,那个正躺在床上的人,竟然很面熟。他愣了愣,再仔细一看:天!这不就是旺堆老板嘛!他还有点不确信,闭了一下眼睛,再睁开,这回确定了!

陈列一激动,上前一把抓住旺堆老板,旺堆老板!

旺堆老板本来躺着,被陈列一拽,也愣了一下,但看清了面前的人之后,马上也惊讶地说,你……你……

我是陈列啊!

真的是你?

是我啊!

陈列一把抓下军帽,指着自己的脸,你看,是我啊!

没想到在这里遇见旺堆老板。陈列心中的激动有如一段翻涌的江水,奔腾而出!

原来,旺堆老板竟然就是那个来兵营偷馒头的人,也就是陈列那天晚上在江边遇到的那个人。只是因为陈列每次见他都是在晚上,而且旺堆老板全身都脏兮兮的,特别是脸,黑得不成样子,所以陈列根本没认出来。而旺堆老板大概因为一直处于饥饿状态,可能也根本没有想到会在这里碰到什么熟人,或者可以说是已经完全没有精力来分辨谁是谁了。

昌都战役迫在眉睫,没想到陈列居然在这里见到了旺堆老板。他本来认为他可能在成都时就已经遭遇了不测。段营长也很惊讶,说,原来你们还是熟人啊。因为部队对昌都这地方的很多情况都不了解,所以,段营长马上就相关问题向旺堆作了咨询,弄得陈列都没有时间好好和旺堆老板相处,询问他后来的事情。

一天,段营长突然通知大家,除了后勤人员,其他人马上随大部队整装待发。陈列知道,战斗要打响了!他们炊事班也拿上枪,和部队出发。到了一个路口,段营长带领大家转了一个弯,和大部队分开走。陈列很奇怪,不明白为什么要和别的部队分开。走了好长一段时间,到了一个地势险要之处,那是一个山坡,坡下有一羊肠小道,段营长要大家马上在原地隐蔽好,不要出声。

就这样,等了半个小时,突然看到一长队藏军从远处开了过来!藏军数量很多,看起来行色匆匆,应该是有重大任务。段营长低声吩咐大家做好准备,但不要轻举妄动,听他命令。

藏军走了很久,整个部队才几乎都要过去了。就在他们快要全部过去时,段营长一声令下,埋伏在山坡上的部队立即枪弹齐发。几乎与此同时,陈列听到在前方不远处也传来了枪炮声。藏军立即大乱！

战斗出奇的顺利，几乎没费什么周折，这支藏军就被消灭了。

此后几天，段营长带着大家又打了几仗，都是大胜。陈列本认为打仗是一件多么辛苦的事情，没想到，却是如此容易。后来，几乎在陈列还在期待着有更大的战役的时候，却传来消息，拉萨方面派人来谈了，准备要和平解放西藏。段营长在给大家传达这一信息时，陈列的内心竟然有一点失落，他想，这战斗怎么这么快就结束了？不过他也感到高兴，因为这样的话，可以少见到一些战友离去。战斗虽然没费太大周折，但陈列所在部队也有一定伤亡。这让陈列看着心痛。

但部队却要求大家，现在还只是谈判，拉萨方面还不一定真正能接受和平解放西藏的条件，因此要大家一刻也不能放松，还是要做好随时战斗的准备。

但陈列却有时间和旺堆老板好好谈一下了。

经过几天的调整，旺堆老板的伤已经好了很多。不过像之前卫生员所说的，他的一条腿因为受伤太重，没保住。

陈列大致了解了旺堆老板后来的经历。原来那天晚上几乎是在陈列刚刚昏过去时，国民党的另一支溃逃的小型部队也同时来到了事发地点。那支部队一听有枪响，还认为解放军进城了，所以，凭着负隅顽抗的经验，他们就向枪响的地方冲。没想到，竟然正碰到白团长正在带领自己的部下屠杀旺堆和他的朋友。白团长猝不及防，突然看到自己身边多了一些国民党其他部队的人员，认为这些人也是来与自己争抢虫草和黄金的，因此，立即就和他们接上了火。这样，经过一阵激战，双方几乎两败俱伤。正在这时，解放军部队真的打进了成都。白团长自己后来趁乱跑掉。白团长刚跑掉不久，解放军部队就把现场的伤员全都抢救进了救助中心。而旺堆老板因为没受伤，部队看他也不是国民党方面的人员，因此也就没顾上他。旺堆老板本来想马上返回藏区，没想到，成都很快解放，然后，因为在解放成都后没多久，中央就作出了进军西藏的决定，西藏当时的噶厦政府想负隅顽抗，将解放军阻挡在西藏之外，西藏和内地的交通几乎都被中断，旺堆老板也没办法及时返回拉萨。无奈之下，他只有悄悄地一个人从成都出发，经过了很多解放军和藏军的关卡，徒步回拉萨。但因为一路上关卡太多，他因为害怕暴露目标,所以就不断地绕路行走,越是路险人稀的地方他越是往里走。这样,也不知道转了多少路,走了多少时间,好不容易才到了昌都附近。又因为这样,一路上不知受了多少苦,甚至经常是吃不到饭,就那么饿着,从成都到了昌都。等到了昌都的时候,他整个人几乎已经快要被饿坏了。

幸运啊!旺堆老板叹了一口气,说,幸亏佛祖保佑,把命保下来了。

陈列看着旺堆老板那条残存的腿,也不禁欷歔。他试探着问,老板,那你以后准备怎么样?

还啥老板啊。旺堆苦笑着摇了摇头,说,本来我还有一点积蓄,不料在成都被白团长一再敲诈,到现在,几乎是什么都没有了。

那……陈列不禁为旺堆老板以后的生活担忧。

你放心,我家里还有一个女儿。旺堆说,你以后就叫我旺堆拉吧,我们藏族人都是在名字后面加一个"拉",表示尊重对方。

陈列却觉得自己怎么都改不了口,所以后来陈列还是一直都叫旺堆为"老板"。

昌都战役过了没多久,拉萨方面终于同意和平解放整个西藏。于是,部队马上向拉萨进发。

旺堆老板因为在昌都战役中为段营长提供了一些有价值的关于昌都的情况,所以,部队有关方面还专门感谢了他,而且,也让他和部队一起到了拉萨。

到拉萨后,根据旺堆老板提供的信息,陈列找到了旺堆老板仅有的两个亲人。巧合的是,部队居然就驻扎在旺堆老板的家附近。两个亲人一是他老母亲,叫德吉;一是他的女儿,一个叫卓玛的姑娘。德吉阿妈年龄很大,已经满八十岁了。老人家走路都颤巍巍的,只能靠着一根拐杖,在屋子附近转转。她还想到大昭寺、小昭寺、布达拉宫这些地方去转经,但实在走不动了,所以,只能待在家里,天天摇着手里那个已经布满沧桑的转经筒,嘴里不断念着"嗡嘛呢叭咪吽"的六字真言。德吉阿妈最初见自己的儿子缺了一条腿,都惊呆了,后来,她不断自责,说是因为自己的心还不够虔诚,六字真语念得还不够多,转经也转得太少了,所以才导致旺堆遭受到了如此的厄运。但她自己也确实没办法再去寺庙附近转经了,因此,自旺堆老板一到家,她就天天一个人坐在一个角落,不停地摇动着她那几乎是一辈子都没有离开过手的转经筒,不断地在嘴里念着六字真言。她相信,只要自己继续坚持下去,一定会感动佛祖,一定会让自己的儿子以后越来越好。陈列最初一看到德吉老阿妈,虽然几乎没怎么和她说话,但她那安详的神态及饱经风霜的脸,却一下子就打动了他。德吉老阿妈的脸,已经完全成了一个干枯的枣子皮,沟壑纵横且毫无生机。可就是在这张脸上,那双充满慈爱的眼睛,却几乎瞬间就打动了陈列。陈列看着那双眼睛,明显能感觉到有一股温暖的力量正从老阿妈的眼眶里面流出,这眼睛里面的温暖,不仅让旺堆,也让陈列,甚至让周围的人,都能感受到一种宁静。陈列有一种强烈的预感,这个老阿妈今后一定能让自己感受或者感知到什么。虽然陈列对以后的路还不太明确甚至说还很不明确,但对这一点,陈列却是坚信不疑。而卓玛是一个天使般的姑娘。这姑娘年龄不大,个子小巧,一笑起来,整个脸庞都溢满了阳光的亮色,几乎是人见人爱。这是一块牧场,离拉萨不远,牧场草色葱郁,在拉萨附近是非常少见的,卓玛一直在这里放牧。

孩子命很苦。有一次旺堆在陈列面前谈起了卓玛,说,刚生下来不久,她母亲就去世了,后来,我就和阿妈一起带着她。我经常在外面跑,阿妈年龄也大了,有时也照顾不过来她,所以也不知道受了多少苦。

哦。陈列对旺堆的过去很感兴趣。

后来,她稍微大了一点,因为家里实在缺钱,我就利用放牧的间隙,加入马帮,走大家都熟知的茶马古道,到内地去贩些茶和盐,没想到,居然还赚了一些,所以就开始在贩茶和盐之外,再卖些虫草。而卓玛也慢慢长大了,还长成了一个这么漂亮的姑娘。旺堆老板看着正在忙碌的卓玛,嘴边浮现出了一丝幸福而又满足的微笑。

经过这段时间的了解,陈列已经知道虫草是怎么回事了,他知道这是一种非常名贵的药材,比黄金还值钱。

虫草这东西,开始我也就只是从散户手中收购一些,再转手出去,赚些差价,但可能是佛祖特别眷顾我,没想到生意是越做越顺,后来在成都方面还有了一定的名气,大家要买虫草,几乎都是奔我而来。本来我想再做几票就收手不做了,回西藏,好好和卓玛待在一起。没想到,正在我准备要这么做的时候,却遇到白团长!旺堆叹了一口气。

白团长真是一个贪得无厌的人!旺堆叹了一口气,他先还和我做着正常生意,后来国共开战,他上了前线,有一段时间没和我接触,没想到后来他随国民党部队败退回了成都,见形势越来越坏,国民党要撤到台湾了,就完全露出了自己的嘴脸,只要一有机会,就对我进行敲诈勒索,好多次都是直接把我正要和别人交易的虫草给抢去了。因为我毕竟不是当地人,拿他也没办法,只好躲着他。后来,白团长见我很久没找他,就到处派人找我。没办法,我只好给外面的人都说我不做虫草生意了,为了掩人耳目,我还临时在成都开了一家汤圆店。我就希望他所在的部队很快就跑路,他一走,我就会好一点。但没想到,那次你跟着我出来的晚上,却还是被他发现了。

后来的情况陈列都知道了。

西藏没多久就完全解放,当地人对新来到这里的解放军部队充满了好奇。有一次卓玛私下问陈列,你们这些金珠阿米(解放军)好奇怪呢。

陈列问,怎么了?这时的陈列,因为与旺堆的关系,与卓玛已经很熟了。

他们居然还去农牧民家里帮忙呢。卓玛说。

哦,这很正常啊。陈列本来也觉得这是一件很正常的事。因为他自己就经常这样做。

可是……以前的藏军却不这样呢。卓玛说。

哦,陈列回答卓玛,不同的部队,当然有不同的地方啦。

旺堆拄着拐杖出来,问,卓玛,牦牛都看好了吗?

都好着呢。卓玛转过头,调皮地说,你看你,这事还用你操心吗?

我看今晚要下雨呢。旺堆说,你还是看好它们,不要出事了,现在咱家可只能依靠它们了啊。

没事的,嘻嘻。卓玛指着陈列,万一它们跑了,还有陈列大哥他们帮忙呢。

旺堆摇了摇头,说,你就推吧,傻丫头!然后对陈列说,来,喝点青稞酒,刚整的,新鲜着呢。可能因为在成都待过,旺堆的四川话说得很好。

好的,陈列上前,在旺堆面前的一张桌子前坐下,自己倒了两杯,就开始喝。这段时间陈列已经习惯了高原上的很多生活方式,比如吃糌粑,喝酥油茶,甚至喝青稞酒。

卓玛在旁边看了,噘起了嘴,就只你们两个男人喝啊?

来啊。陈列给卓玛也倒了一杯。

旺堆看着卓玛,你啊,你啊。

卓玛调皮地冲旺堆笑,就要这样!就要这样!

这天晚上,陈列正在部队营房清洗当天的餐具,外面却突然狂风大作,还兼电闪雷鸣。陈列一下子想起了旺堆和卓玛,他向班长请了假,马上就过去看。到了旺堆的房子外面,大声喊,卓玛出来,顶着一张小毯子,问,陈列大哥,有啥事?

陈列说,还真像旺堆老板说的,居然下大雨了,我过来看看你们有没有事。

没事的,你放心。卓玛说,谢谢你了,你进来坐坐吧,外面的风雨很大的。

没事那就好,我回去了。陈列说完转身就走。

走了一段路,他突然想起旺堆白天交代给了他一个事,让他给段营长说他的一个朋友的儿子想参军,问能不能推荐,他刚才已经问了段营长,段营长说让他在征兵工作开始后去报名就行了,只要符合标准,都行。他想反正都来了,就把段营长的这段话给旺堆说说吧。

他返身回去。又快到旺堆家门口时,他却突然见到一个人影慌慌张张地正在往旺堆的房子后面跑。

陈列一看就觉得奇怪。这肯定不是旺堆,因为旺堆已经瘸了,当然更不会是卓玛,卓玛在自己家附近,还这么慌张干吗呢?

陈列跑上前去,想看看那人是谁。但那人跑得却很快。没多久,那人就跑到了旺堆家牦牛集中地方的草场。只见那人从身上取出了一个包,在雨中把包打开,用手把包里的什么东西抓了出来,然后就把那些东西分散撒了出去。陈列觉得奇怪,不明白这人在干吗。

那人撒完后转过身,又四处张望了一下,才走了。一个闪电,陈列大概看清了这人的脸。陈列恍惚觉得这人很熟,好像也是部队驻地附近的人,但他却不能确定。

陈列躲在一棵树后面,想看看这人在这么个风雨交加的晚上究竟想干吗。没想到那人却只是在将那些东西撒完后,扔下袋子,就向另一个方向走了。

陈列上前,拾起那个袋子,看了半天,也没弄明白,想,这人是不是就只是扔一些自己不想要的东西啊?他仔细看了看草地,好像也没有发现什么,看来那人扔的应该是一些粉状物。

因为风雨太大,陈列也只好回了兵营。

没想到第二天中午,卓玛却急匆匆地来找他。

看卓玛脸上的神色,很是慌张,还充满焦虑。陈列问她怎么了,卓玛说,不好啦!陈列问究竟怎么回事。卓玛说,你先不要问了,快帮我找个医生吧!

医生?陈列吓了一跳,旺堆老板出事了?!

他倒没出事!卓玛急急地说,是我们家牦牛出事了!

牦牛?你们家牦牛怎么了?陈列一听不是旺堆老板出事,心放了下来。

今天有好些牦牛都没精神,站都站不起来!卓玛说,别说了,你快点给我找个医生!

可是我们这里没兽医啊。陈列说。

是医生就行呗,医人和医牦牛还不是一样?卓玛明显很急。

陈列刚要再分辩,段营长出来了,说,陈列,快去叫卫生员!

陈列看到段营长也这样吩咐,只好把卫生员找了出来。卫生员一听要叫他去看牦牛,也哭笑不得,对段营长说,营长,这事我真的不会干啊。

去看看吧,实在不行,我们再去找有没有兽医。人家小女娃子都这样急了,父亲又不方便,不先去个人帮着看看怎么行?段营长是个大大咧咧惯了的人,不过有时却在大家面前显现出了他特有的细心。

陈列一听有理,马上就和卓玛一起,带着卫生员往卓玛家赶。

到了卓玛家附近的草场,一看,果然有好多条牦牛无精打采地躺在地上。卓玛说,现在正是水草肥美的季节,牦牛都应该拼命在吃草才对,即使有一两头牦牛躺在地上打盹,但不会这么个状态,一看就是毫无精神。卓玛指着其中的一头,对卫生员说,你看,这头一直都很生猛的,平时连睡觉都习惯像马一样站着睡,可从我今天早上看到它起,一直到现在,都是这个样子！陈列看到,卓玛所指的那头牦牛正侧身躺在草地上,不仅没有一点精神,而且,嘴里似乎只剩下出的气没有进的气了,完全像一个垂死的老人一样。陈列看到,周围有好几头牦牛都和这头的状态差不多。

卫生员上前,仔细看了看,转过头,对卓玛说,凭我看人的经验,这些牛可能是中毒了。

中毒？卓玛大吃一惊,怎么会有人对这些可怜的牦牛下毒呢？卓玛说这话时,脸上呈现出了无限的悲悯,似乎给牦牛下毒这事在她的世界里就完全是一件不可能想象的事。

是啊,是中毒。卫生员说,你仔细想想,是不是给牦牛吃了什么不该吃的东西？

吃？卓玛立即回答,没有啊,我都是让它们在这一带放牧的,从来没主动给它们吃过什么啊。卓玛指着那片茂密的草场。

哦？卫生员弯下腰,看草场上的草,是不是这些草有问题？

这……我们家的牦牛一直都在这一带放牧,从来没出过这种问题啊！卓玛说。

这时,陈列看到一头牦牛已经阖上了眼。他走过去一看,那头牦牛已然没有了呼吸。

这头牛死了。陈列指着那头牦牛对卓玛说。

卓玛一怔,急急奔了过来,一看那牦牛一动不动的样子,她一下子蹲下,用手轻轻抚摸着那牛渐渐发凉的身体,眼神中完全是看着一个熟悉的朋友正在离自己而去的那种悲伤,眼眶中也有一些泪水在打转,似乎就快要控制不住,奔涌而出。

陈列没想到卓玛对这些牛这么有感情。他上前,对她说,一头牛而已,不必想太多。

卓玛轻轻地抬起头,不看陈列,却看着远处一望无际的草场,说,它不仅仅是一头牛,它也是一条生命呢。

这……陈列一时语塞,不知如何回答。

卫生员见了卓玛的样子,马上过来,说,普姆,这样吧,我先回部队,拿一些药来给这些牛吃吃,然后我再尽快给你找专业的兽医来看看,怎么样？"普姆"在藏语中是姑娘的意思。

卓玛无言地点了点头。眼泪还在眼眶里转。

卫生员拿来了药,先喂那些看起来中毒的牦牛吃了。段营长知晓情况后,也马上到拉萨城里找了一个兽医来。

兽医一检验,那些牦牛竟然真的是中毒!

草场上的人都沸腾了。因为这事关系到所有草场上的人的切身利益。大家都害怕自家的牦牛受到牵连。但奇怪的是,连续两天下来,竟然只有卓玛家的牦牛连续死去了几头,而其他人家里的都没事。谣言在草场上没多久就开始传播,说是旺堆在成都做生意时做了一些佛祖不可饶恕的罪行,所以现在佛祖正在惩罚他们家。旺堆听了这些话,很是生气,他天天站在自家的帐篷前面,拄着一根拐杖,见人就说,我在成都没做任何坏事,佛祖肯定不是来惩罚我的!

陈列知道藏族人把名誉看得比生命还重要,而且,他也知道旺堆在成都的事情真相,因此,只要一有机会,他都和当地牧民解释。

但旺堆家的牦牛却还是在接二连三地死去,而且还有扩大化的趋势,这情况让段营长都急了,说,一定要查出中毒的原因!

但是兽医来了几次,却都无奈地摇头,说自己实在搞不懂是怎么回事。这草场上其他人家也有牦牛,可人家的都没事,草都是一样的,为什么就旺堆家的牦牛有事呢?

草?段营长突然问,凭什么你认为草都是一样的呢?

这?兽医没想到段营长会这么问,这都是一片连着的草场,草应该都是一样的啊。

这倒是,段营长低下了头,说,那草是一样的,卓玛也没给牦牛们吃其他东西,那说明,一定是草里面有问题!

草里面?兽医有点不解,里面怎么会有问题?

段营长不说话,直接在卓玛家牦牛经常放牧的那块草场上拔了一些草,带回了部队。

放牧的人都知道一个规律,虽然草场没有主人,但牦牛是有主人的,所以,大家对谁家的牦牛在哪一块区域放牧都约定俗成,虽然并没有明文规定谁的牦牛该在哪里放牧,但却基本上遵守着一些很早就形成的习惯。

过了一天,段营长找到卓玛,对她说,原因查到了,是有人在她家草场上投毒！

卓玛完全不相信。

但段营长说是找了专门的化验师化验的,结果绝对没问题。

陈列也奇怪,为什么会有人在卓玛家草场投毒？卓玛这姑娘一看就是一个没什么心机的人,当然不可能得罪什么人,难道是旺堆老板以前得罪谁了？

陈列突然想起那个雨夜,他在卓玛草场上看到的那个鬼鬼祟祟的人。

难道是他？陈列有点后悔当时没有把那个人抓住。如果当时把他抓住问清楚他在干吗,就不会导致卓玛家损失这么多牦牛了。

后来的事情,让陈列已经没有时间再多想。因为有关部门马上派了专门的人员来对草场进行处理,卓玛家的牦牛也暂时转移到了其他草场。

正在这时,政府找人来给卓玛谈话。

卓玛从来没和政府的人接触过,一看那些穿着整齐中山装的人,都吓得说不出来话了。幸亏是段营长陪着那些人来的,这才缓解了一下卓玛紧张的情绪。但卓玛还是害怕,都不知道说什么。

段营长笑了笑,说,别怕,找你好事呢,这是拉萨工艺厂的刘同志。段营长指着一个年龄在四十左右,穿着一身灰色中山装的人说。

那刘同志看起来很和蔼,他对卓玛说,是啊,好事呢。

当时陈列也正在现场。他听刘同志对卓玛说,因为现在西藏和平解放了,而且现在正在进行朝鲜战争,所以,国家要一边开展建设,一边以全民之力支援人民子弟兵在朝鲜战场的英勇行为,所以,拉萨决定成立一个工艺厂,制造一些产品,为广大人民提供物质食粮。

这……卓玛蒙了,可是这和我有什么关系呢？

有啊,关系还大着呢！刘同志还是很和蔼地说着话,不温不火的,看起来很有耐心,说,正因为我们要成立工艺厂,所以我们要招工人,而段营长推荐了你,说你是根正苗红的农奴家庭出身的,不管是在政治上还是在其他方面,都正符合我们的要求,所以,我们准备招你当工人。

工人？卓玛更是不知所措,什么是工人？

刘同志似乎没料到卓玛会问这样的问题,不禁哑然失笑,说,工人是我们国家的领导阶级呢,一当了工人,你就成了国家真正的主人。而且,你从此以后就有了城市户口,会成为一个城市人呢。

这……卓玛完全呆住了,根本就不知道说什么好。

卓玛这表情,好像也是刘同志没有预料到的,在他的意料中,应该是任何人一听他刚才说的这些话都要马上激动才是,可卓玛这反应却与他的预期相差太大了。因此,刘同志一时也不知道说什么好。段营长一见,马上打圆场,说,好了,卓玛,刘同志这事先想到你,说明组织对你是很关心的,这样吧,你先考虑一下,如果同意了,到时直接来找我或者刘同志都行!

卓玛还是没反应,幸好陈列在旁边拽了拽她的衣角,她才回过神来,忙不迭地点头,说,好……好……

陈列也不知道她究竟在说什么好。反正他看到刘同志在段营长的陪同下出去了,出去时,刘同志还一再回头,叮嘱卓玛,说,普姆,你可一定要认真考虑啊,这可是一个好机会呢!

过了两天,陈列有机会从营房出来,他找到卓玛,问她考虑得怎么样了。陈列身边的很多人都觉得,城市是一个值得期待的地方。陈列自己本人虽然对城市不是特别在意,但他自己如果不是当初到了成都,如果不是在成都遇到了旺堆老板,说不定他早就从这个人世消失了。所以,陈列质朴地认为,城市是一个有吸引力的地方,那地方会产生很多奇迹。

但卓玛却直接对陈列说,她不准备去。

不去?为什么?虽然没在预料之外,陈列却也吃了一惊。

因为这些牦牛。卓玛指着那些她已经暂时转移到别的草场的牦牛,说,我走了,它们怎么办?

你舍不得它们?

是啊,我舍不得它们。

舍不得它们?陈列有点奇怪了,说,你辛苦把它们养大,还不是要杀了吃了,有什么舍不得呢?

你错了!卓玛摇了摇头,我们对牦牛,就像对我们自己一样。我们都把牦牛的生命当成我们自己的生命一样的。

可你们养它们,归根结底也是为了给人吃啊。陈列说。

虽然有一小部分是,但绝大部分都不是。卓玛说,那一小部分牦牛,进了我们的身体,我们也是把它们当成了我们自己。

陈列听得似是而非,那你就因为它们放弃了一个那么好的机会?

那机会好吗？卓玛不解地望着陈列,我都不知道什么是工人啊。

不知道什么是工人,可你答应了就可以进城了,从此就不用在这草原上风吹雨淋了,多好啊。陈列自己也不知道什么是工人,不过他却凭着自己的主观想象,在劝说着卓玛。

在草原上不好吗？卓玛反问。

陈列一时语塞。说真的,他倒真的不知道在草原上有什么不好。但在他的直观印象里,西藏的农牧区就应该和他自己老家的农村一样,肯定都是没有城里面那么多人,没有城里面那么多房子,没有城里面那么多新鲜事物的。

反正我觉得这里挺好的。卓玛一脸陶醉地看着自己面前的草地,用手在那些绿绿的草叶上轻轻抚摸着,就像在抚摸着一个正在酣睡着的婴孩。

挺好？都有人下毒毒你的牦牛呢。陈列说。

这……一提起这事,卓玛似乎就开始不高兴,她的脸一下子就晴转多云了。

陈列想,一定要抓紧时间把那个投毒的人找到。陈列已经把那晚上他看到的那个人给段营长说过。段营长听了,表示马上会安排人去查。

陈列那天陪着卓玛说话,说了很久。他是真心想劝卓玛接受他的意见,去厂里当工人,但卓玛始终没有松口。

6

草场上的热旦这段时间表现得很烦躁,烦躁得一看到人就像打了鸡血一样,总想找点什么事。短短一个月,就和别人干了四五架了,而且几乎每次都是热旦自己先挑起的事端。幸亏附近的人都知道热旦就这脾气,大家对他敬而远之也就行了。但热旦的父亲却不这么看,他是天天骂热旦没出息,说这么一个大男人,还整天待在家里不出去找点事做,只会白白浪费家里的粮食。每次父亲这么一骂,热旦心里的火就更大。不过毕竟是自己的父亲,他也不敢当面对他发什么脾气,只能一个人憋着气,到草场上和自己家那些牦牛待在一起。热旦觉得自己只有和那些温顺的牦牛在一起,才能感受到自己的存在。

邻居有人上门问热旦的父亲,你儿子怎么了啊?老头头也不回,只是扔过来一句硬邦邦的话,怎么了!怎么了!还能怎么了!想女人了呗!

邻居很感惊愕,想怎么会有父亲这么说自己的儿子呢。但看热旦父亲的神态,似乎说得也是一本正经,所以大家都掩面而笑,再不问什么。但热旦因为想女人才如此好斗这事,却在短时间内就在草场上传开了,而且都还有鼻子有眼地说:这话是热旦他爸说的,他爸说的当然就是真的了!这一来,草场上的女人,一见热旦就都走得远远的。

热旦最初也觉得奇怪,不知道为什么那些女人一见到自己就像见到瘟疫一样,后来似乎听到了一些风声,这就大为生气。他回到家,和父亲大吵了一架,然后干脆自己搬了一个简易帐篷到放牧的地方搭上,自己一个人和牦牛们生活在了一起。他父亲也不管他,在他心里这个儿子反正是怎么看都不顺眼,怎么看也不成器,爱怎么样就怎么呗,没成天到晚在自己面前惹是生非,反而让他自己觉得省心了不少。

不过热旦想女人这事,却也不是他父亲乱说。年轻人,毕竟血气方刚,这事原本也属正常。但热旦却因为年轻,老觉得这事儿有点不好开口,甚至觉得有些丢人。因此,现在能一个人搬出来住,感觉自己也少了不少的压力,轻松了许多。但不管离开家有多远,草场上那些花枝招展的大姑娘小媳妇,却还是老在他的眼前晃。热旦都觉得自己快要发疯了,因为他一想到这些女人们,想的就不仅仅是她们的面容,往往都是他想象中的女人的那些敏感部位在他的眼前晃,而且不停地晃,这让他倍感烦躁却又无能为力。

草场上有对年轻夫妻刚结婚不久,正是浓情蜜意的时候,但有一天,女的却突然一个人回了娘家,而且不愿意再回来。家人问她是怎么回事,是不是与老公吵架了或者是过不下去了。她只是摇头,一句话也不讲,但整个脸却是涨得绯红。没办法,家人只好去问她的老公。小伙子开始也很害臊,不敢说什么。追问次数多了,对方家人也不耐烦,干脆说,现在女儿都回家了,你再不说原因,那她就一直住在我们家,不过来好了!小伙子听了才急了,终于很不情愿地说,他们两个晚上做那事的时候,总是感觉有人在看!

这事就弄大了,这家人马上向刚成立不久的军管会报告,说有流氓!军管会本来不管地方事务,但因为这毕竟涉及到了当地老百姓的切身利益,而且这种事的影响也不好,所以,部队就派了段营长带上陈列过来调查。陈列本也是年轻人,对这种事也觉得是一说起就脸红,根本不知道该怎么去调查,反倒是段营长,毕竟是过来人,知道这是怎么回事,他先找了一些人问询,然后再到处转了转,没多久,就锁定了目标。

这天,段营长找到了热旦的简易帐篷。热旦的简易帐篷就搭在草场上一个地势稍高的地方,虽然小,却也显眼。段营长找到热旦时,他正躺在一群牦牛中间呼呼大睡。段营长也不打扰他,就和陈列站在一边,等他醒来。陈列知道段营长来找热旦,肯定是调查的事和他有关。他仔细看热旦,看他长得倒人高马大的,外表还不赖。他就觉得奇怪,这样的人,怎么会做这种事呢?

过了好一会儿,热旦终于醒来了。他一睁开眼,突然见到两个穿军装的人站在了自己面前,脸色立即就变了,马上一个骨碌站起来,手足无措地看着段营长和陈列,说,你们,你们来干什么?

段营长见热旦的惊慌劲儿,知道自己让他害怕了,连忙对他说,没事,没什么事,就是来了解一下草场的情况。

草场?热旦还是没缓过劲儿来。

是啊,现在和平解放了,我们部队也要为老百姓办点事,让大家踏踏实实地搞生产啊。段营长说。

可……热旦迟疑了一下,似乎是想说什么又不敢说。

你说吧,想说什么都可以。段营长明白了热旦的心思,马上安慰着问他。

似乎是得到了鼓励,热旦终于说了,可这关我什么事呢?

哦，这事关系到草场上所有的老百姓，当然也关你的事了啊。段营长笑着说，我们来也没什么其他事，就是想了解一下你们家的草场面积有多大，养了多少头牦牛或者是其他牲畜。

就这事？热旦讷讷地，好像还是有点摸不着头脑。

就这事啊，段营长边笑着，边掏出自己身上随身携带的纸和笔，说，你说说吧，你家有多少牦牛？

热旦终于情绪安稳了下来，开始回答段营长有关他们家牲畜的问题。

陈列觉得很奇怪，段营长居然未问热旦任何有关他们正在调查的那事的问题，反而是不停地问着草场的情况。热旦开始还有一点拘谨，后来明显也放松了下来，开始认认真真地回答。

问了好久，终于问完了，段营长说，小伙子，不错啊，对草场上的情况这么了解，看来是个业务能手呢。

热旦腼腆地笑了，说，从小在草场上长大的，对这些情况当然知道一些了啊。

这样吧，小伙子，我有一个主意。段营长说。

什么……热旦已经完全没有了开始的不自在感，直接问段营长了。

你对牲畜这么了解，我们部队也准备办一个农场，农场里面也准备养一些牦牛啊什么的，你看到时愿意来帮忙不？段营长问。

这……热旦似乎完全没想到这个情况，但从他的脸上，能明显看出他内心的惊喜。

先就这样吧，这也只是一个意向，不过应该很快就要筹建了。如果农场到时候真成立了，我们马上找你，你看怎么样，小伙子？段营长又问。

好啊！好啊！热旦忙不迭地回答。

那我们先回去了，你现在可要好好把你们家这些牦牛照看好哟，只有把自己家的牲畜照看好了，我们到时才可以名正言顺地找你来帮忙呢。段营长笑着说。

那一定！那一定！热旦的激动之情溢于言表。

回去的路上，陈列问段营长为什么不直接问热旦有关偷窥那事。段营长看了看陈列，眼中透露出了一种很奇怪的眼神，然后说，小伙子啊，我为什么要问呢？

你去找他,不就是已经确定了是他了吗?陈列说。

确定?你凭什么认为我确定了?段营长直接反问陈列。

这……陈列一时语塞。因为他也的确找不出证据证明。

就是啊,你都没法说清楚,那你为什么要我问呢?段营长继续追问。

陈列有点窘。

段营长摇了摇头,说,小伙子,你可要学会看这些事啊,我给你说说我为什么不问他,第一,我们没有证据;第二,即使有证据,但这么一个小伙子,和你几乎一个年龄的小伙子,这事又不是什么天塌下来的事,我们为什么要抓住不放呢?一旦我们抓住不放,他这个人这一辈子岂不就毁了?年轻人血气方刚,之所以有可能弄出这种事,大多也是因为游手好闲没有事干。反过来,我们假装看不到,还给他另外一个机会,说不定他就会转移注意力,从而干得很好呢。

可是……陈列还是想问,但这是老百姓反映的呢,我们回去怎么交差?

差是能够交的吗?段营长直视着陈列。

陈列茫然地摇了摇头。说实话,他是真的不知道该怎么办。

多看看吧,小伙子。段营长摇了摇头,又说,人的一生,不是非此即彼的。就像热旦,那事可能还真就是他干的,可他毕竟也就只是一个毛头小伙子,人也正在年轻的时候,对某些事好奇也是正常的。假设他做了一些不好的事,但这事却并没有对其他人造成太大的影响,那我们为什么就一定要死死抓住他不放呢?

陈列看着段营长。他发现现在的段营长和他一直接触到的段营长完全是两个人。

回到部队,有人给陈列说卓玛来找他。

陈列马上到传达室,见卓玛正在那里坐着,一看就很焦急。

什么事?陈列问。

那投毒的事查得怎么样了呢?卓玛急急地问。

投毒?陈列愣了一下,这事,好像还没有什么动静啊。

这……我们家牦牛又死了好多了!这样下去,可不成啊!卓玛说。

不是让你们把牦牛换一个牧场吗?陈列说。

是换了啊,可每次换到别的地方,原本别人家牦牛没事,我们一去,它

67

可就偏偏要出事啊！卓玛无奈地说。

这事还真是很奇怪！陈列又想起了他见到的那个奇怪的人。

这天晚上，陈列干脆一个人到了草场。他想自己就那么守着，看这到底是怎么回事。那晚天气很冷，陈列一个人蹲在卓玛家牦牛栖息地方的一个僻静处，默默地看着那片夜幕下静静的草场。草场上繁星点点，高原上的天空离人很近，感觉夜幕就在自己的头上，伸手就能触到。陈列的心情原来不好，因为自己是来守那投毒的坏人的，但看着这夜空，却在瞬间就放松了不少。

等了好久，草场上却还是什么动静都没有。陈列有点迷惑，想自己是不是猜错了。

他看了看周围，站起身，也没有任何动静。他想自己还是到处走走算了，于是就从自己原本待的地方向另一个地方走去。转了一圈，却还是毫无所获，陈列觉得有点困，他也想回去了。毕竟部队是有纪律的，虽然请了假，但他也不能通宵待在外面不回去。

陈列刚想转身回去，却突然看到远处一个人影在闪闪烁烁地向一个地方走去。

陈列的心一下子提了起来。他马上悄悄地向那人影附近靠近。在部队这么久了，这点潜伏的基本功还是有的。他毫无声息地走了过去，等快走近了，一个虎跃，一下子将那人扑倒，然后迅即在那人还完全没反应过来，甚至在那人连叫都还没来得及叫的时候，就已经将他的双手在背后反扣，然后一只脚踩在了那人的背上！虽然陈列的一只脚受过伤，有点瘸，但完成这些动作还是绰绰有余。

陈列却在突然间感觉不对！因为他听到了一个女声在叫出痛苦的"哎哟"声！陈列大脑中首先想到的是这投毒的竟然是个女人！他马上厉声问，你是谁？那人一边喘息，一边回答，我就是这草场的主人！你来投毒还不知道我是谁！陈列一愣，这声音怎么这么熟悉？马上问，主人？哪个主人？卓玛！那人尖声回答！

陈列这次听清楚了，这竟然真的是旺堆老板的女儿卓玛的声音！他做梦都没想到自己竟然误抓了她，连忙将卓玛扶起，问，没伤着你吧？

卓玛在被扶起的时候，也看出了抓住自己的是陈列，有点迷惑，问，怎么是你?

陈列马上将自己来草场的目的给卓玛说了。

卓玛说,原来你是来抓投毒的人的啊! 我也是想晚上来看看呢!

陈列再问,没伤着你吧?

卓玛揉了揉手腕,似乎有点痛,说,没想到你居然这么敏捷,一把就把我摔倒了! 不过还算好,没什么事。

陈列咧开嘴笑笑,说,真不好意思。

没什么的,你也是出于好心啊。卓玛说。

陈列扶卓玛在一块裸露的石头上坐下,让她休息一下。两人也无心再去抓什么投毒的人,只是看着草场上无边的夜幕,陈列突然产生了一种不想回去的想法,他只想让时间就这样静静地停滞下来,然后就这样和卓玛守在一起,和这些美丽的草场守在一起。卓玛也没有回去的意思,两人虽然都坐在一块石头上,但中间仍相隔了一段距离,不过卓玛却能听到陈列粗重的鼻息,甚至能感受到陈列"怦怦"的心跳声。卓玛觉得自己和陈列,似乎都愿意在草场上就这样待着。

良久,陈列问卓玛,冷不?

卓玛摇头。

但陈列还是将自己身上的外套脱下,给卓玛披在身上。

过了一会儿,两人还是都不说话,草场上的夜风从两人身边滑过,好像没有给他们带来一点寒气。卓玛看陈列不说话,又主动问陈列,冷不?

陈列也摇了摇头。

卓玛拉过陈列的手,说,这还不冷呢! 都快冻僵了! 说着,就用自己的双手握住陈列的手,后来干脆靠近陈列,和他肩并肩坐在了一起。

陈列突然觉得草场上的夜色是如此美丽,美丽得让他心醉。他所希望的时间停滞,竟然这么快就到来了,快得让他都觉得有点恍惚,完全不敢确认这究竟是不是真的。

卓玛靠着他,一股轻柔而充满清香的气息一丝丝地游走于陈列的身边,让他有一种完全融入其中的感觉。

陈列终于忍不住,问,为什么对我这么好呢?

这还算好吗? 卓玛说,你在到拉萨的路上,救了我父亲呢。

哦，可那只是无意中做的，真算起来，是旺堆拉早就救过我的一条命呢。陈列老老实实地说。

不管是你们谁救的谁，反正你们俩现在都是我最亲的人！卓玛语气间透露出了一种明显的幸福，似乎这幸福已经溢满了她的全身，甚至她自己本身就已经成为了一个幸福的载体。

这天晚上，两人都没再谈到有关投毒的事。

后来，天微微发亮了，陈列觉得还是必须要赶回军营，而卓玛也提醒了他。两人从草场上恋恋不舍地分开。回到部队，刚遇到段营长早上查房。段营长问陈列，干什么去了？语气中似乎有点不高兴。陈列说，到草场上去了。草场上去了？段营长明显生气了，你去那干什么！

陈列突然想起，自己去草场好像没有给段营长请假，更没有说明原因，他一下子慌了，连忙给段营长解释。段营长却说，这事你不用解释了，自己私自出去了一个晚上，你自己看该怎么办！

陈列明白自己闯了大祸。他当然知道部队的纪律，但昨天晚上竟然连假都没请就走了，这让陈列自己都觉得这行为是如此的不可思议。他默默地看着段营长，意识到这事已经不可能就这么轻易过去了，只好呆呆站在一边。段营长语气异常严厉，说，你马上准备检讨吧，至于怎么处理，我们到时再看！

这一整天，陈列都被关了禁闭，一个人在一个暗屋里面写检讨。在检讨中，陈列认真分析了自己思想上有所疏漏的地方，当然，也把事情原委说了一遍。

第二天早上，段营长来到了禁闭室对陈列说，你到草场上去查投毒的人，为什么不事先给我说一下？

陈列如实回答，是自己忘了。

段营长摇了摇头，叹了口气，说，你这个人啊，本来你脚已经有点问题，待在部队就不合适了，我把你放在炊事班，也是真正为你考虑，哪想到你自己竟然这么不严格要求自己。

段营长的话让陈列的脸一下子红了起来。

正在这时，一个战士来向段营长报告，说外面有个女的来找陈列。

女的？段营长狐疑的眼光审视着陈列，说，你昨晚不是和哪个女的出去了吧？

陈列的脸更红了，他一下子想到了卓玛。这事他当然知道不能和段营长说，但他又不敢对段营长说谎话，无奈之下，只好面红耳赤地待在原地，双手双脚都不知道放在什么地方才好。反倒是段营长一眼就看出了问题，他一脚踢了过来，一下子就把陈列踢倒在了地上，还打了一个滚！段营长再上前，一把抓起陈列，举起手想又打下去，结果，他似乎突然想起了什么，而且又看到陈列惊恐的眼神，又缓缓地放下了手，只是一把把陈列推开，摇了摇头，说，你这个人啊，真是扶不起来的阿斗！说完，他转过身，对已经吓傻了通报有女的来找陈列的战士说，你给那女的说，叫她不要再来找谁了！就说我们部队已经没有这个人了！

陈列想到问题应该会比较严重，可是，他完全没想到会有如此严重！已经写了一天检讨的他顿时脸都吓青了！他连忙抬起一直低着的头，怯懦地看着段营长，段营长脸上那种怒不可遏的表情让他心里发颤，他知道事情已经变得不是一般的严重而是太严重了，因此，马上站稳了刚才被段营长推得晃了几个趔趄的身子，脸上明显表现出了一种后悔莫及的表情，但段营长却连看都不看他，在那通报的战士出去之后，马上转过身，对陈列说，你马上准备到新开垦的农场去吧！

农场？陈列在惊吓中一时不明所以。

你不能在部队待了！段营长的语调一下子提高了，大声说，你这个人，才来拉萨多久，居然会不断有女的到部队上来找你！你自己不知道这会对我们造成多大的影响？你认为部队是你家，谁想来就能来吗？！段营长一连串的诘问，让陈列一句话都不敢说。

段营长因为说话时情绪过于激动，以至于不断地在喘气。过了好久才不再喘气了，他转过身，连续吸了几口气，等情绪稍微平复了，才问，你说，刚才来找你的是不是卓玛？

陈列低着头小声回答，我不知道。

不知道？你来拉萨有多久？能认识多少人啊？段营长叹了一口气，直视着陈列，说，还想死不悔改呢！

陈列明白自己真说错话了，段营长分析的的确完全在理，在拉萨，女的他目前也真的只认识卓玛。

段营长用手指着陈列的鼻子,再直问,你给我说,你昨晚是与卓玛在一起吧?

陈列知道以段营长的智力,他是用不着再否认了,因此,他没有吭声。

那好,那好,我不管你们昨晚在一起到底做了什么,也不管你有没有做过什么,你马上给我准备退伍!段营长厉声说。

退伍?陈列吓呆了,营长,这……我……你……他完全语无伦次了。

不退伍你还能怎么样?趁目前这事还能遮住,不至于造成太大影响,你马上退伍!段营长说。

可是……可是刚才营长你说的农场?陈列突然想起刚才段营长让他去农场去的事。

不让你去农场,你老家一个人都没有,你退伍以后吃个鸡巴啊!段营长可能因为情绪激动,竟然第一次在陈列面前说起了脏话,但他也不管,只是转过身,说,你自己给自己一个台阶,也算是给部队一个面子,主动打报告说要退伍吧,反正你有原因,就说自己脚有问题,再不能在部队待了!

陈列不语。他在想,他和卓玛又没有什么实质关系,段营长至于这样吗?不过对段营长安排他到农场去的事,他倒也心存感激,毕竟段营长在这么恼怒的时候还在为他着想。

第二天,陈列主动退伍的报告就打了上去。之后没几天,段营长找到他,对他说,农场已经筹建了,你可以去了。

陈列去农场,是段营长亲自送他去的。农场离部队不远,其实也是部队办的一个农场,管理人员基本都是部队人员,只是耕作人员大部分是雇的当地藏族群众。

在路上,段营长看陈列一直不说话,开始也不理他,后来他终于开口了,问,陈列,你知道我为什么要送你到农场吗?

陈列迟疑了一下,说,想让我以后的生活有个保障。

哦,除了这个,你知道还有什么原因吗?段营长问。

陈列仔细想了想,但实在也想不出什么来,只好摇了摇头。

其实这次农场雇佣的人,除了你,还有上次我们一起去见的那个热旦。段营长说。

热旦?陈列怔住了,问,他真的去了?

段营长点了点头,说,你知道为什么吗?

陈列不说话,虽然段营长早就和他说过要招热旦的原因,但他的心里真的有一股愤怒的情绪在翻涌。他觉得段营长真的太过分了!他原本认为段营长真的是为了让他以后有个生活保障,所以才让他去农场,但热旦,这么一个被传有偷窥欲的在很多人心里都不齿的人,居然还真和他一起被招进去了!这让陈列一想起来就觉得不爽,他干脆一点话都不说了,只是默默地看着路边,和段营长一路走着,甚至他还希望段营长早点回去!

可能段营长知道陈列心里很不高兴,所以,他也就没再说什么话,只是把陈列送到了农场门口,就转身走了。走了几步,他又转过头来对陈列说,有些事情,你不想回答就慢慢想想吧,也许以后你会理解的。叹了一口气后,段营长又说,对了,有个事我还真是给你说一下,投毒的那事,我们派人查了,基本上已经有了眉目,可能这两天就会出结果了。

陈列其时对段营长已经突然有了很深的成见,所以,也就爱理不理地点了点头,甚至对他说的有关投毒的事情也不想听。到了农场门口,他径直拎着自己的包走了进去,看也不看身边的段营长,似乎他就没陪自己来这地方。几分钟后他找到了农场筹备处。因为是部队农场,所以这里的气氛和部队差不多,包括大家住的地方修得也像营房一样,只不过里面住了很多没穿军装而是穿着老百姓服装的人。陈列现在也穿着普通的百姓装,来到筹备处报了到,然后被一个工作人员带到了一间营房外面。那工作人员打开了房间,对陈列说,你以后就住这里了。说完就回去了。

陈列看了看营房,里面条件很简陋,只有一些基本的生活用品,不过倒也干净整洁。陈列自己是一个吃过苦的人,对这里不仅没有一丝丝不满意,反倒认为挺好的。他放下包裹,拿出毛巾,再端着房间里面配好的脸盆,找水准备洗个脸。

转了一圈,终于在营房的一角找到了一个水龙头。那时拉萨的自来水还相当的稀罕,能有一个水龙头用上自来水,条件已经是非常的不错了。陈列越发觉得这农场还真是适合自己。他打开水龙头,接水,然后转身,准备端着水回营房。

可就在他刚转身的时候,一个声音却突然从他旁边响起,说,是你啊!那声音似乎很是激动,在陈列毫无准备的时候几乎吓了他一跳。

他定睛一看,一个穿着藏装的年轻小伙子一下子就蹦到了他的面前,那小伙子咧开嘴笑着,满脸都洋溢着笑意,不过因为面部皮肤太黑,以至于笑容都有点显不出来,但笑时却露出了两大排牙齿,白晃晃的,在太阳光下面闪着光芒。那光芒白花花的,让陈列突然觉得有点发慌。

那人却不管他,反倒是一把抓住了他的一条胳臂,大声说,你不认识我了啊?你也来这里了啊!

你?你是谁?陈列的确想不起面前这人是谁了。

我就是那天你和段营长来找我谈话的热旦啊!那小伙子对陈列说,似乎是害怕自己的汉语不过关,还边说边比画着,就是那天你和段营长一路来我的牧场,然后给我说要招我进农场的那个热旦啊。

热旦?陈列突然想起了眼前的这个人是谁。他真没想到段营长刚刚和自己在来农场的路上才提到的人,竟然这么快就遇上了。他心里对热旦在内心的反感因为见了他嘴中白光光的牙齿而越发强烈,于是,连忙端着盆子,装作很忙的样子,说,是啊,是啊,原来是你啊。边说,边向自己的房间逃去。

热旦却似乎完全没注意到陈列的过度反应,他反而还是热情地跟在陈列的身后,继续说,你知道吗,如果不是因为你和段营长,我肯定都不会来这农场上班呢,你不知道,这里可有多好呢,居然都还有自来水呢,那自来水可真是太管用了,水龙头开关一开,水就"哗哗"地流了出来,都不知道有多方便呢!

陈列对热旦说的话完全没有听进去,他甚至有点慌不择路地往前跑着,端着的水也溅出了一些在地上。热旦似乎是觉得他端不了这水,居然一把把水盆抢了过去,说,你刚来,由我来帮你端水吧。陈列在毫无准备的情况下就被热旦把那盆水抢过去了。他刚想发火,热旦却继续咧着嘴笑着问,大哥,你是来农场当干部的吧?

干部?什么干部?陈列问。

就是来管理这农场的,来管理我们的啊!热旦说。

陈列的脸一下子就红了,说,不是,我也是来这里的普通工人。

哦,不会吧?你也会啊?热旦追着他问。

陈列只能无奈地点着头。在点头的时候,他终于到了自己的房间外面,然后推开刚才出去就没锁的门,准备进去。

你就住这里啊?我们这也太有缘了啊,大哥,看来这是佛祖的安排啊!热旦站在陈列刚推开的门口,充满惊喜地说,我就住在你旁边呢,大哥!

陈列连忙闪身进了屋子,顺便把门推上,说,哦,那好啊,那好啊。

热旦的一只脚却不管不顾地也迈了进来,见陈列在推门,才似乎突然之间意识到了什么,连忙把脚伸了出来,有点尴尬地说,大哥要休息了啊,那你就好好休息吧,我就住在你的隔壁,有什么事情叫一声啊!

陈列点了点头,关上了门。

门一合上,陈列不禁松了一口气。他本来对热旦就没什么好印象,刚才突然遇到后热旦一连串的行为和语言,让他更是反感。他坐在自己的那张简易的单人床上,不由得庆幸自己终于摆脱了这个人。但一想到他竟然就住在自己的房间隔壁,他却又无奈地摇了摇头。苦笑中他终于洗了自己来到农场后的第一把脸。

陈列突然想起段营长给自己说过的一句话,他说投毒的事情可能快要有结果了。他想,这事应该快点去给卓玛说一声,免得让她担心。因此,趁着现在还没有开始正式上班,他出了农场,向卓玛家里走去。

到了卓玛家,她正在做饭。看陈列来了,卓玛明显很高兴,都差点上来就拉住陈列的手,不过房间里旺堆却突然在喊卓玛,卓玛连忙跑了进去,陈列也跟了进去。

一看陈列进来了,旺堆很激动。他正坐在床上,因为行动不方便,只得伸出手来握着陈列的手,一只手握着,一只手轻轻在陈列的手背上拍着,显得异常亲密。

因为腿不方便,旺堆老板现在几乎只能在床上这个地方活动了,他偶尔也会拄着拐杖出去转转,但毕竟不如正常人,时间一久,就会累得慌,因此床现在几乎已经成了他最依赖的东西。正因为这样,一旦有人来,他的心情马上就会好起来。特别是陈列来了,他更是高兴。

他问陈列,怎么,你今天没穿军装呢?

陈列很平静地回答,说,退伍了。

旺堆老板和卓玛都很意外,卓玛直接问他,你怎么突然就退伍了呢,之前都没听你说过这事啊!

陈列不想对他们说有关自己退伍的事情,只是说,也没什么,就是想退伍了,我现在在部队新建的农场上班呢。

农场?那你不会离开拉萨了?卓玛很焦急地问。

是啊,我以后就在农场上班,不会离开拉萨的。陈列说。

这就好!卓玛舒了一口气,似乎陈列的话已经给她吃了一颗定心丸,甚至还合掌对着屋里供着的佛像拜了拜,然后说,我就说怎么几天都没见到你了,上次去部队,你们部队的人说你不在,原来你已经退伍了啊,不过也没什么,只要不离开拉萨就好!

旺堆看了看激动的卓玛,连忙说,真是傻丫头,快去做饭吧,陈列好不容易来我们这里,你可要做一点好吃的给他吃啊。

卓玛调皮地做了一个鬼脸,说,这是当然了啊。然后就马上出去了。

陈列对旺堆老板说了段营长有关投毒的话。

旺堆老板听了以后,叹了一口气,说,这事虽然他知道段营长他们一直在调查,但其实他自己内心也有一点底。

有一点底?陈列有点不明白。

是啊,旺堆老板摇了摇头,说,我这个人从来都没做过什么损人利己的事,因为我从来都不敢在佛祖面前造孽,所以几乎也没有得罪过什么人,在我老家,因为我那么长时间都在跑茶马古道,大部分时间都在成都,所以,更没有得罪过谁。

那怎么会出现有人在你家草场上投毒的事情呢?陈列当然相信旺堆老板是这样一个人,因此立即这样问。

我仔细想过了,最后我发现,虽然我从来都觉得自己没得罪过什么人,但有一个人,我可能是在不经意间引起了他对我的不满。

不经意间?

是啊。

那是谁?

旦曲。

旦曲?

他有一个儿子叫热旦。我听说你和段营长去找过热旦。

旦曲?热旦的父亲?陈列一下子怔住了。他没想到竟然又听到了热旦的名字,更没想到热旦的父亲竟然还可能与旺堆老板家的投毒事件有关。他看着旺堆老板,急切地想知道这究竟是怎么一回事。

7

旦曲是一个嫉妒心很强的人。旺堆老板开始缓缓述说。

原来,很多年前当旺堆老板第一次走上茶马古道开始做生意时,因为手中缺少资本,他不得不从几个私交比较好的人手里借了一些钱,而且对他们说,只要一赚了钱,就马上还他们。好几个人都一口答应了,但当他找到旦曲时,旦曲却说,钱可以拿,不过以后旺堆每年的收入必须要给他相应的提成。那时的青藏高原有这种意识的人不是太多,甚至可以说几乎没有,不过从一开始旺堆倒也没觉得这有什么,因为他是一个有生意头脑的人,认为旦曲提出这种要求也是理所当然的事情,而且他还觉得旦曲是一个意识很超前的人。但后来发生的事情,却是旺堆始料未及的。

跑了第一趟生意之后,旺堆老板果然赚得不少,几乎把借的所有钱都还上了。他来到旦曲家里,把之前和他约定的提成也给了他。

没想到,旦曲在拿了他自己应得的提成后,却说,这不是提成吗?

旺堆老板点了点头,说,是啊,有什么不对吗?他还认为是自己给错了,少数了钱给旦曲。

旦曲却说,这只是提成啊,可你在我这里拿的本钱呢?

本钱?旺堆当时糊涂了,你不是要了提成吗?要了提成的话,那你的本钱就是相当于给我的生意投资了啊,我只需要给你每次做生意的提成就行了啊。本钱已经包括在提成里面,我是不需要还的。

不需要还？那你怎么都还了其他人的本钱了呢！旦曲勃然大怒。

其他人的钱是我借的啊，借的和投资的当然不一样！旺堆老板当时也寸步不让。因为他知道，投资与借钱，肯定是两回事。他又说，而且当初你说的就是要提成，没说是借给我的！

你……旦曲的怒火其时已经不可遏制了，他一把抓住了旺堆，两人当即就扭打在了一起。扭打的结果，是附近最有名望的喇嘛出来主持公道。喇嘛对这种俗世生活也是第一次遇到，所以，他也不知道如何处理。但因为他毕竟在大家心目中有威信，所以，大家都期待着他能拿出一个让两人都觉得能够接受的方案。

喇嘛考虑良久，才终于开口了，说，佛祖要求你们选择不同的方向。

不同的方向？旺堆和旦曲都望着喇嘛，不知道是什么意思。

喇嘛继续说话，说，钱财是身外之物，佛的恩赐才是你们最重要的，因此，你们必须将身外的东西化为佛祖的恩赐。

旺堆和旦曲更加不解了。两人都不知道这究竟该怎么办。

喇嘛用手指着一个方向，对旺堆说，按佛祖的旨意，旺堆以后还是到你该去的地方，而你……他指了指脚下的地方，又指了指旦曲，说，你也只能待在你原有的地方。

说完，喇嘛就再不发一言。

两个俗世的人，都被喇嘛这几句话弄得不明所以。幸好有一个年老的人马上对他们说，喇嘛传达的是佛祖的意思，就是说你们俩不要再争了，该干什么就去干什么吧，旺堆继续做你的生意，而旦曲，就不要再和旺堆争什么了！

是这意思吗？原本已经拳脚相向的旺堆和旦曲，不由得面面相觑。

那还能有啥意思？给他们解释的人说。

果然，在喇嘛来调解之后，旦曲也不再来找旺堆索要他的本钱，不过他却提出了一个要求，说是以后凡是旺堆做生意挣来的钱，都应该给他提成。旺堆觉得这也无可非议，于是也就答应了，不过提出只能给五年提成。旦曲却不干，说五年太少，他要的是旺堆以后所有生意的提成，至少每年一次。

这一下子又惹火了旺堆，他觉得旦曲真是无理取闹，哪有投一笔钱，就可以一辈子坐收渔利的呢？而且当时旦曲投的那点钱，也不算多。因此，旺堆也不同意，两人就又开始闹。没办法，几乎又差点闹到拳脚相向的地步，后来只得又去找那喇嘛。喇嘛这次却连见都不见他们了，只是让一个刚学佛的小僧人出来，一人送给了他们一碗水。

两个人在寺庙前的小平地里端着那碗水，却不知道是什么意思，问小喇嘛，小喇嘛却说，上师的意思是说，你们即使把手里这碗再端得平，再保护得好，可如果不添水，它终有一天也会被太阳晒干的。

那是什么意思呢？两人都问。

你们这还不明白啊？小喇嘛说，上师的意思就是叫你们不要争了，努力想加水的办法才是真理。

加水？两人是更糊涂了。

既然你们都想挣钱，那你们的"加水"当然就是都各自想办法去挣钱啊！小喇嘛都有点不耐烦了。

哦。旺堆和旦曲有点明白喇嘛的意思了，看小喇嘛的神色，两人也不敢再问有关分成应该有多久这事了，只好一人捧着一碗水回到家里。

这之后，旺堆就一直在成都和拉萨之间来回跑着，而他每次回来，都给了旦曲应有的分成。

分成五年之后，旺堆还是找到了旦曲，对他直截了当地说，我想了好多年上师当年的话，我觉得我们的分成应该终止了。

旦曲一听，当然还是不干，说，上师当初并没有说你只给我五年。

可是，旺堆说，上师说要我们一起去找加水的办法，不是只叫我一个人去找，现在我一个人找了这么多年了，你也不能再继续让我一个人去找了吧？如果你还要我一个人去找，那你是不是不遵循上师的教诲？

旺堆一搬出在当地人心目中无比尊敬的喇嘛名号，当然一下子就震住了旦曲。无奈，旦曲只好说，那无论如何你得再给两年提成，这是最低要求，否则免谈！

旺堆见旦曲终于让步，虽然还是很不乐意，不过也只好勉强答应了下来。

但旺堆当时明显看到旦曲心里那股心不甘情不愿的样子，甚至，他还看到旦曲心里对自己的那股怨恨。他知道旦曲一直都是一个小心眼的人，所以也并未再去和他计较,只是想,只要能与他撇清干系,那就已经是最好的事情了。

但是,从旦曲身上,旺堆老板明白了一个事,那就是让周围的人都投资他的生意,而不再是像当初那样的借钱。投资的人多了,本钱自然就多了,本钱多,自然好赚钱,而赚了钱之后再分成,这对大家都是好事。当然,分成是有年限的,而且分成的多少也和投资的数额有关。这办法果然有效,没几年,旺堆就已经在茶马古道上成为了一名尽人皆知的老板。

而这事让旦曲更是不爽。因为他认为旺堆老板发家致富的办法是他想出来的,旺堆家的"水",如果没有他,根本就已经完全被晒干了,而旺堆后来不再给他分成,完全就是欺负了他。

所以,旦曲之后再见到旺堆老板,都是横眉怒目的,从没给过他好脸色看。

旺堆老板说完这些,叹了一口气,说,我真没想到,他竟然到现在都还在记恨这件事,唉……边说,他边摇头。

这时卓玛已经把饭菜端上桌了,让大家吃饭,她一边给旺堆老板夹菜,一边说,可是,这也只是你的猜测而已啊,阿爸,这投毒的事情还有可能真不是他干的呢。

你这个善良的孩子!旺堆老板慈爱地看着卓玛,说,老爸刚才已经给陈列说了,说我在这里这么多年,因为做生意都不知给投资的人赚了多少钱,从来没做过什么坏的事,当然也就不可能得罪过什么人,而一个人可以用投毒的方式来杀死我们家这么多牦牛的,肯定也就是一直对我有很大成见的那个人。这人,也只有旦曲了啊。

陈列听了,也说,是啊,我觉得旺堆老板说得很有道理。

正说着,屋外有人喊,请问旺堆老板在家吗?

卓玛连忙放下正端着的碗,应声说,在啊。陈列听这声音,似乎是段营长的。他有点不想见段营长,可是又不好马上起身离开,更不好给卓玛和旺堆老板说自己和段营长之间产生过的那些不快,只好还是坐在那里吃着饭,等卓玛把段营长领进来了,他尴尬地给段营长挪了一个位子。

你这小子,刚到农场上班就来人家卓玛家里蹭饭来了啊?段营长一见陈列,似乎他还是他手下的兵一样,一点距离都未曾产生过那般和陈列说着话。

　　反倒是陈列不好意思了,他连忙让段营长坐下,旺堆老板也招呼着让段营长吃点东西。

　　段营长却说,不了,不了,我来,是有事要找旺堆老板的。

　　有事?旺堆老板看着段营长,问,不会是有关投毒的事吧?

　　是啊,旺堆老板不愧是跑江湖的,一下子就猜到了!段营长挪了挪身子,好让自己坐得舒服一点,再说,我们已经把那人抓住了!

　　抓住了?是谁?几乎是在同时,卓玛与陈列发出了疑问。

　　这人就是这附近的,一个叫做旦曲的人。段营长说。

　　哦?真的是他啊?!卓玛惊讶地说。

　　段营长倒有点不明白了,问,什么意思,你之前就在怀疑他啊?

　　不是我怀疑,我们刚才就正在说这事呢!卓玛说。

　　段营长不解地问,你们说了什么呢?

　　陈列把刚才旺堆老板给他说的那个事再给段营长复述了一遍。

　　哦,原来是这样,不过如果你们能早点给我们提供这个信息,我们倒不用费这么多周折了。段营长说。

　　唉,我也只是怀疑而已,不敢肯定,所以当然不敢给你们汇报了啊,也害怕冤枉好人嘛。旺堆老板叹了一口气,听他的话语,再看他说话时的表情,陈列似乎觉得旺堆老板从内心深处,还是实在不想印证他自己这个已经变成了事实的猜想的。

　　那是怎么抓住他的呢?陈列和卓玛又几乎异口同声地问。

　　其实很简单,我们这几天连续派了几个战士夜间到草场上蹲点埋伏,没想到只守了两个晚上,就把他抓住了,而且,还当场缴获了他当时手里拿着的那些毒药。段营长说。

　　这样啊?陈列有点失落,怎么自己去的那天晚上就没抓住旦曲呢,如果抓住了,他也就可以给段营长解释那晚自己为什么通宵未归,从而也不用这么快就退伍了。

　　这事还真得感谢你这小子呢,段营长伸出手来,在陈列的肩膀上擂了一拳,说,说实话,草场上的这种事之前我也没遇到过,因此根本不知道怎么处理,后来这小子居然主动到草场上守了一夜,这一下子就启发了我,呵

81

呵,想这办法岂不就是最好的?没想到果然奏效了!

陈列一听段营长这么说,马上脸红了起来,他看着卓玛,卓玛似乎也听明白了段营长说的陈列去草场守的那一晚是个什么事情了,脸也红了起来,低头不语。

所幸段营长却并没有再谈论其他的事,只是给旺堆老板说了一下投毒的事情已经了结,他们家的牦牛以后可以放心放牧了之类的话,他们也会按照相应的政策来处理旦曲,之后就站起来走了。

从卓玛家里出来,陈列回到了农场。到农场,天已经快黑了,陈列又看到了热旦。热旦现在却没有之前见到陈列的那种热情了,见陈列回来,也只是蹲在自己门前的地面上,无精打采地问了一句,回来了啊,哥?陈列点了点头,看着热旦的表情,他明白这是什么原因。原本想和热旦说两句话,但想起热旦曾经让自己如此不想接近,因此还是马上回到了寝室,关上了门,躺下了。

睡到半夜,陈列却突然被一阵猫样的小声喘息惊醒了。陈列迷迷糊糊中认为是自己房间里进来了老鼠,马上翻身起床,抄起一把电筒,在房间里四处查看。在陈列刚起身的时候,那喘息声停止了,陈列查看后,发现房间里却没有任何异样,不像有老鼠的样子,他觉得是不是自己在做梦,躺下又开始睡。没料到刚躺下不久,那喘息声竟然又开始了,陈列觉得很奇怪,因为那喘息声似乎不在自己的房间里。他轻轻地支起自己的身子,侧起了耳朵。这次,他听清了,那声音竟然来自隔壁!来自与自己一墙之隔的热旦的房间!

陈列开始听那声音,不明所以,但听了十几秒钟,不禁马上面红耳赤。那声音让陈列的脸在黑夜中也马上如旷野上的草一般燃烧了起来。他知道那是什么声音,也明白那种声音是因为什么而发出来的。所以,他连忙用被子遮住了自己的头,把自己全身都包在了里面。可是那声音虽然轻微,却因为营房这建筑材料实在不算好,几乎完全没什么隔音效果,所以,还是有如一壶连绵不绝的温水,在往他的身上洒,让他全身燥热。没办法,陈列又找了两张纸,塞住了自己的双耳,可是还是不行。无奈之中,陈列只好悄悄起床,再悄悄打开房门,走了出去。

拉萨的夜,比白天要冷很多。这里是一个温差非常大的地方,白天与晚上的温差,可以达到十多二十度。就像这天,整个一白天都是阳光普照,可一到晚上,气温却骤降,低到了让陈列一出门就感觉到一阵寒风吹了过来。他不由得全身都在打寒战,但还是轻轻走到了离营房较远的一个开旷处,在那里闲转。

空地上的风很大,呼呼地吹着,因为出来仓促,没穿什么厚的衣服,陈列感觉自己的身体马上就有了一种快要冻僵的反应。他撒开脚步,在空地里跑了起来,开始还怕弄出声响,影响了其他人,但因为实在太冷,没有办法,只好加快了脚步,后来干脆就在寒风中以最快的速度跑了起来!

好不容易身上暖和了一点,有了一点温度,可陈列也觉得自己全身都累了。毕竟是在高原,海拔几千米,氧气比内地要少得多,一跑起来太消耗体力,根本不能像在内地那样坚持那么久。陈列终于支持不下去了,不得不再回到房间。

进房时,陈列马上倒在床上,钻进了被窝。这次陈列再没听到什么响动,他很快就睡着了。不过这一次睡过去,却让陈列一下子睡了很久。

在睡梦中,陈列感觉自己的整个身体都在飘,在一种很虚浮的物质上飘移。陈列似乎看到了自己全部的身影都倒映在那摊虚浮的东西上面,而那倒影却让陈列再也看不见任何东西,似乎自己的脸,自己的身子,自己的所有部位都成了一堆黑乎乎的平摊在地面上的黑幕,让他完全不知道自己是谁,更不想知道自己是谁。陈列觉得自己的全身都很沉重,沉重得让他自己都有了一种想挣脱自己身体的欲望。而这欲望,却让他不由不想起了自己的老家光芒村。而光芒村此时在陈列的印象中却又是模糊不清的,虽然有一个个扛着锄头、扎着腰带、卷着裤管的看似熟悉的人在他面前经过,甚至那些人在开着各种只有老家才能听到的或粗俗或下流、完全不能登大雅之堂的玩笑,但陈列还是不知道那些一个个经过自己面前的人是谁。他努力想睁大自己的眼睛,努力想用肉眼看清这一切,但这些挣扎却都无济于事,甚至让他还产生了一种似乎虚脱般的无力感。

直到第二天晚上,陈列才终于在这种无力感中睁开了眼睛。

一睁开眼,陈列就看到自己正躺在一片白晃晃的空间之内,触眼所看到的,全是白的,白的墙,白的桌子,白的被单,白的床。陈列感觉自己已经到了医院,可是,身体还是不能动,大脑也还是一片混沌。他将自己的身体试着蜷了一下,却感觉是那么的难,那身体似乎已经完全不听他的指挥了,让他感到了一种强烈的无所适从。他只得努力睁大自己的眼睛,这时,他听到一个娇气的声音在喊,主任,主任,他终于醒了!

醒了吗?另一个声音在陈列的另一边响起。他想转过头,却用不上力,那声音继续说,那你快点去通知农场陈站长,给他说病人醒了!

一个声音应了一声,然后就听到往外走的脚步声。

过了不久,陈列被扶起,他的头也终于清醒了过来,然后他也渐渐看清自己的确是在一个医院的房间里,而一群人也正围着他,一个穿着军装的人,正向他走了过来,那人面上堆满了笑容,看起来很年轻,却一点都不显稚气。陈列突然觉得这正走向自己面前的笑容是那么熟悉,他努力一睁眼,竟然马上用尽全力喊出了一句话,那句话是那么的大声,大得让陈列自己都吓了一跳!

那句话是:陈常!你是陈常!

那堆满笑容的人明显也一怔,但只怔了不到一秒,就瞬间明白了自己现在正面对着的人是谁,他马上冲了过来,一把抱住了这个还在床上,不过是坐在床上的人,大声喊:大哥!是你啊!怎么是你啊!

医院的病房因了这对兄弟的相认,气氛一下子变得诡异起来,所有人都惊讶地看着这两人,这两个已经拥抱在一起的人,有的人脸上表现出了一种激动,有的人却只是张大了嘴巴,还有的人似乎觉得这种场景莫不是电影情节。但不管怎么样,整个病房马上就已经因了陈家兄弟这次意外的相逢,而使人觉得这不再只是一个病房,而是这两兄弟人生中的一个转折点。

这兄弟两人,也因这意外,而变得激动异常,以至于在相认后好久,至少有十好几分钟,都不能再说出一句话。而陈列因了身体的原因,本就头脑不太清醒,加上突如其来的幸福,更是不能说话。陈常却是因了不停的哽咽,说不清楚任何一个字或者任何一句话,只是不断地反复说着,哥啊,怎么是你呢!好不容易平复了一点情绪,陈常又一直在问陈列,说,哥啊,这些年我一直在找你,你怎么就不见了呢!哥啊,你怎么也跑这么远,到了拉萨了呢?!这些问题,陈常一连串地说了出来,可是以陈列目前的状态,却是不能回答,想回答也不知道从哪里说起。没办法,主治医生只好先让陈常在门外站了十几分钟,十几分钟之后,陈列终于开始清醒了,陈常的情绪也平复了,两人才开始真正说话。

这样的场面无论如何都不能让人在短时间内将那种激动之情完全平静下来,因此,两人再次说话时,竟都有点结结巴巴,甚至词不达意。但不管怎么样,这样的聚会却也实在太让人惊喜,因此,一切呈现出来的都是令人可以理解的,也是可以接受的。

在接下来的两天时间里,陈常一直陪在陈列的身边,几乎是寸步不离。两兄弟因了这两天,终于把很多事情都弄清楚了。

原来,陈列是因为感冒引起严重的高原肺水肿住院的。那天晚上陈列在外,在冷风中被吹了那么久,第二天就严重感冒,以至于一觉睡到了下午。农场的人知道前一天来了一个新来的同志,本来让这人第二天上午去农场办公室安排具体工作,没想到办公室的人等了一上午,却都没见到人来,中午过后,办公室的人觉得有点不对劲,就派人到陈列的房间去看。去的人敲门,里面却没有人理,房门也并没有锁上。敲了好一会儿,办公室的同志终于忍不住了,不得不推门进去。这一推门,就发现陈列满脸通红地躺在床上,不仅喘着粗气,而且嘴里还不停地说着吃语,一看就是病了的样子。办公室的同志用手摸了一下陈列的前额,发现竟然是热得烫人,这才大惊,马上将他送到了医院。到医院后,陈列也是好久都没有醒过来。医院一检查,知道他是得了高原性肺水肿,而且是感冒引起的。感冒这东西,在海拔低的地方几乎不会有什么太大的问题,而在海拔高的地方,一旦得感冒,如果治疗不及时,就有可能转化成肺水肿,而肺水肿却是一种能致人丢命的突发性高原性疾病。医生说,如果陈列再晚到两个小时,那可就真的没救了。鉴于陈列的病情严重,办公室的同志在将陈列送到医院后,马上通知了农场的领导。农场的领导也就是陈常。

可是,你怎么也在拉萨呢?陈列很奇怪,问陈常。

陈常叹了一口气,从当初光芒村那场灾荒开始谈起。

那一年,他不得已离开了光芒村,四处漂泊。但因为年龄太小,也不知道能够干什么,只能够吃上一顿算一顿,绝大多数时候都是处于一种食不果腹的状态。不知道怎么的,两三个月的时间,他竟然走到了一处他自己也不知道地名的地方。这地方虽然也和光芒村一样穷,但这里是长江边的一个码头,因为有码头,所以很多穷人都聚集在这里当搬运工。很多运货的船一到码头,都需要大量的搬运工人,而这种几乎完全不需要什么技术只需要体力的活对陈常来说是最适合不过了。他虽然年龄比较小,但长得很高,因为在家时也长年干那些粗重的农活,所以力气也还算不错。因此,他一到这地方,看到那些露着上身光着膀子的人后就明白,自己是不会饿死的了。

陈常在码头干了一段时间后,倒也能混得下去。他天天混迹于码头,慢慢对这地方也有了一点熟悉,了解了一些当地的情况,很多本地人也愿意将一些他们知道的事情讲给陈常听。突然有一天,江边的人都面色凝重,行色匆匆,似乎是有什么重大的事情要发生了。而且码头上突然来了各种各样穿着军装扛着枪的国民党部队。这些部队一来,就到处抓人,陈常也不例外,被抓到了一个工地上,天天给部队扛包,扛着一些沉甸甸的沙袋往白茫茫的江边河滩上堆放。陈常开始不知道是什么事,后来有人悄悄地对他说,听说是共军要渡江了!

共军渡江? 陈常吓了一跳,那岂不是要打仗?

是啊,所以国军马上就要进驻这里,和共军殊死一战了!

殊死一战? 那岂不是要死很多人?

死人? 打仗死人算个屁啊! 那人不屑地撇了撇嘴。

形势还真如那人所说越来越严重,没多久,就听说江对面已经作好了渡江的准备,过不了多久就要强行打过来了。这样,江边的防御工事进度就加大,原本一天还能轮班休息的,到现在却几乎都没有休息的时间了。除非实在干不动了,累倒在了工地上,才有可能被抬回到集中关押大家的小屋子休息一会儿。有的人实在不行了,被军官不停地抽打,逼迫着使出自己全部的力气来干活。他的心里没底,不知道自己究竟该怎么办,想跑,却明显跑不成。陈常还亲眼看到有一个人实在受不了,一天找了一个机会一猛子扎到了江水里,似乎是想跳江逃跑。可是他刚跳入水里,几个士兵就一起冲江里开枪,几乎是在枪响的同时,一圈红色的波纹就漂到了水面。陈常看得心里直发毛。

一天,一个当官模样的人把在江边所有的人都召集了起来,似乎是要讲什么话。这人看起来官很大,肚子大大的,和他的军装都有点不协调了。

他站在江边一个安全的隐蔽处,对大家喊话,让所有的人都要齐心协力一起保卫蒋总统,共军是一定不可能打到江这边来的,他们一定会失败的,而且还说,只要到时大家顶住了共军的进攻,到时每人都会有超过平常的奖赏。说到这里,他话锋一转,又说,现在经常在江这边发现江那边派过来的共军间谍,希望大家都要小心,如果一旦发现共军间谍就马上报告,否则,将和共军间谍一样,就地处决,决不宽容!

就在那天晚上,当陈常正在睡觉的时候,突然听到了屋子外面传来了一阵激烈的枪声。陈常和屋子里面的人都连忙爬了起来。有人在喊,不得了了,共军打过来了,快跑!

可屋子却被人从外面锁上了。人在危急的时候,会想到一些冒险的措施,当即就有人拾起屋子里面的一条凳子,用力往门上砸去。一人这么干,其他人也都找到自己手边能砸门的东西,一齐往门上使力。几乎是在枪声刚响起没多久,门就轰然倒下,屋子里面的人都一窝蜂地拥了出去!

这间小屋子是连着一排屋子的。一间屋子有人砸开了门,其他的屋子也都效仿,没多久,整个一排的屋子里的人都砸开了门冲了出来。看守的士兵开始还开了几枪,打倒了几个人,可突然之间见几乎所有的人都往外涌,一下子也慌了,甚至吓呆了,就只能站在那里看着那么多的人从屋子里面冲出,再四处而散。

陈常也跟着大家冲了出来,可是他明显感到江面上很平静,不像是有人在向这边进攻的样子。不过当时他也顾不上这么多了,也只能趁着这个大好机会往外冲,当时想的就是能跑就跑。陈常一会儿就越过了江边那个堆满沙袋的地方。因为是黑夜,他只知道一直沿着江边跑。因为江水反衬着夜色,还能看清一些前面的路。终于,他到了一个隐蔽处。他发现这里似乎没什么人,所以,找了一个长满芦苇的凹地,先暂时藏了起来。那凹地全都是水,陈常待在里面,只露出了自己的眼睛和鼻子,大气都不敢出。江这边到处都是枪声在响,反倒是江那边很安静,什么动静都没有。陈常很奇怪,不明白这到底是发生了什么事情。但自己能逃出来,他也觉得很庆幸。

陈常知道自己不能在这里久待。现在是黑夜,那些追捕的人可能发现不了他,可一旦天亮,那就麻烦了。于是,只休息了一会儿,喘了几口气,陈常就轻轻地划着水,想找个地方跑出去。

　　刚划了几下,陈常突然碰到了一个人。他一个激灵,刚想叫,那人却一把抓住了他,用什么硬硬的东西一下子就顶在了他的后背上,再捂住他的嘴,压低声音说,不要喊!

　　陈常已经被那硬硬的东西吓住了,他连忙点了点头。你是不是从江边工事跑出来的?那人还是压着嗓子说话。陈常再点了点头。那人连忙说,你放心,我也是从那里跑出来的!你不要慌,也不要叫,这对我们都有好处!陈常连头都不点了,反而平静了下来。因为他大概已经能判断出,这人不是追兵。只要不是追兵,那他也就不用害怕什么了。

　　那人也及时松开了捂住他嘴的手,说,我们都是一条船的,没事就大家都没事,有事就都完了。

　　陈常借着月光看了看那人,说,可是我不认识你啊。

　　江边工事上抓来了那么多人,你都认识吗?那人反问。

　　陈常一听,这话倒也有道理,于是便不再问了。

　　那人朝着一个方向走,陈常待在原地。那人走了几步,回过头来说,你怎么不走?陈常说,我不知道往哪里走啊。

　　不知道?那人很疑惑。

　　是啊,我本来来这里就没多久,人生地不熟的,现在从工事上偷跑了出来,也不知道该朝什么地方走。陈常老老实实地说。

　　哦,那人在暗夜中打量了一下陈常,说,那你跟我一起走,行不行?

　　这……陈常有点迟疑。

　　还犹豫啥啊,快走!两个人一起,也互相有个照应嘛!那人一把抓住了陈常的胳膊,然后就往芦苇地深处走。

　　看来那人对这里的地形很熟悉,没多久,就走到了一个很隐蔽的地方。到了那里,他四处看了看,然后带陈常到了一块巨大的石头边上。那石头孤零零地摆在江边,显得有些突兀。走到石头边,陈常居然看到石头下压着一条缆绳。那人弯下腰,用力推那块石头,但因为石头太大,所以推了几次都没什么动静。陈常觉得自己看着他一个人推也不是个事,也就上前,和他一起推。终于在两人的共同使力下,把那石头推开了。那人把缆绳放在手里,再一拉,一条小船居然悄无声息地从芦苇深处晃晃荡荡地摇了出来！

那人跳上小船,陈常还待在江边,不知所措。那人冲陈常喊,你这人怎么了？不上来吗？等人来抓你啊！

陈常这才反应过来,也连忙跟着跳上了小船。那人似乎对操作小船很有经验,一上船,就划动了浆,小船很快轻轻地离开了江岸,游到了江水里。

可陈常却觉得有点不太对劲,这船的方向竟然是在向对面开！他惊讶地问,这……你怎么往对面划呢？

不往对面划,难道还回去被抓啊！那人回头,冲陈常说。

可对岸是共军啊！陈常担心地说。

共军？你很害怕共军吗？那人看着陈常,反问。

我也不知道,不过他们都说共军杀人放火,无恶不作呢！陈常想起了在工事上国民党那边的宣传。

哦,这样啊,那人问陈常,那你觉得我是不是那样的人呢？

你？陈常借着月光,再仔细看了看眼前的这人,虽然月光不太明朗,不过基本上也能看清大概的脸部轮廓。他老老实实地说,你不像。

我不像？那人反倒笑了,可我就是共军呢。

你是共军？

是啊,我就是他们宣传的杀人放火,无恶不作的共军。那人继续笑着对陈常说。

这……陈常一点都没想到,一时不知道怎么回答。

放心,到了那边,你想干什么就干什么,我不会强迫你的,只是我们现在必须到对岸去,否则,肯定会被他们抓住的。那人说。

刚才枪响,是不是在抓你？你是不是就是他们嘴中所说的共军间谍？陈常突然想起了这个问题。

是啊。那人也不瞒他,点头说。

难怪,还都认为是你们打过来了呢。

呵呵,那是你们被关的房里有我们的内应,他们知道我今晚可能要出事,所以当他们一开枪抓我时,就马上砸开营房,引起混乱,这样他们就不容易找到我了。那人说。

原来是这样啊。陈常发现,什么事情都是有原因的。

89

小船在江中悄悄地划了很久,之后,在天快亮的时候,终于到了对面一个僻静的地方停靠了下来。

那人带陈常下船,然后问他,你往哪儿去呢?

陈常摇了摇头,说,我真不知道,我现在是无处可去。

那你怎么办?那人说。

这……陈常不知道该怎么回答他,但凭直觉,他觉得面前这个人是个好人,因此,他直接问了一个问题,说,你在共军里,是不是一个大官?

你怎么这样问?那人很惊奇。

否则那边也不会有那么多人抓你啊。陈常根据自己的判断如实回答。

呵呵,你倒真是有点精明,不过我不是什么大官,我只是一个小干部。那人呵呵笑着,对陈常似乎很是欣赏。

那我能跟着你吗?陈常直接问。

可我是在部队里啊。那人为难地说。

你在部队,那我就参军!陈常坚决地说。

参军?你要参加你们嘴中一直说的共军?那人觉得有点好笑。

是啊,参加共军!陈常再次重复了一遍。陈常是一个有着充分敏锐性的人。他只要看对了一个人,而且觉得可以信任,那他就会马上作出自己觉得正确的判断。

那你先跟着我,去部队看看再说吧,呵呵。那人说。

就这样,陈常加入了解放军,而且还没多久就参加了渡江战役。更没想到的是,他居然还在渡江战役中立了功,之后没多久就被提拔当了班长、排长、连长,后来解放成都再多次立功,直到随部队进藏,一直当到了营长,再到现在的军垦农场场长。

那期间你怎么没跟我联系呢?陈列问。

我也一直想跟你联系的,哥,可是开始进入部队后就一直忙,几乎一直在战场上,想那时老家还没有解放,写信你可能也收不到。陈常说。

唉,我也是在解放后不久就参了军,然后就到西藏来了。陈列叹了一口气。

是啊,我们部队到成都后就马上准备进军西藏,几乎是在成都解放后没多久我就开始给你写信,但一直也没见回音,我还认为哥你出了什么意外呢。陈常愧疚地说。

意外倒是没有,你从老家出去流浪后,我没多久也去了,后来也在成都待了好长一段时间。说到这里,陈列突然记起,当他从成都回到老家时,好像真看到一个村里的小孩子曾经拿过一张写着他名字的纸片。他当时就觉得奇怪,问那小孩子那纸片是从哪里来的,那小孩子说不知道,说是在垃圾堆里捡来的。陈列想,那不会就是陈常给自己写的信吧。

陈常听了,仔细问了那纸片的样子,听了陈列的陈述后叹了一口气,说,看来那是真的,咱家那地方的人,谁会把信当回事啊,应该是邮递员到咱村时,没找到你,就把信随便给了别人了,而那人肯定也随便扔在了一边,后来就被小孩子们拿来玩了。

两兄弟这一次意外重逢,真是有着说不完的话。直到两天后,陈常不得不因工作的事情而回到了农场,但其间只要有时间,也经常来医院守着陈列。后来陈列身体复原了,陈常派人把他接了回去。

陈列刚一回农场,卓玛就来了。卓玛脸上泪水涟涟,一看到陈列就控制不住,还一把抱住了他,当场放声大哭。

陈列一下子被吓住了,不知道卓玛出了什么事。他一边抱住卓玛,任她将头靠在自己的肩膀上,一边问,怎么了,发生什么事了吗,卓玛?

卓玛却只是哭,哭了好一会儿,才给陈列说她奶奶可能不行了!

不行了?你说德吉老阿妈?陈列听了,也马上焦急了起来。

是啊。卓玛哽咽着说。

怎么回事呢?陈列连忙追问。

过了好一会儿,卓玛才终于止住了泪水,她给陈列说了原委。

原来,前几天德吉老阿妈因为为旺堆老板祈福心切,竟然不顾自己的身体,一定要到大昭寺去转经,去磕长头,说是只有这样,她的儿子今后才可能不再遭遇任何厄运。旺堆老板知道她老了,身体不好了,当然不愿意让她去。没想到,德吉老阿妈居然在某一天,悄悄央求邻居,要坐邻居的马车进城。开始时邻居当然不同意,但禁不住老人家的一再乞求,说自己都这么大年龄,也可能就只有这最后一次转经的机会了。邻居听了,心一软,也就同意带老人家去。但没想到的是,在从草场到大昭寺的半途中,因为对面突然而来的一辆拖拉机发出的剧烈噪音把马给惊吓了!当时的拉萨绝大部分的人都只是骑马,汽车这样的交通工具几乎没有,拖拉机也是刚从内地进入高原,所以那马突然见到自己的对面来了一个冒着黑烟还发出"隆隆"怪声的庞然大物,当时就被吓住了!这一吓不打紧,马车一下子翻了!而坐在马车上的德吉老阿妈,被重重地摔到了地上,受了重伤!

你为什么不早点给我说呢?陈列一听,不由得马上问卓玛。

当时你也在住院,我怎么好给你说呢,也害怕影响你啊。卓玛抽泣着说。

那后来呢?陈列急切地问。

后来,奶奶就回到了家,之后一直躺在家里,再也动不了,医生也来了好多次,但医生每次来,都说你奶奶年龄太大了,现在突然受了这么重的伤,要想治好,几乎是不可能的了!

为什么不送医院呢?

送了啊,但医院的医生也是这么说的,他们还说拉萨的医院现在刚刚开始筹建,几乎没什么设施,更没有什么药,所以要想治好这么重的伤,也是不可能的了。

那就一直让奶奶躺在家里啊?

我今天去一百里外请了我们这里最好的藏医。那藏医来了一看,也只是摇头。卓玛说到这里,更是忍不住,抱住陈列嚎啕大哭起来!

当陈列站在德吉老阿妈的床前时,让他没想到的是,老人家完全没有他想象中的那种绝望,她竟然一看到陈列,就绽开了笑靥,说,小伙子,你终于来看老阿妈了啊!语气听起来轻松、愉悦,完全没有重病之中的人的那种悲观甚至是绝望。

陈列居然在无意识中当即感受到了一种与他常见的人到了这个境地时根本不一样的力量。这力量,就来自于德吉老阿妈那张笑意盈盈的脸。

德吉老阿妈看陈列不说话,继续笑着说,小伙子,别伤心啊,老人家要去天堂了,要去见佛祖了,这是好事呢。说完,还"呵呵"笑了两声。

陈列连忙点头,但好像觉得点头又不好,马上又摇着头,用汉族人一般安慰人的口气说,老人家,你没事的,马上就会好了呢,你就安心养病吧!

你看你,还安慰老人家?德吉老阿妈还是"呵呵"笑着说,其实你不用安慰我的,我知道自己真的快走了,真的要上天葬台,去跟我以前的那些朋友相会了。

天葬？陈列愣了一下，他刚进藏地时，就听说过天葬。他知道这是藏地的一种特有的风俗，也大概了解了一些相关内容。刚开始听说天葬时，陈列的确是有顾虑的，认为这真是一件可怕的事。但后来，他看藏地的老百姓对天葬都表现出了一种坦然甚至是向往的表情时，就开始怀疑自己原有的顾虑是不是只是自己一个局外人因不了解而产生的世俗的看法。现在，看德吉老阿妈说到天葬时，她的脸上也充满了那种坦然的表情，他对自己以往的想法就越来越有所怀疑。特别是面对这样一个几乎已经是病入膏肓的老人，看到她对天葬竟然也是充满了神往之情，就不禁在内心感叹：原来，自己以往的看法真的是多么的可笑！

德吉老阿妈后来也叹了一口气，说，唉，看来佛祖一定是知道我年轻时做过什么错事，所以，他不让我到大昭寺去为我的旺堆转经祈福啊！

陈列连忙又安慰她说，老人家，不是这样的，你多虑了，佛祖一定已经感受到了你的心意了。

但愿吧，如果受了这么重的伤佛祖都还没感受到，那也就只能怪我自己的心对佛不够诚恳了。德吉老阿妈继续说。

陈列也不知道该说些什么了。他只得默默地陪在德吉老阿妈的身边。后来，他甚至到农场去请了假，专门待在旺堆老板家里。之所以这样，还是因为他真的觉得德吉老阿妈这样的一个老人身上有一种让他无法抗拒的力量，有一种让他越来越想与她相处的愿望。

有一天，德吉老阿妈直接对卓玛说了一个事，她用很清醒的语气对卓玛说，等她逝世了之后，家里一定要请什么样的喇嘛来给她念经，要请什么样的天葬师来给她举行最后的仪式，还说有一个叫阿旺的天葬师不行，千万不要请他来。她吩咐卓玛，一定要请一个叫罗布的天葬师，他经手的天葬，去世的人全都随着鹫鹰升了天堂，这才是最好的，这样也对她今后的转世有好处，说不定下一世就会转世成为一个活佛呢。说到这里，德吉老阿妈的脸上甚至充满了无限神往的表情。

听德吉老阿妈从容地安排自己的身后事，陈列觉得，这天葬真是一个神奇的事，它不仅没让人感受到死亡是一个令人充满恐怖的事情，相反，它还让人意识到死亡甚至是通往天堂的一条必由之路。

自此,陈列对天葬彻底改观。

几天之后,德吉老阿妈去世了。她去世时,表情非常的安宁,似乎没有一丁点的痛苦。而老阿妈的葬礼,卓玛也按她之前反复叮嘱的那样,有条不紊地进行。

那天,陈列作为一个没有任何血缘关系的人,跟着卓玛和她的其他亲戚朋友,将德吉老阿妈送往天葬台。开始时陈列觉得可能不好,但卓玛却说,你就当是我们的亲戚吧,亲戚来为亲戚送葬,这也是理所当然的呢。陈列想来也是,而且他内心为德吉老阿妈送葬的愿望本来也很强烈。这是陈列第一次作为送葬者到了天葬台附近。等德吉老阿妈被人背上天葬台后,陈列就和卓玛他们一起在下面默默地仰头看着那蓝如绸缎的天空。没多久,他们就看到一圈圈桑烟从天葬台上袅袅升起,再一会儿,一只只威猛的鹫鹰从蓝天白云中成群结队俯冲而下,直向天葬台而去。看着那些桑烟,看着那些鹫鹰,很奇怪地,陈列的眼中居然也没有了泪。相反,他内心反而感受到了一种强烈的幸福。特别是当那些鹫鹰后来离开了天葬台,再嘶鸣着展开双翅冲向云霄之时,陈列心中的那种幸福感竟然越来越强。

8

一天,陈列刚进入自己的房间,热旦过来了。热旦看着陈列,说,不好意思啊,哥,前段时间你住院了我都没有来看你。也不知道是因为什么,热旦的确已经在陈列的面前消失了好长一段时间了。

伸手不打笑面人,毕竟人家是出于好心来看自己,陈列也不好说什么,只好说,没事,没事,反正现在不已经好了嘛。

热旦神情看起来很落寞,有一种伤感写在他的脸上。陈列看了看他,想问,但又忍住了。因为他知道热旦父亲的事情,他现在这种表情也是应该的。

热旦在陈列的房间待了一会儿,就出去了。刚出去不久,他又转身回来,对陈列说,哥,阿佳卓玛来了呢,你们认识啊?她说来看你呢。

阿佳卓玛?陈列愣了一下,在他发愣的时候,卓玛已经进了他的房间。看陈列发愣的表情,不禁"扑哧"一笑,说,怎么啦,还真不认识啊?

陈列尴尬地笑了笑。因为"阿佳"在藏语里是"姐姐"的意思,热旦给陈列说"阿佳卓玛",他还真没反应过来。

陈列对热旦说,认识啊,都认识好久了呢。

热旦兴奋地搓着双手,说,哦,真好呢,我就说为什么阿佳会来看你,我一看到她,还认为她是来看我的呢!

热旦刚才的落寞突然之间已经全无踪影,似乎因了卓玛的到来,全被赶走了。

谁来看你呢,你有什么好看的呢?你有事情就去忙吧。卓玛也用开玩笑的语气对热旦说。

我也没什么事忙的,现在是中午,离下午上班还有一会儿呢。热旦憨笑着,一看就是舍不得走的样子。

你们也认识啊?陈列问。

我和阿佳从小一起长大的呢,她只比我大两个月,呵呵,不过就是因为这两个月,我也就不得不叫她阿佳,我真是不愿意这样叫呢。一向呆板的热旦,竟然因为卓玛的突然到来变得健谈了起来。这让陈列有点意外。

哦,那你们年龄差不多嘛。陈列和热旦闲扯着,也不知道当着他的面自己能和卓玛说什么。

卓玛看了看陈列的表情,知道了他的为难,也只好说,那好吧,你先休息,毕竟刚从医院回来,我改天再来看你。说完,卓玛放下了拿来的一些东西,起身出去了。陈列送她到了农场门口回来,看热旦正站在门口,还伸长脖子看着卓玛的背影。

看什么呢?陈列问。

阿佳呗。热旦憨憨地看着卓玛离去的方向,眼睛似乎都想跟着去了,

95

嘴里还在"啧啧"地叹着，对陈列说，哥，你看阿佳长得怎么样啊？

长得怎么样？很漂亮啊！陈列说。

可我怎么就觉得她不仅仅是漂亮，而且简直就是天上的仙女呢！热旦说着话，嘴里的涎水都差点流下来了。

擦擦你的口水吧。陈列突然觉得看着热旦的这个样子很不舒服。他转身进了屋子，关了门。

第二天，陈列到农场办公室，算是正式报到。因为之前还没有安排具体工作，这次一去，他就问办公室的人他做什么。办公室的人一看到他，马上就笑容可掬地站起来，让他坐下，说，您先坐，您先坐。这态度亲近得让陈列有点莫名其妙。他局促地坐了下来，然后再问那个工作人员。那工作人员说，您的工作我们办公室都讨论过了，因为你在部队待过，所以，我们觉得你就在我们办公室上班就行了。

办公室？陈列一愣，说，我是来农场的，而且是退伍后来农场的，我在部队就不是干部，来这里怎么可能到办公室呢？

这有什么不行的呢，我们办公室李主任觉得陈列同志你就适合在办公室上班啊。那工作人员再次这样回答。

不行，不行！陈列连连摆手，我在办公室什么都不会，我还是到农场上去种点菜或者放牛放羊吧，那才是我的强项。

这……工作人员有点为难了，说，那你看这样行不行，我先去给主任汇报一下？

陈列点了点头。

工作人员去了好长一段时间都没回来。过了好久，一个胖胖的人进来了，一进来，就握住陈列的手，说，陈列同志，你好啊，我们欢迎你到我们办公室工作，我是办公室的老李。

你是李主任？陈列听刚才那工作人员说了。

是啊，洛桑刚才给我说你来了，我马上过来亲自见见你，呵呵，不好意思，你住院期间我也没去看你，因为当时实在是太不凑巧，我到附近县城去了，不在拉萨。李主任说。那工作人员也在旁边点着头，似乎是证明李主任说的是真话。很明显，李主任嘴里说的"洛桑"指的就是他。

哦，没事，没事。陈列说，李主任，我向你汇报一下，我看我还是不要在办公室上班了,我是农村出来的,适合到地里去。

地里?可这西藏的地和你老家四川的地也不一样啊。李主任回答。

没关系,所有的地都是一样的,只要用心在它的身上,它都会回报给我们的。陈列突然想起了老家的土地。一想起那些黄黄的,高低不平的,或肥沃或贫瘠的地,他就鼻子发酸。

这……李主任转头看着洛桑,说,那好啊,洛桑,你再看一下,按陈列同志的要求,看有什么最适合他的工作岗位。

洛桑连忙点头,说,好的,好的,我马上就办。

李主任转过头,握住陈列的手,又对他说,陈列同志,你在我们正规部队待过,境界就是高啊,值得学习,值得学习。

陈列一下子因李主任这话窘得说不出话来。

李主任也不再难为他,只是说,那我去把你的要求给场长汇报一下,呵呵,你先坐,上班的事不要急,不要急。

陈列这才反应过来,看来他们安排自己到办公室,肯定是看了陈常的面子。自己和陈常兄弟相认的事情,相信已经传遍了整个农场。

晚上陈常来到陈列的房间,对他说了关于他工作安排的事,并一再说当初安排他到办公室不是他的主意,并问他到底想做什么。陈列说,你是我弟,你还不知道你哥能做什么啊?什么都不能做,就只能在那几块地里折腾呗。

那行,那行。陈常笑了,说,你还是像以前一样,呵呵。

就是啊,农民就农民呗,农民坐办公室,那怎么能适应得了?陈列也开着玩笑。

可是,我却不得不给你说一个事,哥。陈常的表情突然凝重了起来。

你说。看陈常的表情,陈列知道肯定有什么重要的事情。

虽然让你坐办公室不是我安排的,不过我却得给你说一个实情,哥,如果你现在进了办公室,以后就有可能当干部什么的,就会是城市人了,而一旦你只在农场种地啥的,以后你就可能一直都只是农民,甚至连当工人的可能都少啊。陈常说。

农民不好吗?陈列有点不理解。

这……这也不是什么好与不好。陈常似乎也有点为难,不知道该怎么

97

解释,不过他想了想,还是继续给陈列说,可是如果哥你成了干部或者工人,就可以远离农村,不用再天天风里来雨里去在土里刨食了。

可我觉得一辈子在土里很好呢。陈列还是不明白陈常说的当城里人有什么好,因为他自己实在是只在地里待过,熟悉的也只有那一块一块的地。

那你自己觉得怎么好就怎么办吧。陈常笑着说,我让他们给你安排好。

事情就这样定下来了。陈列第二天就开始在农场的地里干活。一接近土地,陈列觉得自己又充满了干劲。

因为都在农场,而且又住在隔壁,陈列和热旦的交往相对比较多。接触多了热旦,陈列觉得他好像也并没有自己开始觉得的那么可恶,甚至那晚因他而让自己感冒最后还得了肺水肿这事,陈列也并不怎么放在心上了。两人之间在农场里都干着各自的事情,偶尔还互相帮忙一下。比如陈列的地里少了人手来挑水什么的,就会叫上热旦。而热旦在放牧时突然走散了几头牦牛,陈列也会帮忙和他一起去找。

但在某一天,热旦却突然表情郁闷地对陈列说,哥,出事情了。

陈列一听他这么说,马上问,怎么了,什么事情?陈列是一个热心的人,任何人给他说出事了,他都会关心的。

我阿爸……热旦似乎有点开不了口,他……他……

陈列倒一下子明白了,问,你是不是说他被判刑了?

是啊。热旦显得很窘迫。

唉,他那时投毒毒死了人家卓玛家那么多头牛,现在被判刑了也是应该的。陈列安慰着他,又问,判了多久?

七年,然后用我们家的牦牛赔了卓玛家被毒死的那些牛,现在我们家都快没什么牛了。热旦叹着气。

陈列知道,在高原农牧区,牲畜特别是牦牛几乎是他们全部的财产。牦牛没有了,也就可以说是破产了。

这次谈话后,热旦的情绪好一段时间都没有恢复。

一天,陈列到场部找陈常,想聊点私事。一进去,发现段营长也在。他刚想退出来,不想段营长却一把拉住他,笑着说,怎么了,你还见我就想跑啊？我不是那么可怕的人吧？

这话说得陈列倒不好意思了。他只好进去。陈常说，哥，你是不是有事？

哥？段营长倒惊讶了，你们怎么成了兄弟了？是不是因为都姓陈，刚认的？

我们是亲兄弟呢！陈常说。

段营长更是惊讶了，说，不会吧？这么巧？

就有这么巧的事呢，陈常笑着对段营长说，老首长，你可不知道，我和我哥都是当初和平解放西藏时一起进藏的，只是一个部队人太多，我们当时竟然都没碰上面，所以不知道。

啊？段营长听陈常把两兄弟相聚的具体情节又复述了一遍之后，一把拽过陈列，笑着说，哈哈，真是这么巧合啊！看来不是我把你弄到这里来，你们兄弟俩还真团聚不了呢！

陈列尴尬地靠近段营长，对段营长所说的也深有同感。

卓玛呢？段营长问陈列，这段时间经常来看你吧？

陈列不好意思地笑了笑，说，也不是经常，她在家有很多事，既要照顾旺堆老板，还有那么多牲畜，偶尔能过来就算不错了。

哦，首长是不是说的在医院来看过大哥几次的那个姑娘啊？陈常说。

段营长反倒一把把陈常推了一下，说，还什么首长啊，当初虽然是我带你入伍的，可后来你的进步却比我神速多啦，你看当初我就是营长，可到现在也还只是一个营长，呵呵，我看我们是兄弟！

岂敢！岂敢！陈常说，如果不是你带我参加了部队，我怎么会有今天呢？

带你加入部队？陈列对陈常所说的话愕然了。

是啊，我给你说的那个当初带我过江，然后又带我加入解放军的"共军"，就是段营长啊！陈常说。

这……原来是这么回事啊！陈列顿时感觉人生真是太多巧合了。

几个人坐下，开始好好聊。陈常再问陈列段营长说的那个女孩子是谁。

就是你说的来医院看过我几次的那个姑娘啊。陈列不好意思地说。

99

哦,不错啊,很漂亮呢,心又很细,看来我很快就会要有大嫂了呢。陈常笑着说。

可是你这个大哥,当初却还怪我呢!段营长带点调侃的语气。

为什么?陈常一看段营长的表情,就知道段营长是在开玩笑,因此也顺着他的话问。

为什么,还不是因为有一天晚上,他自己没请假就通宵不归。你在部队这么久,你知道部队的纪律,出现这种事后果肯定会很严重的。因此,我就让他退伍到你这里来了,呵呵。段营长说。

来我这里是好事啊,刚才不是说了,不是因为这事,我们兄弟还相聚不了呢。陈常说。

可问题的关键不是因为这。段营长说。

不是因为这?陈列也颇感意外。

问题的关键是,当初我们部队都知道了一个叫卓玛的漂亮姑娘老来部队找他,你知道我们刚来拉萨,一定要与本地老百姓搞好关系,可如果他在这里和本地姑娘谈恋爱,甚至还通宵不归,那肯定就不再属于搞好关系那个层面了,说不定还会得到很严重的处分呢。段营长说。

陈列连忙分辩,说,可那天晚上真的什么事情都没有发生。

我也相信你们什么事情都没有。段营长说,可是别人会怎么想呢?最严重的是,你刚通宵不归,那姑娘却又来找你了,这不是添乱吗?

这……陈列不说话了。

其实当时我也看出来了你和那姑娘真是互相都有意思,为了真正成全你们,所以我建议你马上主动退伍,这样留在拉萨就能与她真正相处了,可如果你继续留在部队,你和那姑娘肯定还会来往,到时别人以伤风败俗这个借口给你一个处分,那岂不是就全玩儿完了?段营长说。

听了段营长这些话,陈列才感受到了他当初的那些苦心。他对自己当时竟然没想到这些而且还对段营长有所偏见感到非常懊悔。他连忙当着陈常的面给段营长道歉。

段营长倒很宽宏大量,说,这有什么啊,有点小意见,很正常的啊,而且我知道你不仅因为这事对我有点小意见,还因为另外的一个事也对我有小意见呢。他"呵呵"笑着说。

这……陈列不好意思地低下了头,不知道怎么说。而陈常则在旁边说,不会吧,老首长,我家大哥原来对你有这么多意见啊。

当初我把他安排到农场,后来给他说把热旦也安排过来了,他就不高兴呗。段营长把前面的事情复述了一遍。

哈哈,是因为这事啊。陈常笑了起来。

你笑什么呢?陈列倒不理解了,直说,当初我就是觉得与那么一个名声不是太好的人一起过来,别人会怎么看我哟。

那我帮您给我哥解释一下,你看行不,老首长?陈常看着段营长。

当然可以啊。段营长微笑着说。

这事其实特简单。陈常说,听了当时有关热旦的那些事,我知道,老首长一定是认为热旦毕竟是一个年轻人,而这样一个年龄的小毛孩对那方面的事有点兴趣也是可以理解的,更重要的是,虽然当时都在传说热旦在到处偷窥,可谁也没真正抓住过人家啊,如果就直接给人定罪,那怎么行呢?老首长肯定是考虑到这些因素。而且他知道,那些事情即使真是热旦干的,也不过是因为他年轻,有很多精力没处发泄,天天在家没事干,就守着那本来就不是很多的一点牦牛,要让他不干那些让人不齿的事,唯一的一个办法,就是让他多干一些事。而农场初建,事情当然多啦,有的是事情给他干!而他和你一起来农场,也不过是时间上凑巧了一点而已,没什么大不了的呢。

陈列听了,很佩服自己的这个兄弟,说,没想到你居然分析得这么详细,而且也这么在理!

老首长给我推荐热旦的时候,就已经给我说了这些啊。陈常"哈哈"笑着说。

哦,我还真认为是你推理出来的呢。陈列说。

呵呵,可不管是怎么得来的,理儿它就是这个理儿呗。陈常说。

陈列其实是一个没什么记恨心的人,他本来已经对段营长没多大意见了,没想到这次段营长又把当初这些事都给他说清楚了,陈列心里对段营长更多的,就还是感激之情。

令陈列很苦恼的,却还是晚上。

一天晚上很晚了,热旦似乎是没什么事,过来找陈列聊天。不知道怎

101

么回事,没聊多久,热旦就聊到了卓玛身上。

你知道不?从小我就觉得阿佳漂亮呢!即使是在陈列的房间,热旦也是悄悄地压低了声音对陈列说,似乎还真怕别人听见。

陈列本对这话没兴趣,他不想在热旦面前谈论卓玛,但出于礼貌,也只得顺着热旦的话接下去,不过只说了一个"哦"字。

你都不知道,我从小和阿佳在一起玩,小时候的她,不知道有多漂亮呢,她漂亮得就像我们草原上空的星星呢,让我觉得好亮好亮,都一直留在我的心里。热旦说。

陈列还真没想到热旦这么一个毛孩子,原来心思竟然如此细腻。

后来阿佳长大了,她还是那么漂亮,而且是越来越漂亮。你都不知道,阿佳在不同的季节,都有不同的美呢。热旦完全是一种陶醉的神情。

不同的季节?陈列倒真有点感兴趣了。他没想到热旦这样一个外表粗糙的人,居然也能说出这样精致的话。

在春天,阿佳就像我们拉萨河边的小草,就那么在轻风中慢慢地摇晃着;到了夏天,阿佳又像我们八廓街上那些神佛画像,那么端正优雅;到了秋天,阿佳就完全成了我们草原上那些盛开的格桑花,那么绚烂那么让人想亲近却又不敢亵渎;到了冬天,阿佳更像一只我想象中在我怀抱里依靠的猫或者狗,让我就想保护着她!热旦竟然像做诗一样,在充满感情地说着他对卓玛的印象,而这些,居然都完全没有任何准备,直接从他的嘴里像流水一样自然流淌了出来!陈列惊讶于热旦的这些描述。他完全没想到热旦这样一个他原本认为猥琐而且比他还没文化的人,居然也有这样的情怀,居然还能说出这样的话!

这天晚上,热旦在陈列的屋子里谈了很久,之后,当陈列上床睡觉时,他又听到了隔壁传来了像上次一样的那种声音。陈列把耳朵完全塞住,强迫自己睡了过去。

第二天陈列就给陈常说了,看能不能给自己换一个房间。

陈常也没问为什么,马上给场务办公室打了电话。办公室上次那个李主任亲自过来问陈列想住什么样的房间。陈列说倒也没什么特别的要求,只是要求换一间而已,房间还是和原来的一样。李主任也没多问,就带着他看了一下农场空着的那些房间,之后陈列选了一间和热旦房间隔得比较远的。

搬过去时,刚好遇见热旦。热旦很奇怪,问,哥,你怎么要搬呢？

热旦也不好说什么,只好说自己那房间漏风,晚上睡着冷。

热旦很热情地说,哦,怎么不早说呢,早说我给你换啊,我在草场上待惯了,我不怕冷的呢。

没事,没事。陈列边说,边搬了过去。他自己的东西也不多,一个包就全拎过去了。热旦还一定要帮他把包拎过去。

农场的日子就这样慢慢地过着,卓玛也经常来农场看陈列。不过因为陈列给她说了热旦经常夸她漂亮的话,她也尽量选择热旦不在的时候过来。但毕竟在一个农场,有时也没有办法,因此热旦也遇到过几次他们在一起的情景。

有一天,都快天黑了,陈列还在外面弄地。他最近接到农场的通知,要试种一种在内地存活率很高但在西藏还从未种植成活的蔬菜,所以很忙。就在快天黑的时候,卓玛来了。她到处找了一圈,终于在地里找到了陈列,就问,你怎么还在干活呢？

陈列看卓玛来了也很高兴,站了起来,拍着身上的土,说,事情多呗,而且,我还真的特别喜欢就在地里捣弄这些土呢,感觉就像到了自己老家一样。

我看你一到了地里,好像比到了家还要舒服。卓玛笑他。

是啊,我觉得我这辈子就只有在地里的命,我兄弟还给我说如果在办公室,今后我就是城里人了,可我就觉得待在城里没有比待在地里自在。以前我在成都时见过你阿爸,虽然挣了不少钱,可是那哪是人过的啊,天天都担惊受怕,没意思。陈列不由得发出感慨。

是啊,我也是这样觉得。卓玛说,所以工艺厂后来再来征求我的意见的时候,我还是拒绝了。

你真拒绝了？陈列说,可我觉得你一个女孩子,能在工艺厂去上班,也不错啊,很适合你的。

适合什么啊,你都觉得自己不适合,为什么我就适合呢？卓玛拍着陈列身上的土,说,我看你还是快回去吧,天黑了呢。

陈列把手搭在卓玛的肩上,在仅有的一丝夜幕降临之前的余晖中看着

103

卓玛，觉得她好美。

卓玛也不管陈列身上有土没土，自然而然就将自己的身体靠了过去，她的头搭在陈列的肩膀上，轻轻地问陈列，这几天没见我了，你想吗？

陈列点了点头，说，怎么会不想呢，天天在地里，感觉自己种的地，就是你呢！

卓玛"扑哧"一下笑了出来，说，怎么你种的地就是我呢？

我们老家有句话，叫男人就是种地的牛嘛。而牛就是为主人干活的。我现在干的活，不就是为了你？所以，你不是地又是什么呢？陈列突然文思泉涌，甚至觉得自己都快成文人了。

才怪呢！卓玛娇笑着说，又在狡辩！

不是狡辩，是真的呢。陈列紧紧地抱着卓玛的双肩，感觉自己怎么都舍不得和卓玛分开。就这样，两人在夜色来临了之后，还紧紧地在地里拥着，似乎那地就已经只是他们两个人的世界了。

可陈列和卓玛都没想到，此时，在不远的地方，正有一双眼睛在暗处死死地盯着他们。那双眼睛像蛇的眼睛一样，闪烁着一种看了能让人不寒而栗的光芒。那光芒里，除了一种近乎绝望的无奈之外，还加上了一种突然从内心深处升腾起来的仇恨。

第二天一大早，陈列像往常一样起床。他开门去水龙头附近接水。开门之后，他的睡意还未完全消除，在一种混沌的状态中脚就迈出了房门。陈列的脚刚迈出门槛，就突然觉得不对！

因为他明显感觉自己的脚下踩到了一个软软的东西！

陈列的睡意一下子全消了，他的头脑瞬间清醒了过来，连忙低头定睛一看！这一看，却不得不让他吓了一跳！

因为陈列看到，自己的脚下竟然正踩着一根血淋淋、暗红色的东西！那东西样子很奇怪，细长，看着就让人感觉心里发毛！陈列嘴里不由得"哎呀"叫了一声！

另一个农场工友刚好路过，问陈列怎么啦。

陈列指着地上的那东西，说，你看，这多恶心！

那工友过来一看，却"哈哈"笑了，说，这有啥恶心的啊，可能是谁不小心丢在这里了吧？

丢？可怎么会是这玩意儿呢！还这么巧,刚好丢在我的门前！陈列还是觉得很不舒服。

没事,没事,这玩意儿如果你不喜欢,我马上拿去给别人,看样子还是新鲜的呢,有些人对这玩意儿可宝贝呢！

听工友这样一说,陈列马上点头,说,那你快拿去吧,拿去吧！连续说了两遍"拿去吧"。陈列实在希望这东西快点离自己远点。

那工友用一根棍子把那玩意儿挑了起来就走了,走的时候还取笑着陈列,说,没想到你这么一个大老爷们,竟然害怕这东西！在俺那旮旯,这东西可是人见人爱呢。工友是东北人,说话自然是东北腔。

陈列其实也知道那东西是什么。说真的,以前在四川时,四川人也有拿那东西炖着吃的,说是能补什么肾,而且都认为是好东西,还很难弄到。

上午在地里,陈列被一帮工友围着开起了玩笑,大家都笑话他居然对那玩意儿也害怕。

陈列辩解,说不是害怕,只是觉得恶心呢。

这么一个大老爷们,有啥恶心的呢。还是刚才拿走那东西的东北工友说,你自己又不是没有,如果自己没有才觉得恶心,那才算理儿呢。

现场工友们一阵哄笑。

陈列知道大家是寻开心,并不是真正笑话他,因此也不介意,只是让大家笑去,也不作更多的表示。

办公室李主任过来,很奇怪大家怎么这么高兴,问,怎么啦？遇到什么好事了？

东北工友性格很活跃,上前把事情原委给李主任说了一遍。

李主任也是一个性格开朗的人,一听也乐了,说,是啊,这东西谁没有啊,陈列同志至于这么恶心吗？虽然我们人的那东西和牦牛的那东西叫法不一样,但实质都是一样的嘛！

陈列摇了摇头,说,可我就是觉得恶心嘛。他知道李主任也是一个性情中人,只是和大家一起取乐而已,但还是实话实说。

你不是没那玩意儿吧？一直没说话的热旦这时却站了出来,脸上的表情很是猥琐。陈列突然觉得他在说这句话时,与他那天在自己面前那么陶醉地说卓玛有着"春夏秋冬"四季之美时的神态竟然是那么的不同。

105

现场却又是一阵哄笑，一下子就把陈列刚才脑海里面想到的问题转移了方向。

这天，整个农场的人都在一片欢乐的笑声中度过。陈列觉得因为自己的事能让大家笑一下，给大家生活中带来一些乐子，也没什么不好的，因此虽然一想起那东西还是觉得恶心，却也参与进了大家的欢声笑语之中，尽量让自己不脱群。

这事大家也就当成了生活中的一个乐子，很快就过去了，没多久就没人再提起。可是就在连陈列自己都几乎快淡忘时，有一天晚上，他到卓玛家吃饭，回来后天已经黑了，竟然又在自己房门前见到了那东西！那东西同样也是血淋淋的，一看就让陈列觉得很是恶心！这次陈列都差点呕吐了！

这下陈列就觉得奇怪了！他也不管是白天还是夜晚，马上拿着那东西去给李主任汇报。

李主任也住在农场里，没多久陈列就找到了他住的地方，然后敲门。李主任一开门，见陈列手上拿着那个东西，马上伸出手，将陈列阻在门外，说，小陈啊，这事你可不能这么办啊！

陈列一愣，说，李主任，我没办什么事啊！

李主任看了看陈列手里的东西，说，我们农场的干部，可不能来这一套！况且，我的年龄也还没到需要这个东西进补的时候啊！

陈列看李主任表情严峻，真不明白他在说什么，但看李主任眼睛在盯着自己手里拿着的那东西，一下子反应了过来，知道他在说什么了，连忙说，李主任，你误会了！

误会？李主任望着陈列。

是啊，这是我刚才在我房门前发现的。我觉得这是有人故意这样的啊，李主任，所以我过来给你汇报呢！陈列又急忙补充说，并不是你想的那样的啊！

哦，又是在你门前发现的？李主任也奇怪了，不会吧，会有人故意将这东西放在你门前？

我就是这样觉得的呢，李主任！陈列的语气都有点急促了，害怕自己又有什么表达不清楚的，让李主任误会。

哦？你觉得这不是巧合？李主任看着陈列，表情有点奇怪。

是啊。陈列点头。

这样吧，我把这事给场长汇报一下再说？李主任对陈列说。

还是不用了。陈列顿了一下，说，我就是来给你说一下这事，以便如果以后再发生这种事，你会相信我现在的预感是正确的。

你觉得我现在不相信你所说的吗？李主任有点急了。农场里谁都知道陈列和陈常的关系。他也是害怕因为陈列的事情处理不好，而让陈常不高兴。

没有，没有，说一下而已。陈列说完，他就走了。走的时候，他把那东西拿了出来，到一空旷处，挖了一个坑，埋了。

事实果然像陈列所预料的一样，在之后，总是隔那么几天，他的门前就会陆陆续续地出现让陈列感到恶心的那种东西。而且那东西也是越来越让陈列觉得不堪入目，因为它现在不是简单地放在他门前了，而是有时放在他的门槛上，有时甚至挂在了他的门上，他一出门，头就撞在了那玩意儿之上。那东西也从最开始时很新鲜的变成了后来散发着种种恶臭的味道，一旦放在他门前，就会吸引来大群大群苍蝇，那些苍蝇因了这东西，天天在陈列的门前徘徊，竟似乎也把陈列房门前的这块地变成了它们经常聚集的场所。这事迅速在农场传开了，大家都从开始时的调侃变成了后来的惊愕，再到之后的莫名其妙，没有人知道这是因为什么。而陈列对那东西也是越来越感到恶心，恶心到他一见到就想吐，再到后来是吐得不行，只差把胃里肠里所有的东西都吐出来了！甚至会在吐了后好几天吃不下任何东西。陈列因为那东西而日渐消瘦，整天食欲不振，精神萎靡。

农场上这段时间因了那东西的出现，也因那东西只是出现在陈列的门前而有了一些传言。有的人说是陈列得罪了某些人，而招致报复。有的人则说肯定是陈列做错了什么事，上天这样故意惩罚他。甚至还有一些听了就让陈列生气的传闻，说陈列就是一直在草场上偷窥人家夫妻干事儿的那个人，所以人家现在也故意这样整他。

这些传言，让陈列百口莫辩。特别是那些传说他偷窥人家夫妻干事儿那传言，更让陈列气得甚至想当着卓玛的面撞墙。卓玛相信陈列不会干那种下流的事情。但她也觉得奇怪。有次她问陈列，怎么段营长把热旦弄到农场上班了,却还有那些事呢?

当时就没肯定是热旦干的啊。陈列摇着头,说,现在反倒奇怪,都有人说是我干的了。

卓玛说,这些人也真是无聊,什么闲话都能传得出来。

没办法,人多就一定嘴杂,只有等以后真相出来了,大家就自然会明白了。

可是真相一定会出来吗?

一定会的!陈列很坚定。他相信自己没做过的事,老天一定会给自己一个解释的。

我也相信,我相信佛祖不会冤枉好人的!卓玛拥抱着陈列。陈列顿时觉得无比温暖。

有关那东西的故事,不仅在农场,没多久竟然在农场之外的很多地方都传开了。只要陈列一出去,就会有很多人对他指指点点,甚至还有大姑娘、小媳妇们指着他的背影偷偷地窃笑。这让陈列倍觉尴尬,却又无能为力,不知道怎么给大家解释。

干脆,陈列就不管那些传言了。

陈列有时干脆向陈常开玩笑似的说,真是奇怪,现在什么屎盆子都扣到我的头上了!

陈常却似笑非笑地说,哥,可你想过这事是不是有什么原因呢?

原因?陈列倒怔住了,问陈常,你不可能也不相信我吧?

不是不相信。陈常叹了一口气,说,这事现在传得甚嚣尘上,我都有点扛不住了啊!

甚嚣尘上?什么意思?陈列真不知道这话是啥意思。

陈常摇了摇头,说,哥,当初如果你去办公室,也就有时间学习一点文化了,你看我,自从进部队以来,就从来没有放弃过学习。虽然我和你一样,从小都没读过书,但现在我却了解得比你多,因为我一直都在学。

这……陈列没想到陈常突然提起了这个问题,他有点恼火地说,你这意思,是瞧不起你这个没文化的哥了?

这怎么可能?陈常拍了拍陈列的肩膀,说,我们是亲兄弟啊,再瞧不起别人,也不会瞧不起你的啊!而且这段时间我也老看你在拿着书学习,已经不是以前那个没文化的哥了嘛。陈常说话时,显得还是很平静,似乎在刻意安抚陈列的情绪。

那你刚才那话是什么意思?陈列看着陈常,语气还是有点冲。

哦,我没什么别的意思,就只是说现在传言对你不利而已。陈常回答。

我倒真要看看究竟是哪个混蛋,居然敢这样整我!陈列忿忿不平地说。

有一天,陈列因农场的事,到附近一个屠宰场去办点事。办完了事情,陈列想反正也没什么事,就在屠宰场里面转转,看是不是给卓玛买一点好的牛肉过去。

屠宰场里面腥气冲天,让陈列觉得很不舒服,到处都是血淋淋的场面,到处都是各种牲畜的惨叫声,而里面的人却似乎已经习惯了,他们表情麻木,动作娴熟,还不时开着各种或荤或素的玩笑,对那些躺在他们面前的各种各样挣扎着的、嘶鸣着的什么牲畜都无动于衷,似乎感觉这就是应该的。

陈列到了一处到处堆满牛肉的地方,问一个屠宰师傅,那怎么卖?

师傅说了一个价格,然后看着陈列说,哦,你是农场的吧?

陈列疑惑地点了点头,说,是啊,你怎么知道?

呵呵,我见过你。那师傅爽朗地说,别人都说你各种各样的传说呢,不过我却觉得你是个爷们儿!

陈列一下子尴尬了。他没想到自己的传闻已经传到了像屠宰场这样与外界联系很少的地方。

你们农场和我们这里联系也挺多的,今天除了你之外,还有一个叫热旦的小伙子也来过呢,不过那小伙子就只是到处转,好像什么事也没有,但他给我们说了很多你的事情,还说这玩意儿老是来找你!那师傅顺手拿起手里的一个牛身上的部位,说,可是我觉得只有真正的男人,这玩意儿才会和他套近乎啊!所以我觉得你够爷们儿!师傅是藏族,但汉话却说得一溜一溜的。

陈列的脸,却立即变得通红。他话都没说,转身就走了。

别这样啊,那师傅似乎是意识到自己的玩笑开大了,连忙说,就说说而已,你别当真啊。

陈列回到农场,心情还是不能平静。

他到了水龙头那里,准备用冷水冲一下自己的脑袋,好让自己的情绪冷静下来。

到了那里,却发现热旦正在端着一个盆洗着什么。陈列过去,看热旦的盆里装着一些已经切好的牛肉块。

他问热旦,今天你到屠宰场去了?

热旦回答,是啊,买了一些牛肉呢,晚上一起吃不?

陈列突然就生气了,冲热旦吼,你他妈到那里说了我什么?!

因陈列突然的生气,热旦立刻愣住了,他说,我没说什么啊!

还没说什么!陈列质问他,那人家都说你今天去时,说我那事了!

那事?哪事啊?热旦似乎还是不明白。

陈列忍无可忍,一拳打过去,热旦手上的盆子"咣当"一声掉到了地上,脸也被陈列狠狠地揍了一拳!

热旦在几秒之间就反应了过来。他也不管不顾地,就和陈列扭打在了一起!

两人的动作太大,没多久,农场的其他人都赶了过来,然后很快把两人分开。可是,陈列和热旦的脸上,都已经被对方打得头破血流。热旦人高马大,陈列自己反而比热旦受伤更重。

虽然陈列受伤更重,但因为他和热旦的打架事件,而热旦是本地同志,所以这事就弄大了。

农场几乎在两人打架仅一个小时后,就召开了一次全体会议。

会议的召开速度让陈列自己都始料未及。当时他还在房间里摸着自己被热旦打痛的身上的各个地方,情绪还在波澜起伏。

农场办公室的一个人径直来他的房间通知他,说马上要开会。陈列还认为是别的会议,没想到,一进会场,他就感觉到气氛很凝重,有点不对劲。而陈常坐在主席台上,更是不发一言。

没多久,农场的人都到齐了。

办公室李主任主持会议,说,今天召集大家来,是为了处理陈列与热旦打架事宜。

陈列立刻呆住了。他真没想到,一个小小的打架事件,农场居然会如此兴师动众。

李主任对陈常说，场长，请你讲话。

陈常表情非常严肃，他清了清嗓子，再咳了几声，等全场的人注意力都集中到他身上之后，再开始说话。他说，今天，是我非常不愿意看到的一天！就在今天，发生了一件我们农场成立以来的第一件不团结的事情！而且这还是在一个部队退伍同志和一个本地少数民族同志之间发生的事情！我们知道，我们来西藏是为了响应伟大领袖毛主席的号召，来这里解放广大受苦受难的西藏农牧民群众的！但一些即使在部队做了那么久解放军的农场职工，竟然对我们伟大领袖发出的"民族团结"的号召不管不顾，居然先动手打我们的少数民族同志！这样的同志，不仅还保留着大汉族主义的落后的思想，还有意无意在破坏着我们民族团结的大好形势！这对我们农场的工作，对我们今后在拉萨甚至在西藏的工作，影响都是极坏的！因此，我现在决定，我们农场对陈列同志要作出严厉处置！陈常的每一句话都以非常重的语气结束。

陈列听陈常的第一句话，就知道事情的严重性远非他所能预料了。听到后面，他根本就不敢相信这话竟然是出自自己一母同胞的兄弟之口。这可是自己的亲兄弟啊！陈列目瞪口呆地看着陈常，整个大脑都完全没有了思维，他只觉得自己的全身都正在急速冰冻，从头到手，再到脚，他的整个身子一会儿就完全没有任何知觉了！他不明白为什么自己的亲兄弟居然会在他的头上扣了这么多的帽子！他不明白！他看到陈常的嘴巴在不停地张合着，那里仿佛有着一个吸力很强的深渊，正在将一股旋风强力地往里面吸去！而深渊的边缘，似乎有一股让陈列感觉到无比绝望的力量正在将他向一片片黑暗的地方拉扯。陈列觉得自己已然在陈常那一张一合、铿锵有力的嘴巴面前失去了全部的勇气，甚至失去了全部他能看到的色彩。他只看到陈常，看到了一个在他面前突然之间如此不一样的陈常。这个陈常，似乎完全已经和他脱离了任何关系，他只是把他，把他这样一个亲大哥，当成了一个破坏民族团结的典型，当成了一个似乎与他自己也有着深仇大恨的敌对分子。而陈常的那张嘴，却还是那么有力地张合着，似乎整个世界已经全部吞咽在了他的那张嘴里。突然，陈列就什么都听不进去了，他的大脑有如被什么东西重重地击了一下，一下子完全空白！

陈列再醒来的时候，他发觉自己又躺在了医院里。病床前，是卓玛。

卓玛一看他醒了过来,连忙紧紧地握住他的手,说,醒了啊?醒了就好!卓玛在握着他的手说话时,眼泪立即奔涌而出。很明显,是因为陈列醒来而高兴激动的哭泣。

陈列努力让自己的大脑在短时间内清醒了过来。他问卓玛,我是不是被农场开除了?

没关系!没关系!卓玛用袖子擦了擦自己的眼角,然后轻轻地抚摸着陈列的脸庞,说,你即使什么都没有了,还有我呢。以后你就到我们家去。

到你们家去?陈列茫然地问。

是啊,你一出院,我们就结婚!卓玛的眼泪又下来了,哽咽着说,你不知道的,我一直都想和你结婚,你更不知道,我是多么想和你在一起,多么想和你结婚!

陈列在不久之后就出院了。出院后,他马上与卓玛举行了婚礼。当然,他也没有了工作,更没有了住的地方,只有搬到了卓玛那里。

在搬到卓玛那里之后几天,陈列和卓玛举行了婚礼。他几乎没邀请几个人。因为他在拉萨也没什么朋友,反倒是卓玛那边,有很多朋友来。陈列在农场时的很多同事也来了,不过陈列从头到尾都没有看到热旦。段营长也来参加了婚礼,在婚礼过程中,他拿出了一个信封,交给了陈列,说是陈常让他带过来的。陈列看了看,里面除了礼金,还有一封信。陈列也不说什么,就放在了一边。段营长叹了一口气,似乎是想说什么,但终是没有说出来。

结婚那天,陈列一直感觉自己的后背有一双眼睛在盯着他。而那眼睛让陈列觉得后脊老是飕飕地发凉。但陈列一直没有将这种感觉给卓玛说,他不想让卓玛担心。

9

那是一个早上,很阴冷的早上。就是在这个阴冷的早上,拉萨发生了一件大事。而陈列家里,也发生了一件大事。

事情来临之前,陈列一点意识都没有。那天早上他还是像往常一样起床,起床后给两个孩子做了早饭端到了他们面前。孩子都还很小,哥哥叫陈虎,弟弟叫陈龙。他们躺在被窝里,见陈列把早餐端过来了,还是不愿意起床。

卓玛过来,说,你们两兄弟就是命好啊,还要你们父亲亲自给你们做好早饭送到床前。

陈虎噘着嘴说,本来这就是他应该做的事嘛。

什么本来就应该是?卓玛伸出手,轻轻在陈虎的耳朵上拧了拧,嗔怪说,这世上可没有什么本来就该的事呢!

陈列对卓玛说,孩子说的话嘛,你也当真啊?

卓玛笑笑,说,当什么真哟,不过我真觉得陈虎这小家伙心性很强,以后长大了可能会很难管哟。

呵呵,现在才多大啊,就想到以后的事了?陈列说,以后的事情谁知道呢?

这话说完,陈列把另一份早餐端到旺堆老板床前。旺堆老板现在的身体是越来越虚弱了,几乎已经不能下床。也不知道怎么回事,自从德吉老阿妈去世之后,旺堆老板的身体就越来越差。旺堆老板经常都对陈列说,看来我是要去天堂见阿妈了。陈列看到旺堆老板的眼中,也越来越多了当初德吉老阿妈离开人世时的那种表情。那表情让陈列觉得自己仿佛又看到了那些展翅嘶鸣的鹫鹰,仿佛又看到了天葬台上那些迎风招展的五颜六色的经幡。

看到陈列端着饭过来,旺堆老板努力想让自己上半身撑起来斜靠在墙上。陈列连忙把早餐放下,上前帮他把身子向上押,再端过早餐。

旺堆老板叹了一口气,说,陈列啊,真不知道这日子何时是个头啊,老是这样,动也不能动,还不如早点去见阿妈呢。

陈列连忙安慰他,说,爸爸,你放心,你的身子很快就会好的,卓玛又给你找了一个很好的藏医,那医生说你目前病情还不算严重,肯定会很快就好的。

你别安慰我了,陈列。旺堆老板边吃着早餐边对陈列说,我自己的病情,我还不知道啊?自从这腿报废了后,整个身体就越来越差,这些我都料到了的。不过……说到这里,旺堆老板再叹了一口气,说,只是苦了你啊!

没有啊,爸爸,你怎么这么说呢,都是一家人,这些事情都是应该的。陈列说,其实我也没有为你老人家做什么呢。

够多了,够多了……旺堆老板眼角竟然流下了两行浑浊的泪。

陈列拿了一条手帕,给他轻轻拭去。旺堆老板的神态,让陈列觉得无比心痛。想当初,这个在茶马古道上怎么说也算是叱咤风云的老人,没想到老了,却也只能窝在这么一方窄窄的床上,就这么流着泪。

旺堆老板平静了一下情绪,把早餐吃完又问陈列,说,你和你兄弟现在还不来往吗?

陈列听旺堆老板突然提起了这个问题,也不知道怎么回答,只好说,也许他现在也忙吧。听人说,他又被提拔了。

其实提拔不提拔,这些都不重要。旺堆老板语重心长地说,那些都是虚的,但你们毕竟是亲兄弟,这才是实的啊。上辈子要修多少功德,你们才能成为兄弟呢,下辈子谁知道你们还是不是兄弟呢?因此,能珍惜现世的,就是最好的了!而且都这么多年了,你孩子都这么大了,有些事该放下的,就要及早放下。佛祖教我们要宽容,宽容不仅仅是对陌生人,对身边的亲人,更应该宽容才对呢。

爸,你说的是,所以我前段时间也让卓玛给他送了一些我们自家的牛肉过去。陈列说。

哦,这就好,这就好。旺堆老板又躺下,说,我是老了,也自知时日不多了,但我可不想你们两兄弟以后就因为以前的什么事情而老死不相往来啊!

好的,我记住了。陈列给旺堆老板搭上被子,又给他捏了一下仅存的那条腿,才退出去。

陈列想到草场上看看那些牦牛。刚过了一个冬天,草场上的草刚长出来不久,牦牛们现在正是吃草长肉的时候。陈列现在一看到那些正在长膘的牦牛们,就觉得踏实。虽然他也经常在梦里想着光芒村那个地方。

陈列刚走出门,就看见一群人冲了过来!那群人竟然都拿着刀啊棒啊什么的,甚至还有人拿着枪!陈列一下子就呆住了,他不明白发生了什么事!

这些人有的骑着马,有的在地上跑着,但嘴里都喊着叫着,情绪很激动!陈列刚开始没听清他们在喊什么,但后来当其中一个人拿着一把明晃晃的藏刀一下子架在了陈列的脖子上时,他才意识到肯定发生什么大事了!而那人也不管陈列的反应,只是恶狠狠地问,旺堆那老混蛋是不是住在这里?

陈列再次吓了一跳!他看着那明晃晃的刀,心里不由得害怕,只好压低声音,说,是啊,他是住在这里,可他已经是一个连床都起不来的老人了,你们还要找他什么麻烦啊?

什么麻烦?这时一个人骑着马从后面跑到了陈列的面前。那人看起来年龄也不小了,头发都已花白,却身手敏捷,一下子就跳到了陈列的面前,说,你还认识我吧,陈列?

你……陈列看着眼前这眼睛里闪着寒气的老头子,浑身一个激灵,他马上想起了一个人,说,你……你不会是旦曲吧?

哈哈,算你小子还记得老子!旦曲放声笑了起来,说,看来老子在你们心里还有印象呢!说话的声音很是猖狂。

可……可你不是还在监狱里吗?陈列下意识地问。

监狱能关老子一辈子吗?旦曲得意地冲陈列大声说着,老子都出来几个月了,你们家老头子不知道吧?听说你还当了旺堆那老混蛋的女婿,你可真是有福啊,那老混蛋的女儿多漂亮啊,老子当时看了,都想把她搞到手呢,没想到老子进了监狱,倒便宜了你这个小子!

你!这种话你都能说得出来!你还是人吗?!虽然刀还架在脖子上,但陈列也同样怒不可遏!

人?什么叫人?旦曲"哈哈"大笑,说,老子还给你说,当初不仅是我,我的儿子可也是看上了旺堆那老混蛋的女儿呢,可惜啊,他也晚了一步,被你这小子先下手了!而且他当初想了那么多办法吓你,甚至还偷了那么多牛鞭放在你的门前,居然都没把你小子吓着,反而让你更快就和那漂亮小姐结婚了!那小子老子就一直看不起,连自己喜欢的女人都弄不到手,还算什么男人啊!

那些东西是热旦放的?陈列愤怒地问。

当然啊,不是他还有谁呢?你这小子,这么多年都没想明白啊!老子今天就是要来和你们这一家算总账的!旦曲的口气越来越嚣张。

总账?你这样拿刀拿枪的,不怕政府?陈列突然有底气了,说,他们马上就会来管你的!

政府?旦曲更是得意了,他狂笑着说,看来你这小子真是天天窝在媳妇的肚皮上,对外面的什么情况都不清楚吧?你不知道现在拉萨所有汉人都马上就要被我们赶走了吗?现在已经又是我们的天下了!

你胡说什么!陈列真不知道拉萨究竟发生了什么事,但听旦曲的口气,他感到肯定发生大事了,而且还是特别大的事情!

胡说?旦曲晃荡着自己手里拿着的那把枪,说,老子现在手里拿着什么,你不是看不到吧?我胡说,它不会胡说吧?他直接用枪顶着陈列的下颌,恶狠狠地说,感觉到了吧?它是不是在胡说呢?说到这里,他一脚把陈列踢倒在地,说,老子不给你说了!然后对另外一个人说,看好他!再转身,冲身后的那些人一挥手,喊,兄弟们,我们进去,把当初给汉人带路的那个奸细,旺堆那老混蛋抓出来!

后面的那些人跟着发出了一阵呐喊,然后,陈列就眼睁睁地看着他们冲了进去!他想站起来阻挡他们,但拿刀守在他身边的那个人却猛地冲他胸部踢了一脚,陈列只听得"砰"的一声脆响,然后自己的胸前马上就是一阵剧痛!他知道,自己的胸骨肯定已经折断了!陈列一下子倒在了地上,根本不能动!

在陈列刚倒地上的同时,屋子里面传来了一片欢呼,然后一群人把旺堆老板从里面揪了出来!旺堆老板本不能走路了,两个人就像抓住一条猫啊狗啊的东西一样,把他的双臂一边夹在一个人腋下,悬空着就弄出来了!周围的人看着旺堆老板无助的表情,反倒更是激起了他们内心深处的那种成就感,他们都吹着口哨,有的人甚至还冲旺堆老板吐着口水。

旦曲更是得意了,他举起手里的枪,冲天放了一枪,在"砰"的一声响后,他喊,快点把那老混蛋弄过来!

架着旺堆老板的那两人老远就把旺堆老板往地上一扔!陈列忍着剧痛,想喊,却什么也喊不出来,他只能眼睁睁地看着旺堆老板在那里受着折磨!

旦曲上前,一脚踩在了旺堆老板的胸前,说,老混蛋,当初给汉人带路的时候,没想过还有今天吧?

旺堆老板却是什么话都不说。他的表情无奈,但一看上去,却是那种沉默的无奈。他只是看着旦曲,似乎是在看着一个自己早就看穿了的人。

你这老小子,现在倒不说话了?你当初不是很拽的吗?我还认为那些汉人能保护你一辈子呢!还找了个汉人女婿,把自己如花似玉的女儿也嫁给了一个那么远的人,你就不觉得对不起我们自己人吗?旦曲的情绪越来越激动,全场的人都只听着他一个人在说。他说话时,脸上青筋暴露,唾沫横飞,眼睛中还充满了仇恨,不过这仇恨却还掺杂着那种报复后的快感。

你别把私人的事情和什么汉人自己人扯上关系了!旺堆老板终于说话了,说,我知道你一直恨我,我也知道你迟早有一天会报复我的,你这个人手段的毒辣,我是早就知道了的。旺堆老板的语气竟然没有因为自己突然遭遇这样的厄运而有丝毫的慌乱,相反,还显得相当的平静。

陈列的胸部还是那么痛,但听着旺堆老板的话,他突然想起了一件事。这事也是旺堆老板无意中给他说的。旺堆老板说,旦曲这个人报复心非常强,但这个人的报复手段却真是让人胆战心惊,让人觉得匪夷所思。他甚至可以把咬了他的蚊子抓住,却不一巴掌拍死它,而是把那蚊子的几条腿全部扯下,再把蚊子放了,让那蚊子一直飞,最后累死!一想到这个事,陈列就为旺堆老板担心。他真不知道这样的一个人后面会做出什么事情来!

是啊,旦曲扬扬得意地说,你还真说对了,其实我还真不是故意要挑拨什么汉人和藏人的矛盾,不过只是借着这个由头罢了!但你也知道,我这个人就是这样的人,对害过我的人,我从来都是把他们好好地供奉在心里,像佛祖一样供奉着呢!

你别玷污佛祖了!旺堆老板轻蔑地看着旦曲说,你这样的心肠,佛祖都会害怕的!

到现在你这老家伙嘴还硬着呢。旦曲抬起一腿把旺堆老板踢翻在了地上,还滚了两个来回!可见那一脚的劲道有多重!但旺堆老板却哼也没哼一声,他就那么全身扑在地上,看也不看旦曲!

你还真有点硬骨头呢,老子当初还真小看你了!不过我看你能挺到什么时候!说完,旦曲拿起他手里的那支枪,一把把旺堆老板从地上拎了起来,然后将旺堆老板的脸朝上,再用枪托就那么一下一下、一下一下地在旺堆老板的脸上砸着!陈列躺在地上,虽然还是不能发出一丁点声音,但那场景刚好全都映入了他的眼帘!他看到旦曲那只拿枪的手,完全就像一个恶魔的手,那手里的枪,那枪的枪托,都比真正的恶魔手里拿着的那种杀人的刀还要恐怖,它就在旺堆老板的脸上,"砰""砰"地撞击着,有如一块硬铁,正在砸着一面厚厚的木板!而那木板,却毕竟只是人的脸啊!陈列看到,旺堆老板那张脸一阵阵的鲜血喷涌,那些鲜血,从上而下,一会儿就流遍了他的全身!旺堆老板的全身都被鲜血染红了,不管是衣服,还是手,都渗满了他自己脸上流出的血!到后来,血也不流了,只看到那张脸已经完全不成其为一张脸了!那只是一坨血肉模糊的,甚至能看到面颊骨都露在外面的看起来就让人不寒而栗的脏兮兮的东西!旺堆老板开始还痛得叫了几声,但后来他的声音也弱了下去,最后,终于完全消失!

周围的人,却都发出了一阵响似一阵的呐喊,他们都在喊,狠狠砸!狠狠砸这奸细!砸死他!砸死他!陈列看着那一张张扭曲的脸,看着那一张张似乎已经完全没有人的表情的脸,他的心,一下子就跌入了深渊!他看到可怜的旺堆老板,突然想到家里还有卓玛和陈虎、陈龙两兄弟!

世事就是这么巧,真是害怕什么就来什么!当旺堆老板终于再没有任何声息了的时候,旦曲一把把旺堆老板扔在了地上,说,现在不管你了,你好好"休息"一下吧,老家伙!现在老子可要弄弄你的家人了哟!说完,他又挥舞着手里的枪,完全就是一个恶魔,面目狰狞,嘴里像狼一样吼着,说,把那娘们给老子弄上来！旦曲那架势,已然完完全全是一个土匪了！

卓玛立即被两个人从里面架了出来！她一出来,看到倒在地上的旺堆和陈列,马上发出了一声撕心裂肺的痛哭！

哭嘛啊,你这个小娘们！旦曲的脸都扭曲了,他狞笑着上前抱住卓玛,说,你不用哭了,你的好日子马上就要来了！

陈列闭上眼睛,他真想自己就在这一刻死去算了！可是,他现在却连死的能力都没有！

他的泪,不可控制地流了下来！那些泪,完全就是血。

陈列听到一阵撕打的声音,那是卓玛在奋力反抗的声音,她嘴里还骂着,说,你还是人吗？你还是人吗？！

陈列的心,痛到了极点！

周围的那些人发出各种邪恶的笑声,他们的那种笑,慢慢地,完全压过了卓玛那一直在拼命撕打的声音,后来,卓玛的声音陈列就什么都听不到了,他能听到的,就只有一群野兽在自己的周围啃咬骨头时发出的那种让人绝望至极的断裂声！

正在陈列宁愿死也不愿再睁开眼的当口,一个声音突然无比清晰地传到了他的耳朵里！那声音很有力量,让陈列一下子从绝望中回过了神来！因为陈列听到那声音说的是,你还是人吗！这话刚才陈列也听卓玛在说,不过现在说这话的,明显是一个男人！

陈列一睁眼,竟然看到热旦站在了面前！他正站在人群中,他手里也拿着一支枪,正顶着旦曲的后背！

旦曲其时已经要把卓玛的衣服脱光了,正在脱自己的裤子,准备骑到卓玛的身上去！

旦曲一下子愣住了,他可能完全没想到,自己的儿子竟然会拿着枪顶着自己！

你要干什么？他冲热旦吼。

你不说说你要干什么吗？！热旦反问,他脸上的青筋都在暴跳,说,你觉得你还是人吗？！

我不是人？！旦曲一下子站了起来,连刚脱下的裤子都没来得及拉上,喊,这家人害我失去了那么多,还害得我在牢房里待了那么久!你知道什么是牢房吗?你知道那是什么日子吗?!

你还要不要脸!你马上把她放了!马上从这里给我滚!否则别怪我!热旦的手指,已经搭上手枪扳机,而且正在微微地收紧手指,他的眼睛也恨恨地看着旦曲,似乎只要旦曲再一开口,后果就会不可预料!

旦曲好像终于意识到了事态的严重性,他不再说话,只是把裤子拉上,然后转身冲热旦吼,我知道你这小子一直就对这婆娘有意思!好,老子就让给你!你拿去玩吧!说完,他一个翻身,上了马,然后冲他身后的那一群人喊,兄弟伙,不要把那老东西给我忘了!快点,把他给我扛起来,我们还要好好折磨折磨他,不能让他这么轻易就死去了!

陈列看到那些人找来一根绳子,然后用绳子把旺堆老板捆了起来,再把绳子拴在了马的身上,而且是旦曲骑着的那匹马身上。之后旦曲一声呼哨,那马就奔腾而去!没多久,旺堆老板就消失在了陈列的眼帘之外。陈列只看到一股股黄沙升起,弥漫了整个天空!

陈列再次听到卓玛发出了一声撕心裂肺的喊叫!然后陈列自己也晕了过去,之后就什么都不知道了!

陈列再次醒来时,他看到陈常正在他的床前。这地方明显是医院。

陈常看着他,叹一口气,问,你醒了?

陈列还是感觉自己的胸口很痛,想支起身子,却还是不行。

你不要动,你断了四根肋骨啊!陈常说,伸出手按住了他。

发生什么事了!你说,究竟发生什么事情了!陈列立即问。

唉,拉萨城里一小撮叛乱分子暴乱了,不过很快就已经被我们消灭了,你放心,大哥。陈常说。

暴乱?陈列呆了。

是啊,他们绝大部分已经被我们打散,现在已经逃出了拉萨,我们正在追击他们!陈常回答。

可是卓玛和旺堆老板呢?还有陈虎和陈龙呢?他们怎么样?陈列急切地问。

卓玛和两个侄儿都好,他们现在正在家,嫂子正在安抚两个孩子,因为两个孩子真是被吓着了,只是旺堆老板……陈常迟疑着说。

他怎么了？陈列其实知道自己问也是白问,他内心早就升起了一股绝望。

他被那帮人拖在马后,然后一直被拖了十多里,几乎绕着拉萨城拖了一圈！等我们把那些人消灭时,他早就已经……陈常自己都说不下去了。

陈列的眼泪再次无声地流了下来。

不过,那个旦曲已经当场被我们击毙了,这个你可以放心,大哥。陈常补充说。

陈列还是只能流泪。

陈列这次在医院一待就是两个月,其间卓玛经常过来看他。卓玛已经完全消瘦了,她的脸上没有了那一向的快乐,每次见到陈列,都只是拥着他哭。陈列知道这次的事,让卓玛的内心几乎万念俱灰。他躺在床上,唯一能做的,就只有自责,说自己太没本事,居然连自己的家人甚至是自己的女人都保护不了。卓玛却连连说,这不怪你,不怪你！但陈列分明能看到卓玛那颗已经千疮百孔的心是多么的惨不忍睹。

在陈列还不能动的时候,卓玛来给陈列说,暴乱已经完全控制住了,现在她想把父亲送走,让他去天堂安息,并说她已经请好了天葬师,选好了日子。

陈列说他想去送送旺堆老板。陈列特别想送旺堆老板最后一程。

你这样子怎么去呢？卓玛说,你还是安心躺在医院吧,等你好了,能走了,再说其他。

可我真的想去。陈列说。

卓玛看着陈列,眼泪不由得再次流了出来。她紧紧拉着陈列的手,似乎这只手她再也不想放开。

那是一个晴朗的早上。拉萨的阳光向来都是那么的慷慨。陈列跟着送葬队伍,看着静静地俯在一个健壮大汉后背上的旺堆老板,他的泪不由得再次流了下来。陈列感觉到旺堆老板好像就在前面引导着他,从来没有离去,他的音容,他的笑貌,都宛如一缕清风,还在轻柔地抚摸着他的脸,让他感受到了阵阵的温暖。陈列知道,没有旺堆老板,就没有自己现在的这一天,也就没有了自己以后的日子。陈列看着那壮汉一步步走向远处的天葬台,他的眼角竟然有如开了闸的堤坝,再也控制不住。而他知道,他送旺堆老板到他现在该来的地方,也是对旺堆老板灵魂的一个抚慰。他看着那些冉冉升起的桑烟,听着不远处天葬台上响起的阵阵鹫鹰的嘶鸣,他的内心深处就强烈地感受到了旺堆老板那颗善良的心正在高空中为一切善良的人在祈祷着。他甚至感觉自己看到了那蓝天白云深处,有旺堆老板的眼睛正在默默地注视着卓玛,注视着他。

而陈列之所以能去送旺堆老板最后一程,是因为热旦来了,是他亲自来背着陈列去的。热旦背着陈列送旺堆老板,他一直没有说话。从热旦的眉目之间陈列可以感觉到他内心那种强烈的愧疚。

从天葬台回来,陈列又被送到了医院。因为他的伤实在是很重。本来医院不同意他去送葬的,但后来拗不过陈列,不得不同意了,不过说如果因出去而伤势加重的话,他们概不负责。陈列想都没想就答应了。现在回到医院,陈列轻轻拉着卓玛的手,说,让你一个女人在这段时间里承受了这么多的事,真的很对不起。陈列的内心有着一种难言的酸楚。在他的世界里,觉得女人都应该是来享福的,女人就应该是要得到男人的保护的。没想到这段时间发生的这些事情,自己却没能帮上卓玛。

没事,你在医院的那段日子,陈常和段营长他们都来帮了忙的,而且热旦在这段时间也……卓玛说到这里,似乎突然意识到了什么,不再往下说了。

热旦?陈列看着卓玛,问,这段时间我没在家,他经常来吧?想起自己送旺堆老板最后一程时是热旦背着自己走的山路,陈列觉得也没什么其他话可说,只能随便问问。

也不是经常,叛乱刚平息的时候,他因为旦曲的事情,也被抓了,后来……后来是我去给政府说,是他救了我和孩子,他和那些叛乱分子不是一起的后,他才被放出来了。放出来之后,他就经常过来帮忙,还帮着照顾两个孩子。卓玛开始似乎不知道怎么说,但犹豫了一会儿,还是把情况给陈列说了。

也是啊,不是他,你和两个孩子都不知道会遇到什么呢。陈列叹了一口气,也不知道自己该再说些什么。他知道,卓玛之所以给他说这些话,是害怕他以后误会她。

两个月后,陈列终于能下床了。一下床,他就回到了家。

他发觉家里因为长时间少了一个人，气氛都完全变了。

两个孩子因为亲眼目睹了那么一场暴行，变得沉默寡言，而卓玛，更是终日不言不语，只知道干活，或者照顾两个孩子的日常生活，或者到草场上去看着那些牦牛。而每每一停下来，她就会望着远远的天葬台，望着那个地方的天空静静地发呆，甚至发呆发久了，会有一些她自己都完全没有意识到的泪水默默地流下来，通过她的脸，再流到地面上的尘土之中。虽然泪归于尘土马上就无形了，可陈列内心的疼痛，却一点都不亚于卓玛。陈列真不知道该怎么安慰卓玛，只好也尽量沉默着，不去触摸卓玛内心那道伤痛至极的伤口。

一天，陈列拄着拐杖，蹒跚着走了出去，准备到草场上去看看自己家的牦牛。虽然他知道卓玛在照顾它们，但他想卓玛这段时间也太辛苦了，自己只要能走得动，去看看也行。

草场离家不远，不一会儿，陈列到了草场上，他看到那些牦牛越长越健硕了，越长越有肉了。陈列叹了一口气，痴痴地望着那些牦牛发呆。

陈列正看着那些牦牛在草场上悠闲地走来走去，突然来了几个藏族小男孩子。

那几个小孩子似乎没注意到陈列，但陈列知道他们都是草场附近的，他们的父母都在这块草场上放牧。陈列其时正在一块大石头后面，孩子们想看到他也不容易。

那几个小孩子用藏语说着话，但陈列来拉萨这么多年了，虽然藏语说得还不怎么流利，可是听却一点问题都没有。陈列只听到一个孩子说，听说阿佳卓玛被人那样了啊……

都知道了啊，这还有谁不知道呢。另一个小男孩子说。

是啊，我家阿婆都说，当着那么多人被旦曲那老畜牲那样了，这以后还怎么做人啊！之前的那个小男孩说。

就是，真不知道阿佳卓玛以后怎么办，那事好脏啊！好几个小男孩子都附和着说。

一个小男孩似乎还真不知道其他人说的阿佳卓玛是谁，就小心翼翼地问，谁是阿佳卓玛啊？

其他小孩子都以一种很奇怪的眼神看着他，有个小孩子说，不就是陈

123

虎和陈龙的阿妈吗？

陈列的头一下子就大了。他原本想到旦曲当初做的那事会对卓玛今后的生活产生影响，但真没想到，这影响会如此之大，居然连这些天真无邪的小孩子都在传说这事。这让卓玛以后还怎么在这里生活？而且这事看来不仅影响到了卓玛，还影响到了陈虎和陈龙两兄弟！难怪回来后的这几天，两兄弟都沉默寡言很少说话，更很少出来玩耍。很明显，他们那小小的心里一定已经承受不了这些小伙伴们之间的流言蜚语。

一不小心，陈列觉得自己的喉咙有点发痒，就咳了出来。几个孩子突然看到石头后面还有人，再看清竟然是陈列，都变了脸，马上作鸟兽散，跑了。

回到家，陈列意外地看到热旦竟然来了。

热旦看到陈列回来，有点尴尬，他看着陈列，嘴里讷讷地说，哥，你回来了啊？

陈列点了点头。他实在不知道自己现在应该怎么对待热旦。可以说，这事比让他选择怎么对陈常都还要难。

你回来了就好，回来了就好。热旦脸红了，准备转身回去。

进来吧，喝点青稞酒。陈列看着热旦，说。

喝青稞酒？热旦似乎没想到陈列会对自己发出这样的邀请。

进来吧。陈列喊卓玛，卓玛，拿点酒来。

卓玛应声说，好的，马上就拿过来。

等她把酒拿过来时，一看热旦，也愣住了。

陈列说，我要和热旦喝点酒，弄点菜吧。说完，让热旦坐下。热旦很局促地用手在自己的两条腿上来回抹着，似乎想将那裤布抹穿一样。

卓玛不说话，拿了两个杯子过来，又开始准备菜。菜很快就上来了。

陈列端起杯子，说，来吧，热旦，我们喝一杯。热旦却不敢举杯，只是看着陈列，说，哥，我……我戒酒了。

戒酒？陈列摇了摇头，说，说别人戒酒我还会信，说你戒酒，谁信呢？因为他知道热旦一向都是爱酒之人。

那好吧，我就喝点。热旦终于端起了杯子。

热旦刚开始还比较矜持，都是一点一点地喝，可是，几杯酒一下肚，就恢复了他的本色。到后来,他还主动举杯子给陈列敬酒,嘴里还不断说着"喝!干了!"之类的话。后来热旦见卓玛来回跑着,让卓玛也坐下一起喝。卓玛连忙摆手,说要照顾两个孩子,热旦却一把就把卓玛拉住,使劲让她坐下,说,阿佳,你就喝呗,我们几个好不容易才聚到了一起喝酒啊!

这晚的酒,以最后热旦醉得站都站不起来为终。热旦的酒量很好,陈列不行,往往是一两杯就会醉。但不知道怎么的,这天晚上热旦完全醉了,陈列自己却还没任何事,甚至是没有一点醉意。

热旦已经完全不能站起来了。他嘴里的话都说不清楚了,舌头全在打转,甚至连酒杯都握不住了。陈列只能让他躺在一个小房间里,让他睡。在扶热旦躺下时,陈列听热旦的嘴里似乎在嘟囔着什么话。他感觉热旦好像在念叨着哪个人。陈列开始没听清楚,后来,他听清楚了,热旦居然在叫着卓玛的名字。陈列无奈地摇了摇头。

在和卓玛上床休息之时,卓玛似乎有什么事想给陈列说,但几次都是欲言又止。陈列看着卓玛,知道她肯定有什么心事,但又不好给自己说,所以只好主动问,是不是有什么事想给我说?

卓玛张了张嘴,却还是没说出来。

陈列说,卓玛,要不我先给你说一个事?

什么事?卓玛从来没看到陈列这么正式地对自己说话,有点意外。

我在想一个事情,陈列说,我从四川出来这么多年了,也一直都没回去过,要不……

看陈列停住了,卓玛问,你想回去看一下?

不是想回去看一下,而是……陈列顿了一下,不知道该怎么给卓玛说。

而是什么?卓玛追问。

我想……陈列终于下定了决心,说,我看不仅是我,我们一家人都回四川去,好吧?

都回?卓玛惊呆了。

是啊,我想我们还是回四川去住吧。陈列说。

这……这……卓玛似乎以前从来没想过这个问题,因此听陈列提出,完全有点手足无措。

是不是有点太突然了?陈列说,我也只是与你商量商量,你看再考虑一下,怎么样?

可是,如果回四川,我们这里还有这么多牦牛,还有这么多东西,那……卓玛的思维一下子就陷入了混乱。

陈列不再说话。他知道,这事也不能太逼着卓玛作决定了,否则,有些事情如果她没想清楚,就是勉强跟着自己回去了,以后也会抱怨自己的。

渐渐地,陈列和卓玛都在床上睡着了。

陈列没想到,自从那次在自己家喝醉酒之后,热旦以后竟然经常过来,而且每次过来都是不醉不归。到后来,居然连躲都躲不开了。

热旦有一次在喝醉后,居然直接对陈列说,哥,说真的,我只是碍着阿佳的面子,现在还叫你哥!

哦?陈列根本就不想理他了,但毕竟是在自己家里,所以也只能礼貌性地应答着热旦的话。

你知道不,我从来都不把你当我哥!热旦的话又说不太清楚了,每一个字都似乎是卷着舌头在说。

我知道了。陈列毫无表情地说。

知道?你不知道!热旦站了起来,举着酒杯对陈列说,你不知道,你一点都不知道,其实,我好恨你!我恨着你呢!

热旦说这话的时候,卓玛刚好走了过来。她的脸一下子就红了。热旦一看卓玛过来了,竟然伸手拉卓玛的衣服。陈列连忙上前,把他的手挡开。热旦却一下子开口就冲陈列骂了起来,叫嚷着说,你凭什么挡我啊!我和阿佳可是从小一起长大的!你认为你是谁啊!

卓玛连忙对热旦说,你别喝了,再喝就醉了,你走吧!

热旦坐在那里动也不动,甚至根本不理卓玛。陈列摇摇头,自己出了屋子。

本想出了屋子,热旦没见自己了,会安静一点,没想到他竟然也跟着出来,还对陈列说着更为挑衅的话。

陈列心中的火顿时又起来了。他真想一脚把热旦踢开,让他离自己远远的。他真没想到,自己无意识地叫热旦来喝一次酒,却给自己惹了这么多麻烦。他自认为本是好意,当时想不管自己与热旦有过多少不愉快,毕竟他救过卓玛,而且旦曲也被击毙了,他们家也只剩了他一个,看着也怪可怜怪孤单的。但热旦居然就像牛皮糖一样,一旦粘上,想甩都甩不掉了!

热旦嬉皮笑脸地对陈列说,要不哥,你把阿佳卓玛让给我吧?他的嘴里喷着酒气,完全肆无忌惮,根本就是在给陈列示威。他继续明目张胆地说,哥,你放心,你把阿佳卓玛让给我,我会好好对她的,绝对会比你现在对她好!而且,我一点都不会嫌弃她曾经生过两个孩子!

你真是疯了!陈列对热旦完全没有语言了,转身向草场上走去。

热旦这次却没有跟上来,只是在后面冲着陈列的背影说,真的,阿佳卓玛还可以带着两个孩子到我那里去的!

疯子!陈列心里骂着,头也不回地继续往前走。

陈列也不知道怎么回事,这次居然能控制住自己没有动手。

到草场转了一圈,看着那些悠闲的牦牛,陈列的内心稍微平静了一点。

突然,他觉得似乎有什么不妥。热旦今天过来喝酒的时候,陈虎和陈龙两兄弟都出去玩了。那俩孩子最近很少出去,陈列和卓玛一直在鼓励他们,让他们多出去玩。现在自己也出来了,岂不是只剩下卓玛一个人在家?

陈列连忙赶回到家里。

一回到家,还没进屋子,陈列就听到了卓玛的呼救声,他连忙冲了进去,果然看见了自己最不想看到的一幕!热旦正紧紧地抱着卓玛,将他那长满胡须的嘴往卓玛的脸上啄着,卓玛在死命抗拒,但热旦不管不顾,还是急切地将自己的脸往卓玛的嘴上凑,嘴里还喘着气,不断地说,阿佳,为了你,我可一直都没结婚啊,你就随了我吧!随了我吧!

陈列抓起一根棍子,"砰"地一下击在了热旦的头上!

热旦"哇"地惨叫了一声,一下子松开了紧抱着卓玛的手。卓玛连忙从他身边跑了过来,站在了陈列的身后,全身都还在瑟瑟发抖!陈列手上的棍子又连续击打在了热旦的身上,打得热旦根本不能招架,只能往门外窜!

慌乱中,热旦还是窜到了门外,似乎酒也醒了,一溜烟跑得飞远,连头也不敢回,就那么用一双手捂着头,狼狈逃窜。

看热旦跑远了,陈列回过头抱住惊魂不定的卓玛。卓玛哽咽着对陈列说,这可怎么办啊?这人……

陈列看卓玛说到这里不说了,意识到可能有什么问题,连忙问,他是不是经常这样?

刚才这样的情景倒没有过,不过以前老是有意无意地在我身上蹭一下啊什么的,可是我都不敢给你说。卓玛自己说着都有点难为情了。

这混蛋!陈列的牙齿都咬出了声音,说,刚才我看还是把他打轻了!真应该一棍子下去打残了他!

这人现在的脸皮越来越厚,我们以后怎么办呢?卓玛六神无主地说。

唉,要不这样吧,陈列突然想起自己给卓玛说过的那事,我们还是去四川吧,这样也能躲开他!

这……一听陈列这么说,卓玛却又开始犹豫了,一时竟不再开口说话。

陈列知道卓玛在犹豫什么。他对卓玛说,如果我们再不走,热旦那小子以后还会继续来骚扰你的,你就愿意这么让他骚扰啊?况且,你愿意,我也不愿意啊!

卓玛一听,马上急了,说,你怎么能这么说呢?什么我愿意啊!

说完,卓玛一个转身,往里屋冲了过去,再"砰"一声关上了门。

陈列这才感觉自己的话好像有点过了。他站在门外,不断地敲着门,卓玛却理也不理。无奈,他只有待在外屋,等卓玛出来。

过了好久,卓玛终于出来了。她眼睛红红的,一把抱着陈列,说,你说,我这是不是第一次生你的气?

陈列见卓玛终于出来了,高兴得也一把揽住了她,连忙说,是啊,你可从来都没像刚才这样和我生过气呢。

我在里面想了很久……卓玛缓缓地说着,陈列看着她的脸,感觉卓玛似乎已经下了决定。果然,他听到卓玛说,那……那我们还是去四川吧!

你真的决定了?陈列不想勉强卓玛,虽然在他自己的心里,是非常想回四川的。

卓玛坚决点了点头。

陈列把卓玛抱得更紧了。

没过几天,陈常过来看大哥大嫂。他带了一些吃的,说也要和陈列喝几杯。

你听说了?陈列对陈常说。

是啊,陈常点了点头,说,其实你能回老家,我很高兴的。

我也很高兴,没想到你嫂子竟然同意了。陈列说。

现在四川也在搞社会主义建设,听说四川的"大跃进"运动搞得非常不错,我们那里水稻的亩产都要上万斤了,你们回去,一样也可以像在西藏为现代化建设贡献力量的。陈常说。

陈列觉得陈常现在说的话自己越来越听不懂了,说真的,他根本就不知道"大跃进"是什么,但他也没说什么,只是说,这些大的东西,我倒是真的不懂,我只是想和你嫂子回到四川后能安安生生地过日子就行了。

这倒是,这倒是。陈常也发觉自己说的话让自己陷进了一种尴尬的境地,忙不迭地点头。

过了一会儿,陈常还是忍不住了,问陈列,大哥,那事你真不怪我了吗?

陈列正喝着酒,有点没反应过来,没明白陈常话的意思。他问,什么事?

就是……就是我把你从农场……陈常有点吞吞吐吐。

陈列终于明白了陈常想说什么。他连忙说,算了,这不是你的错,想当初你在那个位置,也只能这样处理啊,说不定我在那个位置,我也会这样干的。陈列叹了一口气。

可是,如果当初我不那样处理,说不定你现在已经成为国家正式的干部或者工人了呢。陈常似乎很是愧疚。

现在看来,能成为国家干部或者工人当然是很好,可当时我也不懂,根本不知道什么叫做国家干部,但说真的,陈列顿了一下,喝了一口酒,又说,我自己觉得自己还真就是一个只能与土地打交道的人,也许,这就是我自己的宿命吧?陈列呵呵笑着,再继续说,上次我和你嫂子结婚时,你送了一封信过来,我都看了,其实那时我就不怪你了,没想到这么多年了,你两个侄子都这么大了,你却还是放在心里,没有放下它。

陈常也陪陈列喝了一口酒,说,我就是一直都觉得对不起大哥大嫂……

不说这些了,不说这些了,陈列转过头,叫卓玛,快点再弄两个菜来啊。卓玛说,正在弄,马上就来了。陈列又对陈常说,这次我回去了,可以回到我们从小长大的那个地方去,想着那些不知被水淹过多少次的地,想着那些年我们在外面逃荒,什么吃的都没有的日子,我却还是经常觉得自己怎么就那么离不开它!仿佛它就已经成为了我自己的一部分,甚至是我已经成为了它的一部分一样！所以，自从我来到西藏后，我就一直想着，如果能有机会，我一定要回去！现在，你嫂子终于同意了！陈常，什么时候你也回去啊！

我是不知道什么时候能回去了。陈常沉默了一会儿，说，不过，有个事我必须得给你交代一下，大哥。

你是不是说有关你嫂子的事？陈列问。

是啊，陈常有点惊讶，没想到我还没说，你就猜到了。

这还猜不到啊？要不怎么是亲兄弟呢？陈列说，放心，你嫂子和我一样，我自己来拉萨这么久，虽说人生地不熟，但好歹还有你这个亲兄弟在这里。她跟我到四川去，可就一个亲人都没有了，所以，我一定会好好照顾她的！

你想到就行了，陈常举起杯子，说，大哥，你真有男人的担当！我为有你这样的大哥而骄傲，为有你这样的亲兄弟而自豪！来，我们喝吧！陈常说话时又不由自主地有了一点官场中常有的句式。

陈常一口把杯子里的酒干了。

陈列虽然觉得陈常这话真是有点不入耳，但他也不再计较，端起杯子一饮而尽。

这天，陈常在陈列家一直喝得酩酊大醉。这是陈列第一次看陈常喝这么多酒。

拉萨这边的事情包括牦牛和房子什么的都很快就处理完了。

在要走的头一天晚上，热旦却又来了。热旦这次是已经喝醉了才来的。他一来，就指着陈列大骂，陈列也没理他。最后，热旦骂得无趣了，就躺在陈列家门前的地上，呼呼大睡了起来。幸好那时气候已经变暖，所以陈列和卓玛都没有管他，任他在地上睡，但热旦睡着后还在说着梦话，甚至说就是卓玛走了，他也要到四川去找她！

热旦说这话时，幸好卓玛没在现场。她现在根本就不想见这个人了，她对热旦的骚扰已经无法忍受了。如果不是陈列之前拦着，她早就把热旦这些事报告给派出所了，但陈列说，没必要，都要离开这里了，犯不着再对他怎么样，反正坏人总会有人来"收"的。四川话里面的"收"，有消灭的意思。

就这样,陈列一家人从拉萨回到了四川那个叫做光芒村的地方。

❿

突然有一天,光芒村几乎所有人都因一个人和一条狗而变得情绪激动了起来。这个人是陈列很多年没见过的兄弟陈常。这条狗其实不是一条狗,它是藏獒,是陈常这次专门从拉萨带回来的一条纯种藏獒。一看到那条藏獒,卓玛的眼珠就瞪圆了!她整个人几乎都呆住了!她就那么傻傻地看着它,足足看了大约有好几分钟,身体动都没有动一下。而她在看着那条藏獒的时候,眼睛里突然不由自主地就浮现出了一丝一丝的柔情。那柔情,仿佛佛祖早就埋置在了卓玛的内心深处,只为了看到这条藏獒,它才愿意慢慢地、慢慢地如一缕缕圣洁的桑烟升了起来,最后填充了卓玛的全部胸腔,甚至是她的整个身体。卓玛感觉到那种柔情让自己如此地惬意,让自己如此地有一种归属感。而这归属感当然是因为这条藏獒,更是因为这条藏獒肯定是来自那个生她养她二十多年的地方。卓玛的眼角,突然就有了一滴泪。那滴泪先前是那么的小,让卓玛都没有感觉到它的存在,可仅仅只过了一会儿,它就变大了,变成了一粒可以映着太阳光辉的椭圆形物体倒挂在了她的眼角底部,然后没多久,那滴泪就无可控制地流了下来。它宛如卓玛那颗晶莹剔透的心,就那么轻轻地、轻轻地落到了那条藏獒正仰起头看着她的那张宽宽的脸上。因了那滴泪,那藏獒全身一个激灵,之后竟然就那么心无旁骛地,摇着它那条粗粗的短尾巴,全身靠近了卓玛。那神态,那动作,仿佛卓玛早就是它的亲人一样。而卓玛却再也控制不住自己,一下子蹲下,再一把抱起了藏獒,之后眼泪"哗哗"掉了下来,一边哭,还一边用嘴亲它的脸。这亲吻,这哭泣,一会儿就将藏獒面部的毛发都打湿了,打湿后的毛发绝大部分都紧紧地贴在它自己的脸上,而还有一部分,则直接粘在了卓玛的脸上。卓玛哭得伤心了,双手交替在眼眶附近抹,而这一抹,更是抹得毛发纷飞,到处都是,连卓玛的身上都附了不少。

陈列和陈常看到这情景,都不作声。特别是陈列,他默默地在心里叹着气。他完全知道卓玛为什么一见到这条藏獒情绪就如此激动。因为这和当初他在拉萨时也一样。那时的他,只要一看到自己面前出现了与四川有关的东西,不管是什么,就会觉得特别亲切,内心也会像现在卓玛这样无比激动。卓玛自从那年跟着陈列回到四川后,就再没有回过拉萨。陈列经常听她在晚上做梦时嘴里叫着"拉萨""牦牛",因为孩子回来后就要上学,地里有那么多地要种,等孩子长大了,不读书了,却又要考虑他们的婚事了,再等婚事这事解决了,却又要带孙子了。所以,根本没机会再回去。

看卓玛在激动,陈列问陈常,这藏獒叫什么名字?

陈常说,我叫它拉佳狄马。

拉佳狄马?啥意思?陈列没明白。开始他还认为这是一个藏语发音,但陈列也懂一些藏语,他脑海中不断地搜索藏语中"拉佳狄马"的意思,可怎么也搜索不出来。

没啥意思。陈常却笑了,说,就是我胡乱取的,就图一个好听,而且觉得这名字也够霸气的。

哦,这样啊。陈列点点头,看着陈常,说,这倒也符合你的性格。

两兄弟就在旁边唠着话,也不去劝卓玛是否应该控制一下自己的情绪。因为他们都知道卓玛的内心现在是一种什么样的感情在波动,而这感情的波动,对卓玛来说实则是一个好事,可以让卓玛排解很多很多压抑已久的情绪,使她好受一点。

终于,卓玛情绪稳定了下来。一稳定下来,她就对陈常说,这藏獒,以后就给我了,行吧?卓玛说得很直白,没任何转弯抹角。

陈常也几乎没作任何考虑,马上就说,行啊,这有什么不行的呢?只要嫂子您喜欢,就什么都行了!

拉佳狄马跟着陈常回来后,卓玛对它的照顾,就像对自己的孙子陈洛一样,无微不至得让陈列都有了一点羡慕。而陈洛也非常喜欢拉佳狄马,天天和它在一起玩。不过拉佳狄马开始时一天到晚蔫蔫的,似乎完全提不起精神。后来在卓玛的悉心照料下,慢慢地正常了起来,变得非常的活泼。这样,光芒村就出现了一道风景,经常是一个穿着一套非常破旧却洗得异常干净的衣服的藏族老妇人,手里牵着一个个子不高的小孩子,小孩子的手里拽着一根绳子,绳子的另一头是一条小藏獒在上上下下来来回回地奔跑。这风景让很多光芒村人都开了眼界。

而光芒村因陈常的回来,还引起了另一种震动。这震动,直接导致了村人情绪的集体沸腾。沸腾的原因,则是由于陈常回来带着的任务。这个任务就是要征用一些地建西藏内地干部退休安置房。征用的地,刚好就在光芒村。

这事在光芒村可不是一件小事,这是一个关系到光芒村很多人命运的事情。因为一旦自己的地被征了,那也就是没有了土地,而没有土地的人,政府都会立即把家里的主要劳动力安排进工厂当工人。当工人这事在当时,是非常了不起的事。几乎所有的农村人对当工人都是梦寐以求的。在大家眼里,只要当了工人,那就意味着从此以后有了铁饭碗,一家人的吃喝都不用愁了。

因了这事,陈常一下子就成了红人。几乎所有的光芒村人都来陈家打听,到底哪些地将被征用。陈家一下子变得门庭若市。

陈常回来时,带了一点西藏的特产回来。这特产可不是一般的特产,名叫"冬虫夏草",也就是大家所熟知的虫草。在光芒村人眼里,这东西只是富人和大干部才吃得起的,都是极好的营养品。很多人问陈虎,知不知道陈常带了虫草回来?陈虎不屑一顾地一撇嘴,说,这还用说吗?他可是我叔叔呢!

有人问陈虎,那你吃过吗?

陈虎嘴角一翘,不以为然地说,那是当然!

那你说说,那东西是什么味道呢?有人故意"僵"陈虎。"僵"在光芒村这地方,就是故意为难的意思。

你少僵我!陈虎装作很有底气的样子说,那味道很好的,吃着,就像那鸡肉吧?农村那时能吃上鸡肉的人还真不多,陈虎自己都很少吃。在他的眼里,鸡肉就已经是让人不可奢望的好东西了,那味道一定可以与世界上任何好东西媲美。陈虎从拉萨回到光芒村已快二十年了。童年在拉萨的经历,使陈虎的性格既孤傲,又冷漠,甚至可以为了达到自己的某种目的而不择手段。但就是这样的人,却非常愿意在别人面前显摆。仿佛在任何时候都想将自家有的东西都拿出来在别人面前炫耀。

鸡肉?不会吧?就鸡肉那味道?有人说,语气间有些不以为然,直接对陈虎说,都说那东西贵得不得了,比黄金可还要贵呢,而鸡肉哪有那么值钱哟。看来你还是没吃过,乱说。

周围的人就跟着一起哄笑。

陈虎脸红了,他感觉很没面子,说,我说是鸡肉味道就是鸡肉味道!说完,转身就走了。

这事直接刺激了陈虎。那晚回到家,他就对陈常说,叔叔,能不能把你带回来的那些虫草给我看看?

虫草?陈常说,你要它干什么?陈常早就听陈列说有一点成见过陈虎把自己的老婆赶出门的那个事。他心里对陈虎这个侄子还是有一点成见,甚至还有点庆幸当初他没能够顶替自己。

陈列说,没什么,就想尝尝,看看是什么味道。

尝尝?陈常摇了摇头,说,那可是好东西,一根就可以当几天的饭钱呢,浪费了岂不可惜?

自家人,怎么都这么小气呢?陈虎明显不乐意了。

小气?我马上就要退休了,用自己以前好多年的工资才换了那么一点点虫草,你认为我是带着玩的啊?陈常不客气地对陈虎说道。

不给就不给呗。陈虎斜眉吊眼地看着陈虎,觉得自己的这个叔叔真是越来越不可理喻。他嘴里嘟囔着说,尝一下都不行,有什么了不起嘛!

陈虎嘴里不说什么,但他却开始暗暗行动了。

第二天,陈虎给陈常说,村里有一个池塘,池塘里面的鱼不少,村长因为陈常是本村出去的,在外面当干部,所以他想请他去钓鱼。

陈常欣然应允。他本来就喜欢钓鱼,现在村长请自己去钓鱼,更是求之不得。陈虎当即陪着陈常到了池塘,等陈常开始钓鱼后,陈虎借口有事自己先回去了。

陈常回来后就住在陈列这里,陈列专门给他腾了一个房间。陈虎一到家,避开陈列与卓玛,悄悄进了陈常的房间。

一进去,他就打开了陈常的包裹,然后小心地翻找着。那包裹很大,陈虎找了好久,才找到里面有一个小包裹。他打开,发现小包裹里面就是一些虫样的干干的东西。他知道,这就是那所谓的虫草了。不过他真没想到别人都说比黄金还贵的东西,竟然就是这样的样子,完全就像一根根干瘪的虫。

陈虎小心翼翼地抓了几根放在自己的兜里,再把陈常的包裹照原样弄好,又出去了。

到了村子里,陈虎又碰见了上次嘲笑他没吃过虫草的那人。陈虎一走到那人面前,就故意挺起胸膛,甩开大步走路,眼睛都看着天上。那人看陈虎这神态,马上问,怎么啦,发财了吗?

陈虎却什么也不说,只是从兜里掏出一根虫草放在嘴里,用牙嚼了起来,还故意发出"叭叽叭叽"的声音。

哟,吃什么好吃的哟?那人看着陈虎的样子,有点好奇地问。

还真是好吃的呢!陈虎把虫草从嘴里拿了出来,在那人面前晃晃,说,你看,虫草呢!

真的是虫草吗?那人还不相信。

陈虎得意地将那根虫草呼地一下扔进了自己的嘴里,之后,他再从兜里掏出其他几根,在那人面前晃晃,说,没看到过吧?然后一并塞进了嘴里,再嘴巴一动,开始"叭叽"了起来。可"叭叽"了几口过后,陈虎却觉得有一股淡而无味的味道瞬间就弥漫了自己的整个口腔,多嚼几口,那味道甚至有点不好闻,有点腥味,甚至是有点膻味,让陈虎马上有了想吐出来的欲望。因了这味道,他脸上表情也马上变得有点难看。但为了在那人面前表示这是真的虫草,他又立即吞了一口口水,再猛地"叭叽"了几下,把那些虫草瞬间就嚼得稀烂。然后他再喉咙一鼓,用力将那团什么味道都没有甚至还有点难吃的东西往肚子里面一口咽了下去,给人一种很幸福很享受的状态。更绝的是,就在那被嚼烂的一团东西几乎要全部都通过他的喉咙滚进他的肚肠的时候,他居然还能舌头一卷,有一小部分嚼烂的虫草泥留在了他的口腔里,然后在其他的虫草都"咕噜"一下滚进胃肠通道时,他又"叭哒"一下,"啪"的一声将留在嘴里的那些东西吐在自己面前那块肮脏的地面上。

不会吧？那人目瞪口呆地看着陈虎，这么贵重的东西，你就这么一口吞下去了？

这算什么！陈虎眼睛都快从天上回不来了，装作毫不在乎的样子说，这玩意儿我叔叔这次带回来的多呢！

多也不能这么浪费啊。那人早就已经被陈虎的架势唬住了，甚至对那一把被陈虎糟蹋了的虫草感到有些心痛。

啥浪费啊！陈虎还是拿着架子，说，我叔说了，在他的眼里，这不就是一种像虫又像草，能够当成一种药材的菌类植物而已吗？我叔还说，他都不明白为什么现在的人对这玩意儿这么痴迷，甚至还人为地给它附加了一些莫名其妙的功能，似乎已经是超越了一切的灵丹妙药，完全可以包治百病了！

可这东西就是很贵啊，一般人有钱都买不到呢。那人说。

我叔叔本来就不是一般人啊，他在拉萨可是大领导呢！陈虎得意地说。

这事情之后，陈虎在村子里反倒一下子红了起来。很多人都听说陈虎把虫草直接就当零食吃，都来找他。开始为了炫耀，陈虎又偷了几根出来给了一两个人，后来见那么多人来要，就突然起了一个心思。

他继续悄悄地在陈常的包里偷那些虫草出来，然后将那些虫草卖给那些来要的人。因为都是农村人，都没什么钱，所以，几乎也都是一根两根地来买。大家一根两根地买，也不为了什么，不过就是为了看个稀奇，而且买得少，也花不了多少钱。陈虎也知道，这样一点一点地偷，不容易引起陈常的疑心。

有天陈常突然对陈列说，大哥，我怎么老觉得自己身体不对劲呢？

陈列问，怎么了？

陈常说，我回来这么久了，却还是感觉到头晕！

头晕？陈列马上说，是不是你还在醉氧？醉氧是在氧气稀少的高原待久了的人，回到内地后，却因为氧气过多，发生的不适应状况。当初陈列刚和卓玛从拉萨回到光芒村时，他就有过这种反应，而且，还持续了好长时间，不仅仅头晕，甚至出现疲倦、无力、嗜睡、胸闷、头昏、腹泻等症状，几乎半年后才完全调整过来的。

可是回来都好多天了啊,按道理,也不应该还这样呢。陈常说。

陈列建议他到医院看看。

第二天晚上,当陈虎又偷了陈常的一些虫草卖给了别人后,陈常和陈列从县城回来了。两人是早上到离光芒村最近的县城医院去的。陈虎看着父亲和叔叔,发觉两人的脸色都很不好。晚上吃饭时,陈列不住地叹气,反倒是陈常在不停地安慰陈列。陈常说,哥,看来当初你来内地是来对了啊,你看你身体现在都还这么好。

可是……一听陈常说话,陈列就把饭碗端在手上,再无心夹菜,只是看着陈常,眼泪纵横。

陈常说,没事的,哥,我想也不是什么大事,医生说有可能很严重,可检查结果毕竟还没出来嘛。

陈虎一看陈常说话的样子,就知道他在故意安慰陈列。此时的陈虎,因为晚上又卖了一些虫草,包里有了一点钱,还处于那种兴奋的状态中,所以对两人的对话也没特别放在心上,甚至对父亲流泪这个很明显的细节也没注意到。在陈虎的记忆里,当初连自己外公被拖在马后折腾至死这样的场景都亲眼看过了,所以,其他任何事,他都觉得没什么大不了的。

陈虎这段时间的收入让他整个人都有点飘了起来。他真没想到,就是那么一点小小的虫样的东西,竟然那么值钱。而且,因为陈虎手里能拿到虫草,好多人都对他刮目相看。甚至在某一天,有一个县城药店的老板还找到了陈虎,要收购他手里的虫草,而且还开了很高的价钱。

陈虎当时一下子就怔住了。那老板问他手里有多少,陈虎也没具体说,只是说"还有一点吧"。这句模糊的话让老板更是感兴趣,当即就给陈虎说,只要他手里还有,不管有多少,他都全买了!

这事让陈虎在短时间内产生了一点为难。这段时间虽然一直在悄悄地卖叔叔的虫草,不过量都是很小的,但按药店老板的意思,他完全可以一下子把陈常的所有虫草都直接卖掉,这样也就可以换一大笔钱了!但是,全部卖掉,他又害怕。

那么大的一笔钱,对陈虎的诱惑可想而知。在经过内心短暂的挣扎后,就在陈常和陈列又一天到城里拿体检报告时,陈虎就把陈常带回来的所有虫草都卖给了药店老板。药店老板看着那些虫草，直夸陈虎。而陈虎拿着平生第一次见过的那么多钱，也真是有点飘飘然，甚至都不知道怎么办了。

后来，陈虎一个人到县城那个他已经在门前偷偷看过好几次的最高档的餐厅吃了一顿饭，还专门要了一瓶好酒。酒足饭饱之后，陈虎摇晃着身体，回到了家。

一到家，他内心还有点害怕，毕竟自己做了这么一件见不得光的事情。陈虎一进门，发现家里静悄悄的，父亲母亲和陈常都坐在堂屋里不发一言，大家的表情都很严肃，只有陈洛，一个人在旁边和拉佳狄马玩。虽然拉佳狄马没什么和他玩的兴趣，他却是兴趣浓烈，就那么想方设法逗着拉佳狄马，甚至拉佳狄马一点玩的兴趣都没有，他也愿意就那么一直把它抱在怀里。

这怪异的气氛让陈虎的心里"咯噔"响了一下。他发现现在屋里的气氛实在是太压抑了。难道他们发现自己把虫草全部卖了？陈虎的心里立刻产生了一种强烈的畏惧感，他马上想转身出去。但他刚转动了一下身子，卓玛就叫住了他。

卓玛在用衣袖擦着眼睛，明显是在哭。陈虎心里跳得更厉害了。他知道母亲是一个很善良的人，他就是再做错什么事，她都是不会对他怎么样的。但现在卓玛却叫住了他，而且还声音嘶哑，明显是刚才大哭过。陈虎的心里更没底了，他都不知道怎么办。

但卓玛说的话，却让陈虎一下子就放宽了心。因为卓玛说的不是有关虫草的事，她说的是这么一句话，她说，陈虎，你叔叔得大病了！

原来不是有关虫草的事啊！陈虎一下子放宽了心，内心甚至马上还有了一点小小的惊喜。不过因为堂屋里大家的情绪，陈虎又不能表现得过于惊喜，特别是脸上，更不能表现出来。但他却对母亲说的话，真没听进去。因为只要那话里没有"虫草"这两个字，他就可以什么都不管。他也觉得其他的事与自己无关。

你小子怎么了？陈列吼了一句，大声嚷道，你妈给你说你叔叔得病了，你怎么一点反应都没有？陈列也很少这样吼陈虎。特别是王吖被陈虎赶出门之后，他几乎就不想再和陈虎说话了。

哦,哦,陈虎马上调整了自己的心态,装出一副很关心的样子,对陈常说,叔叔,对不起,对不起,一听妈说你得大病了,我就吓傻了!

陈常反而说,没什么,没什么,突然知道自己得了这种病,心里反而踏实了,否则还一天到晚在想这样想那样,现在可以什么都不用想了。陈常这话说得好像很轻松,但从他这话里,陈虎还是听出了一种无奈。

那你准备以后怎么办呢?陈列小心地问陈常。

也没办法了,只有马上给单位说,然后立即退休,能多活一段时间,就多活一段时间吧。陈常的话反而越来越平静,似乎得病的人根本就不是他自己。

陈虎的心里却又马上跳了一下:多活一段时间?按正常的分析,他知道,陈常真的是得了大病了!他马上把母亲拉到一边,问这究竟是怎么回事。卓玛边流着泪边说,陈常已经没多少时间了,他得的病非常严重!

什么病?毕竟陈常是自己的亲叔叔,陈虎一听,还是马上就追着问。

医生说是在高原待久了,导致他得了高原性疾病!卓玛哽咽着说。

高原性疾病?陈虎有点蒙了,究竟是哪种?

不是一种,而是好多种,听医生说,几乎所有的高原性疾病,你叔叔现在都有,比如高原性心脏病、高血压什么的,你叔叔都有!而且医生说,正因为病太多,才导致他得了一种绝症,因这绝症,他的身体也是无可救药了,再好的治疗也不可能再活得了多久。卓玛边说边哭。不过害怕引起陈常的注意,也只能压低声音。

陈虎也不知道该说什么安慰的话。在听了母亲的情况介绍后,他只能默默地坐在一边,听父亲安慰叔叔。

晚上睡觉时,陈虎躺在床上睡不着。对陈常,他突然有一种愧疚,他一个人走到屋外,在夜风中抽烟。陈虎抽的烟是一种在当地叫做"叶子烟"的土烟,很便宜,不过味却很大。但也是因为抽这种烟,导致全家虽然只有陈虎刷牙,但他的牙却还是最黄。到门外后,陈虎内心又和自己斗争了一下,想自己是否在叔叔发现自己偷卖虫草这事之前,主动给他坦白。但陈虎只一会儿就心平气和了,他觉得,反正刚才母亲都给自己说了,叔叔也活不了多久了,那些钱他拿来也没什么用了,叔叔又没子女,自己拿着也是理所当然的。所以,陈虎的心,竟然坦然了起来,不仅坦然,甚至还在想,自己帮叔

139

叔卖了那些虫草,说不定还是帮了他呢。也不知道怎么的,就从那次看到外公被人折磨至死后,陈虎对其他人再难有同情之心。虽然那时的他还是那么的小,小得甚至在好多别的孩子那里,都不可能有记忆的。

这样想着,陈虎就心安理得地回到了房子,然后一觉睡到了天亮。

第二天,陈虎听陈常说要准备回拉萨了。陈虎问他什么时候走,陈常说越快越好。陈虎又问他带不带东西回去,陈常说不用带了,这次回去主要是办理退休手续,然后再回内地专心治病,所以带回来的东西也用不着再带了。听陈常这么说,陈虎突然感觉放松了不少。果然,这天陈常收拾行李时,也没注意到自己的虫草没有了。他只提了一个小包,里面只装了一些简单的衣物。

晚上陈列买了一只烤鸭和一条鱼,让卓玛烧了,给陈常送行。卓玛到光芒村这么些年,不仅会吃当地的饮食,还做得特别的好,在光芒村可是远近有名的。

桌上,陈常说想要喝点酒。卓玛有点迟疑,不知道是不是该给他倒酒。陈列说,你身体都这样了,就不要喝了吧?陈常却摇着头,说,反正都这样了,再喝点也无妨。就这样,几个人都倒了一点本地产的白酒,开始吃饭。

吃饭时,那条小藏獒拉佳狄马突然跳上了卓玛的膝头,冲卓玛叫。听陈常说拉佳狄马才出生两三个月时就被他捡来,然后这次就带了回来。卓玛夹了一块肉给它,小藏獒伸出舌头舔了舔,一口吞了下去。

陈虎责怪卓玛,说现在人都很少吃肉,给这小东西吃这干吗啊?

陈虎说的也是事实。陈家这些年因为陈常的资助,生活条件是比村里的好多人都要好,但这毕竟也还是一个物质匮乏的时代,大家平时要想吃上一顿肉,那简直就是一种奢望。而吃肉一般都是家里有重大事情的时候。

卓玛却说,这种小东西就是要吃肉,不吃肉它长不快的。

陈虎撇了撇嘴,说,没这么娇贵吧?它难道比人的待遇还好了?

陈常说,我在西藏待了这么多年,嫂子说的这点倒是真的,这东西从小主要就是吃肉,藏民对它们也是非常好的,宁愿自己不吃肉,也要让它们吃。

卓玛听了陈常的话,似乎是勾起了某些回忆,不由自主地叹了一口气。

陈常问,嫂子还在为我担心?

陈列插话说,我看你嫂子应该是又想起拉萨了。最近她一想到拉萨,就摇头叹气。陈列是为了转移话题,不让陈常因为自己的病而更难受才这样说。卓玛却点了点头说,是啊,这一出来就是这么多年,好多年都没有再闻过酥油茶的味道了呢。说这话时,卓玛的眼圈红红的,似乎又有眼泪要奔涌而出。陈列摇了摇头,说,唉,当初我们不回来就好了,那你这么多年也就不会为了想拉萨而这么牵肠挂肚。卓玛说,可如果我们不回来,你岂不也会像我现在这样,天天牵肠挂肚?

陈虎说,是啊,当初要是你们不回来,说不定还能进城,当一个国家干部呢。

一说到"进城"这个话题,陈列的脸就黑了。在陈列的印象中,陈虎在这方面对他和卓玛是颇有意见的。他老是在责怪卓玛当初主动放弃了到工艺厂当工人的机会,也责怪陈列当初没在农场好好待导致被开除,更是责怪后来的"农家肥"事件让自己也断了进城的希望。这些事在陈虎的心里,一直都是一块块怎么都搬不开的巨石,它们把陈虎的内心都压得变了形,从而变成了一个不管是在处世还是在为人上,都极端自私的人。

一听陈虎说"国家干部"这话,陈常的脸上也不自然了起来。毕竟当初陈列被农场开除,是他做的决定。

陈虎却不管,还是自顾自地说自己的话。他说,你们当初这样不干,那样不干,就只想着到牧场放牧,只想着回这里来种地,居然还认为农村和城里根本就没任何区别,可是现在你们知道了吧?不仅现在,这一二十年的经历,你们知道究竟是城里好还是农村好了吧?人家城里什么都有,而我们呢,吃一次肉都这么难……

陈虎说得滔滔不绝,陈列却听不下去了,他突然拍了一下桌子,说,你小子少给老子上课!有本事,你不要怪我们!如果你真那么想进城,想当城里人,那以后你自己想办法进城,那才算你的本事!

陈虎却完全没被陈列的话给震住,反而轻蔑地将两片嘴唇翘起,不屑地冲陈列说,你认为你说了这话,我就会被你吓住了吗?你放心,我以后一定会想办法进城的!

滚出去!陈列拿起手里的碗,就想给陈虎砸过去!卓玛和陈常连忙拉住了他,陈列才收了手。陈虎却阴阳怪气地说,自己没本事,却要把气撒在我的头上!

你有本事!你就只有把媳妇儿赶出家门的本事!陈列再也忍不住了,奋力挣脱了卓玛和陈常抓住他的手,一耳光打在了陈虎的脸上!

这一巴掌下手非常狠,陈虎半边脸几乎立马就肿了起来!陈洛本来还在一边安静地吃饭,一看家里这阵势,立即吓得"哇"的一声哭了起来!卓玛连忙过去,抱住孙子,不断拍他的后背,安慰他。

陈虎站了起来,一把就将桌子掀了!桌子上的所有东西都"噼里啪啦"摔在了地上,发出了一阵脆响。陈虎的脾气也因陈列的突然发作而完全引爆。他歪着脸,牙齿也咬得"啪啪"响,完全就是一种破罐子破摔的表情,说,你打吧,我这样的人,你早就看不顺眼了!你打死我算了!

你怎么跟你爹这么说话!陈常一把抓住陈虎,让他往后退,意思是想把陈虎和陈列隔开,以免引发更大的冲突。

怎么不能这样说!陈虎却不管不顾,一点都没有后悔的样子,吼着说,反正我也是一个把婆娘都赶出了家门的人,现在和他吼又能怎么样,最多再多一个不孝的名号而已!

你不准说了!陈常突然也生气了,冲陈虎吼道,你这是啥态度?!

陈列指着陈虎骂,你这种人,天天都懒,还想进城,还想做大事呢!我看你滚出去最好!

陈列说这话时,陈常已经用力地把陈虎推出了门。陈虎出了门,却还是扭过头,冲家里吼,嘴里说,你就这样对我吧!我滚,那样你就眼不见心不烦!说完,头也不回地走了。

这顿晚饭,因这场冲突而闹得不欢而散。

夜幕降临,卓玛把煤油灯点燃,一家人围着一张小桌子,久久无语。陈洛早就吓傻了,在卓玛的怀里哭了一阵,后来累了,又抱着拉佳狄马上床睡了。

陈常叹了一口气,说,没想到我们以前的经历,会让陈虎觉得自己受了这么多委屈。

他那算什么委屈?陈列还在骂,他这个人混蛋,什么都不会干,就只会怪别人!也不知道怎么的,原本性情还算温和的陈列,近年来却是越来越火爆。

陈常也跟着叹气,说,其实我倒想到了一个办法,看能不能帮帮他。

帮?陈列和卓玛都疑惑地看着陈常,不明白陈常想说什么。

是啊,陈常说,这次回来本就是带着任务来的。前几天我把需要征的地都选好了,这次回去就给领导汇报。我们这里会开工建设一个项目,项目开始后,会需要很多人,包括工人,包括建筑队,我们可以让陈虎组织我们村的人,弄一个施工队。

可是这样的人,能让他来牵头吗?陈列一听,就连连摇头。他太知道陈虎这人的个性了。

唉,我们也只能是给他一个机会。陈常说,到时究竟办得怎么样,当然也只能靠他了。

可是我觉得这人还是扶不起的阿斗。陈列对刚才的事还心有余悸。

放心,我到时会找人帮他的,让他慢慢上手,之后能不能做好,以后再说。陈常说。

可我担心他反而会把你害了。陈列还是不放心。

害就害吧,反正我都这个样子了。陈常本来是想反过来安慰陈列,没想到说出来的话却让他自己感觉更心酸。两兄弟对视片刻,眼角都不由得又流出了泪水。

第二天,陈常就踏上了回拉萨的路。卓玛让陈常一定要给她以前拉萨的一些朋友带个问候。她还给那些朋友准备了光芒村这个地方的小特产,让陈常带回去。陈常问卓玛,要不要回拉萨看看?卓玛却摇头,说,现在陈洛还这么小,她回拉萨了,陈洛就没人带了。陈洛几乎一直都是由她带大的,她走了,陈洛也会不习惯。

这期间,陈虎怀里一直揣着卖虫草的钱,到处晃荡。突然有了这么多钱,陈虎还真不知道怎么处置。他天天把那些钱贴身放在自己的内衣里,生怕它们随时会离开自己飞走。从来没见过那么多钱的陈虎,突然有了一种底气,这底气让他在平常的日子里是既惶恐又充满得意。惶恐的是他害怕这些钱突然就消失了,得意的是他陈虎现在也有钱了,看其他人还敢瞧不起他不!

但毕竟这钱不敢见光,所以,陈虎也就将那种得意在自己的内心充分展示给自己看。然而陈虎也还算一个凡人，不是神仙，所以，那种得意也就不可避免地在他的言语表情之间有了体现。一天，陈虎不知道怎么的，就和一个光芒村的人吵了起来。

那人开始也是好奇而已。他问陈虎，你最近卖虫草，肯定挣了不少吧？

陈虎倨傲地看了看他，说，你问这干吗？这又不关你的事！

那人脸色一下子就变了，嘴里嘟囔着说，不就问问嘛！干吗摆着个脸！

不该你问的，问啥啊！陈虎高昂着头，教训那人。那人被教训得脸色发黑，转过头就走了。陈虎感觉自己在光芒村人的面前地位一下子就提高了。

这些天，还有一些人来陈虎这里打听有关陈常回来征地建房这事。陈虎知道这些人的目的，所以，他也就更是神气。开始有人问的时候，陈虎还端着架子，什么也不说，后来，他故意给了一些人暗示。那些人也明白了陈虎的意思，悄悄给他送了一些当地的小特产，比如鸡啊鸭啊的。陈虎拿到手，就开始乱说。他对一些人说，那项目要征哪些人家里的地，全是他叔叔做主，而且，只要征地了，被征了地的那家人，就会转为城市户口，进城当工人，成为国家干部！而这些事，叔叔已经全部委托了他，让他来推荐。光芒村人还不知道陈常是因为什么而回拉萨去的，因为陈常的病情陈列一家人都还没有对外说，所以，陈虎就在外面到处说，叔叔这次回拉萨，只是去汇报工作而已，一旦回来，他就要决定到时究竟要征用哪些地了。

这消息一经传出，马上就激发了光芒村人无比的热情。一个城市户口在光芒村人的眼里，真是比什么都强。在大家的意识中，城市户口就意味着从此脱离了贫穷落后的农村，从此过上像天堂一般的城市生活。所以，好多人一听陈虎居然能直接给他叔叔推荐这事，当然立即就把陈虎当成了救命稻草，甚至有人开始巴结陈虎了。

这第一个来巴结陈虎的人，就是光芒村著名的少妇王桂花。王桂花是那种在还没有结婚的时候，就有着少妇韵味的女人。这样的女人，自然会引来很多男人的注目。这些男人当然也就包括陈虎。

王桂花以前从来是不正眼看陈虎的。这在很长的一段时间里陈虎都觉得很郁闷。陈虎早就看上了这个在光芒村非常著名的女人。这个让他已经产生过无数次幻想的女人在陈虎的心里，简直比天仙都还要好。甚至可以说,当初王吖被陈虎赶走,有一个重要的原因就是因为王桂花。虽然这事王桂花其时并不知道。

陈虎当年之所以不愿意和王吖结婚,就是因为王桂花。那时的王桂花,简直就是陈虎心中的女神,那女神在陈虎的眼里是如此的婀娜多姿,是如此的风情迷人,陈虎的整个心都放在了这样一个女神身上,甚至还天天盼着能见到她,盼着能和她有个说话的机会。偏偏王桂花对陈虎却是什么感觉都没有,每次摇曳生姿地扭着屁股从陈虎面前过去的时候,甚至连看都很难看他一眼。在王桂花的眼里,陈虎这个人真的是太普通了,普通得让她都有了一种可以将这个人从她的生活中完全忽略掉的地步。但即使这样,王桂花在陈虎的心中,也有如一道永远挥之不去的风景,始终活色生香地在陈虎面前晃动着。那些晃动着的影像,在陈虎真正和王吖初尝了男女滋味之后,更是有了具体的联想。王桂花那细细的腰,微撅的屁股,高耸的乳房,无不让陈虎时刻都觉得血脉贲张,有一种随时都可以为王桂花待命的冲动。也正因为如此,陈虎对王吖是越来越没感觉,甚至越来越厌恶,到后来王吖生下了陈洛之后,他干脆完全对王吖是不管不顾了。

但陈虎对王桂花的这种"痴情",却始终未引起王桂花本人的关注,甚至王桂花根本就不知道。这事直到有一天晚上村里放露天电影时王桂花才略有所知。

那时的光芒村,如果哪一家人有红白喜事,那家人就会请放映队来放电影。一般选一个能容纳几百人的开阔地,然后不管十里八村的,只要知道了哪家有电影看,都会来凑一个热闹。陈虎在某一天下午听说本村一户李姓人家家里有老人去世了,他最初听到这个消息时,也不以为意。后来也不知因为什么事情,陈虎在村口晃悠,他就远远看到王桂花又扭着她那标志性的屁股过来了。那是一个引发了陈虎无限联想的屁股,这屁股一呈现在陈虎面前,就会让他有一种不可抑制的激动。而就在这种激动之中,王桂花居然主动给他打了一声招呼,问他在干吗。陈虎当时的那种兴奋可想而知,他甚至说话都有点结巴,想说什么却又说不出来,而王桂花则娇笑了一声,挥起自己的一只手,在陈虎的一只肩膀上轻轻地拍了一下,然后用一种近似调笑的声调说,小样,还不想理人哩!晚上李连明家有电影,不去看啊?

陈虎一听，居然话也不结巴了，马上问，有电影？真的吗？

这还有假的啊？听说放映队再过半小时就到了！王桂花似乎心情很好，今天居然跟陈虎说了很多话。

哦，那你去吗？陈虎急切地看着王桂花，都有点迷糊了。

当然去啊，一会儿把猪喂了就去。王桂花说完，转身走了。

那我给你拿凳子啊。陈虎喊。那时一般都是自带凳子。如果不带，就只有站着看了，而一般都是放两部电影，有家里经济比较殷实的，还会放好几部，直到天亮时都有。放的电影总数越多，说明这家人越有经济实力，在村人面前也就越有面子。但主人家一般都不准备凳子。这样，如果没有自带凳子，连着站那么长时间一般人肯定受不了。因此很多人只要一听有电影看，就自带凳子去。

随你便吧。王桂花也不说同意，也不说拒绝，反正就那么摇曳生姿地从陈虎面前飘过去了。

陈虎远远冲王桂花的背影招了招手，马上回家，给王吖说晚上他要去看电影。王吖问他在哪里看，陈虎说李连明家死人了，要放电影。王吖说那她也要去。陈虎脸一下子就黑了下来，说，孩子才这么大一点，你把他弄去，整凉了怎么办？当地人口音，"整凉"就是感冒的意思。王吖听了这话，觉得陈虎说得似乎也有理。那时陈洛不仅年龄小，体质也不是太好，露天电影又没什么遮盖的东西。放映的地方一般都比较开阔，风会比较大，而且光芒村这地方夏季雨多，经常是没任何预料就会下雨，所以，为了陈洛不至于遇到什么意外，王吖也就决定不去了。

而陈虎则拿了两条凳子，早早地就出了门。王吖看他拿两条凳子，奇怪地问他给谁带的。陈虎撒了一个谎，说是刚才遇到本村的二虎了，他让他带的。二虎也算是一个在村里与陈虎交往较多的人了，人比较老实，陈虎一说他，王吖也就没再问什么。

找到李家放电影的地方，电影银幕已经高高地支起来了，在银幕前面位置最好的地方，早就有人密密麻麻地放了好多凳子。这些凳子都是那种矮矮的自制凳子，简易，但携带方便。陈虎转悠了半天，才找到一个他看起来比较好的位置放下凳子，之后专心看着四周，看王桂花什么时候能来。

天很快黑了，那家人的宴席也很快结束了，很多人都涌到了放映场上，黑压压的一片,只有放映机打在银幕上的光,还能让人看清外面的人。陈虎一直睁大眼睛找王桂花,可直到电影开始放映了,却还是没见王桂花的人影。

陈虎有点失望。虽然电影开始了,还是当时很不错的一部电影,但他怎么也看不进去。那天晚上天气很热,那么多刚从地里田里回到家、因为有电影所以连澡都没有洗就急着来看的人都挤在一起,各种体味都挥发飘浮在空气里,产生了一股股难闻的气味。陈虎是一个很爱干净的人,平时是很难容忍这种气味的,因此他也很少来看露天电影,今天晚上也是因为王桂花说要来,所以他才来了。不想自己打破常规,还早早来了,王桂花却不见踪影,这让陈虎内心很是失落。

但就在陈虎几近绝望,准备要拎起凳子离开的时候,他突然在放影坝子边上看到了一个正在到处张望的身影。那竟然就是陈虎认为已经不会再来了的王桂花!

陈虎看王桂花张望的神情,明显是在找座位。他连忙站了起来,冲王桂花的方向挥手,并大声对王桂花说,在这儿!在这儿!陈虎个子比较高,站起来后马上遮住了后面几个人的视线,大家都对陈虎发出了不满的嘘声。但陈虎却不以为意,仍然继续站着冲王桂花喊叫挥手。终于,王桂花看到了陈虎,她却似乎很是惊异,不明白陈虎想要干什么。陈虎抓起自己一直带着的那条凳子冲王桂花晃了晃,示意有座位,王桂花才明白了过来,连忙从密匝匝的人群外找了一条缝,艰难地挤到了陈虎所在的位置。

王桂花一坐下,就冲陈虎说,不错啊,没看出来你居然还是一个这么有心的人。

因为挨得近,王桂花又是面对面冲着他说的,陈虎一下子就闻到了王桂花嘴中喷出的一股强烈的酒味,但陈虎却什么都不管了,反而美滋滋地说,你不知道这位子可一直是给你留着的呢,好几个人刚才看没人坐要这位子,我都没给他们!

不错!王桂花似乎有点醉意了,挥起小拳头,在陈虎的身上轻轻擂了一下,说,我还认为是巧合,刚好有一个空位呢,原来竟是你专门为我留的!看来说话还算话啊。

陈虎"呵呵"笑着,王桂花的小拳头虽然在他身上只擂了一下,却立即让他感到了无比的舒坦。他真是全身立马就激起了一股强烈的男性荷尔蒙,甚至想马上就把王桂花揽在怀里。

但陈虎的胆子还没那么大。所以,他也只能在心里想象着那些情景,脸上还要装出一副道貌岸然的神态。虽然眼睛在偷偷瞄着身边王桂花那高耸的胸脯,心也一直"扑扑"在跳,但他看起来似乎是在专心地看电影。王桂花在擂了他一拳后,见他没说什么话,也就不再声张,开始看电影。

但毕竟两人是挨得如此的近,这让陈虎怎么也静下不心来!这坝子不是很大,所以几百个人都尽量人挨人坐在那里,人与人之间几乎没有任何空隙。但大家对这种状态都比较习惯,认为这样是理所当然,没有什么不好的。陈虎与王桂花也是紧紧挨在了一起,甚至陈虎都能感受到王桂花的体温。当电影中放到某个精彩时刻,所有观众都在欢呼都在拍手时,人与人之间就会靠得更近。王桂花可能因为喝了点酒,所以一到这种时刻更是激动,她不停地扭动着身子,嘴里还发出一阵阵尖叫,极度兴奋。因为是夏天,大家都穿得特别少,王桂花穿得更是少,当她不经意扭动身体时,陈虎甚至感觉到她上身的某个部位在他的身上不经意地摩擦着。这让陈虎又立即产生了一种强烈的冲动。

陈虎却还是不敢表现出来,他只能默默克制着自己。虽然身体的某一个部位已有了一种不可遏制的反应,甚至有想挣破某种束缚的冲动,但陈虎一直都只能端坐在那里,尽量将眼睛盯在电影银幕上,看着那些他一丁点儿都看不进去的画面。

但老天爷似乎并不会让陈虎这一晚就这么过去。就在陈虎觉得自己有点控制不住时,突然,不知是电影中什么情节,突然就刺激了所有现场的观众,大家一齐欢笑起来。欢笑的同时,自然要扭动身子,挥舞手臂什么的,这样挨着坐的人们之间就会更加拥挤,而一旦更加拥挤,肯定就会出现一些让人意想不到的事情。

陈虎当然也在这晚遇到了这些让人意想不到的事情。这事情就是正当大家在激情欢呼时,人的身体都因为欢笑而往后仰,这一仰,就有好几个人把身体撞到了陈虎身上,这让原本完全就没把注意力放在电影上的陈虎一下子身体就失去了平衡。加上凳子太简易,很不容易固定,陈虎身体一失去平衡,马上被摔了下来!他几乎是在无意识中就摔倒了。而在摔的时候,因为又有一个下意识的举动,那就是避开这些冲力撞到自己身边的王桂花,所以,他一个翻身,倒了下去!

　　这个下意识的翻身,让陈虎立即挡开了撞到他身上的其他人,但他还是没控制住自己的身体,就那么一个虎扑,朝着王桂花的身上倒了过去。王桂花也马上因陈虎身体的冲撞而摔了一个四仰八叉!就那样,两人竟然紧紧地摔在了一起!而且居然是面对面摔倒在了一起!这姿势,当然让陈虎全身都接触到了王桂花!陈虎立即感觉自己的身体,似乎立马就融入了一块暖暖的巨大的棉絮之中,那棉絮让他在瞬间就产生了一种无尽的快感,好像完全没有任何前奏,一股巨大的幸福感就由头至脚倾泻而下!陈虎全身一阵颤抖,几乎只在短短的几秒之间,完全不由陈虎控制,那股巨大的幸福感就由身体的某个部位喷涌而出!

　　几乎在那种幸福感刚刚来临的同时,王桂花就已经意识到了什么,她身体虽然娇小,却奋力地一把将陈虎掀到了一边,然后站了起来,想往外走。但人太多,她根本找不到出去的空隙,即使是想挤出去也没办法,所以只好继续呆坐在那里,不过再不发一言。而陈虎即使重新从地上爬起来坐好以后,却还是好长一段时间都处于一种恍惚状态之中。这状态让他分不清刚才的事情究竟是发生在现实之中还是在梦幻之中。他一直就那么呆呆地坐在那里,仿佛刚才的那个片段已经将他自己定格,让他完全不能再走出来。

　　好不容易电影完了,放映坝上的人没多久就走了个干干净净,陈虎却一直还在发呆。等他清醒过来发现电影已经完了的时候,他扭头发现身边的王桂花已经不见了影子。

　　自从这天之后,原本对王吖还有那么一点点兴趣的陈虎,彻底失去了对王吖的任何冲动。而王吖,也从此再也没有了丈夫的哪怕是一丁点的温存。陈虎不仅如此,更是动不动就对王吖非骂即打,甚至是拳脚相加,特别是在王大明去世之后,陈虎更是对王吖变本加厉,开始肆无忌惮地折磨王吖,完全没再把王吖当成一个人。因为陈虎的整个心里,已经完完全全被王桂花占据了。王桂花已然成了陈虎的精神支柱,王桂花已然成了陈虎的整个世界。他甚至在打骂王吖时,还直接对她说自己就不喜欢她,他喜欢的人是王桂花。即使后来王桂花嫁了人,陈虎也依然如此。而因为王桂花

光芒大地

嫁的人是一个镇上的干部,这更让陈虎怒火中烧,觉得就是因为自己不是国家干部,不是城里人,所以王桂花才看不上自己。因此,他在很长的一段时间里都把这种怨气转移到了王吖的身上,甚至已经到了一种变态的地步。终于,王吖在某一天被已经完全不把她放在心上的陈虎赶出了门。

就是这么一个让陈虎一直如此痴迷的女人,现在却主动找上陈虎了。这让陈虎无比兴奋。

⑪

卓玛那天见到的那一幕,真是让她自己都觉得丢脸。那天卓玛与陈列带着陈洛在离家比较远的一块地里挖红薯。卓玛与陈列在地里忙活,陈洛则带着拉佳狄马在地边玩耍。可是一会儿,卓玛发现小陈洛居然尿裤子了,没办法,只好回家给陈洛拿一条干裤子来换。

卓玛急匆匆回家,直接进了门。她穿过堂屋,里面黑乎乎的,基本没什么光线,但大概还能看清。卓玛在这屋里住了好多年了,因此非常熟悉,即使闭着眼走路,也能知道方向。卓玛记得陈洛的裤子放在陈虎房间的一个柜子里,所以,她径直走了进去。这几间房屋子与屋子之间都是没有门的,可以直接进去,这样,卓玛也就一只脚迈进了她想进的那间屋子。

可是等卓玛的第二只脚也迈进了那间屋的时候,她却看到了非常不愿意看到的一幕!两个赤条条的人正抱在一起在那间屋的床上翻云覆雨!即使在黑乎乎的环境中,卓玛也看清了那两个赤条条的人是谁!卓玛的大脑在前几秒几乎完全没有了任何意识,一切都停顿了,等她明白过来是怎么回事的时候,她反手抄起了门边放着的一条扫帚,一扫帚打向了那对正在床上的人！

床上的那对人这才反应过来，都发出一声惊呼。其中有一个人更是动作极快地翻过身，以最快的速度跳下了床，抓起旁边的衣服，冲向了堂屋，几乎也只用了几秒钟的时间，就胡乱将那些乱七八糟的衣服罩在自己身上，跑了出去！

而剩下的那个人则拉过被子盖住了自己，冲卓玛大声嚷，说，妈，你干吗?！你想吓死人啊！

干吗！卓玛指着那人大骂，说，陈虎，你这个人还要不要脸啊！居然把破鞋弄到家里来搞了！

什么破鞋！陈虎似乎一下子就缓过了神，他从床上坐了起来，开始穿衣服，用不屑的语气抱怨着对卓玛说，人家可是好女人！

好女人？卓玛"呸"地吐了一口口水，说，你居然说这样的女人是好女人？我看你也真是不可救药了！

陈虎却不屑一顾地下了床，说，我自己的事，你不要管！然后就自顾自地出了门。

卓玛看着陈虎的背影，除了叹气，也是什么办法都没有了。

陈虎出了门，到处晃荡。他当然是想找刚才和自己云雨一度的王桂花。可是他找遍了好几个王桂花平时去的地方，都没找到。他知道王桂花最喜欢的是打麻将，但村里好几处打麻将的地方也没有王桂花的身影。陈虎有点失望。因为刚才的事情，他甚至很生卓玛的气。他就怀着那么一点意犹未尽的感觉，到了王桂花家附近转悠。王桂花虽然嫁给了镇上的一个干部，但因为乡里干部住房条件太差，所以她还是住在光芒村。幸好乡里离光芒村也不远，她老公每天下班后都直接过来。

在村里找了王桂花好久，现在到王桂花房子外时已经是王桂花老公下班的时间了，所以陈虎也不敢贸然进去找王桂花，只能在附近一遍一遍地晃。终于天快黑的时候，他看到王桂花一个人出来了，便连忙凑了过去。

可王桂花也不说话，只是冲陈虎示意了一下，然后就往前走。陈虎连忙跟在了王桂花后面。两人一前一后，经过一片高粱地，再转到一片竹子后面，下到一块隐蔽而又人烟稀少的岩石背后。

陈虎一把抱住了王桂花，就要亲上去，嘴里还急切地说，快！快！刚才都没完事,这次可算是把我憋坏了!

王桂花一把推开了陈虎,伸手在陈虎的背上打了一拳,说,你这死鬼!找地方也不找个安全点的!可把老娘吓死了!

我妈他们说好一整天都要去挖红薯的,我怎么知道她会突然回来啊。陈虎还是迫不及待地凑上去,抱住王桂花就开始啃。

王桂花再一次一把推开了陈虎,说,你这死鬼,先别急,我给你说的那事,你究竟能不能搞定?如果不能搞定,那老娘岂不是让你白玩了?

说这些干吗?陈虎抓住王桂花的腰,说,我给你说的事,还会有假?放心,等我叔叔一回来,马上就给他说,然后你肯定就可以真正成为城里人了!说完手一扯,王桂花又滚进了陈虎的怀里。

你这死鬼!老是这么猴急!王桂花娇嗔着说,好多年前有个事我还没有和你算账,现在这事如果你再给我黄了,你看我怎么收拾你!

好的,收拾收拾,随便你怎么收拾都行!陈虎完全顾不上什么了,只顾把王桂花按倒在岩石下面的一片草丛里,就再次扑了上去。

等陈虎总算是心满意足地抱着王桂花坐起来时,王桂花却不知道怎么的,突然看着天空的月亮在发呆。

你看,你那里是不是和这月亮的颜色一样美?陈虎看着月亮,又看着王桂花的胸前。

王桂花"扑哧"地笑了出来,说,虽然很早以前就知道你是这样的急色鬼了,不过我还真没想到你是如此急色的人。

早就知道?陈虎问,是不是你刚才说的那什么好多年前的事?

是啊,你忘了多年前看电影那次吗?王桂花眼角流出一丝余波,看着陈虎,说,好多年前,看一个电影,你居然都能在那么多人面前弄了那么多脏东西在我身上,那事我还一直没给你算账呢!

陈虎抱住她,说,那色也是因为你啊,你不知道,这么多年我的心里可真的只有你一个人呢。

王桂花站了起来,说,你别给我说那些无用的事了,你叔叔回来,你可一定要给他说我这事啊。

陈虎拉住王桂花,说,急什么,再待一会儿吧?

王桂花摇了摇头,回答,我给他说我出来打麻将,现在时间也不早了,还是早点回去,否则他会怀疑的。

陈虎只好也站了起来,然后两人分开,从不同路径回到了家。

陈虎回到家里,甚至是哼着小曲回去的。他一进门,就看见父亲和叔叔陈常坐在堂屋里。

回来了?陈虎向叔叔打着招呼。

陈常点了点头。

陈列却一脸严肃,他冲陈虎招了招手,严厉地说,你过来!

陈虎想,肯定是母亲把他和王桂花的事情告诉父亲了,但他现在正处于一种刚达到心愿而异常满足的时候,因此完全没把陈列的严肃放在眼里,甚至有点玩世不恭地走上前去,漫不经心地问,怎么了?

陈列叹了一口气,说,唉,看你这样子,还能成什么大事。说完还摇了摇头,一副恨铁不成钢的样子。

陈虎把眼睛看向别处,不理父亲。

陈列却说,你叔叔有事情给你说!你叔叔刚刚回来,连休息没都顾上,就马上张罗你的事情,你还是好好和你叔叔谈谈吧。

陈虎有点惊讶,这才知道父亲要说的并不是他和王桂花的事,他不知道叔叔在张罗自己的什么事,因此只能看着陈常。

陈常一看就很疲惫,满脸倦意,但他还是开口了。陈常说,他已经办完手续,现在正式退休了。

退休?陈虎心里"咯噔"跳了一下。虽然他知道叔叔这次到拉萨就是为了办理退休手续,但真没想到会这么快。

陈常继续说,不过他在退休之前,把建安置房选址的事情给领导汇报了,领导也基本同意了他的方案。

刚说到这里,陈虎插了一句话,问,叔叔,我们家的地肯定也要征了吧?

我们家?陈常愣了一下。

是啊,你是这个项目的负责人,我们家你肯定要照顾啊。陈虎说。

可是……陈常望着陈列,说,可是……连说了两个"可是",都没说出个所以然来。

陈列倒直接接过了话头。他径直对陈虎说,我早就给你叔叔说了,别征我们家的地!

153

你说什么！陈虎眼睛一下子瞪住了陈列。

我说我早就给你叔叔说了，别征用我们家的地。陈列语气虽然很平静，却斩钉截铁。

你是不是疯了？陈虎却突然吼开了，嚷道，以前你有机会进城，成为城里人，你自己没选，那也就罢了，可是你现在却说不征我们家地了，那我要进城，岂不是也什么希望都没有了！你自己到底是怎么想的！难道我不是你的亲儿子？你干吗老是这样对我！陈虎几近咆哮了。

你少在那里闹！陈列眼睛都不抬，这次他也不和陈虎对着叫阵了，反而更是平静，语调也没任何提高，就像平时一样说话，不过口气相对重了一些。陈虎一下子就怔住了。可能是没想到父亲还能这样说话，他有点不习惯地看着陈列。陈列继续说，你自己也听到你叔叔说了，如果要征地，那征地的一家人也只有一个人能有城市户口。可是我们家这么多人，到时你一个人上班，这么一大家人怎么活？

陈虎怔了一下，说真的，他还真没想到这一点。

况且，等了这么多年，现在国家好不容易让土地下户搞承包了，有地种了，我为什么还要放弃这些土地，进城去呢？如果当初不是因为要去当兵，我才不舍得离开做梦都没想到自己还能分到的地！陈列说。

陈虎摇着头，一副完全听不下去的神情，讥讽地说，你就装清高吧！你就守着你的这些破土地吧！当初在拉萨时，你就不在农场办公室，偏要去耕什么地！现在回来了，有机会进城了，你还是要种什么地！你这一辈子，就是为地而生的，既然如此，你还生我这个儿子干吗？！

这些我都不管。陈列竟然还是那么慢慢腾腾地说着话，甚至还抽了一口烟，吐了一口烟圈再对陈虎说，反正现在这家人的户主是我，我决定了，我们家的地不征！

陈虎几近绝望了。他知道这话陈列一说出来，自己想进城的梦想肯定又只能破碎了。他看着陈列，全身都在发抖，却一句话都说不出来。

陈列继续说话，说，你这个人，只关心你自己的事，你叔叔回来，你问过一句他的身体状况没有？亏你叔叔一回来，还马上就给我说为你找了一个事情做！你自己不知道你叔叔的情况吗？！陈列说的话声音还是不大，但语气却越来越重。

陈虎现在站在他们面前,却什么都听不进去了。他只觉得自己恍恍惚惚的,似乎什么都听不到,什么都看不清了。陈虎只感到自己的前途已经完全是一片灰暗。他都不知道自己的人生还能有什么希望。

之后,他出去了,一个人到处走,走到村里一个卖酒的地方,买了一瓶当地产的白酒,再买了一些花生米,在路边找了一块小石头坐下,就那么拿着花生米喝酒,吞一粒花生米,喝一小口酒,后来吞一大把花生米,再喝一大口酒。

喝了一瓶,陈虎觉得还是不过瘾,他晃晃悠悠地站了起来,又到那地方买酒。老板看着他,说,这么快就喝完了?陈虎吐着酒气,说,是啊,喝完了,再拿一瓶!说话间,一股花生米味道混着酒气喷到老板脸上。老板有点厌恶地扭过了头,再拿了一瓶给他。

陈虎身体都摇晃了,脚步也走不稳,又来到了他刚才喝酒的那个地方。又半瓶酒下肚,陈虎发现自己的整个眼前都在晃,似乎那眼球他都控制不住了,根本就要跳出自己的眼眶到外面去乱窜。陈虎立起身来,站在路边突然开始骂了起来。他也不知道自己为什么突然就开始骂,也不知道自己在骂谁,但现在的陈虎,就只是想骂人,想骂他身边的一切人,一切他看得惯和看不惯的人他都想骂。——从这以后,陈虎就养成了一个习惯,只要他一旦感觉自己心情不好,就喜欢找一个开阔地骂人,这习惯一直伴随了陈虎以后的好多个岁月。

陈虎当晚骂了很久,手脚虽然不听使唤了,但头脑却还是没完全迷糊,他突然记起自己内衣里还藏着一叠钱,一叠厚厚的钱,所以,他扯开衣服,把那叠钱拿了出来,自己看着它,"呵呵"地笑,还用手拍了拍那钱,心里顿时升起了一股无法抑制的满足感。他冲着天空喊话,喉咙都嚷得有点痛了。却因了手中的这一叠钱,反而感受到了一种无法言喻的快感。也正因了这快感,他干脆仰起脖子,一口把剩下的那半瓶酒全都灌进了自己的肚子。但在把酒全灌进肚子前,陈虎有一件事还是没忘。他把那叠钱又小心翼翼放在了自己的内衣里,然后还拍了拍,确定了那钱已经在里面了,才把剩下的酒一饮而尽。酒一全部下肚,陈虎的眼前立即出现了一个身材凹凸有致的人的身影。这个人就是王桂花。他在迷糊中朝王桂花屋子所在的方向走去。他的头脑已经完全迷糊了,但王桂花的身影却异常的清晰,王桂花家的方向也在陈虎的心中异常的清晰。他就那么高一脚低一脚在田坎上走着,然后终于在看到王桂花家的房子时,"扑通"一下倒在了路边的水田里!

陈虎自己也感觉到自己掉到水田里了!他下意识开始挣扎,手脚并用,在水里打起了很大的声响。这时,他似乎听到王桂花屋子里有人在喊,说,外面有人掉田里了!然后他就看见几个人从王桂花家里匆匆跑了出来。但陈虎还没看清楚究竟是哪些人时,他的嘴里鼻里就灌进了好几口水,之后他头一蒙,什么都不知道了。

第二天早上一醒来,陈虎发现自己躺在床上。他觉得自己的头好痛,努力撑起身子,起了床。他只记得自己昨晚喝了酒,但后来怎么回来的,却完全记不得了。他走进堂屋,看见一家人都正围坐在桌子边吃早饭。

陈列一看他出来了,脸色铁青,眼皮都没翻一下,陈常也是表情阴暗,一言未发。

陈虎对陈列这种表情看得多了,所以也未曾在意。他坐下,端起碗筷,准备吃饭。但陈虎刚扒拉了一口,陈列却黑着脸对他说,你别吃饭了!

陈虎心里的气一下子就上来了,想发作,但忍了忍,还是坐在那里,一言不发,继续吃自己的。

可陈列却不容他吃饭,一巴掌拍在了桌子上,吼道,你给老子说清楚,你是不是做了什么亏心事?!陈列的语气早没了之前两天对陈虎的故作平静,又回复到了那种对陈虎一贯的火爆脾气。

我做啥亏心事了?陈虎想也没想就放下碗筷,跳了起来,面对面质问父亲。

卓玛连忙放下碗筷,拉住陈列,说,你别急嘛,好好问啊,老是这么急干吗啊,怎么又回到年轻时的脾气了呢。

陈列缓了一口气,问陈虎,你说,你是不是动过你叔叔的东西?

叔叔的东西?陈虎一惊,看着陈常。陈常的眼睛却看着窗外,明显是不想说话。

陈虎一时也不知该怎么回答。他知道,陈列说的肯定是虫草。

没语言了吧?陈列说,我就说那东西肯定是他拿的,你还不信!陈列冲卓玛说。

卓玛叹了一口气,对陈虎说,陈虎,你也是有孩子的人了,也是大人了,如果你真拿了你叔叔的东西,现在就拿出来吧。要知道,那不仅仅是你叔叔一辈子的积蓄,你叔叔现在正指望着它活命呢!

活命?陈虎立即怔住了,不明白那虫草和叔叔的命有啥关系。

你叔叔要动一个大手术,虽然他是公家的人,但必须要他先垫上,所以,他准备把那些虫草卖了,马上就动手术。卓玛一口气说着话,恨不得把所有的事情都立即给陈虎说清楚。她继续说,可是昨晚你出去后,他找自己的包,却发现虫草没有了!你叔叔急得都差点晕了过去!当时我们就想,那东西放在我们家里,一向也是安全的,就不知道是怎么回事居然会没有了,你父亲说是你拿了,我还有点怀疑,后来你被王桂花他们家人送了回来,已经醉得一塌糊涂,还全身都湿了,我们也没办法问你,只有现在问你了。

全身都湿了?陈虎突然记起,自己昨晚好像掉进水田里了。

是啊,王桂花父亲说你倒在水田里了,幸亏他们出来得及时,否则,你都有可能被水呛死了!卓玛说。

哦。陈虎有点心有余悸,突然感到背脊发凉,一股后怕的感觉由后背传遍全身。

那你现在给我们说说,卓玛眼睛直视着陈虎,问,你叔叔的虫草是不是你拿了?

那东西……陈虎有点迟疑,想否认,但看家人的表情,知道否认也没办法了,只好转移话题,说,那东西有那么值钱吗?其实陈虎自己也知道虫草的价值,但为了掩饰自己暂时的心慌,只好故意胡诌。

那就真是你拿了?陈列一拍桌子,吼,那你给老子马上拿出来!

拿?陈虎磨磨蹭蹭地,不知道怎么说,只好支支吾吾,说,这……这……

陈常看着陈虎,也终于说话了,他的声音苍凉,语气完全像是在乞求一样,说,大侄子,虽然我多年来一直对我在大哥当年的处理上很自责,但你叔除了这事,还真没做过什么亏心事,我们陈家人再穷再苦,也不会做太出格的事情的,我相信你也不会,因为你也是我们陈家人。所以,我不管你是出于什么动机拿了那些虫草,只要你现在把它们还我,就行了。行不行,大侄子?

陈虎也明白这事肯定是遮掩不过去了,所以,他只好开口了,说,可是叔,那虫草现在不在我手上了。

不在你手上了?陈常的脸一下子又发白了!卓玛连忙过去扶着他,不断地给他拍着背,叫他别急。陈列却直接说,那好啊,你这个败家子,那老子只好报公安局,把你这个龟儿子送进去!

卓玛更急了,一边扶着陈常,一边冲陈虎说,你就快给你叔叔说,你把那些虫草怎么了?

陈虎迟疑了一下,在场的人都紧张地看着他,陈虎终于不自然地说,我把它卖了。

全家人都松了一口气,特别是陈常,说,那卖了还好,卖了还好。边说,边用手抚着胸口。

那你把卖的钱快拿出来,你叔叔急用啊。卓玛催着陈虎说。

陈虎也没其他借口了,只好迟疑着点了点头,然后将手伸进自己的内衣,想把一直贴身藏着的那包钱拿出来。全家人都紧盯着陈虎,期盼着他能说出那钱的下落,可见陈虎把手伸下去,扯出了扎在裤腰里的上衣,却不知道他要干什么。

陈虎的手在自己的内衣里摸了个遍后,却还是什么都没有,之后,他全身都哆嗦了起来,整个人都在发抖,特别是嘴唇,一下子就发紫了!

卓玛连忙问,怎么了,陈虎?陈列和陈常也紧张地看着他。

陈虎解开衣服,从上到下抖了两遍,然后一屁股坐在了地上,双目也立刻变得灰暗无光,嘴里只能讷讷地说,没有了,没有了!

什么没有了?陈列急了。

钱……钱没有了!陈虎整个人也发蒙了。

怎么没有了呢?陈列一下子急了。

陈虎指指自己的衣服,低着头,良久才说,我一直放在内衣里面的,可是……可是现在没有了啊!

没有了?陈列呆了。

卓玛连忙说,别急,别急!晚上他回来时,全身都湿透了,不过衣服还在,后来我帮他换的衣服,我马上找找,看是不是在那堆衣服里面!说完,卓玛进屋,几秒钟工夫就抱了一堆衣服出来。

陈虎连忙扒拉那堆衣服,可是,里面还是什么都没有!

陈虎的脸发白,手抖得完全不听使唤了,而陈列和陈常也加入了进来,几个人一起在那堆衣服里面找!

现在还是夏天,陈虎也没穿多少衣服,那么几件衣服,经过几个人的翻查,却还是什么都没看见!

陈虎知道事情不好了。他站了起来,脸色发白,畏惧地看着一大家人,嘴里断断续续地说,钱……钱……真没了……

刚说完这句话,陈虎就听到"啪"的一声响!他扭头一看,叔叔陈常整个人都倒在了地上,口吐白沫!

陈列和卓玛连忙扶起陈常,却发现陈常已经完全晕了过去!陈列什么都顾不上了,一把抱起陈常,冲陈虎喊,混蛋!快!快送你叔叔到医院!

光芒村离县城不远,但当时的交通不是很方便,等班车也要好长时间,没办法,陈虎只能背着陈常往县城里跑!陈虎累了,再由陈列换着背。轮换了好几轮,终于到了县医院,送进了急救室!

把陈常送进急救室后,陈列和陈虎在外面等候医生抢救。陈列看了陈虎几眼,陈虎也再不敢说话。他知道自己惹了大祸了。陈列终于不甘心地问陈虎了。不过这次他不再是用一贯的那种在陈虎看来很霸道的语气,而是用一种似乎哀求的语调对陈虎说,你再想想,你再仔细想想,那钱到底到哪去了?

陈虎还是一脸茫然。

你仔细回忆回忆啊!这次真是陈列在求陈虎了,他说,这可是你叔叔的救命钱啊!

陈虎说,我记得我在外面喝酒时都还看了那钱,昨晚那钱都还在身上!可……可怎么后来就没……没了呢?陈虎的头都想痛了,却还是没有任何头绪。

喝酒?那你喝酒后呢?陈列追问。

喝酒后我就不知道了啊,再醒来,就已经是今天早上在床上了。陈虎说。

今天早上?一直也非常焦急的卓玛沉思了一下,说,那说明你的钱是在你喝酒后到回家这段时间丢的?你回家后我帮你换的衣服,当时就没见到钱!

这段时间?陈虎不解地看着卓玛,妈,你的意思是?

我的意思还不明白吗?昨晚是王桂花那女人的家人把你送回家来的!

你怀疑王桂花?陈虎张口就否认了,不可能的,妈,她不会这么做的!

这么一个女人,你还在维护她?卓玛恨铁不成钢地看着陈虎,说,可昨天晚上就是她家的人把你送回来的,按你所说,中间也只有她和她家的人才接触到你,那不是她还有谁?

可按你所说,人家王桂花昨晚是救了我嘛,她怎么会做这种事呢?陈虎还是下意识地在替王桂花辩解。

唉,我看我们还是报警吧!陈列说,这事还不报警把钱找回来,陈常就没救命钱了!

陈虎却突然一个激灵,他说,不行,不能报警!

陈列却说,不报警,那你把钱给我找回来啊!你看你叔叔现在怎么样了都还不知道呢!

正说着,医生从急救室出来了,一直守在外面的几个人连忙停止了说话。

医生问,他本身体质是不是不太好?

卓玛说,体质?以前一直很好的啊。不过他在西藏待过好多年。

医生点了点头,说,难怪。然后就问了有关陈常的具体情况。卓玛和陈列也将陈常的情况如实向医生作了说明,包括他刚检查出得了好多种病。听完后,医生摇了摇头,说,唉,看来我们也只有尽力而为了!

尽力而为?在场的人都呆住了。

医生说,他们发现陈常的所有身体机能都已经衰败到了最低点,他现在整个人已经完全深度昏迷,要想醒来,几乎已经不可能,现在在医院,也只能吊着氧瓶,拖一天算一天。

陈列颓然瘫坐在了地上,全然无语。

一行热泪从陈列的脸上流了下来。

陈列是一个几乎不掉眼泪的男人,即使在很小的时候,也没掉过泪,没想到现在年龄大了,还是掉下了这么一行浊泪。

之后,医生问,陈常是不是受到了突然的刺激才这样的?卓玛默默地点了点头。

陈虎也没想到事情会这么严重,他全然被吓住了。等陈虎终于清醒过来时,陈列和卓玛都已经不在面前。他进了病房,看他们都正守在病床边,看着陈常掉泪。

陈虎转过身,走出医院,赶回光芒村。

到光芒村一个路口,他刚好碰到王桂花。王桂花看到他,愣了一下,问,听说你叔叔晕过去了,你怎么还在这里呢?

陈虎不说话,只向王桂花使了一个眼色,就往上次他们幽会的地方走去。

陈虎先到,王桂花一到,就用拳头擂他,说,死鬼,你叔叔都这样了,你还有心思想这事!

陈虎不语,只是看着王桂花。

王桂花好像觉察到了有啥事不对劲,她仰起头,奇怪地看着陈虎,问,你怎么了?

陈虎终于下定了决心,说,我问你一个事,你可要说实话。

王桂花反倒不说话,她就那么站着,斜靠在那块岩石边上,身体风情万种地全然摊开,说,你看现在我什么都对你放开了,你还想听什么?

陈虎一看王桂花那如花枝一样铺在石板上的身体,还真产生了一股冲动。不过他还是克制住了自己,问,昨天晚上你们把我从水田里拉起来后,是不是发现什么东西了?

东西?王桂花看了看陈虎,眼睛中充满了疑惑,问,你到底想说什么?

我有东西放在身上,可是今天早上却不见了!陈虎说。

不见了?王桂花一下子变了脸色,不客气地对陈虎说,你不会怀疑是我们家人把你的东西拿了吧?

陈虎见王桂花生气了,连忙说,不是你说的那个意思,我是想问,当时你们是不是发现我掉了什么东西?

你掉了什么东西关老娘屁事啊!王桂花脸色一下子就变了,对陈虎说,你还给我说你能搞定你叔叔,征用我家的地,可你还没有给你叔叔说吧?

他……陈虎迟疑了一下,还是说了实话,说,他晕过去了,有可能不会醒了。

不会醒了?！王桂花顿时呆住,两秒钟后张开嘴巴,似乎是想大哭,但马上用手捂住嘴巴,之后一脚冲陈虎踹了过去！

陈虎一个趔趄,被踹得差点就没站稳,但被踢中的部位却立即剧痛起来！

他好不容易站稳了身体,看着王桂花,说,你怎么了？

我怎么了？王桂花放开捂着嘴的手,哽咽着说,老娘怎么了,你不知道吗？你还真想白占老娘的便宜,就这么搪塞老娘啊！

可是……你老公本来就是干部,他应该有办法啊！陈虎说,这边不行,让你老公想办法嘛。

他……他能有办法,老娘还能和你这样啊！王桂花一屁股坐在地上,有点欲哭无泪。

那……你的意思是你和我那样,就只是因为想要征地？想要进城？那……

陈虎的话还没有说完,王桂花就一句顶了回去,说,不是因为那事,你还认为老娘真看上你了啊！你这个样子,老娘凭什么看得上你！

陈虎无语,转到一边,不再说话。

而王桂花也从地上爬起,头也不回地走了。

陈虎突然想起掉钱的事,他看了看王桂花的背影,却终是没办法再说出口。

陈虎突然之间变得有点失魂落魄。

陈家的日子因为陈常的突然晕倒,而变得郁闷了起来,好长时间都再没有了欢笑。这个本来就少欢笑的家庭,现在变得更是沉闷。陈常在医院昏迷了很长时间之后,他在拉萨的媳妇儿,也就是陈虎的婶子终于从单位赶了回来,然后就在医院一直照顾陈常,直到他终于在不久后的某一天去世。去世时因为一直昏迷,他竟然连遗言都没有留下。

陈常去世后,按国家的政策规定,国家干部只能火化。但是在整理遗物时,却意外发现了他在一个笔记本上留下的一句话。那句话让陈列大感意外。陈常那句话的大意是说,他虽然是生在四川,长在四川,但真正给了他生命的地方却是拉萨,所以,他想以后自己去世后能葬在拉萨。陈列一看这话,就不知道怎么办。因为光芒村有个风俗,那就是只要是本村的人,不管在哪里去世的,最后都要叶落归根,回来安葬。现在陈常这话明显是不想安葬在光芒村,那可怎么办?

陈列想了很久,也不知道怎么办。他想问问村里那些德高望重的人的意见。但他几乎立即就想到了他们会怎么说。所以,他也只有迟疑了。但陈常的后事却不得不抓紧处理。没办法,他只得问陈常的老婆这事如何处理。

陈常的老婆可能也没想到他会留这样的一个要求。她怔了很久,才叹了一口气,说,老陈在拉萨的那么些年,的确是已经把拉萨当成他自己的家了,所以,他想死后能葬在拉萨也可以理解。以前我也听他这么说过,但当时认为他只是在开玩笑,没想到竟然是真的!

那现在怎么办呢?陈列问。

就把他的骨灰拿回拉萨吧。陈常老婆说。

可是我们这边……陈列有点为难,他把当地的规矩给陈常的老婆说了一遍。

陈常的老婆也是好久都不知道怎么办。后来,她思虑良久,才说,大哥,你看这样行不行,干脆把陈常的骨灰分成两半,一半按光芒村的风俗葬在这里,一半我拿回拉萨?

陈列一听陈常老婆这么一说,当即吓了一跳,说,这怎么行啊,人都死了,还把骨灰隔得那么远,这样他的灵魂会安吗?

陈常老婆听了陈列这话,又沉吟良久,说,那这样行不行,大哥?干脆我把陈常的骨灰全部带走,但骨灰盒留下,就在这边找个地方安葬,你看行不行?我看村里人也不会去把骨灰盒打开查验吧。

陈列一听,这办法倒不错。所以,他也就同意了陈常老婆的意见。

这之后,陈列在光芒村给陈常隆重地举行了一个葬礼。而在葬礼之后,陈常老婆把骨灰带回了拉萨。

在陈虎的婶子带着陈常的骨灰离开光芒村时,陈列流着泪,似乎是想对她说什么,却终是没有说出口。反倒是那女人,说,哥啊,我知道当初陈常在拉萨买了好多虫草,我想他肯定已经给你了吧?

陈常女人的这一段话,不仅让陈列,甚至是让陈虎,都大吃一惊。陈列惊问,说,那虫草是陈常为我买的?

陈常女人诧异地说,是啊,哥,难道你不知道?

这……陈列看着陈常女人,不知道怎么说话了,他完全已经惊呆了。

他是不是没来得及给你?陈常女人也惊讶地问。

陈列只好把有关虫草的事情给她说了。

陈常女人听了,好久不语,之后,她叹了一口气,说,看来这就是命吧?陈常之所以倾尽他所有的积蓄买虫草,是因为他说那时在拉萨他做了一件很对不起你的事,因此一定要补偿你,一定要让你以后能在农村放心地养老,不过现在既然已经这样了,那就真没办法了,唉。

陈列当时想哭,却终究是没能再哭出来,甚至连眼泪,也不再有。

陈常的女人走的时候还说她自己也马上就要退休了,到时回老家东北过剩下的日子。陈列问她是否愿意以后来光芒村,那女人摇了摇头,说她在东北还有亲戚,而且她也比较习惯东北的生活习惯,还是回东北算了。陈列也只能不再说什么话了。

看着陈常的女人带着陈常的骨灰走了,卓玛忧伤地问了一句话,说,如果哪天我也走了,我该怎么办?

你?陈列还没有从悲伤中走出来。

是啊,我的骨灰是留在四川还是回到西藏?卓玛的眼神有点迷离。

陈列突然全身颤抖了一下。他没说话。他太明白卓玛此时的感受了。

12

光芒村最近发生了一件大事,一件惊动全村人的大事,那就是藏獒拉佳狄马怀孕了!

导致拉佳狄马怀孕的,当然不是藏獒,而是光芒村的一条本地土狗。这种结合,本身就对光芒村人具有一定的吸引力。在拉佳狄马生产之前,大家都在想着一个问题,那就是这条由藏獒和土狗孕育的结晶将是个什么样子。光芒村几乎所有的人都对这个问题充满了好奇,这种好奇当然直接反映到了每个人的行为之中。很多人都来陈家打探,有的人甚至还天天来陈家看拉佳狄马,看它那一天天隆起的肚子。

　　当然,现在的拉佳狄马已经不是像初来光芒村似的那么娇小可爱了。现在的拉佳狄马长得非常的柔美高大,全身披着的黑色长毛更是闪现出了一股锃亮的光泽。它大大的耳朵,明亮的眼睛,圆而厚的上唇,挺直、宽阔的后背,都让光芒村人对它充满了一种油然而生的怜爱。拉佳狄马漂亮的外型,几乎让所有光芒村人都叹为观止,因为他们从来没看到过这么独特而可爱的狗。在光芒村人的眼里,拉佳狄马不是什么凶猛的獒,它就是一条狗,只是一条与本地土狗长得不太一样的狗而已。但这条狗却让光芒村人不由自主地都产生了一种强烈的喜爱之情。可以说,拉佳狄马已经成为了光芒村一个不折不扣光芒四射的明星。每个人对它都是那么的呵护,每个人对它都是如此的疼爱有加,只要它走到村里的任何一家,甚至还没到那家人的屋里,主人都会将自家最好的东西给拉佳狄马吃。光芒村人都知道拉佳狄马喜欢吃肉,在那么一个肉还不是天天都能吃甚至很长时间都不能吃到肉的时代,光芒村人只要一见到拉佳狄马,只要拉佳狄马去时他们家正在吃肉,他们都会主动地分一点给拉佳狄马,哪怕自己吃不到也会如此。正因为这样,拉佳狄马几乎是由光芒村所有人一起养大的。也正因为如此,拉佳狄马对光芒村人,也是特别亲近友善。在光芒村人面前,它完全没有在一般人印象中的那种藏獒特有的凶猛,反而是异常的柔顺可爱。但对所有敢来侵犯光芒村的人,拉佳狄马却表现出了一条獒应有的本分。它几乎天天在村里巡逻,特别是晚上,只要村里一有什么风吹草动,拉佳狄马就会毫不迟疑地奋勇而上。据可查证的纪录,拉佳狄马已经抓住了至少十几个想趁黑夜来光芒村偷鸡摸狗的人。也正因为如此,光芒村后来几乎没有任何小偷,所有的小偷一听到光芒村,首先想到的就是高大而毫不徇私枉法的拉佳狄马,只要一想到拉佳狄马,他们就会全身发抖,不寒而栗。可以说,拉佳狄马已经成了光芒村所有人的守护神。

但在拉佳狄马长大到一定年龄时,光芒村人都发现了一个奇怪现象,那就是拉佳狄马突然没有了原来的那种精神,每天都蔫蔫的,虽然还是在村里日夜巡逻,但大家总是感觉到它有什么地方不对劲。最先发现这个问题的当然是陈洛。陈洛其时已快小学毕业了。平时陈洛每天上课下课,拉佳狄马都会亲自护送着他去学校。他上课时,拉佳狄马送他到学校门口,下课时,拉佳狄马又会到学校门口等着。正因了拉佳狄马,陈洛在光芒村小学成了一个名人。而陈洛与拉佳狄马的感情也是越来越深,到后来,根本就成了一体之人。拉佳狄马离不开陈洛,而陈洛当然也离不开拉佳狄马。陈洛自从母亲离家后,就再也没有了母爱,虽然有陈列和卓玛对他的疼爱呵护,但陈洛始终感觉自己的生活中缺少了什么。父亲陈虎对陈洛几乎是不管不顾,陈虎天天在外面晃荡,陈洛完全看不到他的人影。因此,陈洛对拉佳狄马有着一种特别的亲近感。这种亲近感可以让他马上发现在拉佳狄马身上的一切变化,包括拉佳狄马是否生病了,拉佳狄马是否高兴了,拉佳狄马是否又想吃肉了等等这些生活中的细枝末节。

那天陈洛很急地找到卓玛,说,奶奶,不好了!不好了!

卓玛看着焦急的陈洛,怜爱地拍了拍他的头,说,什么不好了?快给奶奶说。

我发现拉佳狄马好像不太对劲了!陈洛说。

什么不对劲了?卓玛对拉佳狄马,也是有一种亲人般的爱护。毕竟拉佳狄马是从拉萨来的,对拉萨,卓玛一直都有着一种无法言喻的依恋。这依恋甚至让她经常在一个人独处时黯然神伤。陈列还亲眼见过她因为想念拉萨而掉过好多次泪。每当一看到卓玛如此情景,陈列每次也都叹气,他想帮妻子。他有时想,干脆让妻子回拉萨去得了,可家里的环境却又实在离不开她。自己腿脚本来就有问题,现在年龄大了,原本有点瘸的那条腿更是不方便,下地时,如果没有卓玛,他一个人根本干不了活。而陈虎,则完全是一个不挨家的主,家里的事更没法指望他。特别是陈洛,那么小的一个孩子,又没有了母亲,如果还没有奶奶在身边,那更不知道会出什么状况。因此,陈列也只能把自己的想法闷在心里。有时他甚至和卓玛一样,能够体会到她那种酸楚的感觉。因为这种感觉在陈列的身上也曾经出现过。那就是他在拉萨待的那些年,对光芒村的那种刻骨的眷恋。

拉佳狄马好像得病了！陈洛那种焦急，让任何人一看都能感觉到一个孩子内心的那种纯洁。

病了？怎么啦？卓玛说，昨天我看它还好好的嘛。

今天早上才开始的嘛。陈洛说，早上它送我到学校门口时，我就觉得它好像没什么精神，特别是下午放学后我出了校门，它虽然等在那里，却几乎没怎么理我，就那么无精打采地在我后面走着，完全不像平时那么活蹦乱跳！陈洛一口气说完，似乎害怕奶奶还不明白，又补充说，我刚还看见它身上有血呢！

有血？卓玛大吃一惊，说，它不会是受了什么伤吧？因为拉佳狄马经常在晚上巡逻，有些外村的小偷对它真是恨之入骨，所以有人就会找机会报复它，经常在隐蔽处冲拉佳狄马扔一些石头什么的，他们一般都是扔了就跑。上次就有一个外村人坐在一辆拖拉机上看到拉佳狄马了，他从拖拉机上扔了一个铁块下来，当时就砸中了拉佳狄马的一条腿，让它马上受了伤，一条腿也立即变得鲜血淋漓，害得它半个月都不能动，后来几乎一个多月才复原。但即使这样，拉佳狄马对那些小偷却从来都没退让过半步，依然坚持着它那种见他们就咬见他们就赶的态度。

真有可能是受伤了呢。陈洛拉着奶奶，到拉佳狄马俯卧着的地方看。卓玛一看，拉佳狄马是真的没什么精神，它那双原本炯炯有神的眼睛让卓玛一直都特别喜欢，可现在那双眼睛竟然也全然无光，甚至还显得有点浑浊。它一般都不趴在地上的，现在却像失去了支架的衣柜一样，就那么懒懒地全身瘫软在地上，完全一副有气无力的样子。

陈洛上前，抱起拉佳狄马，指着一个部位，对卓玛说，奶奶，你看，它是不是流血了？

卓玛一看，竟还真是这样！在拉佳狄马后背的某个部位，真的有血！她连忙查看拉佳狄马的身上，可她仔细看了个遍，竟然都没发现什么伤口。卓玛真的是惊住了，她连忙也像刚才陈洛找到她那样，找到了陈列。

陈列一看卓玛和陈洛两婆孙那慌慌张张的神态，马上问，怎么了，出什么事了吗？

卓玛跺了一下脚，紧张地说，是啊，真的出事了啊！她把拉佳狄马身上有鲜血的情况马上给陈列说了。

陈列一听,顿觉蹊跷,说,拉佳狄马怎么会这样呢?据我所知,它这两天好像没和什么小偷打斗过,也没被小偷打过啊!

说着话,陈列却还是马上赶回了家中。他看了一眼拉佳狄马,再查看了一下拉佳狄马有鲜血的部位,却突然抿着嘴笑了起来。

卓玛和陈洛都急了,特别是陈洛,他更是万分焦急地抓住爷爷的手,说,爷爷,拉佳狄马都病得这么严重了,你怎么还笑呢?

陈列却看着陈洛,慈祥地说,呵呵,没事的,小家伙,拉佳狄马不是病了。

不是病了?卓玛也疑惑了。

你不是从小在拉萨长大的吗?没见过藏獒这种状态啊?陈列笑笑,说。

这……卓玛还是没反应过来。

我以前在拉萨农场时,农场也曾经养过几条藏獒,它们中的母藏獒长到一定程度,都会出现这种状态的。陈列说。

母藏獒?为什么只是母藏獒呢?卓玛问。

你还没懂啊?陈列摇着头,说,你真是在拉萨白待了那么多年呢,哈哈。

看陈列笑了起来,卓玛更是不解,而陈洛更是着急,干脆就吊着爷爷的胳膊,眼睛充满期待地看着爷爷,想知道他到底想说什么。

可是爷爷却不直接给陈洛说,他只是将嘴巴凑近了卓玛的耳边,轻轻说了几句话。

卓玛凝神一听,立即也捂嘴笑了起来,说,唉,怎么我这年龄了,居然连这事都还不知道。

特别是你在拉萨那么多年看了那么多藏獒却都还不知道藏獒的事情,真的。陈列轻轻地拍拍卓玛的肩膀,流露出了那种只有经历过很多风雨的夫妻才有的爱怜。

陈洛却是彻底糊涂了,他睁着大眼睛,问,爷爷奶奶,你们到底在说什么啊?

哦,忘了我们的小宝贝了!卓玛拉着陈洛的手,说,拉佳狄马没什么,你放心。

那它到底怎么样了嘛！陈洛的心都差点快要跳出胸口了，他无比热切地看着爷爷奶奶，希望他们马上给一个明确的回答。

看陈洛焦急的神情，陈列慈爱地抚摸着他的头，说，真是一个心地好的孩子。卓玛说，是啊，这孩子从小就心地善良。说完，她冲陈洛说，孩子，别着急了，拉佳狄马没得病，它只是想嫁人了！

想嫁人了？陈洛更是糊涂。

孩子，你看人长大了，不管男的女的，是不是都要娶媳妇儿或者嫁人？卓玛问。

是啊，上个月村里的王二姐不就嫁给了陈大标哥哥了吗？陈洛说。

就是嘛，卓玛"呵呵"笑着，对陈洛说，那现在拉佳狄马也长大了，所以，它也想嫁人了嘛。

拉佳狄马长大了？陈洛仍然不明白，说，可它比我还小好多岁呢。

傻孩子，拉佳狄马是藏獒，它们的寿命没有我们人那么长的，所以它们想嫁人的年龄当然也比我们早嘛。卓玛笑着对陈洛解释。

哦，原来是这样啊。陈洛似懂非懂地点了点头。但他还是追问了一个问题，说，那奶奶，如果拉佳狄马嫁人了，它是不是就不在我们家了，要到它自己的家里去啊？

哈哈，这孩子真是可爱。陈列在一旁笑了。卓玛也忍不住笑着对陈洛说，不会的，孩子，拉佳狄马就是嫁人了，它也还会在我们家的。

那拉佳狄马嫁的那条狗会不会到我们家来？陈洛仿佛有问不完的问题。

也不会的。卓玛说。

这倒真是奇怪了，陈洛说，王二姐和陈大标哥哥结婚后，王二姐不就是搬到陈大标哥哥家里了吗？

这些事等你长大了就会明白了。陈列和卓玛都拉着陈洛的手，说。

藏獒拉佳狄马想嫁人的消息，经陈洛这么一个孩子的宣传，马上成了光芒村的一个大新闻。

光芒村因了这条大新闻，一下子热闹了起来。

最先感到不可思议的是光芒村的那些男人们。他们都聚在一起，偷偷地看着村里走过的各个或漂亮或风骚的姑娘媳妇们，捂着嘴，互相努着嘴，互相传递着一种暧昧的信息,似乎拉佳狄马想嫁人,那整个光芒村的姑娘就都想嫁人了。还有些小青年看着一些大姑大妈们,似乎都想在她们那里一探究竟,想明白为什么她们就那么想找个人来一起过。有的男人干脆就一脚将那些正在自己身边喝酒,垂涎欲滴地看着小媳妇们的小伙子踢了出去,说,看什么啊,都看了那么久了,看中了就上呗,人家拉佳狄马可都知道想男人了,你一个男人还怕啥呢!男人们就一阵哄笑,似乎在传递着一种明确的信息,那就是拉佳狄马都能做的事,为什么男人就不能做呢?而那些年轻媳妇们也看着那些比自己小的待字闺中的小女孩们,说,还在瞅什么呢?还有啥躲闪的呢,直接说一个标准,姐姐们给你找去呗,你看人家拉佳狄马都知道想嫁人了呢!哦,拉佳狄马不是想嫁人,它是想嫁狗了!于是女人们也就在一起欢笑了起来。

这欢笑,竟然在不知不觉中点燃了整个光芒村的气氛。

后来,有人觉得奇怪,因为光芒村里的狗也不少,特别是公狗,更是不少。如果拉佳狄马想嫁狗了,它完全可以自己直接去找啊,用不着再这样一天到晚蔫蔫的啊。自从第一天发现拉佳狄马处于那种很不好的精神状态,到整个光芒村的人都知道这事以来,已经过了有一段时间了。但拉佳狄马一直都没有去找村里的那些公狗,而村里的公狗也不敢到拉佳狄马的面前。自从拉佳狄马到了光芒村之后,凡是它到过的地方,都没有狗——不管是公的还是母的——出现过。因为它们远远一闻到拉佳狄马的气味,就好像遇到了劲敌一样,早早地就跑得无影无踪了!现在拉佳狄马都这么蔫蔫的了,那些公狗却还是离它远远的。

是不是它们都怕拉佳狄马?光芒村人都这样猜测着。

于是,就有好事之人主动找上了陈家,要把自己家的公狗带过来给拉佳狄马配种。陈家人听了,也不置可否。这样,就有胆大的人把自家的公狗牵到了拉佳狄马面前。但还是像以前一样,那些公狗在离陈家还很远的时候,就已经吓得不行了,有的甚至一看到拉佳狄马,就全身瘫软了下去。好不容易有狗终于被带到了拉佳狄马面前,它们却还是吓得不行,全都在发抖。它们发抖倒也算了,最不可思议的是,正在想嫁"狗"的拉佳狄马,却还是理也不理它们,甚至看都不看自己面前的这些"白马王子"们一眼!

这事情可就弄得复杂了。光芒村人都在议论着这事,不明白是怎么回事。有人说,难不成一条狗还可以挑三择四的啊？有的人马上反驳说,人可以那样挑三择四,为什么狗就不行呢？有个小媳妇说,可我送过去的那条狗还不错啊。又有人邪恶地说,是你觉得不错,如果你这样认为,那你就和它来一下啊！在场的人一听,立马都发出了一阵此起彼伏的笑声。这笑声里面包含了一种只有光芒村人才懂的暧昧的信息。光芒村人有开玩笑的传统,不管是什么玩笑他们都敢开,甚至人和动物之间的一些绝对不能登大雅之堂的玩笑,在他们这里也根本就算不了什么,而且完全没有任何恶意,他们都只是把这作为单调生活中的一味调料剂而已。

有人开始仔细分析,看这事情究竟哪里出了问题。陈列和卓玛也觉得奇怪。陈列有一天开玩笑地对卓玛说,难不成拉佳狄马的眼光还真那么高,什么狗狗都看不上？卓玛笑了,说,如果是真的,我也不奇怪啊,当初我除了你,不就是什么人都没看上？陈列说,这倒是,想当年你怎么都是草原上的一朵花,追你的人那么多,可你都没理,就那么看上我这个土包子了呢！卓玛说,所以说啊,人家拉佳狄马肯定也有自己的眼光嘛！

但拉佳狄马到底喜欢什么样的狗狗,却没有一个人能够说得清楚。就这样,大家都在猜测着,都在想方设法找最好的狗来与拉佳狄马相亲。因为来的人太多,陈家的门槛竟然在短短的几天内就已经到了有可能被踏破的地步。

当然,门槛被"踏破"只是光芒村人的一种幽默说法,有点夸张,但事实上这些天来陈家的人和狗的确是非常多。这也直接将拉佳狄马想要嫁"狗"的消息传到了很远的地方,甚至不久以后,县城里面的人都知道了。

就在那么一天,城里有一个人带着一条狗来了。那个人长得黑黑的,身板看上去也是壮壮的,当然,最重要的是他手里牵着的一条狗。那条狗虽然也是属于当地的那种土狗,但长得却是异常的高大健壮,四条腿看上去孔武有力,眼睛也是闪着威武的光芒,毛发更是锃亮,就像有人用洗发水刚刚洗了一样。

那人牵着狗一进光芒村,就引起了轰动。几乎所有的人一看那狗,都在心里发出了一声赞叹。大家都在想,拉佳狄马如果再对这条狗都不感兴趣的话,那它肯定就是自身有问题了！人们总喜欢把自己的一些标准也强加在其他动物身上,连狗也不例外。在光芒村人的世界里一直都有一个玩笑,就是说如果一个男人对一个极度漂亮的女人都没兴趣的话,那肯定就是这个男人自身有问题。他们居然也能将此逻辑同样套在藏獒拉佳狄马身上。所以,当那条狗一进光芒村,就有人义务为其带路,直接找到了陈家。

事实还真如他们预料的那样,拉佳狄马一看那条狗,还真就一下子精神了起来!那条狗离它还有好远的时候,它一看到它,竟然就完全改变了原本蔫蔫地躺在地上的状态,直接爬了起来,然后,摇着尾巴就到了那个黑黑的人牵着的那条狗的面前!

光芒村所有看到这幕的人都惊讶了!

而更惊讶的,却是陈列和卓玛!

陈列和卓玛惊讶的原因,不是因为拉佳狄马找到了意中人,而是因为拉佳狄马那个意中人的主人,竟然是他们都认识的一个人。这个人,就是热旦!

虽然好多年都没见过面了,但是,热旦往昔的音容却一直都在两人的脑海里。因此,两人都几乎同时喊,热旦,是你啊!

热旦开始一怔,他先看了看陈列,然后再看了看卓玛,之后不知是笑还是怎么的,反正脸上出现了一种难以言喻的表情。在这种表情漫上他的面部时,他甚至还摇了摇头,轻声叹了两口气,完全一副意想不到的神情。甚至还扭过头,望着天空,发出了几声干瘪的"呵呵"的笑声。

几个人都很尴尬,特别是热旦,更是面红耳赤。他手里本来牵着那条狗,可是,狗未动,他牵着的绳子却在抖动着,完全没有准备的样子。而陈列和卓玛也觉得不知道怎么应付这场面,只好那么束手束脚地在那里呆站着。

带热旦过来的邻居似乎也没想到会出现这样的情况,他们都很敏感地注意到了现场气氛好像有点怪异,所以,虽然还抱着对拉佳狄马相亲的巨大热情,但都马上借故溜走了。现场只剩下了三个人。

你怎么来光芒村了?卓玛问。

热旦摇了摇头,似乎对眼前的相遇还是有点不确定,等他终于确认了自己面前站着的这两个人是谁时,他说话了,呵呵,这事一言难尽啊。

是啊,我们三个人之间的经历,可的确是一言难尽啊!陈列附和着。

这……热旦好像还没从那种尴尬中缓过神来,嘴中老是嗫嚅着,似乎要说点什么,但终是不知道从哪里开口。毕竟,这么多年没见的人,突然见了,任谁都不知道从何说起。

幸好陈列终于明白了过来,他马上从堂屋里面搬出凳子,招呼热旦坐下,并为他倒了一杯开水。热旦坐下后,喝了几口水才缓过劲来,明白了自己到底是身处于何境。

陈列说,真没想到啊,在这里见到了你。

热旦说,是啊,我更没想到。说话时,他的眼睛却还是在瞟一直站在一边的卓玛。

卓玛笑笑,说,唉,我们几个人都老了。

热旦内心似乎在挣扎着什么,良久,他径直冲卓玛说,阿佳,那么多年前的事,害得你就这么到了离拉萨这么远的地方,你不会还在怪我吧?

怪?怪你干什么呢?卓玛似乎什么都记不起来的样子,说,那么多年了,我是什么都忘记了,而且,我来光芒,主要是因为我想陪着陈列来嘛,和你无关的。卓玛大度地说,似乎她真的已经完全把二十多年前的事情忘光了。

就是,她当时就是为了我才回光芒村的。陈列说。陈列话虽如此说,但他明白,也只有他才知道卓玛来内地这么多年来经历过的所有的艰辛,也只有他知道她夜晚一个人在静夜里默念着"拉萨"这个词的藏语发音时的那种酸楚。但当着突然遇到的热旦的面,陈列却也只能装作一副异常平静的表情这样说。

三个人都觉得心里好像有好多话要讲,但突然之间,似乎又再也说不出其他的了,现场一度陷入冷场。在这种氛围之中,三个人的目光,竟然都同时转向了拉佳狄马和那条热旦带来的大狗。

拉佳狄马对热旦带来的那条狗,真是充满了兴趣。它亲昵地走到了那狗的面前,主动与它耳鬓厮磨,表现得完全像一对亲密的恋人。

晚上陈洛放学回家,一到家,他就追着卓玛问,奶奶,拉佳狄马找到它的意中人了吗?这几天因为要相亲,拉佳狄马都被留在了家里,没陪陈洛上下学。

卓玛轻轻拍了一下陈洛,说,这小家伙,一天到晚就关心这些,看你长大不是一个情种才怪！

你说嘛！陈洛撒娇。

给你说，找到了！卓玛边做饭边说。

那就好！陈洛似乎终于放下了心，说，那以后拉佳狄马就可以高兴一点了！

第二天，热旦来到陈家，说要请陈列一家人吃饭。

卓玛说不用，不如就在家里吃，由她做饭，还节约点。热旦说不行，好多年都没见了，一定要好好请一顿。这样，热旦就在县城选了一个比较好的饭馆，请卓玛他们吃饭。

那时的农村人能进城吃饭，就已经是很奢侈的了。看热旦选了一个那么好的饭馆，陈列和卓玛都有点意外。大家坐下后，陈列问热旦，怎么到这里来了？

热旦说，哥，没想到吧？

陈列点点头。

热旦说，其实我也没想到你们也在这里呢！这可真是缘分啊！如果没有它……说到这里，热旦指了指身边那条现在还和拉佳狄马亲密地待在一起的狗，说，我们也不可能见面呢。

之后陈列他们听了热旦所说的，才大概明白了热旦为什么来到了光芒。原来，热旦一直在农场干了好多年，后来随着停薪留职这项政策的出台，热旦发觉自己老是在一个单位待着也没什么意思，因此，他也下海了。和一些朋友先在拉萨做了一点小生意，比如开开藏餐馆开开酒吧什么的，没想到生意还做得不错，之后就开始涉足到各种生意，后来干脆做起了房地产。在他刚开始做这一项生意时，他听说拉萨有个单位要在内地修一个西藏干部退休安置房，所以，就联系上了那个单位，然后把项目承包了下来。

这个工程是你承包的啊？陈列和卓玛都惊讶了。

是啊。热旦点了点头，说，这工程本来早几年就要开工的，但因为论证的时间太长，就一直拖着，没办法，拖到现在终于可以开工了。

退休安置房？陈列一听，立即问，是不是原本要在光芒村征地的那个项目？

是啊,热旦很奇怪地问,这个项目你们也知道?

早就听说项目的选址就在光芒村,而我们就是光芒村人啊。陈列说。

哦,对了,是这样,我来之前,就是带那条狗到光芒村找拉佳狄马嘛。热旦笑着说,现在年龄大了,记忆力不行了,呵呵。说到这里,他又补充说,其实我带它来,一是听说那里有条对什么狗都不感兴趣的藏獒,当时就觉得奇怪,想在这地方,怎么会有藏獒呢?当然,最主要的原因,还是想来看看光芒村这地方。因为我也是刚来内地,项目都确定要开工了,我这个项目承包人还不来看看,怎么也说不过去。

这时,陈洛上前,抱着卓玛的手臂,说,奶奶,现在拉佳狄马都不跟我玩了啊。

卓玛笑笑,说,没事,小家伙,等过一段时间拉佳狄马就不会这样了。

热旦看着陈洛,笑着说,没想到你们都有孙子了啊。说到这里,他好像想起了什么,又问,我记得你们不是有两个孩子吗?怎么今天一个都没来呢?

陈列和卓玛都叹了一口气,然后把家里近些年来发生的事情给热旦说了。热旦也叹了一口气,说,都过去了,就好好过日子吧,过好现在的日子,才是最重要的。

他问陈虎为什么没来。

卓玛也大概说了一下陈虎的现状,说他天天不挨家,好吃懒做的,根本找不到人。

哦,这样啊?热旦听了,说,那这样吧,反正我这项目也需要人,你们叫陈虎组织一个施工队,到我这里来做工吧。

这……陈列和卓玛面面相觑,说,他是那个料吗?他们想起以前陈常也曾经这样说过,但当时他们就对陈虎没任何信心。

没事的,热旦说,年轻人嘛,缺的就是一个机会,而且我对这里也不熟,他毕竟是本地人,由他出面招工,也会方便一点的。

这晚回家,刚好碰到陈虎在家。陈列叫住他,说要给他说一个事,陈虎却爱理不理。现在的陈虎,对自己父亲已经完全没有了任何敬意,甚至说他已把陈列当成了陌生人也不为过。陈列也没办法,只是叹了一口气,说,你不理我也行,不过,你知道我们村的西藏干部退休安置房要开工修建了吗?

175

陈虎却睨着眼,一副玩世不恭的样子,说,这关我的事吗?以前陈常叔叔在的时候,我还有点希望,现在他都不在了,那开工了也不关我的事啊!

怎么不关你的事呢?卓玛在旁边说了,这个项目,是你父亲以前在拉萨认识的一个同事承包的。

父亲认识的同事?陈虎终于将眼睛向陈列瞄了瞄,谁啊?

那人……卓玛顿了一下,说,其实你也认识的。

你就直说了呗!陈虎有点不耐烦了。到底是谁?他问。

那人叫热旦。卓玛迟疑了一下,终于说了。

热旦?陈虎却完全没有印象了,说,他是谁?

哦,你可能已经忘了他吧,回光芒村时,你那时还太小。陈列说。

那就好啊!陈虎一下子跳了起来,说,只要是我从小认识的,那我去找他征用我们家地,那我岂不是就还是可以成为城里人了?

你怎么就老想着成为城里人呢?陈列最近老喜欢叹气,他又叹了一口气,用一种哀其不幸、怒其不争的语气说,难道你这一辈子,就只为了成为城里人?

我不为了成为城里人,那我生来干什么?陈虎反而奇怪了,他已经好久没和父亲争论过了,现在似乎因为听到了一个好消息,才好像有了一点兴趣。

不管你怎么看,反正我家的土地我是不会同意他们征用的。陈列还是以往那种斩钉截铁的语气。

那你们给我说这破事干吗?哼!陈虎鼻子里发出了一声不屑的轻哼,又不愿意和父亲说话了。

陈列看了看陈虎的表情,自己本也生气了,但还是拼命忍住,以尽量平静的语气对他说,你那个热旦叔叔说了,让你弄一个施工队,到时到工地上去帮忙。

施工队?让我去做苦力?陈虎以一种不相信的眼神看着陈列,质问,还说这人是你以前的同事,还说是我认识的什么叔叔,就让我去工地上干苦力啊?!

不是苦力,是叫你弄一个施工队!让你弄呢!卓玛连忙打圆场。

弄?陈虎一下子没明白过来。

是啊,就是让你当头! 卓玛肯定地说。

可……陈虎倒怔住了,说,可这怎么弄啊?

这事你热旦叔叔已经说了,让你明天就到他那里去,他和你谈相关事情。卓玛说。

真的? 陈虎终于来了精神,说,他真的叫我明天就去和他谈?

是啊,卓玛说,不信你问问你爸,你爸虽然很多时候不同意你的做法,但什么时候骗过你?

陈虎望向了陈列。几年来他终于正眼看了看自己的父亲。

陈列面无表情地点了点头。

陈虎高兴地转身。自从王桂花上次严重地伤害了陈虎的自尊心后,陈虎已经好久没这么开心过了。他现在第一个想到的,就是要去找王桂花,要给王桂花说这天大的喜事!

可是在王桂花的屋前屋后转了好几圈,他都没见到王桂花出来,陈虎又不敢进去找,毕竟王桂花曾经那么样对过他,让他始终觉得没面子。之前陈虎卖虫草的钱丢了那事,让陈虎和王桂花之间的芥蒂更深,陈虎都不好意思再见王桂花了。特别是后来陈列报了警,公安局的人把这事当成大事立了案,专门到光芒村查案。因为当时是王桂花的家人把陈虎送回家的,公安局理所当然把王桂花一家人特别是王桂花当成了首要嫌疑对象。这案子后来也没破,陈虎那钱也不知了去向,成了光芒村一宗悬案,但陈虎一家和王桂花一家,却差点就此成了陌生人,互相再也不来往。即使陈虎曾经和王桂花有过那样的"亲密"交往,王桂花也是正眼都不看他一眼。陈虎也在想,王桂花对自己肯定也是完全死心了,甚至有可能特别后悔她自己和他有过那些事,因为当初她想托陈虎办的事最后也没了下文。因此,现在陈虎最想给王桂花说,征地的事情又有眉目了! 当然,这次他的借口不再是他叔叔陈常,而是他的另一个叔叔热旦。

但这天陈虎一直都没等到王桂花,直到天黑,也没见她出屋,更没见她进屋。没办法,陈虎只好先回了家。

之后好长一段时间,陈虎也没见到王桂花。他有点奇怪,不知道王桂花干什么去了。因为前一段时间王桂花都还在村里出现。虽然两家人不再来往了,但陈虎对王桂花的行踪还是非常在意的。

直到拉佳狄马的恋爱终于有了结果，它已经明显是怀孕了时，陈虎都还没有看到王桂花。在热旦的帮忙下，陈虎把施工队建了起来，并自任队长，开始成为热旦带领下的众多工程队中的一部分，协助热旦进行安置房的建设。在这期间，陈虎终于听人说，王桂花似乎到外地什么地方去了，要过一段时间才回来。陈虎很疑惑，不明白王桂花为什么要到外地去。但他现在事情也忙，虽然一直还是把王桂花的事放在心里，却没更多的时间来理会，所以也就只能先忙自己的事。

等拉佳狄马肚子已经隆了起来，并快要生产时，陈虎带领的施工队已经开始了工作。所有征用的光芒村的地都已经确定了。光芒村很多人都直接由农民转成了工人，由国家安排进县城里的工厂当工人。当然，因为王桂花没在家，他们家的地也没有列入征地范围。

终于在某一天，据经验丰富者说，拉佳狄马就要在这几天生产了！这下子，光芒村的所有人的注意力都由安置房又转移到了拉佳狄马。因为大家对拉佳狄马实在是太关注了，这种关注让大家都充满了一种好奇。大家都在想，这拉萨的藏獒和光芒村本地的土狗交配生下的狗，将是什么样子呢？究竟是像藏獒还是像土狗？

所有光芒村人都无一例外开始了对拉佳狄马的集中关注。

13

陈列有一天给卓玛开玩笑地说，你看热旦现在竟然又遇到我们了，你说他对你会不会还有意思呢？

卓玛哭笑不得，说，都这么大年龄的人，孙子都那么大了，还在想这问题啊？

陈列憨憨地一笑，说，可是我怎么就觉得热旦对你还有那么一点意思呢？

也就是你觉得吧？卓玛笑着对卓玛说，你认为你一直稀罕的人，人家就一定要稀罕啊？

也是，陈列说，不管怎么样，我可都是很稀罕你的呢。

两人正在互相调侃着，陈洛却突然跑了过来，喊，爷爷奶奶，不好了，不好了，拉佳狄马出事了，正倒在地上不动呢！

陈列和卓玛连忙跑了过去，一看，却是拉佳狄马生产了！

只一会儿工夫，拉佳狄马竟然生产了六条小狗狗。

所有光芒村人都赶来看那六条小狗狗。但拉佳狄马却明显很护崽，它紧紧地靠着墙壁，将六条小狗全拥在自己的肚子下面，而且睁着警惕的眼睛盯着那些围观的人，似乎生怕有人会对自己的孩子做出什么出格的事来。大家都知道拉佳狄马的心情，也就只站在外围看。不过虽然拉佳狄马守护得很严密，但大家还是基本看清楚了。这一看不打紧，以前所有的猜想竟然都变成了现实，也都没变成现实。因为这六条小狗不是全像藏獒，也不是全像土狗，而是有两条长得像藏獒，有三条长得像土狗。还有一条，竟然藏獒和土狗都不像，看起来却是藏獒和土狗又都像！

这事让光芒村人大开了眼界，大家都嬉笑着猜测这是什么原因。陈列看大家都这么兴奋，也不去管，他知道光芒村人像这么类似的集中狂欢已经不多了。这段时间村里好多人已经开始外出打工，有的开始做起了生意，村里留守的人也是越来越少，能聚在一起的机会更是越来越少，因此能够发生像现在全村人都关注拉佳狄马这么一件事，本身也就极其不容易。

这晚陈虎回家，听说拉佳狄马产了六条小崽，他马上去看。陈虎去看时，陈洛还守在拉佳狄马的窝边，耐心地看着那六条可爱的小狗。陈洛对这几条小狗真是喜爱到了极点，而拉佳狄马也只允许陈洛一个人靠近它的那些小崽，陈洛怎么抱，怎么抚摸它那些崽，拉佳狄马都不生气，反而还配合着让陈洛在那里玩。陈洛对那些小狗真是爱不够，他感觉那些小狗真是太可爱了，可爱得让他一个个地亲，亲完后再一个个地抚摸着它们身上还很稀疏的毛，真是爱不释手。

陈虎问陈洛,你准备怎么处理这些小狗呢?

陈洛很认真地说,全部养起来啊。

可是这么多呢,你养得了吗?

没问题啊。陈洛似懂非懂,但回答得很坚决。

真是小孩子。陈虎摇着头走了。

在小狗刚满月的那天,陈洛上学去了,不在家,陈虎带回了几个人。那些人一到陈家,就指着那几条活蹦乱跳的小狗说,真是不错啊!

陈虎笑呵呵地说,看上哪条你们就随便挑吧。

那些人开始纷纷挑自己喜欢的小狗。

卓玛开始还不明白陈虎带这些人来干什么,因为刚开始时陈虎只给她介绍这些人都是热旦工地上分管各个具体环节的人,但后来见陈虎似乎是带他们来选小狗的,就不乐意了。她对陈虎说,这些狗你怎么能随便送人呢?

陈虎看着卓玛,说,妈,你不可能也想把这些狗全部养起来吧?那咱家以后岂不成了养狗场了?

可是你这么突然找了这些人来,到时陈洛回来见小狗们不见了,他可不会善罢甘休呢!卓玛知道陈洛对这些小狗的疼爱。这一个月只要有时间,陈洛都天天守在小狗的身边,他已经把它们都当成了自己的好朋友。

哦,如果这样,那我们就不要了?陈虎带来的人听到卓玛这样说,虽然都选定了自己想要的狗,却不得不犹豫了起来。

你看你,怎么也像一个小孩子了?陈虎讪笑着对那些人说,没关系,我妈开玩笑的,大家喜欢哪条,就还是选哪条就行了。

卓玛叹了一口气,也不再说什么,转身走开了。

晚上陈洛一回家,突然不见了几条小狗,他大吃一惊,连忙问卓玛,几乎是带着哭腔问,奶奶,那些小狗到哪里去了?怎么都不见了?

卓玛也不想伤孩子的心,但知道这事迟早也瞒不过,只好给陈洛照实说了。陈洛一听,当即大哭了起来。晚上陈虎回家时,陈洛和陈虎大吵了一架,但陈虎只是安慰性地对陈洛说了几句话,就没再理他。在他的心里,陈洛的这些表现都只是一个孩子过于幼稚的想法,根本不值得放在心上。而那天晚上,陈洛在奶奶卓玛的陪伴下,一直流泪到了天亮。卓玛也陪着陈洛,看着孩子伤心的样子她也非常于心不忍。

陈虎这段时间在安置房工地上带领自己的施工队干得不错。他也终于慢慢回忆起了这个项目的承包人热旦是哪个人。小时候的那些事情,也一件件地在陈虎的脑海中再一次浮现。陈虎借着这个机会,不断地向热旦套着近乎,而热旦对陈虎似乎也是非常放心,工地上很多事情都放手让陈虎去做。

到一年后安置房终于建成时,陈虎竟然赚了不少钱。

陈虎赚了钱的同时,他听到,王桂花竟然也在县城某个地方开了一个化妆品店。原来王桂花那段时间离开光芒村是到别的地方的化妆品厂考察去了。考察完了回到县城,就开了这么一个店。那时光芒村所在的这个县城,虽然离成都很近,不过还是很落后,人们对很多东西都没见过,更不用说化妆品这种在大家眼里一直认为是很"高级"也只有"上等人"才能用得起的东西了。如此,王桂花的化妆品店一开张,自然就吸引了很多人的眼球,她的店子也立马成了县城里的一道风景,而人到中年,越发婀娜多姿的王桂花,更是成了那风景中的风景。这让王桂花的店子自然是生意兴隆,客流更是源源不绝。

因了安置房的修建,光芒村几乎已经完全成为了城边村。安置房将县城与光芒村完全联接在了一起。现在光芒村的交通什么的都异常方便,很多光芒村人已经俨然把自己当城里人,以城里人身份自居。但事实上光芒村其时征用的地也不多,而且即使征用了土地的,家里也只有一个人能真正转为城市户口。不过光芒村人的自豪感却是与日俱增,也因了这种自豪感,村里人比其他偏远地区的人更有了冲劲,大家都开始在外谋各种活,这竟然使光芒村的经济在短期内异常繁荣。可以说,是安置房带活了光芒村的经济。如此,项目承包人热旦当然也就成了光芒村人的一个英雄,一个天大的英雄。现在的热旦,走到光芒村的任何地方都能引起大家的关注。光芒村人一见他,都是称呼"热老板"。光芒村人开始都认为藏族人的名字也和自己一样,都是前面一个字是姓。后来知道了不是这么回事,但也没办法改过来了。而热旦,也很享受这种状态,有事无事就爱往光芒村里跑。没多久,就与光芒村人打成了一片。

有一天,卓玛正在家里忙活,热旦来了。卓玛开玩笑地说,热老板,又

181

有空来光芒村视察了啊?

热旦竟然有点不好意思了,说,别人笑我,你也跟着笑啊。

没有笑你啊,你现在可是真正的大老板了哟。卓玛说。

热旦摇了摇头,说,什么大老板哟,我的心思其实不在钱上呢。

不在钱上,那在哪里呢? 卓玛倒好奇了,追问了起来。

如果能有一个我喜欢的人我爱的人和我在一起,即使再没有钱,我也愿意。热旦直直地看着卓玛说。

卓玛本来是开玩笑,没想到两句话后,热旦竟然主动引到了这个话题,她虽然年龄大了,但脸仍在一瞬间就红了起来。她当然知道热旦在说什么。因此,她连忙转移了话题,说,你现在的媳妇儿还不错吧?

什么媳妇儿哟。热旦叹了一口气,说,我就一直都没有结婚呢。

一直都没有结婚? 卓玛惊讶了。

是啊,年轻时是因为自己家里穷,自己也干了一些糊涂事,身边没有人看得上我。热旦用一种自我调侃的语气说,可是后来年龄大了,又觉得没必要再找了。

糊涂事? 难不成当时草原上盛传的那些什么偷看啊什么的,倒还真是你做的啊。卓玛突然想起这事,随便开个玩笑。她知道现在的热旦已经不是多年前的热旦了,开个玩笑没什么问题的。

瞧你说的哟,热旦果然大笑了起来,说,其实这事倒看怎么说。阿佳你也知道,草原上生活惯了的人,有哪个男人在年轻的时候没干过那种事呢? 不过就是好奇嘛。但因为我名声差,所以,大家就把屎盆子都扣到了我一个人的头上而已。

哈哈。卓玛也笑了起来。

热旦顿了一下,又看着卓玛,嘴里发出了一声赞叹,说,阿佳,没想到这么多年过去了,你都有孙子了,居然还是这么漂亮。

卓玛寻思这人今天怎么了,想不能再和他说什么了,就说,人都老了,还漂亮啥啊。说完,马上背起一个竹筐,说,热旦,你还是先在村里转转吧,我还要在地里去帮老陈背一点东西呢。

看卓玛在背竹筐,热旦就说,你们现在还种什么地啊,看你们家陈虎,现在多能挣钱呢。

这地我们家老陈可是最放不下的,如果不种,会要了他的命的!卓玛边说着话,边往外走。

热旦看着卓玛的背影,竟有点痴了。

晚上陈虎请热旦在县城吃饭。热旦看着陈虎,说,你小子请我吃饭,不会有什么事吧?与陈虎相处这些日子,热旦知道这个人是一个目的性非常强的人。

你看,就想感谢感谢你呗,如果不是叔叔你,我怎么可能在光芒村人面前终于挺直腰板了呢。陈虎讪笑着说,不过什么事还真是瞒不过叔你啊。

知道瞒不过就好,那你直说了吧。热旦也不客气,边夹着菜,大口吃着,边问。

叔,你也知道,现在项目已完工了,你看我以后怎么办呢?陈虎小心地赔着笑。

哦,这事啊,可是这个项目之后,我想休息一段时间呢。热旦回答。

休息?叔你是已经上了道了,钱已经挣得不少了,可是我才刚有了一点眉目呢,叔。陈虎都有点乞求的意味了。

那你的意思?热旦看着陈虎。

看叔能不能看在我妈的分上,帮我指条明路?陈虎死皮赖脸地说。

你妈妈?热旦摇了摇头,笑着说,看来你小子还记得当初我对你妈的事啊。

这事是好事呢,说明我们家热旦叔叔对爱情专一呗!陈虎给热旦拍着马屁。

可这人是你妈呢。热旦看着陈虎,笑着说,我怎么也成了你们家的了?

都是上一辈的事情了,我们小辈也管不着啊。陈虎说,从你来光芒村的第一天,你就已经和你这个侄儿是一个家的人啦,叔叔。陈虎叫"叔叔"似乎叫得特别顺口。

这倒是。热旦看着陈虎,他突然感到面前的这个人,以后真有可能成为一个为达目的而不择手段的人。

那就麻烦叔叔给指条明路啊。陈虎期待地看着热旦。

我是真想休息一下了,热旦故意转了一个弯,然后又说,不过,我看你眼前倒有一条财路。

183

什么？陈虎眼睛紧紧地盯着热旦的嘴巴。

上次你家里不是有几条小狗吗？热旦问。

是啊，可是都已经送人了啊。陈虎回答。他不明白热旦为什么突然问起这个事情。

不是已经送人的那些小狗。热旦说，其实我刚来了这里不久，就听人说光芒村有一条藏獒，当时大家对藏獒的关注，真是让我始料未及，完全没有想到。要知道，这东西在我们那里不说遍地都是，却也是随处都能找到呢。

这……陈虎似乎是明白了什么，问，叔的意思是？

我看你小子脑筋也灵活，就干脆说穿了吧。热旦说，你看你家那条藏獒和一条你们本地土狗杂交的小狗都那么受欢迎，如果不是和土狗杂交，而是……

叔叔的意思是让我卖纯种的藏獒？陈虎立即问。

是啊，我就说你小子聪明嘛！热旦拍了拍陈虎的肩膀，赞许地说。

这……陈虎一下子难住了，说，可我听说纯种的藏獒很贵呢。

很贵？你们家不就有一条吗？而且，不还是母藏獒吗？热旦看着陈虎，点拨说。

哦，我明白了，叔叔！陈虎恍然大悟，谢谢你了，这事太感谢你了，呵呵，来叔，我们干一杯，谢谢你了！

第二天，陈虎就给陈列和卓玛说，自己准备马上要到拉萨去一趟。

去拉萨？陈列和卓玛都很惊讶，问，你去那里干什么？

做生意！陈虎说。

做生意？可是那里你什么人都不认识啊！陈列和卓玛几乎异口同声这样问。

没事，只要有它就行了！陈虎志满意得地指着正在旁边晃悠着的拉佳狄玛。因为自己生的小狗被陈虎送了人，拉佳狄玛这段时间情绪很不好。

你打它的主意？它可是你叔叔带回来的，现在唯一剩下的东西了呢。陈列说。

你这人，思想就一直这么僵化！陈虎一听父亲说话，就很不乐意，说，你还不如干脆就在你的地里天天待着，不要出来和人家交往了，那样你也踏实！

你这孩子怎么说话的呢？卓玛一听陈虎的语气，也有点不高兴了，直接呵斥他。

陈虎将脸别过，不看父亲的脸，说，反正我已经决定了，马上就要去拉萨，而且一定要带它去！陈虎指着拉佳狄马。

陈列刚想发火，卓玛连忙问，你带它去干什么？

不干什么，陈虎爱理不理，说，给你们说也说不清楚，不过我是一定会把它完整地再带回来的。

要带回来啊？卓玛说，我还认为你是想把它卖了呢。

卖？我卖它干吗？它现在可是我的财源呢！陈虎说。

这样就好，不管你想怎么样，只要能把它带回来就好。卓玛松了一口气，对陈列说，你看呢，老陈？

陈列也不再说话。他现在很看不惯陈虎手里有了一点小钱后的那个状态，几乎又不愿意搭理陈虎和他的事情了。

几天后，陈虎启程。十天之后，他就站在了拉萨的大街上。当然，和他一起到拉萨的，还有拉佳狄马。

陈虎看着这个他小时候待过的地方，感觉还是充满了陌生。他先找了一个旅馆，人家却说他带着那么一条大藏獒，怕影响其他人，不让住。陈虎很生气，但没办法，只好又换了一家，那家开始也不愿意，后来陈虎说他可以把藏獒看住，而且他们可以把藏獒也当一个人来收住宿费，人家看在钱的分上，才终于同意了。

陈虎就在那家不算好但也不算特差的旅馆住了下来。

住下来的当天晚上，陈虎就与一个人联系了。那个人的电话号码是热旦提供的。热旦给他说，这人家里的藏獒很多，他家的公藏獒，在全拉萨都是闻名的，都知道那是纯种藏獒。

陈虎现在对热旦是特别的相信。对热旦给他指了这么一条路，也是相当的感谢。所以，热旦给他介绍的人，他当然也是非常的信任的。

那人听了陈虎在电话里给他说的情况之后，马上说，没问题，你明天就带着藏獒过来吧。

陈虎很高兴，第二天就带着拉佳狄马过去了。

那人说的地方却是非常地难找,陈虎找了好久,才好不容易找到了。一看,人家那里还真是一个很大的专门养殖藏獒的养殖场,里面大大小小、形色各异的藏獒让陈虎一看就惊住了。他真没想到原来藏獒竟然也能像养鸡养鸭那样集中在一起这么养的!

去了,他找到了那人。那人看了看拉佳狄马,问陈虎,你就是带它过来配种的吧?

陈虎点了点头。

那人仔细检查了一下拉佳狄马的身体,说,哦,你带它过来的时间很不错,再过两天它就要发情了。

陈虎点了点头,说,是啊,去年它就是在这几天发情的。

那你过两天再带它过来?那人问。

陈虎点了点头。

回到旅馆,陈虎觉得无聊,就牵着拉佳狄马,到拉萨城里到处转。

拉萨对陈虎来说,不算陌生,但的确也不算熟悉。就在这种陌生与熟悉之间,仿佛置身于一种时空倒换中,陈虎到处寻找自己儿时在拉萨的各种记忆。

转了一天,陈虎都没什么印象特别深刻的,直到再过了一天,当陈虎到了一家店子门外时,他才突然有了一些意外的收获。

这个收获,来得很突然。当时他正牵着拉佳狄马,沿着拉萨的一条主干道在逛。那主干道两边到处都是卖各种民族特色饰品的店子,拉萨人现在的商业意识也非常的强,而且就在这种强烈的商业意识中,他们开始了一些商业行为。这些商业行为直接导致了他们生活上的改变,也间接让他们的思想和意识产生了一些与以往不同的转变。

陈虎就在这种浓厚的商业气氛中看到一家店子,一家虫草店。

因陈常的事情,陈虎对虫草一直有着言喻不出的感觉,只要一看到"虫草"两个字,陈虎内心都会有种莫名的悸动。

陈虎刚准备走进那家虫草店,却看见一个人从里面出来。那人一看表情就很凝重,将一个包小心地夹在腋下,还仔细看了一下周围,才从店子里面小心地走了出来。那人的表情是如此的小心,小心得一见人就避让。但这条街是拉萨的主干道,街上的行人非常的多,几乎是人来人往,非常拥挤,所以,那个人再怎么小心,也难免会与别人触碰。陈虎看到,那人一旦和人碰到,整个身子就立即如弹簧一样,往外跳出,反应非常的快。陈虎一见这人,就觉得非常的有意思。在这么多人里面要注意到一个人,本来就不是一件太容易的事情。这个人一看就不是想让人注意到他,但他的表情和行为,却直接就出卖了他。现在不仅陈虎,同时在店子门前转悠的其他人,都几乎一起注意到了这个行为怪异的人。

因为很多人都注意到了自己,那人明显更是感受到了压力。他将夹在自己腋下的那包东西夹得更紧,而且,脚步更为匆忙,几乎是在小跑了。突然,一个人好像在转身时没站稳,一下子撞到了他,他一惊,连忙往后避,因为动作过于迅急,他也没注意到身后的其他人,这样,"砰"的一下撞到了另外一个人身上。那人一个猝不及防,又"砰"一声结结实实摔在了地上。

这一摔不打紧,地上的那个人虽然倒在了地上,却是一个反手,一把就把那人给紧紧抓住了!那人本来准备马上走的,这一抓,就走不了,想挣也挣不脱。

他这边奋力挣扎,那边却没想到自己腋下夹着的那东西一不小心就丢在了地上。看着东西掉了,那人更急,也顾不得有人还抓着他,马上弯下腰要去捡,可正在他弯腰的同时,虫草店里却冲出了两个人,一男一女,这两人径直奔正在弯腰的那人而来,其中一人指着正在捡东西的那人,说,就是他!另一人连忙上前,一个虎扑,把那人按倒在了地上!

周围的人都发出了一声"咦",不知道是怎么回事。陈虎也是一个爱看热闹的人,因此,他也凑上前去,想看究竟发生了什么事。

店里却又跑出了一个人,喊,别让他跑了!一定把他抓住!那人边跑,边冲人群而来!那是个女人,跑得却比男人都还快,只几步,就从虫草店里跑到了人群中。陈虎一看那人,似乎很熟,但因为人很多,又都在关注那被扑倒在地上的人,所以陈虎也未曾仔细看,又把注意力转向了这边。

那被扑倒的人却在地上奋力挣扎,明显是想站起来,但随着虫草店里面跑出来的人越来越多,到最后,他根本是一点都动不了,就那么被人抓住双手,然后拉了起来。一拉起来,就有人对他拳打脚踢,那被抓住的人立即发出了一声声"嗷嗷"的惨叫。刚才那女人却喊道,别打他了,报警吧!

那女人在说话时,是背对着陈虎的。陈虎一听她说话,突然觉得不仅这人样貌很熟,这声音也真的很熟。他有点奇怪,想转到那女人的对面仔细看看她,没想到人实在太多,又因为现在出了这么一个事,来看热闹的人更多了,陈虎和拉佳狄马就只能站在原地,根本没办法挪动一下身子。

虫草店里出来的一个人喊,老板娘,不能就这么便宜了他吧?他可在咱们店偷虫草呢!

那女人说,我们这不是已经抓住他了吗?抓住了,损失也就找回来了,之后的事情由警察处理吧,我们不用打他了。

那女人这样一说,本来还不想住手的那几个人只好停了下来。

一会儿警察来了,问清楚了情况,知道这人是在店里偷虫草,就把那人带走了。小偷被人带走,人群自然也就散了,始终背对着陈虎的那个女人也终于转过了头,准备向虫草店里面走。

可她这一转身却不打紧!两人的嘴里都发出了一声惊呼!

王吖!

陈虎!

两人都很自然地喊出了对方的名字,甚至没有一点别扭。但是,当双方真的把目光落在对方的脸上的时候,却又都极不自然起来,甚至可以说双方都立即尴尬到了极点。当然,最尴尬的,肯定还是陈虎。

陈虎真没想到竟然在拉萨碰到王吖!

反倒王吖较快恢复了平静,她看着陈虎,说,最近好吧?

好。陈虎都不知道说什么了,只有挑王吖话里的字来回答。

洛洛呢?王吖没有停,立即问。

他?他也不错,爸妈都对他挺好的。陈虎嗫嚅着说,神情比刚才好多了。

正说到这里,店里有人喊,老板娘,刚才那个人又打电话过来了,你说那价格怎么算啊?

王吖扭过头,冲里面说,就给他说按之前我说的那个价,一分钱都不能少。

陈虎尴尬地问,当老板娘了啊?

陈虎这么一问,王吖的脸立马没了任何表情,她扭过头,看着别处,说,只要洛洛好,那就行了。陈虎感觉得到王吖内心那种感受,因为他听出王吖说话的声音都完全哽咽了,但因为在大街上,只好强烈控制住自己的情绪。她明显不想与陈虎谈其他事情,陈虎也感觉到了这点。

他很好,人又长高了不少呢。陈虎无话找话,又说,而且,他的学习成绩一直都很好呢!

嗯,那就好,那就好! 王吖的激动溢于言表。但陈虎知道,她不是因为见到自己而激动,肯定是因为听到了陈洛的消息。这点自知之明陈虎还是有的。

那他现在有多高了? 王吖又急切地问,似乎是想一口气把陈洛的所有情况都问完,都问清楚。

快150厘米了吧? 陈虎说,在同龄人中他算是很高的了。

老板娘! 店里又有人在喊,说,刚才那个人又打电话来了,说是一定要亲自与你谈!

好的! 王吖应道。她对陈虎说,我现在有点忙,你如果不急着走,那过一会儿我下班后我们到附近找甜茶馆聊聊吧。

好的,那我就在这附近等你。陈虎说。也许是因为多年没见了,陈虎对王吖竟然也能心平气和了。

王吖转身进了店子。陈虎就带着拉佳狄马在虫草店附近转悠。

现在的陈虎,真是做梦都没想到能在拉萨遇到王吖! 而且,他更没想到自己居然以这样的方式与王吖相遇! 陈虎的心里真是波澜起伏,连他自己都不知道这老天爷究竟在安排哪一出戏。陈虎一边在街上走,一边摇着头,他甚至看着在自己身边跑得正欢的拉佳狄马,心里也不由得感叹起来。说真的,自从一回到拉萨,陈虎就觉得好像有些事与之前不太一样。特别是拉佳狄马,更是表现出了一种让他都莫名其妙的兴奋状态。拉佳狄马到了拉萨和他在那个旅馆住下后,就一直在房间里面上蹿下跳的,根本就没有消停过半秒钟的时间,它甚至还用爪子抓房间的门,老想出去。因为陈虎好多年没来过拉萨了,他竟然有了高原反应,头一直晕晕的,感觉四肢无力,所以也不想带拉佳狄马到处去转。但拉佳狄马却异常的活泼,它完全不顾陈虎的反应,就那么一直在房间里欢快地折腾着,一会儿叫,一会儿跳,这些动作都完全是那种发自内心的欢愉之情的表现。甚至到拉萨的第一天晚上,拉佳狄马根本就没睡觉,它干脆就在房里自己转了一个晚上,发出了很多声响，弄得本来就有高原反应的陈虎也迷迷糊糊地几乎是一晚上都没有睡好。

现在的拉佳狄马，就在陈虎的带领下，在拉萨的大街上欢快地跑着。它不停地摇着尾巴，似乎对这里的一切都是那么的亲切，这里的一切好像都与它没有任何距离。陈虎实在不明白拉佳狄马的这种感受。他奇怪地看着拉佳狄马，看着这里大街上行行色色的人，感觉自己好像都有点与别人格格不入了。在陈虎的眼里，做什么都必须是要有目的的，没有目的的快乐，也就是无意义的快乐。他想，这拉佳狄马现在这么高兴干吗呢？它不会是因为遇到了王吖吧？可它到光芒村的时候，王吖早就已经离开了啊。

一想起这事，陈虎心里还是觉得有点内疚。不过这种内疚在他的内心里也只像啤酒的泡沫那样，闪动了一下就没了。他想，从刚才看到的情况推测，看来王吖过得还不错，既然过得还不错，那说明当初她离开家的选择也就是对了。想到这里，陈虎竟然还觉得，如果当初不是他那样对她，王吖也就不会有现在这般好日子了。陈虎一下子就感到心安理得起来，甚至还有了一点沾沾自喜，认为自己当初做的事情虽然在旁人眼里看起来是有点过分，但事实证明他却是给人带来了好运！

一旦有了这些毫无逻辑毫无立场的想法，原本还要纠结自己到底要不要等王吖出来见面的陈虎居然一下子腰就挺直了。说实话，听别人叫王吖"老板娘"，陈虎心里还有点不是滋味。从这称呼他就能想象得到王吖现在的日子过得该有多滋润。而从那个虫草店的规模来看，王吖的日子肯定是过得风生水起。只是刚刚赚了第一桶金的陈虎刚才还有点自惭形秽，想干脆就走了，不再见王吖了吧。但现在如此乱七八糟地一想，他的内心竟然一下子就平衡了，甚至觉得，他完全应该和王吖好好谈一下。

陈虎就在这种虚无的自我满足感中等待着和王吖在高原上的会面。而拉佳狄马，却依然欢快地在他的身边跳来跑去，似乎只有拉萨才是它真的天堂。

14

陈虎正在享受那种自我满足感的时候,王吖已经从虫草店里出来,站在了他的身后。看陈虎一副自得其乐的样子,王吖摇了摇头。她太熟悉眼前的这个男人了,这个男人在想什么她几乎一眼就可以看穿。她叹了一口气,再摇了摇头,然后伸手拍了拍陈虎的肩膀。

陈虎一惊,转头看是王吖,马上说,是你啊,吓我一跳呢!陈虎已然没有了刚才初见面时的那种尴尬。

王吖却明显不愿多说什么,只说,走吧,我们到那边那个甜茶馆坐坐。她指着不远处一个店子,说。

陈虎点了点头,牵着拉佳狄马跟在王吖身后,进了那家甜茶馆。

甜茶馆里面人很多,人声鼎沸,各种各样的人都有。到甜茶馆喝喝茶,是拉萨人一直以来的一种休闲方式,在陈虎的印象中,他很小的时候拉萨人就喜欢这样。只要没什么事,拉萨人就喜欢来到这里,三五个人凑在一起,说说话,掷掷骰子,时间就那么慢慢地流走了。也正因为这样,在拉萨,只要进甜茶馆,那就是什么消息都可以听到,什么事情都能够办成。这里几乎是一个三教九流都汇集的地方,人与人之间没什么高下之分,没什么贫贱之分,有的只是聚在这里的一种快乐与舒坦。

进去后,两人找了一个相对比较安静的角落坐下,叫了一壶甜茶。服务的小姑娘把甜茶送过来之前,两人竟然又找不到话说了。直到每人手里都端了一碗甜茶,陈虎才突然想到,老这样下去也不是个办法。因此,他主动说,王吖……

没想到他刚开口,王吖就张口打断了他的话,说,我现在不叫王吖了,也请你不要再叫这个名字。

这话说得很是客气,让陈虎一时之间没有反应过来,等反应过来时,他又不知道怎么叫了。所以,他只能问,那……

叫我王新吧。原来的王吖说。

王馨?陈虎问,改这么一个名字了?

不是温馨的馨,是新旧的新。王新说。

这……陈虎又有点尴尬了。

我想你也知道我这名字的意思吧?王新似乎完全不考虑面前这个男人的感受了,又说,不过这些都不重要了,今天我见你,主要还是想问问你洛洛的情况。

你问吧,只要你想知道的,我都可以告诉你。陈虎感觉自己的自尊心似乎也受到了一点点损伤。这种感觉在王桂花面前他曾经有过。但在一个自己以前如此不在乎的女人面前竟然有了这种感觉,陈虎自己都觉得不可思议。

王新急切地问了很多有关洛洛的情况。陈虎都尽量详细地给她说了。

之后,王新问陈虎有洛洛现在的照片没有,陈虎身上倒的确有一张前段时间刚拍的陈洛的照片,他本来想拿出来,但就在他要伸手从衣兜里把照片拿出来时,他突然想到了什么,然后就装作很遗憾的样子说,没有啊。

哦。王新明显很失落的样子。

这样吧,你把你现在的地址给我,我回去就给你寄一张洛洛的照片吧。陈虎说。

王新迟疑了一下,但可能是因为陈洛照片对她的诱惑力实在是太大了,终于她还是给陈虎写了一个地址。写完地址,她就对陈虎说,我要回去了。

回去?陈虎说,这么早啊。

家里还有事。王新说。

你不是都已经当老板了吗?叫你的员工做不就得了?陈虎说。

王新却什么都不说,站起来,径直往外走。

陈虎站起来想拉住她,但手刚伸出来,又缩回去了,只在后面喊,你这么想洛洛,还不如回光芒村亲自去看看啊?

王新却似乎没听见,只几秒钟就消失在了甜茶馆门外。陈虎看到她在出门时用衣袖擦了好几次眼角。即使是在背后,陈虎也看得很是清楚。

陈虎默默地坐在甜茶馆里,脑海中突然觉得人世间的事情很是扯淡。他想,这王吽怎么就成为老板了呢?陈虎自己实在是想不通。他一个人在甜茶馆坐了好久,听了一些周围人说的各种或荤或淡的玩笑,感觉自己突然好像没有了方向感。陈虎从小在拉萨生活过,小时候藏语说得非常好,现在虽然好久都没用了,但不管是听还是说,都几乎没太大的问题。

陈虎在甜茶馆里坐了好久,才牵着拉佳狄马回到了旅馆。

第二天,陈虎按约又来到了那家藏獒养殖场。

到了后,他很顺利就找到上次那个人。那人一看他,很热情地又给拉佳狄马检查了一下,然后说,没问题,现在状况非常好,我们马上把我们这里最好的那条公藏獒牵过来吧。

陈虎很开心,说,谢谢旦增拉了。来之前,热旦就给他说了这养殖场的老板叫旦增。

旦增却说,说什么的,只是配种嘛,而且你也是要付钱的,大家做生意,所以也不用谢啊,呵呵。

你这么大规模才是做生意呢,我这算什么啊。陈虎的脸都有点红了。旦增却顾不得和他说什么,只是忙着招呼他的员工,说,你们快点啊,把灰灰儿快点牵过来啊!

灰灰儿?陈虎没听明白。

哦,灰灰儿就是我们这里最好的那条公獒。旦增回头对陈虎解释说。

一会儿,一条藏獒被牵了过来。

那条藏獒毛色油光滑亮,那双黑黑的、圆圆的眼睛一看就很有侵略性,四条腿不停地在地上刨着地,只两三分钟,地面上就出现了一个不算太小的坑,它的鼻子也一直在往外喷气,似乎对什么东西都保持着高度的警惕性。

陈虎一看那狗,心里就想,这样的藏獒真是太好了,它和拉佳狄马交配,生下的藏獒一定是最好的,自己到时肯定会大赚一笔!一想到这里,陈虎就兴奋。因此,他马上牵着拉佳狄马,让它靠近那条叫灰灰儿的藏獒。

但令陈虎和旦增都没想到的事情是,拉佳狄马一见灰灰儿,它竟然猛力往后靠,而且,它的身子也倒了过来,似乎是想要逃离!

陈虎吃了一惊,不知道这是怎么回事。他用力扯拴着拉佳狄马脖子的绳子,但拉佳狄马却还是不管不顾,还是不肯过去。陈列大感意外,连忙问旦增这是怎么回事。

旦增也不明所以,他惊讶地冲陈虎说,这种情况我也没见过啊,这是怎么了?他见拉佳狄马不愿意过来,就只好牵着灰灰儿,试图让它主动靠近拉佳狄马。灰灰儿倒是非常愿意,一看拉佳狄马就很兴奋,可是就当它快要靠近拉佳狄马并试图有所动作时,让人意想不到的一幕出现了!只见拉佳狄马猛地回头,一口咬住了灰灰儿身体一部分!灰灰儿可能完全没想到这一点,它发出了一声凄厉的惨叫,自己也调转嘴巴,一口向拉佳狄马咬过去!几乎也是在一瞬间,它的那张大口就咬在了拉佳狄马的身上!两条藏獒同时毛发纷飞、鲜血淋漓!

陈虎和旦增都惊呆了,两人反应过来后才发觉大事不好,都奋力上前,用最大的力气将两条纠缠在一起的藏獒分开!

两条藏獒被分开后,居然还张着嘴,对着对方咆哮,特别是拉佳狄马,更是毫不留情地在灰灰儿面前大声吼着,似乎在传达着一个坚定不移的信息:只要你敢再靠近我,就会对你不客气!

旦增连忙让员工把灰灰儿带了下去包扎伤口。

灰灰儿走开之后,拉佳狄马终于安静了一点。它用舌头舔着自己身上的伤口,虽然那里鲜血直流,但却毫不在意,甚至还一副怡然自得,显得很轻松的样子!

旦增看着拉佳狄马,半天才回过神来,对陈虎说,你……他迟疑了半天,都不知道该说什么,最后终于说出了一句话,问,你这藏獒是怎么了?这不是来砸我的场吗?

我也不知道啊。陈虎也惊疑地说,我从来没看到过它这样啊。

没看过?旦增怀疑地看着陈虎,问,那这条藏獒以前交配过没有?

交配过啊。陈虎如实地回答,去年还生过一胎呢。

生过一胎?那它现在怎么会这样?旦增很恼火地说。

这……陈虎小心地说,那……是不是换一条藏獒?

换一条？换一条咬死了，那我岂不是亏惨了？旦增一口拒绝了陈虎。

那你看我这么老远的来一趟也不容易，你也不能就这么让我回去了啊。陈虎连忙掏出身上准备好的钱，说，那这么办你看行不，我先把配种费给你，然后你再换几条藏獒试试？如果实在不行，这配种费也不用你还了。

这……旦增看陈虎手里拿着的钱，迟疑了一下，没有接，却还是松了口，说，这样吧，我再试试。说完，他就叫员工再选几条公藏獒出来。

在等新的藏獒时，旦增看着陈虎，用很奇怪的眼神看着他，然后说，你这个人可真有意思。

有意思？陈虎不明白旦增在说什么。

你的藏獒现在都还在流着血呢，你都不管，却还是要急着为它配种？旦增的语气里明显有一种讥讽成分。

陈虎一听脸就红了，心里却无比生气，想，这关你屁事！但因为有事求别人，嘴上却还是不得不说，没事，我看了伤势也不严重，等配完种了再回去给它包扎吧。

算了，我看还是我帮你一下吧。旦增说完，又让自己的员工去拿了一些纱布药水出来，递给陈虎。陈虎尴尬地接过，然后简单地给拉佳狄马处理了一下。

伤口处理完后，新的藏獒也牵过来了。因了上次的教训，这次再不敢直接把两条獒凑在一起，都是试探性地让它们靠近。但拉佳狄马虽然受了伤，却还是表现得像刚才一样，只要公藏獒一靠近它，马上就摆出一副气势汹汹的样子，让试图靠近它的公獒吓得直往后退。连续试了好几条，可都没能成功。最后，旦增只好叹了一口气，说，这事倒真的邪门了啊！

旦增叹气的时候，陈虎已经目瞪口呆了。陈虎实在是怎么都想不通，一条藏獒，难不成发情的时候还要挑对象？

看陈虎那表情，旦增竟然"扑哧"一声笑了，说，兄弟，看你的样子，也是真没经历过这种事啦，告诉你，我这养殖场开办了这么久了，里面的公獒也不知道为多少母獒配过种，我也是第一次遇见这种事情呢。周围养殖场的员工也都惊奇地看着拉佳狄马，脸上的表情有的是惊讶，有的是好笑。总之一句话，他们都觉得这事太不可思议了。

陈虎好久都没说出话来。时间久了，才沮丧地说，难不成就真的白跑一趟了？

　　旦增似乎是不想伤他的心，说，这样吧，反正经我判断，你这条藏獒这次发情的时间还有几天，那你过两天再把它带来试试？我这次也是看你这么老远的跑来不容易，冒险多给你一次机会，换了别人，我肯定不会这样了。

　　旦增的话让陈虎从失望中看到了一丝希望，他连忙感谢地说，好的，好的，过两天我一定再把它带过来！

　　陈虎牵着拉佳狄马回到了旅馆。一回旅馆，他就气不打一处来。他真想狠狠把拉佳狄马揍一顿，以解心中之气。但一进旅馆房间，拉佳狄马就跑到房角，然后蹲下，再张开嘴，伸出舌头轻轻地舔着自己身上的那些伤口，舌头在伤口上翻动着，那可怜兮兮的样子竟然也让陈虎不由得叹了一口气，暂时强制压抑住了自己想揍它的冲动，只好无可奈何地坐在一边，一个人生着闷气。

　　在旅馆里面闭门不出待了一天，第二天陈虎终于还是忍不住了，他牵着拉佳狄马到大街上闲逛，却在无意之中，又到了王新的虫草店门前。

　　看到虫草店的招牌，陈虎竟有点伤感。也不知是出于什么心理，他竟然带着拉佳狄马走进了店里面。一进去，他发现这店子可真是大，里面的员工也有十好几位，顾客更是川流不息，一看上去就是经营得非常好的样子。这情景让陈虎突然之间产生了一种强烈的落差感，有了一种恍如隔世的感觉，一下子发起呆来。

　　就在陈虎发呆的同时，一个女店员上前，对他说，先生，请问你要买虫草吗？陈虎没有反应过来。那店员继续有礼貌地问，先生，请问你要买虫草吗？不过这次却加重了语气。陈虎这才回过神来，连忙说，不是，不是，我就是进来看看！

　　那请你随便，如果有什么需要请随时吩咐我们！那女店员非常的客气，这让陈虎感觉到了一种不习惯。要知道，现在全国开放还没多少年，在诸如成都这样的大城市很多人都还处于计划经济体制的氛围里面，认为卖东西的人才是上帝，而顾客不过是来乞讨自己要东西的人而已。但陈虎现在居然在拉萨这么一个边地城市里享受到了这种"顾客是上帝"的待遇，这委实让他感到意外。

陈虎正在感叹着女店员的优质服务时，一个人突然在他的肩膀上拍了一下。他一回头，却看到旦增正笑吟吟地站在他的面前。

他看着旦增，说，哦，你也在这里啊，旦增拉。

旦增冲他点点头，然后转过身，对正围在他身边的一干人说，我给你们说的那事，现在可有证人了啊。

有一个人冲他说，不会这么巧合吧，刚讲到这里，就有人来证明了？

旦增却一把拉过陈虎，让他站在这一干人中间，说，你给他们说说，昨天是不是你的这条母獒不愿意和我们养殖场的公獒交配？他指着陈虎，还指着陈虎手里牵着的拉佳狄马。

所有人眼光都望向了陈虎和拉佳狄马。陈虎没想到旦增居然把这事当成笑话在大众面前讲，也有点不好意思，只好尴尬地冲大家点了点头，甚至还大度地指着拉佳狄马说，就是啊，它就是事件的主人公呢！

围观的人都立马发出了一阵哄堂大笑，有的人看着拉佳狄马，肚子都笑疼了，甚至手不得不捂住肚子，蹲在了地上。藏民族是一个在生活中很快乐的民族，他们中的任何一个人都很容易因周围的事情而欢笑。在陈虎的眼里，他从小就接触到了这些欢畅淋漓的笑，所以并不感到意外。而且他也知道这事就是不放在拉萨而放在全国甚至全世界的任何地方，大家都会觉得不可思议而引发笑点的。

有人对陈虎说，没想到啊，原来这藏獒也有拒绝这事的时候啊。有人问陈虎，这獒究竟是怎么了，不会是得了什么病吧？还有人开玩笑地说，这事本身就太有意思了，拉佳狄马不会是已经和哪条公獒私定终身而再也看不上其他的獒了吧？

陈虎苦笑着，看大家那快乐劲儿，表面上不得不陪着大家欢乐，心里却恨不得当即就踹拉佳狄马几脚。

正笑着，王新却从店子外面走了进来。她一看到陈虎，明显怔了一下，想退出去，一个人却已经抓住了她，说，老板娘，刚才旦增老板说的事不知道你听说没有啊？

老板娘？老板？陈虎心里一动。他马上看着王新和旦增，特别是想看王新反应。

什么事啊？我怎么知道？王新不自然地说。

怎么会不知道呢？我们旦增老板昨天晚上没在枕头边给你说他养殖场藏獒的那事啊！那人继续调笑着说。

枕头边？陈虎看着王新已经扭过了脸，往里面走了。

那人却一把拉住了王新，说，老板娘，你和我们旦增老板都这么多年的老夫老妻了，还有什么不好意思的啊。

他给你们说了就行了啊。王新似乎一点都不愿意多讲，只想离开这里，到别处去。

王新，你回来了啊。陈虎却主动走上前，和她打着招呼。

王新见陈虎突然走了过来，一怔，但不好说什么，只能正面对着他，眼睛却看着别处，说，是啊。

你们认识？旦增在旁边问。

是啊，我是……陈虎刚想说，可他的话还没说完，王新就抢过了话头，说，是啊，这是我老家的一个远房表哥！

表哥？陈虎和旦增都惊讶了。特别是陈虎，嘴巴都大了。

是啊，是我的一个远房表哥。王新对旦增说。

可我以前怎么没听你说过呢。旦增疑惑地问，脸上的表情因了突然多出来的这个表哥而看起来让人捉摸不定。

我也没想到会突然遇到他啊。王新说，说到这里，她转过头，对陈虎说，是吧，表哥，我们都没想到会突然见到吧？

陈虎真不知道说什么，他现在真恨不得找个地缝钻进去。王新却还这么问他，一问，反而让他蒙了，不知如何回答，最后，只得含含糊糊地先点了点头，后来又摇了摇头，他自己根本不知道要说什么才好。

旦增却一下子就释怀了，说，没想到你原来是王新的表哥啊，那你是她的表哥，就是我的表哥呢！说完，一步上前，拥住了陈虎。旦增的身体很胖，胖得当他一把把陈虎抱住的时候，让陈虎都有点喘不过气来。

就这样，陈虎稀里糊涂地就成了王新和旦增的表哥。

认了表哥，旦增的热情劲立刻就上来了。他马上问陈虎现在住在哪里，一听陈虎居然住在旅馆里，就不干了，要陈虎马上搬到他家里面去住。陈虎很尴尬，都不知道怎么回答旦增，幸好王新上前解了围，说他这个表哥不喜欢热闹，就喜欢住旅馆。旦增听了，说怎么会有人不住自家却愿意住旅馆呢,还是强烈要求陈虎搬到他家里去住。后来陈虎只好说,他自己的确是不喜欢人太多了的地方,一个人住旅馆安静,这样旦增才罢休。

可旦增马上又说晚上要请表哥好好吃一顿饭。陈虎想拒绝,但看王新站在一边,既不说话,也没任何表情,反倒一下子横下了心来,想,不就吃个饭吗?去就去呗!

晚上在餐厅,旦增一直和陈虎唠着话,对陈虎这个突然多出来的表哥,异常热情。反倒是陈虎,有点不知所措。突然间就这么面对面和曾经的王吖坐在一起,而且她的身边还有一个与她"老板娘"身份相匹配的"老板",陈虎心里五味杂陈,甚至完全不知道是什么滋味。

可能是看陈虎有点拘束,旦增反而更是热情,他一杯一杯地给陈虎倒着酒,再一杯一杯地和陈虎干。陈虎从小在高原上长大的,身体早已经习惯了这边的环境,所以虽然前两天还有一点高原反应,但现在是一点问题都没有了,所以,他两杯酒下肚,性情也一下子就被旦增给点燃了,也一杯杯和旦增喝,到最后,竟然主动找旦增喝了起来。酒一喝多,人也就放开了,话也当然就多了。

陈虎对旦增说,你不知道,我可真没想到居然在拉萨能见到她啊。陈虎指着王新。

是啊,旦增附和着说,我听她说过,说老家已经没有任何亲戚了,所以今天一听她说你是她表哥,我还有点怀疑呢。但后来听说是远房的,才觉得这也正常,一个人也不可能就那么无亲无故地来到了这个世界,她怎么也得有些三亲四戚吧,呵呵。

可是我和她的亲戚关系并不是隔得很远呢。陈虎的舌头都喝得有点大了。

陈虎正说到这里,感觉自己的腿肚子好像被什么踢了一下。他开始没在意,继续和旦增说,我和她其实很近,近得可以让你惊讶呢……陈虎突然觉得自己的腿肚子被狠狠地踹了一下,比刚才劲大多了。他一愣,一下子反应了过来。虽然酒喝多了,但也还知道自己在说什么,所以马上住了嘴。

惊讶?有什么惊讶的呢?旦增好像也喝多了。

我们小时候……陈虎一下子不知道说什么好,只能现在现编理由,说,我们小时候天天在一起打猪草,都不知道有多好呢。

199

这个我知道！旦增说，王新给我说过，说你们四川农村都要找猪草呢，还说为了找一背篓猪草，有可能跑好几里地甚至更远。

是啊。陈虎说。

这天晚上陈虎回旅馆时，旦增对他说，你放心，配种的事，我一定想办法！如果到时实在没办法了，我本人送你一条！

配种？一直在旁边不怎么说话的王新惊讶地问，什么配种？

表哥的事情你都不知道啊？旦增都醉得有点东倒西歪，几乎站都站不稳了，说，表哥来拉萨要给它……说到这里，他指着陈虎一直随身牵着的拉佳狄马，说，要给它配种呢，昨天晚上我给你说的那个好笑的事情，主角不就是它吗？旦增呵呵笑着。

哦，是的，是的，我知道表哥是带它来配种的，他早就给我说过了！王新连忙点头，并示意陈虎快点离开。

陈虎不得不转身进了旅馆，却听到旦增在后面说，你这个人是怎么了啊，自己表哥的事情都不放在心上？虽然说是远房的，但毕竟也算你亲戚嘛。你不是说自己一个亲戚都没有了嘛，现在好不容易找到一个，而且还是在拉萨找到的，要多关心人家嘛。旦增明显语无伦次了。陈虎知道，喝醉了的人都是这样。因此他快步走进旅馆，上楼梯，找到自己的房间，快速打开门，再一脚把门踢来关上，再"砰"一声跳上床，一把抓过床上的被子，将自己的整个脸都深深地埋在了被子最深处。

那天晚上，拉佳狄马一直安静地待在房间里，既没有折腾，也没有睡觉。不过整个旅馆的人都听到在某个楼层里，断断续续地传出了一声声似呜咽、又似悲鸣的嚎叫。那声音真是太奇怪了，奇怪得让人听了都不寒而栗，特别是胆小的人，听了更是吓得瑟瑟发抖，有人更是一夜无眠。第二天早上，就有人指着陈虎的背影对旅馆老板说，那人昨天晚上带来的藏獒可奇怪了，都不知道是得了什么病，就那么吵了一宿！旅馆老板也装作不知道的样子说，是吗？可能是你做梦时听到了什么了吧？旅馆老板反正也不愿意得罪人，在他的价值标准中，只要有人掏钱住自己这里就行了。

第二天，陈虎却精神抖擞地找到了旦增。旦增马上把他迎进了养殖场，并信誓旦旦地对陈虎说，他这次可是想了办法来让拉佳狄马一定交配成功！陈虎有点意外，问他想到了什么，旦增却笑笑，马上叫了一个人进来。这个人穿着白大褂,一看就是农场里面的兽医。他一进来,旦增就给他介绍了拉佳狄马的情况。白大褂看了看拉佳狄马,也很有信心地说,没问题,它现在本来就正处于发情期,我们现在再给它添点猛的,它肯定就会乖乖地干那事了,说不定到时我们不让它干,它还会忍不住主动干呢!那兽医似乎是见惯了这种司空见惯的事情,说得兴起,竟然开起了"荤"玩笑。

旦增也哈哈笑了起来,说,到时它忍不住了,如果要找你,你可就麻烦了哟。

看他们都笑得那么开心,陈虎却还是不知道这究竟是怎么回事。直到看那白大褂拿了一个很粗大的针管,再添了好些药剂进去,才明白过来,问,你们是要给它打催情剂?

是啊,旦增说,这样它肯定就会老老实实的了。

果然,在白大褂给拉佳狄马打了一针过后不到十分钟,拉佳狄马就已经表现出了一种与平常不一样的状态,与它前几天在养殖场的表现也完全不一样。后来,当一条高大威猛的漂亮的公獒出现在拉佳狄马的面前时,拉佳狄马一点都没表示拒绝。

就这样,拉佳狄马的交配顺利完成。

配种完成后,旦增对陈虎说,最好先等几天,过两天再来配一次,这样可以确保母獒能受孕成功。陈虎有点尴尬地问,那再配一次是不是还需要再掏一次钱?旦增哈哈笑了,说,你把我当什么人了啊,我们可是亲戚呢。

回到旅馆后陈虎却是坐立不安,他不知道自己是怎么了,反正觉得自己的大脑里面似乎有一根什么棍子在搅动着他的神经,让他有点神情恍惚。陈虎想自己本来也静不下心来,那不如到外面走走。不知不觉间,竟然就到了大昭寺门口。那里有很多人在寺门口朝拜,陈虎看大昭寺门口左边,有人闭着眼,伸着一只只有一个指头指着正前方的手,正往墙的方向走。陈虎知道那是当地的一个风俗,因为墙上有一个小洞,如果闭着眼往那方向走,伸着的那个手指刚好落在墙上的洞里,那这人今后就会得到佛祖的保佑。陈虎从来是不信这些的。在陈虎的潜意识里,他什么都不信,即使信,也只信自己,他认为自己就是最好的上帝,就是最好的佛祖。但因为现在心情烦躁,陈虎突然不知道哪根筋搭错了,居然也走上前,像别人那样闭了眼,伸着一个指头,往前走。

可让陈虎没想到的是,刚走了不久,陈虎突然觉得自己的手指似乎撞上了什么硬物,然后手指就一阵剧痛袭来。他猛地睁开了眼,一看,自己在不知不觉中已经一指戳到了墙上。因为完全没想到会这么快,所以没收住往前走的那股冲劲,这样手指头就重重地戳到了墙上!陈虎当即痛得龇牙咧嘴,脸上的肌肉都扭曲了。

几个在旁边看着他的小孩子都发出了一阵毫无顾忌的嬉笑。这嬉笑本没有什么,却让陈虎心里特别不爽。他知道自己的手指没戳到指洞里面,所以简单地揉了一下手,又走回了刚才的地方,再闭上眼,伸出那只还在痛的手指,再往前走。这次,陈虎知道自己不能太急,而是减缓了速度,慢慢往前走。但毕竟是闭着眼睛,也就没有睁开眼时行路的那种从容,所以,当他感觉自己的手再戳到墙上的时候,手指还是因为碰撞而再次有一种疼痛感袭来。陈虎还未睁开眼,就听到那几个小孩子笑得更欢了。他知道自己肯定又没戳中指洞,于是看也不看,马上睁开眼转过身,再次重来,也顾不上自己的手指还在痛了。

又经过好几次的重复,终于,陈虎感觉自己的手指又碰到了墙上时,他没听到那些小孩子的笑声了。他知道自己已经准确无误地将自己的手指戳中了那个小洞。所以,他得意地睁开了眼,再扭头看了看那几个刚才还在欢笑的小孩子,故意将自己的手指在那小洞里停留了好几分钟时间,就那么站在那里一动也不动。最后,那几个小孩子都觉得无趣了,有一个小孩子还挑起嘴角,说,你把你那手指老放在洞里面干吗啊?陈虎骄傲地冲那小孩子笑了笑,却一句话也不说,似乎他和这些小孩子说话都有点辱没了自己的身份。那小孩子无趣地咕哝了一句,说,这人神经病啊!然后就和一群小孩子走了。

陈虎却觉得自己好像干了一件天大的事情一样。他牵着拉佳狄马,昂首挺胸地在拉萨大街上走着。

但就在第二天早上醒来时,陈虎却发觉自己的一个手指竟然肿了!那个手指就是他前一天不停地用来戳指洞的那个手指!陈虎一下子傻眼了,他看到那个手指胀得比其他任何一个手指都要大得多,甚至一个手指就有其他两个那么大!最让陈虎胆战心惊的是,那手指竟然变得红红的,像一根透明的红萝卜,他轻轻一动,都会传来一阵剧痛!陈虎知道自己弄了一件傻事,他连忙跑到最近的一家小诊所,让医生看看。

医生一看他那个手指,也吓了一跳。他问陈虎是怎么回事,陈虎也不好意思给他说是自己摸指洞戳伤的,只说是不小心碰到的。医生给他做了一个详细的检查,然后对他说,最好是到拉萨最好的医院去看看。陈虎一听医生这么说,就直接问,难道你不能治吗?医生被陈虎的这么一句话一下子给僵住了,也不知道究竟是说自己能治还是不能治。如果说能治,好像这伤的确很严重,自己也没十分把握,但如果说不能治,那又显得自己没有水平!想到这里,医生也不再说话,只是拿出一些医疗器具,对陈虎受伤的那个手指进行了消毒,再上了一些药,缠了厚厚的一层纱布,包扎好,就对陈虎说,好了。

陈虎根本没想到因为自己的一句话而让医生内心挣扎了那么久,他还认为医生只是随便问问,等医生把自己的手指处理好,再问了一下医生该有哪些注意事项,他就准备回旅馆。在他走之前,医生对他说过两天再来换药。

第二天,陈虎牵着拉佳狄马再次到了旦增的养殖场。旦增一看他一个手指上缠着纱布,还吓了一跳,问他是怎么了。陈虎也只能对他说了给医生说的那番话,旦增听了却哈哈笑了,说怎么能这么不小心把手指碰了呢。陈虎也不好说什么,只是等着旦增再按前面的程序来给拉佳狄马配种。旦增也没多想,又叫人来给拉佳狄马打了一针,之后拉佳狄马也很快就再次配种成功了。成功后,旦增确定地对陈虎说,这次肯定没问题了,只要你带它回去,到了生产期,它肯定会给你生一大窝真正纯种的藏獒的!旦增在"真正"和"纯种"两个语意重复的词语上都加重了语气,表明他已经完全有信心拉佳狄马能够受孕成功。陈虎内心却有点忐忑,他想问旦增如果拉佳狄马受孕不成功那怎么办?但陈虎又不知道怎么问,觉得如果问了似乎又不太好。

就在这时,王新也到了养殖场。她看到陈虎也在那里,脸上的表情就有点僵化。陈虎知道王新是因为什么原因,所以也就只是向她点了点头。反倒是旦增不乐意了,他直接斥问王新,说怎么见到这么不容易见到的表哥还这样爱理不理的。王新尴尬地说,没有啊,只是自己昨晚没睡好,今天精神不好而已。旦增问,你昨晚怎么又没睡好呢?王新说,还不是因为那些人来查户口,说我是盲流啊!

盲流?一听这话,陈虎的心里动了一下。

⑮

王新对旦增说,昨晚他们又来查户口了,害得我在床底下又躲了一晚上!

在床底下躲了一晚上?旦增一听,明显生气了,说,上次我不是给他们说好了的吗?

谁知道怎么回事呢?王新无奈地说,他们老说是上面安排的任务,要不定期地查。王新说着这话,一脸忧郁。

那我再找他们谈谈,我就不信了,一个街道办事处的老太婆我还搞不定了!旦增说。

旦增刚说到这里,突然看到王新似乎在对他眨眼睛,他疑惑地问,你怎么了,眼睛老在跳,不舒服吗?

王新连忙用手捂住自己的眼睛,转过身去,说,没事,可能进了点沙子什么的。

旦增笑了,说,你啊你,在表哥面前还有什么隐瞒的呢。王新大窘,脸上明显生气了。旦增连忙转移了话题,说,表哥的藏獒配种成功,他也快回去了,今晚我们再请表哥吃一顿饭吧。

陈虎连忙说不用了,但旦增却怎么都不同意。

就这样,晚上旦增又请陈虎到拉萨最好的饭店吃了一顿,不过晚上王新没有来,说是临时有事。陈虎知道王新在躲着自己。他也不介意,现在对他来说,拉佳狄马是否受孕才是最重要的,其他的什么事情他都没放在心上。席间喝了不少酒。喝酒时旦增叹了一口气,说,我和王新这么多年了,可就有一件事没办法。

没办法?陈虎通过这几天的了解,知道旦增已经是"先富起来的那一批人"了,在整个拉萨都是很闻名的角色,似乎很多拉萨人都会给他面子。所以一听他说这样的话,陈虎也有点不明白。

是啊,真的是没办法。旦增叹了一口气,说,我和王新认识了这么久了,虽然别人都叫她嫂子,可是……

可是什么?陈虎不由自主地追问。

可是我们一直没结婚啊。旦增再叹了一口气。

没结婚?陈虎不知道该怎么问,只好重复说了一遍旦增的话。其实他自己的心里已经有底了。

我和王新的认识其实很偶然,就是有一次我到四川去做一单生意,然后很巧合地救了她一次,不是,应该说是我救了她一命,之后我们就认识了。虽然陈虎没问,但喝多了酒的旦增却主动开始叙述他自己与王新是怎么相识的。

陈虎却不愿意了解这些。他知道,一旦听到旦增和王新相识的详细情节,会让自己处于极端尴尬的境地的。因此他连忙岔开话题,说,你既然救了王新,而且你们也合得来,那为什么还不结婚呢?

结婚?旦增猛地端起杯子,"砰"地与陈虎的杯子碰了一下,再猛地喝了一口,说,结什么婚啊,她又没户口,那怎么结啊?!

没户口?陈虎继续追问。他内心当然清楚这是怎么回事,却还是装糊涂。

是啊,王新说她自己一直都是一个人,到处流浪着的,从来就没什么户口!旦增说。

你信?陈虎问旦增。

当然不信啦!她都说她从小是在四川一个光……光什么村?

光芒村。

是啊,就是这个名字!她在那个什么光芒村长大的嘛,怎么会没有户口呢!旦增郁闷地说,但我知道她肯定有什么难言之隐才这么做的,否则像她这么好的一个人,怎么会骗我呢?

哦,那你准备怎么办?陈虎说。

所以我请你今晚喝酒嘛。旦增说,我那天一听说你是王新老家的表哥,一下子就心里有底了,我一定要向你问清楚这事呢。

陈虎内心暗暗笑了,他想,原来旦增有事求自己啊。他知道,自己可能有机会了。

那你想问什么呢?陈虎装作不懂。

就是想问王新在光芒村到底有户口没有嘛。旦增说,本来我自己想直接到你们光芒村去一趟,把她的户口迁过来就行了,但王新就是不同意,而且后来即使生意上有什么事需要和四川那边联系,她都不允许我亲自去了,而是派其他人去。你自己也看出来了,这个老婆……哦……虽然只是我认为的老婆,还不是法律意义上的老婆……但只要她说的,我都从来没反对过……旦增说着这话,完全没有一些男人的那种尴尬,倒是一脸幸福状。

可是,她户口的情况我真的不清楚啊。陈虎想了很久,终于从嘴中蹦出了这么一句话。

不会吧?你也不清楚?旦增惊讶地看着他,问,你不是王新的表哥吗?

虽然是表哥,不过我们只是远房亲戚啊,平时就来往得很少的。陈虎说起谎来早就已经能做到面不改色心不跳了。

哦,这倒是,你们是远房亲戚,那天听王新说过的。旦增有点失望,颓然放下了酒杯,不知道说什么好。

可是……陈虎只说了两个字,故意顿了下来。

可是什么?旦增连忙追问。

可是我可以回光芒村去帮你查查啊,我这不是马上就要回去了么?陈虎说。

是啊,我怎么连这么简单的事情都没想到呢?旦增恍然大悟,伸出手拍了拍自己的前额,说,眼前有一个亲戚在这里,我居然都这么笨啊。

陈虎却还是装作很为难的样子,说,可是有些事是不好办的啊。

这还不好办吗?旦增一伸手,从自己随身带的一个包里掏出了一个信封,"啪"的一声拍在陈虎的面前,说,表哥,我知道很多事情你也是要去疏通的,所以,我已经给你准备好了,你拿着,该怎么用就怎么用,不够的话再说!

那信封鼓鼓的,一看就知道里面的钱肯定不少。陈虎连忙笑容可掬地说,放心吧,旦增拉,你的事就是我的事啊,谁叫我们是亲戚呢,我这次尽快回去,只要一到家,就马上给你办。

那我就放心了!旦增说,如果一有结果,你马上就给我打这个电话。说着话,旦增写了一个号码给陈虎。

陈虎接过,看了看,说,你们都安了电话了啊?要知道,虽然已经改革开放了,但一般一家当时根本就不可能有电话的。所以,陈虎装作为难的样子,说,可是我们整个村现在都还没有一个电话啊,那我怎么给你打呢?

村里没有,就到乡里去打嘛。旦增说。

这倒是,这倒是。陈虎装作恍然大悟的样子。

如果电话实在不方便,也可以写信啊。旦增继续说。

陈虎连连点头。旦增这么啰唆的一句句叮嘱,他已然内心窃喜。他知道,不仅是王新,就是旦增,也已经逃不出他的手掌心了。

第二天,陈虎到了王新的虫草店。他知道现在旦增肯定不在店里。

一进店,王新就看到了陈虎。她脸色很不自然,但还是一把拉住陈虎,到了店子外面一个空旷处,也不转弯抹角,直接说,你怎么还不走?

走?陈虎装作没听懂,说,我往哪里走啊?

哪里?回光芒啊!王新说,你是不是买不到票,如果是这样,我帮你买?

陈虎看王新的表情,知道她肯定是不想再看自己待在这里,就说,你就这么不想再看到我啊?再怎么说,我们两个也是好多年没见过面了呢。

这我不管!王新急匆匆地说,那就这样说好了,我马上去帮你买票,你快点离开拉萨!

可是我们毕竟是夫妻呢。陈虎皮笑肉不笑地对王新说。

夫妻?王新没想到陈虎会这么单刀直入地来了这么一句话,她愣了一下,几秒钟后就回过了神来,说,你少给我说这些了,你什么时候把我当过你老婆?你什么都不要说了,还是快点回去,我一分钟都不想多看你了!

可是我还想再多看你一会儿呢。陈虎看王新越来越急,反而觉得越来越有意思。他知道,现在的王新已经成了一条鱼,一条可以任由他玩弄的鱼。在王新面前,他从来都有一种强烈的优越感,即使前段时间刚重新与王新见面时发现她竟然成为了老板而心里有过那么一点挫败,但现在陈虎的心态已经完全调整过来了。他觉得自己在王新面前,始终都是一个强者,一个让王新无可奈何的强者。

你究竟想怎么样?王新看着陈虎,泪扑扑地掉了下来,说,你已经毁过我一次了,难道还想再毁我一次?陈虎,你还是个人吗?!

我想怎么样?陈虎反而越来越镇静了,他看着王新的状态,感觉自己已经又一次胜券在握。他慢条斯理地说,你知道,我一直有一个梦想,那个梦想已经在我的心里整整埋藏了好几十年!

好几十年?王新愣住了,你想怎么样?

我那梦想,就是哪天我能离开光芒,离开那个穷得连裤子都没得穿的地方,离开那些我一看就不顺眼的黄泥巴、烂泥巴!陈虎一想起光芒村,他心里就异常窝火,情绪也激动了起来。

你还是一点都没变!王新看着陈虎,摇了摇头,说,可是,我也没本事把你从农村人变成城里人,我自己现在都还是农村人呢。

你有办法的。陈虎还是很快就平静下来。在一个他认为可以完全掌控的女人面前,他觉得没必要太隐藏自己的另外一面。他静静地看着王新。他觉得现在手里有底牌,所以也不急。

我?王新疑惑地看着陈虎,说,我有什么办法?

你那么多虫草,想要改变我的身份有什么难的呢?陈虎还是那么漫不经心地说话,甚至在说话时还把眼睛看着别处。

你这是什么意思?你想敲诈我?王新似乎一下子明白了。

这不算敲诈吧?陈虎还是看都不看王新,甚至把人都转过去了,背对着王新,说,我可听旦增养殖场里的那些人叫你嫂子呢。

这……王新一下子语塞。

你不会忘了,我们还没有办过离婚手续吧?陈虎终于转过身,斜眉吊眼地看着王新。

那你究竟想怎么样?!王新一听陈虎的话,全身一下子就战栗了起来,话都带着哭音,说,陈虎,你还真想再毁我一次啊!

你自己看吧。陈虎说着,拿出了旦增写给他的那个电话号码,在王新的眼睛前晃了一晃,说,这字迹你应该知道是谁的吧?这电话号码你也知道是谁的吧?

王新目瞪口呆地看着陈虎,呼吸都急促了起来!

人家是一门心思想和你结婚,而你还没有与别人离婚,就已经接受了"嫂子"这个称呼,你看,你是多么喜欢"嫂子"这个身份啊。陈虎语气中带着一种不屑,他知道面前这个女人已经只能再次任由自己摆布了。

可是,你想进城,也不一定要虫草啊!王新几乎在哀求陈虎了。

是啊,是不一定要虫草啊,虫草其实也不过就是一种比较能换钱的东西而已。陈虎缓缓地说话,似乎他现在正是一个法官,他正面对着一个罪犯。罪犯在法官面前从来都是害怕的,都是急迫的,而法官在罪犯面前则永远都是那么镇定而文雅的。陈虎很享受这种状态,而且他已经越来越享受这种状态了。

陈虎,你……你……你真越来越不是人了!王新说这话时,面色苍白。

我是不是人,这个是不需要我来关心的,我只关心我以后能不能过得好。陈虎阴笑着说,你现在应该关心的,是旦增在请我回去查你的户口问题呢。

我知道你想怎么样了!王新咬了咬牙,似乎痛下了决心,说,你放心,我明天会把车票和你想要的东西一起送来的!

其实我以后的生活过好了,洛洛也会过得好,这你有什么不愿意的呢。陈虎突然有点良心发现,居然也试图安慰一下王新。

你别猫哭耗子,假装好人了!王新的泪已经一泻千里,但她忍住了哭声。看得出,现在的王新,已经不再是当初那个被陈虎赶出家门时哭得撕心裂肺的王吽了。现在的王新,虽然正面对着眼前这个她恨不得一刀捅死的男人,而且这个男人还在千方百计地敲诈她、威胁她,但她都能强忍着不发出一点声音。虽然她的脸上那些滚烫的泪珠终是暴露出了她的心迹,不过现在的她,却与以前的她,是完全不同的两个人了。

这天晚上回到旅馆陈虎才想起自己还没有去诊所给那个受伤的手指换药,但他已经完全不把那个手指的事情放在心上了,反而觉得自己的心情真是无比的舒畅。他看着正安静地趴在一边的拉佳狄马,不由得有点控制不住地用那只受了伤的手指戳了戳它的头部,说,小家伙,你他妈跟着我,以后可真是有福享了啊!当然,他知道他的手指已经受伤了,所以,也只是象征性地在拉佳狄马的头上点了点而已。拉佳狄马却抬起头,眼睛中透露出了一种无辜的神情,似乎是害怕陈虎突然揍它。陈虎却轻轻摸着它的头,说,你啊,害怕什么呢,老子现在心情可好呢!

这晚上陈虎睡得很安稳,在梦中,他甚至已经觉得自己不再是光芒村那个地方的泥腿子了,他的脚上也穿上了锃亮的皮鞋,他的脖子上,甚至还打了一条他只是在电影里看到过的领带。那是条红色的领带,上面有些小斑点。陈虎觉得自己戴这样的领带真是太合适不过了。

第二天早上,陈虎还没有醒,就被一阵急促的敲门声敲醒了。他睡眼惺忪地起了床。一开门,却看到门外站的是王新。

这么早干吗?陈虎感觉完全没睡醒。昨晚的梦境实在是太逼真了,他都不愿意醒来。

王新没说话,只是递给了他一张票。陈虎一看,是回四川的车票。他接了过来,惊讶地说,不会吧,你买的居然是一个小时后的票?

是啊,王新面无表情地说,我看你还是马上就收拾,马上就走吧。

你就这么不想在这里见到我?陈虎头脑清醒了过来。

别说了,快收拾吧。王新一步跨了进来,找到陈虎提的那个包,开始帮他装东西。

可是……陈虎看着正在收拾东西的王新,说,你就让我这样走啊?

王新一怔,看了看陈虎,陈虎直勾勾地盯着她。她连忙拿手紧了紧自己的衣服,说,你不这样走,还想咋样?我可给你说,我们虽然没离婚,但已经早就不是夫妻了!

你算了吧,那么多年前我就对你没什么兴趣,你认为我现在对你还有那方面的兴趣啊。陈虎撇了撇嘴,说,我只是想说,你不是说好要带点东西给我吗?

哦,这个你放心,我带来了的。王新拍了拍她身上背着的一个包,说,不过给你之前,你还要答应我一个条件。

什么条件?陈虎问。

王新已经把陈虎的东西收拾完了,她拉着陈虎的箱子,说,你先去退房吧,房退了我再说。

你还真是害怕我不走了啊?陈虎看着王新,摇了摇头,但他觉得自己已经用不着和王新计较什么了,因为王新的一切现在都紧紧地攥在了他手里,肯定是不敢对他耍什么花样的。所以,他几乎只用了几分钟就下去退了房,然后再上来。

他看着王新,问她究竟要什么条件。

王新却指着她手里刚拿出来的一个信封,直截了当地问陈虎,说,这么多你愿意了吧?陈虎一看就知道里面装着的一定是钱,而且从封口看,那一叠钱不算少,比旦增昨天晚上给的肯定要多。他没说什么话,只是伸过手,要拿那信封。

王新却将手缩了回去,沉默了一下,又说,你回去后,如果愿意给我开一个离婚证明的话,那我准备再给你这么多!

离婚证明?陈虎看着王新,没想到王新提出了这个要求,他自己竟然还真的没有想到过这事,他只认为自己现在已经掌握到了旦增和王新两个人最致命的弱点,但没想到王新居然想把这弱点快速抹去。这弱点一旦抹去,那自己以后还怎么摆布他们?

想那么多干什么啊,以后的事情以后再说。陈虎说,还是伸手要拿那信封。

如果你不答应,那这钱你也得不到!王新的语气很坚决,她将信封紧紧攥在手里,似乎完全有和陈虎决一死战的气势。

那……那行吧。想着还有这么多钱,陈虎也顾不上这么多了,连忙一口答应了下来,但又对王新说,不过现在要办离婚手续,我一个人可不行啊。

这个我明白,到时我会安排时间回来的。王新说。还有,她又说,你回去后要经常给洛洛拍一些照片,我想看他。说到这里,王新的泪又流了下来。

陈虎看着王新的泪水,说,好吧,只要有时间,我就带洛洛到县城去照相。

王新倒也爽快,陈虎一答应,她立即把信封给了他,然后就一起往车站赶。

一路上两人谁也不说话,此时天还未亮,拉萨大街上根本还没有什么人,两个人在夜色中就那么静静地走着。王新在前面,陈虎在后面。这两个人完全不像曾经是以夫妻名义生活过那么多年的两个人。任何一个不知道他们关系的人,都会认为这是两个陌生人。

没多久就到了车站。几乎在陈虎刚上车时,车子就发动了。陈虎看到王新一直站在车站的门口抹泪。他当然知道她不是因为舍不得他,而是因为终于看到他走了,她松了一口气了。

陈虎带着拉佳狄马回到光芒村。拉佳狄马的状态很好,陈虎的状态却明显出了问题。这事和他那个手指有关。

离开拉萨那天本来应该去换药的,但因为王新突然让他走,也就没顾上。从拉萨回光芒的路上,陈虎觉得自己那个手指好像也没什么问题了,虽然还有点隐隐的痛感,但他也没太当回事。从旦增和王新那里那么容易就弄到了不少的钱,这让陈虎一直都处于一种异常兴奋的状态之中。直到回到光芒,他才感觉那手指越来越痛。这种痛到后来竟然让他难以忍受了。没办法,他只好到县城一个医院看。医生拆开陈虎手指的纱布,顿时惊呆了。陈虎自己一看,也是吓了一跳!原来,那个手指竟然化脓了,整个手指甚至都溃烂了,他的那个手指已经面目全非了!

陈虎一看手指这个样子,也是吓住了。他连忙问医生怎么办。医生责怪陈虎怎么这么久没有换药,说现在已经非常严重,从目前这个状态来看,这个手指可能已经没办法保住了!

这话让陈虎大为光火。他当时就对医生吼,说,就这么一点点伤,怎么可能保不住呢,难不成还要把这个手指截掉不成!

没成想医生却不温不火地对他说,是啊,你这手指现在如果不截掉,以后可能还会损伤到其他手指甚至整个手掌的!

这话让陈虎一下子害怕了起来。陈虎还从来没有过害怕的感觉。他连忙求医生马上给他动手术。就这样,陈虎到了一趟拉萨,没想到却损失掉了一根手指。因为只有九个手指,后来陈虎有了一个外号在光芒村人中间广为流传,那就是"九指"。这外号让陈虎一听就觉得不舒服。当然,光芒村的大人不会当着他的面叫,但他总会听到一些小孩子这样在背后偷偷地叫自己。

光芒村这段时间又有一件大事发生,那就是新一轮的征地又开始了。这次征地不是上一次热旦他们所在的那家,却也是西藏的单位,而且,这次比上一次安置房征用的土地还多。听说，因为上次热旦他们搞得比较好，西藏的很多单位都看中了光芒村这一块地，所以集中到这里来修自己的职工退休安置房。光芒村本来就与县城毗邻，现在，整个村庄都几乎直接纳入了县城的范围，光芒村很多人都转为了城市户口，成为了他们一直向往的城里人。而热旦承建的第一批安置房已经陆陆续续有退休干部住进来，光芒村这地方慢慢就有了越来越多的西藏退休干部。他们大多因在高原工作的时间太长，紫外线强烈照射，所以肤色都变得黑黝黝的，皮肤也是很粗糙，看着就像是在面部加了一层帆纱布一样，饱经风霜。这些退休人员里面有汉族，也有藏族。陈列和卓玛一看到他们，就觉得无比亲切。卓玛刚来光芒村时，很多光芒村人都觉得这个穿着藏装的女人很奇怪，有人甚至看稀奇一样，天天到陈家来看卓玛，觉得这人怎么穿得那么独特。光芒村人好长一段时间都用一种审视的眼光看着卓玛。这种情况甚至在光芒村持续了好多年。毕竟光芒村一直都是一个封闭的村落，村里人几乎没见过外面的世界，更不知道光芒村以外的地方是一个怎么样的世界，所以对卓玛这样一个有异于本地人的藏族女人感到好奇，也是正常的。而现在因了退休安置房，到这里来的藏族人越来越多，不仅有女人，还有像热旦那样的男人，这样，光芒村人对卓玛也就越来越认同了，甚至觉得像卓玛他们这些来自高原的人没有什么稀奇的了。

　　陈虎看到这些，敏锐地觉得自己的机会真的是来了。他知道光芒村的变化，其实就是自己的机会，所以，他直接注册了一家建筑公司，然后开始承接业务。如他所料，生意竟然越来越好。光芒村几乎整个都被纳入了西藏干部退休安置房的建设之中。这期间，陈虎也到村里开了证明，然后在某一个时间他给王新打了一个电话，王新借故悄悄回了县城一趟。当然，她没有回光芒村，而是就住在县城的旅馆里。陈虎和王新选了某一天到县民政局办了离婚手续。在办离婚手续时，王新还真的又给了陈虎一笔钱。陈虎拿着王新给的钱，看着这个自己以前的妻子，心里真是五味杂陈。他本就不喜欢王新，所以，当王新支付了他这么多"报酬"要和他离婚后，他当然是义无反顾地同意了。王新一再提醒陈虎，要他在旦增面前保密，如果以后再见到旦增，什么都不要提。当然，在王新的心里，最好是陈虎永远都不要再见到旦增了。陈虎其时的生意也做得不错，手里也有了一点钱，所以，也就答应了王新的请求，并说自己尽量不会到西藏去了。不过王新走的时候，她又提出了一个要求，说是要见一下陈洛。

陈虎说，可是洛洛都已经忘了你了啊。陈虎还真的不想让王新见陈洛。这种心理也不知道是怎么回事，对陈虎来说，陈洛已经成为了他自己的一笔私人财产，这个财产只是他自己一个人的，与其他任何人都无关，甚至与和他一起创造了陈洛的亲生母亲都无关。陈虎自己倒没觉得自己这种心理有多难理喻，甚至有多变态，但是他就是觉得王新理所当然地不能见陈洛。所以他对王新说陈洛现在学习很忙，没时间见她。

王新这次是偷偷回来的。因为多年前自己被陈虎赶出家门那件事，她觉得自己已经完全没有脸再出现在村人的面前。她只想就这么悄悄消失于大家的记忆中，再也不让自己在村人的脑海里留下任何记忆。所以，陈虎去办离婚证明时，她曾经一再叮嘱，要陈虎给村长说清楚，让他一定要保密。而陈虎因为还有王新的一笔钱没有拿到手，所以也就给了村长一点钱作为封口费，让他不要说出去。村长没想到开一个离婚证明也能有收入，也就很高兴地同意了。因此，陈虎和王新离婚这事村里几乎没有人知道，当然更没有人知道王新曾经回来过。王新自己也是天天待在旅馆里，几乎没出门，更不敢到光芒村里去了。

但王新对陈洛，却始终是日思夜想。

16

一天傍晚，陈洛放学回家。因为光芒村的地几乎都被征用得差不多了，所以学校也就搬到了县城边的某一个地方，离家相对较远。陈洛现在人也长高了,他的学习也很不错,每天晚上只要一下课,就急着回家做作业。陈洛现在已经是村里最有希望将来考上大学的人了。光芒村这么多年来从来没有出过一个大学生,对光芒村来说,出一个大学生几乎是全村人集体的梦想。

这天陈洛放学后,和往常一样急着回家。天色已渐渐暗了下来,路上的行人都行色匆匆往家里赶。陈洛急急走着,突然,一个人却撞到了他身上。

陈洛的身体被撞得一个踉跄,身体一下子没控制住,往后退了好几步,还差点一屁股坐在了地上。陈洛连忙看了看对面,却见一个用一条纱巾将自己的整个脸都包住,几乎只露出两个眼睛的女人正在慌张地往另一个方向走。陈洛觉得很是奇怪,想问那女人怎么了,但见她似乎也不想理自己,所以,就拍了拍书包上刚沾上的灰尘,往前走。但一个与陈洛同行的同学却上来对陈洛说,这女人真是奇怪啊。

奇怪?不过就是无意中撞了一下嘛,有啥奇怪呢。陈洛随口答道。

听人说这女人这几天都在这条路上转悠呢。那同学说。

转悠?也许人家是有事呢。陈洛说。

可是有人说她在打听你呢。那同学盯着陈洛看。

打听我?陈洛糊涂了。

是啊,有人说这女人这几天只要一见到从我们学校出来的学生,就打听谁是你呢。你自己没听说吗?昨天我回家时,她都拦住我问我谁是陈洛呢。那同学狐疑地看着陈洛。

不会吧?打听我干吗?陈洛完全没有思想准备,问,那你给她说了谁是我了吗?

当时你就在前面,我也顺便指给她看了啊。只是因为你走得太急,我本来想给你说的,可等我和那女人说完,你已经不见踪影了。同学说。

哦,是这样啊。陈洛觉得自己心里有点发毛。他想,自己不会是得罪了哪个人,人家来找他寻仇的吧?少年的心里都有一些武侠情结,都认为会在自己的身上发生很多古怪离奇的事情,在陈洛的心里当然也是这样想的。一想到这里,陈洛的心里就不禁有点害怕。

更奇怪的是,她几乎天天都在问你,见到你,却又不敢上前和你说话!

同学将嘴巴凑近陈洛的耳朵,神秘地说,不会真是有人找你寻仇的吧?

陈洛本来正在这样想,突然听同学也这样说,心里不禁猛然一跳,全身一下子涌上了一股寒意。他连忙抱紧了书包,说,你说什么啊,谁会找我寻仇啊,我又没得罪过什么人! 说完,快步往前跑。

这天陈洛回到家里,心里还在不安。陈列和卓玛见孙子回来时脸色不太对,一直在喘气,连忙关心地问他怎么了,是不是感冒了? 陈洛却说没事,只是刚才在路上跑了一会儿,有点累。之后,陈洛好久才缓过劲来,但一想起那个几乎只露出两个眼睛的女人,他的心里就狂跳不止。

有一个神秘女人天天在跟踪陈洛的事,却在不知不觉间就传遍了陈洛所在的学校。几乎他所有的同学都用一种奇怪的眼神看着他。学生都说,陈洛肯定是得罪了哪个江湖上的"高手",现在人家找了一个"侠女"天天来跟踪他,说不定哪天"侠女"就会对陈洛出手了! 这传言越传越玄乎,到后来在下课后,很多同学都不愿意和陈洛一路回家,害怕惹祸上身。但他们却很有兴趣地跟在离陈洛很远的身后,都期盼着自己能看到江湖"寻仇"那么精彩的一幕上演。

陈洛自己的心里也是越来越没有底,到后来,他一放学,都不敢回家了,就一直在教室里面磨蹭,想在学校里面多待一会儿。但学校的大门在固定的时间却是要关的,所以陈洛也不得不在关门之前走出学校。不过一旦走出学校,陈洛的内心就开始发毛,就害怕又遇到那个神秘的女人。虽然陈洛自己也只在那天晚上被那女人撞着后见过她一次,但那女人却已经让陈洛产生了一种莫名的幻觉,这种幻觉让陈洛的内心忐忑不安,甚至觉得自己只要一想到那女人的样子就害怕。

有一天,陈列和卓玛见陈洛放学的时间早过了,他却还没有回家,两人都很奇怪。认为是不是在学校扫地,要晚回一会儿,但后来估摸着就是扫地,也应该到家了,两人心中不由得都慌了。卓玛对陈列说,老头子,你看是不是去学校接一下洛洛? 好的,老太婆。陈列点了点头,就直接出了门,向陈洛学校的方向走去。这么多年来,卓玛与陈列的关系是越来越默契,随着年龄的增长,也互相之间用"老头子"、"老太婆"来称呼,他们觉得这两个称呼才是世界上最好的称呼,比年轻人那些"老公"、"老婆"的称呼要亲切得多,也自然得多。

陈列出了门,走了好长一段路,都没见到路上有学生。他知道放学的时间早就过了,很多学生都应该到家了。所以,他一路前行,朝学校而去。就在他快到学校的时候,他却突然发现,在路边有一个脸上蒙着纱巾的女人正蹲在某个地方,不断地向着学校方向张望。陈列也没在意,认为这也是哪个接孩子的家长,因为现在的天气也算寒冷,所以戴条纱巾遮住脸也属正常。他几乎看都没看那女人,就从她面前走过去了。没想到的是,就在他从那女人的面前走过时,那女人却发出了一声惊呼,似乎很是意外,甚至马上转过了身,想往某个方向走。陈列觉得奇怪,想自己这么大年龄了,长得也算老实,怎么就吓着人家了呢?不过转念一想,现在毕竟快天黑了,一个女人看一个男人从自己面前经过,有点惊慌也是正常的。陈列是一个从来都只为他人考虑的人,所以,在女人做出那些怪异的行为后,他还是没放在心上,仍一门心思走到学校门口,可是陈列一看,校门已经锁上了。他连忙往里张望。让陈列意外的是,里面也没有陈洛的影子。这让陈列的心一下子就紧了起来。他知道校长就住在学校附近,连忙跑到校长家里,问校长陈洛到哪里去了。校长一看是学生家长,也不知道怎么回事。他本想让陈列去问班主任,但知道班主任住的地方离学校很远,现在要去找班主任肯定很不方便,没办法,他只有亲自出马,带着陈列再回到学校,打开校门,让陈列到教室里面去看看。

　　陈列一进去,马上赶到陈洛的教室。那个教室陈列很熟悉,因为他经常来这里给陈洛开家长会。一到教室外面,陈列就喊,洛洛,洛洛,你在里面吗?可教室里面却没有人回答。无奈,校长只得又打开了陈洛教室的门。门一打开,陈列做梦都没想到,他居然看到陈洛正脸色苍白地蹲在教室讲台背后的角落里,看着外面全身发抖!

　　陈列一下子吓呆了!他三步并作两步上前,一把抱起陈洛,说,孩子,你怎么了?!校长也吓住了,他赶紧跟着陈列进去,站在了陈洛的面前。

　　陈洛一看爷爷和校长来了,才终于缓过了神,他一下子扑到陈列的怀里,"哇"的一声哭了起来。虽然孩子个子都快比自己高了,但孩子毕竟是孩子,肯定是没有大人的那种心理素质的,因此陈列先让孩子哭了一会儿,再轻声问他究竟怎么了,可能是因为在爷爷的怀里比较踏实,陈洛的情绪没多久也平息了过来。他终于指着窗外某个地方,说,爷爷,那个地方……

那个地方……

陈洛连说了两个"那个地方"都没说出个所以然来,看来孩子真是被什么吓住了,陈列连忙用手抚摸了一下他的后背,让他缓一口气再说。在抚摸陈洛的后背时,陈列也看了看陈洛指着的那地方,他发现那里什么都没有啊,除了有一条路,就是一些路边的庄稼。而且现在天也快黑了,也看不太清楚,很多东西甚至根本就看不见。

等陈洛终于再次缓过劲儿来,陈列才再问孩子,说,洛洛,怎么了?你快给爷爷说!发生了什么事,爷爷都去帮你解决!爷爷解决不了,还有校长呢!

是啊,我也在这里呢,有什么事学校会帮你的。校长也连忙附和着陈列的话说。在很多孩子的眼里,老师的话比家长的话管用,而校长的话,当然更管用了。

果然,在校长说话后只几分钟,陈洛就恢复了他平常的状态。他指着外面,说,那个地方有个人,我不敢过去!

那个地方?陈列和校长都再次看了看,说,没有人啊。

可是刚才有人!陈洛一提起来,似乎还是有点害怕,话音都有点发颤。

没事的,我先去看看。校长说完出了教室,一会儿他回来了,对陈洛说,我仔细看了,那里什么人都没有,你可以放心地回家了。

陈列也对陈洛说,洛洛,校长都亲自去看过了,说没人呢,那你现在就和爷爷一起回家吧。

陈洛这才出了教室,再走到学校门口。到门口后他还仔细地看了看前面那个地方,确认那里真的没人,才小心翼翼地跟着陈列开始往家的方向走。

一路上,陈列问陈洛究竟是怎么回事。陈洛开始还不敢说,直到快到家了,他才说,他刚才看到有一个只露出眼睛的女人一直站在门外,所以他害怕,不敢回家。

只露出眼睛的女人?陈列心里一怔,问,是不是她脸上蒙着一个纱巾?

是啊,陈洛连连点头,说,就是这样的,爷爷,难道你也见到她了?

陈列一下子想起了他刚才快到学校时见到的那个女人。不过为了不让孩子害怕,加重他的心理负担,他连忙说,没有,爷爷没见过,只是因为你说她只露了眼睛，所以爷爷猜测她脸上戴了纱巾。

这样啊。陈洛还是没有释怀的样子。

那你给爷爷说说，你为什么怕她呢？她对你怎么了？陈列知道，陈洛一向都是一个比较听话的孩子，他从来不说谎的，只要他说出来的事，肯定会有原因。

陈洛把这几天学校里流传的有关"侠女"要来找他报仇的消息给陈列说了，恰好当时也到了家，卓玛也听到了陈洛说的全部内容。

自从光芒村这地方成了西藏干部退休安置房修建的主要场地后，很多西藏的干部职工退休后都到了这里，卓玛一见到他们，就倍感亲切，所以，一有机会，她就去和他们谈论谈论有关西藏的事情，还特别去照顾一个已经快八十岁了，儿女却还在西藏工作的老人。老人对卓玛特别好，一有机会就给她讲述自己最初刚到西藏时，对西藏的那份惊喜与狂热。卓玛一听老人那些话，就知道这是一个虽然已经离开了西藏，但心还永远留在那里的一个质朴的老人。所以，她也就经常去看望她，到后来，干脆成了老人的保姆。只要有时间，她都照顾好老人的一日三餐，有时是专门去老人家里做，有时是自己家里做好了顺便给老人端过去。刚才卓玛在家里做好饭，给老人把饭送过去回来了，都还没见陈洛回来，所以，她不得不让陈列快点去一趟，看到底发生什么事了。

现在一听陈洛说那个只露出两个眼睛的女人，卓玛一下子也呆住了。

卓玛毕竟是女人，再坚强的女人都是脆弱的，所以，她一听这事，马上就抱住陈洛，说，洛洛，如果真有人天天在盯着你，那我们这段时间就不去上学了，就待在家里，怎么样？

陈洛一听奶奶这么说，连忙摇了摇头，说，奶奶，这……

陈列也说，这怎么行呢，洛洛的功课还是最重要的嘛。不过这女人天天在打听洛洛，肯定是有什么事情，莫不是？陈列看着卓玛，想说什么，却又没说出来。

莫不是什么？卓玛看着陈列，期待他说出下面的话来。

这样吧，以后我每天都负责接送洛洛，你看怎么样？陈列突然说出了这么一个决定。

可是……陈洛反倒有点不好意思了，说，爷爷，我都这么大了，学校又

219

不算太远,你还天天接送,同学们会笑话我的。

这倒也是。陈列想了想,说,那这样,每天你在前面走,我在后面跟着,你的同学们就不会知道了。

可这还不是一样嘛!陈洛都有点急了。

正说到这里,陈虎回来了。

陈虎一看一家人都紧张兮兮的,很奇怪,说,怎么了?

陈列看了陈虎一眼,睥睨之态尽显,说,你还知道关心家里发生什么事了吗?

卓玛一听陈列的语气,知道这两父子肯定又要闹别扭,连忙插话,对陈虎说,洛洛老说有个女人在跟踪他,让他害怕!

跟踪?有个女人?陈虎不禁也惊讶了,说,这到底是怎么回事啊。不过这次他没有面向陈列,而是直接问的卓玛。他知道,如果自己再和陈列说话,一定又只能招骂。

卓玛把陈洛这些天遇到的事情原原本本给陈虎说了。

陈虎听了,却不说话。他只是坐在一边一言不发,甚至卓玛问他怎么办时,他也没说什么。

你给他说什么!陈列一看陈虎的神情,就又来气,对卓玛说,我就说不要给他说,你看他什么时候管过这个家了,现在给他说了,不照样是白说!

爸,你别这样说行不行?我这么多年来,一直都在打拼,不都为这个家?!陈虎似乎实在听不下去了,不由得顶了一句。

为了这个家?你是怎么为了这个家的,你还不明白吗?你做的那些事,老子宁愿什么都不要!陈列的火气一下子又被陈虎点了起来,大发雷霆。

算了,你们两个都不要说了,以后洛洛的事情我来管,你们都别操心了!卓玛连忙说。每次陈列与陈虎出现这种状态,卓玛都只能这样说。她不能赞同任何一方,也不能反对任何一方,毕竟一边是丈夫,一边是儿子,哪方都是她的亲人,她也只能这样做。

陈虎看了陈列一眼,什么都没说,转身出去了。

你看你,都给你说不要给他说了,你不听!他这样的人,除了关心他自己,他管过谁!陈列气不打一处来。

这天晚上,陈虎找到了王新。那时王新正在旅馆里唉声叹气。陈虎直接对她说,你还是快点回西藏吧,不要再待在这里了!

怎么了?王新不明白陈虎怎么这样对她说话,说,我们现在都离婚了,你凭什么让我走?

凭什么?你待在这里,你知不知道给孩子带来了什么?陈虎说,他现在天天都怕得不敢上学了!

不敢上学?王新一听陈虎这么一说,倒一下子坐了下去,说可是你认为这该怪我吗?他是我的儿子,我是他妈妈啊!当妈妈的去看一下儿子,有什么错!王新说着,眼泪扑簌扑簌地就往下流。她再怎么忍,那泪却也控制不住,甚至将她捂住双眼的两只手都打湿了。

你必须走!陈虎说,而且必须马上走,否则洛洛以后就没办法上学了!

你这个人,就是这么自私,而且永远都这么自私!王新突然发起火来,她大声嚷着,冲陈虎说,那么多年前,为了你自己,你把我赶出了家门,现在你还是为了你,能干这么多让人恶心的事,可是,你凭什么就不让我去看看我自己的儿子!

如果你真要大张旗鼓地去看洛洛,这个我也不反对。陈虎看着王新,不知怎么的,那种优越感竟然又不自由主地就升起来了。他说,你应该知道,我们村现在已经和过去不一样了,现在光芒这个地方,都已经成了西藏干部退休安置房修建的一个最重要的基地,这里有很多退休后的西藏干部,他们和西藏的联系你可是知道的,如果你真的回去了,让他们都看到你了,那以后有人把这消息传到拉萨,再传到旦增耳朵里,你认为他会怎么想?陈虎说到这里,感觉自己分析事情分析得是多么的条理分明,头头是道,他甚至已经为自己的头脑而暗自叫起好来了。

王新听了,一言不发,她颓然坐在一边,只是不停地流着泪。

还有,我知道你为什么要离婚,而且,我也知道你前几天已经悄悄到派出所户籍管理处去把自己的名字改了,你也是一个想彻底与过去决断的人,你根本就不想再想起有一个叫"王吖"的人和你有任何的关系,是吧?陈虎那种皮笑肉不笑的表情又浮在了他的脸上,看王新一句话都不说,他又继续说,既然我们都有各自的目的,那你以后就完完全全地断了和洛洛的联系吧,你不要再打扰他了,洛洛只是我陈虎一个人的儿子,他已经和你无关了!

　　陈虎话说到这里的时候,他看到,王新的整个人,竟然一点点地往地上瘫,到后来,她的双脚都支撑不了她的身体,她由头到身体,全瘫软在了地上,她的脸,紧紧地贴在地板上,好久,都没有发出任何声音。而陈虎看了看王新,得意地拉开门。在开门时,他说,我劝你,最好还是快点走吧,这样对大家都好,记住,这次我也给你买一张票,一会儿就给你送过来,你晚上就走吧!

　　陈虎说完,再也不管王新,径直走了出去。一会儿陈虎就把一张票给王新送了过去。当王新看到那张票时,不禁悲从中来,放声大哭。陈虎看着王新痛哭的时候,觉得心里有一种快意在瞬间就升到了自己大脑的各个地方。陈虎那种快乐的恶,竟然让他觉得无比的舒坦,这舒坦竟让陈虎有了一种极度的晕眩。

　　回到家,陈虎对陈洛说,你放心,以后那女人不会再来打扰你了,你就好好上学吧。

　　对父亲,陈洛一直是害怕的。从小到大,陈虎在陈洛面前都不苟言笑,不仅如此,连话都很少跟他说,让陈洛觉得自己的父亲似乎从来就对自己没有任何感情。现在突然对自己说了这种话,不仅没让他觉得放松,相反,他还惊恐地看着父亲,不明白这个几乎没管过自己的男人为什么突然对他说这些话。反倒是卓玛,很疑惑地问陈虎,她说,不再打扰?这是什么意思?

　　陈虎说,没什么意思,就让洛洛以后好好上学呗。

　　可是他害怕那女人啊!卓玛还是不放心。

　　害怕什么!陈列在旁边扔过来了一句话,这事你还没看明白?

　　什么没看明白?卓玛一点都没摸着头脑。

　　这事的底细他一定知道!一看到陈虎,陈列就觉得气不打一处来。

　　什么底细?卓玛在两父子面前是越来越糊涂,她都不知道他们在说什么了。

　　我都懒得给你说了。陈虎给陈列扔过去一句话,他不想对父亲说话,甚至都不想看他一眼,他觉得给这样僵化的老头子说话根本就是浪费时间。陈虎进到了自己的房间,一头倒下,蒙上被子大睡起来。

卓玛却不无担心地问陈列,说,老头子,你们到底在说什么啊?你就不能给我说说吗?

陈列说,老太婆,你还没想到什么吗?

想到?没想到啊!卓玛还是摸不着头脑。

你想想,偌大个学校,都在传说有个女人在跟踪洛洛,可是,如果那女人是个坏人,那她为什么只跟踪洛洛而不跟踪其他人呢?陈列问卓玛。

这倒是啊,如果她是坏人,她随便找一个孩子不就得了?卓玛也有点明白了,说,看来这个人不是坏人。

这个人既然不是坏人,那她为什么要跟着洛洛呢?陈列再问。

这……卓玛又想不通了。

只能说明一点,这个女人和洛洛一定有着某种关系,而且这种关系很不寻常!

不寻常?怎么不寻常了?

没有不寻常的关系,她跟着洛洛,岂不是疯了?所以我想,这种不寻常,很有可能是亲戚关系!

亲戚?我们家没什么亲戚了啊。陈常已经去世了,兄弟媳妇又隔那么远,其他亲戚也没有了啊。

这你还没想明白?洛洛除了我们,除了陈虎那混蛋,你想他还有什么亲戚?

啊?不会吧?你说洛洛他妈?你说王吖?!卓玛一下子惊呼了起来!

我想是。陈列肯定地点了点头,说,我去学校接洛洛时,就看到一个女人站在学校外面,当时我没注意,现在想来,不管她的身型还是其他,看起来都非常像王吖!

听到这里,卓玛猛然转过身,冲到陈虎的门前,再"砰"的一声推开陈虎的门,直接跑到陈虎面前,喊,陈虎,你给我说,是不是王吖回来了?

陈虎掀开被子,看着神情激动的母亲,却没有任何表情,也不说任何话。

你给我说,你给我说啊!卓玛已经激动得有点控制不住自己的情绪了。

是,陈虎淡淡地对母亲说,不过她已经走了。

走了？卓玛一下子瘫坐在陈虎的床沿边,有气无力地对陈虎说,孩子,你不是给你妈妈开玩笑吧？

陈虎摇了摇头,说,她真的走了。

那她到哪里去了？你为什么不留住她！卓玛急切地追问着陈虎。

她去她该去的地方了。陈虎还是面无表情地说,她本来就不应该属于这里。

可她毕竟是洛洛的母亲啊！卓玛抓住陈虎的手,悲哀地乞求着陈虎,说,儿子,你快点把王吇找回来吧,她不仅是洛洛的母亲,也是我们的家人啊。

现在不是了。陈虎拉上被子,再次盖住头,说,妈,你别烦我了,明天我还有事呢。

你真能睡着吗？卓玛看着陈虎脸上盖着的被子,问。

可几分钟过去了,卓玛都没听到陈虎回答的话,相反,她竟然听到了陈虎睡着后的鼾声！卓玛无奈地走了出去。陈列看着在抹眼泪的卓玛,也叹了一口气,走上前,扶住她不断抽搐的双肩,说,老太婆,算了,这个儿子我们已经是没办法了,就让他自生自灭吧！

这晚上陈洛一直站在边上,他不仅一言不发,也没出去,就那么默默地听着家里人之间的这些谈话,而这些话,后来好多好多年,也一直深深地刻在了他那幼小的心窝里,再未抹去。而陈洛,也一直就这样成长着,默默地成长着。在这种静默之中,陈洛的心态也慢慢起了变化。他的兴趣也再不能完全放在学习上,成绩也是越来越差。而陈虎看孩子的成绩与他期望的越来越远,对孩子也是非打即骂,说这孩子太不争气。但陈洛却从来不辩解什么,只是按部就班地上着学。陈列和卓玛看着越来越沉默的孩子,也是越来越心疼。他们很后悔那天当着陈洛说了那些事情。但当时两人都情绪激动,后来又找了陈虎几次,让他说出王吇的下落,但陈虎始终对此事不言不说,甚至老两口一提起这事,他就直接出门去好久都不回来。一家人就在这么一种很奇怪的气氛中过着日子。

一天,陈列叹了一口气,问卓玛,老太婆,我们年龄也不算小了,你看以后我们怎么办呢？

怎么办？没有陈虎,不是还有洛洛吗？卓玛现在对陈虎也已经是越来越失望了。

不是指这个问题。陈列轻轻揽着卓玛的肩膀,说,我是说我们老了以后。

老了以后?卓玛惊讶地看着陈列,终于明白了过来,说,你是指我们去世以后?在光芒村这个地方,"老了"就是去世的意思。卓玛在这里这么久了,也知道当地一些土话的含义。

是啊。陈列缓缓地点头。

那你说呢?卓玛还真没想过这个问题。

如果我先老了,我想你把我送到拉萨去。陈列安详地看着卓玛。他的表情一点都不像在讨论自己的身后事。

送到拉萨?卓玛不解地看着陈列,不明白这话是什么意思。

就是我想在拉萨天葬。陈列微笑着看着卓玛。

天葬?你为什么这么想?卓玛更惊讶了。她一点都没弄明白陈列这样想的意图。

我算是看清了,光芒村的确是我的家,可是,拉萨却更是我的家。如果当初我不是在拉萨遇见你,我这一辈子也就不会过得这样好,甚至根本就不可能再回到光芒村。我是满足了自己的愿望,回到生我养我的地方又生活了几十年。我也觉得值了。可是你,却因为我远离了自己的家乡,来到了这么一个人生地不熟的地方,这几十年,对你也不公平啊。所以,如果我去了,一定要陪着你回到拉萨!陈列一口气说了这么多,有点累了,都咳嗽了起来。毕竟年龄大了,岁月不饶人。

卓玛的泪一下子流了下来。她紧紧地抱住陈列,就像年轻时那样抱着他的头,轻轻地抚摸着,说,老头子,我就知道,你一直对我有愧疚,觉得对不起我,可是,只要你在这里,我在什么地方,又有什么关系呢?

可是我知道,你始终还是放不下拉萨。从你天天去照顾那个从拉萨回来的老人,我就知道,你无时不刻不在想着拉萨。陈列的泪也流了下来。

我们先不说这些了,我们现在身体都还很好,离老了还不知道有多长的时间呢,是不是,老头子?卓玛的脸贴着陈列的脸,说。

陈列感觉到卓玛的泪流满了自己的脸颊。他也静静地任卓玛抱着自己,再不说话。

而此时此境,被一个少年完全看在了眼里。他的眼角也越来越湿润。这个少年,就是陈洛。

⑰

几年后的某一天,光芒村又发生了一件大事。拉佳狄马跑了!

拉佳狄马在光芒村,已成了名狗,很多人都知道陈家有这么一条狗。因为拉佳狄马,陈虎的生意也是越做越大。就只凭着拉佳狄马最初给陈虎配种成功后养育成功的那一窝小藏獒,陈虎就赚了一大笔钱,很多人都知道陈虎这里有纯种的藏獒,很多喜欢藏獒的人都从很远的地方来陈虎这里买藏獒。陈虎除了建筑公司,藏獒养殖也做得有声有色,而他后来连续两年都亲自跑拉萨,主要就是为了给拉佳狄马配种。自在第一次到拉萨配种时,陈虎就故意多留了一个心眼,他知道拉萨很多地方都有纯种藏獒,所以,后来他就再也没去过旦增的养殖场。因为王新给他说过,让他再来拉萨时,尽量不要与旦增见面。陈虎也不想再给自己添什么麻烦,所以,他通过热旦,又联系了一个地方,每次到拉萨都避开旦增。因为上次旦增委托他的事,他根本就没办,又拿了旦增的钱,所以,当然是能避开就避开。

这年拉佳狄马的发情期又快到了时,陈虎准备再带它到拉萨去配种。陈列本来就对陈虎仅仅只把拉佳狄马当成一个赚钱的工具这事非常反感,现在一见他又要带它去拉萨,更是生气。不过这两父子已经是多年没怎么说话,所以,陈列就是生气也只能对着陈虎吹吹胡子瞪瞪眼睛而已,根本拿不出什么具体的"制裁"措施。这让陈虎也更加有恃无恐,几乎都是自己想干什么事就干什么,从来不与父亲商量。他觉得自己现在生意已经越做越大，与这么一个到现在还只能在地里刨食的老农民实在没什么可谈的。

当然，这次带拉佳狄马到拉萨配种这事，也不是陈虎亲自去了，他委托了一个公司里自己觉得比较信任的人带着拉佳狄马去。在那人去之前，陈虎和那员工吃了一顿饭，算是给他送行。而在吃饭时，陈虎顺便叫了热旦。热旦因为第一批安置房工程做得很好，后来就成了很多单位的委托人，他干脆也在内地注册了一家公司，生意是越做越大。陈虎现在的很多生意，都是从热旦那里拿的。热旦明天也有事要回拉萨一趟，陈虎请他来也算是给他送行。

这天晚上热旦来的时候，竟然又带着那条几年前与拉佳狄马配过种的土狗来了。那条土狗还是那么精神，虽然老了一点，却也像男人到了中年时候一样，更显成熟。拉佳狄马一看到那土狗，竟然就不愿意再挪动脚步了。这两条狗自从上次配种成功后，虽然挨得这么近，却再也没见过面。所以，一獒一狗好多年后再相聚，似乎都是无比亲切，因此，只要一有机会，它们就往一起凑。几个人看着一条獒和一条狗在那里摩摩擦擦的，都觉得很好笑。

热旦甚至开玩笑说，这两个小东西如果是人的话，真不知道要上演什么精彩的爱情故事呢。

陈虎连连点头，说，是啊，这是肯定的啊。因为要一直从热旦手里拿工程，所以陈虎对热旦所说的任何话，几乎都是赞同的。

热旦又说，我们人的世界观真是很奇怪，很多人都说不同种族、不同民族的人结婚，孩子会更漂亮，所以他们都想找一个不同种族、不同民族的人，就为了让下一代漂亮，但人对狗却不是这么看的，他们都只要求狗必须要是纯种，如果不是纯种的，就根本没有人会要。

陈虎"呵呵"笑了，说，没想到你想得这么深刻啊，有点意思。

当然啊，就像你，为了让拉佳狄马能配到纯种的藏獒，不是也往拉萨跑了好多次了吗？热旦说到这里，又顿了一下，说，不过我却不明白，你现在也有点钱了，为什么就不干脆买几条纯种藏獒，就让它们在内地直接和拉佳狄马配种，何必每年都要亲自带它跑拉萨呢？

这个……陈虎笑而不语，他看着那个马上要带拉佳狄马去拉萨的员工，说，这事你倒可以给热旦董事长好好说说啊。

那员工受宠若惊，没想到自己还有说话的机会，他马上说，热旦董事长，我们陈总的意思，其实是想给他自己的藏獒养殖基地……

藏獒养殖基地？热旦打断了员工的话，说，你除了建筑公司外，还开了一个藏獒养殖基地？

陈虎笑着点了点头。

那都有基地了，为什么还非得让拉佳狄马到拉萨去配种呢，你的基地里肯定也有很多公藏獒啊。热旦不解地问。

陈总说，他是想给藏獒养殖基地打广告呢。那员工终于说完了自己的话，缓了一口气。

广告？热旦看了看陈虎，哈哈笑了，说，你这人啊，可真是一个做生意的料啊，呵呵，我明白了，你每年让拉佳狄马去拉萨配种，就是为了给大家证明，你们养殖场的藏獒都是纯种的，都是亲自到拉萨这个藏獒的天堂去配种的啊！

就是这个道理。陈虎笑着，说，热旦董事长真是一点就通啊。

这些年在这个圈子里打拼，我也明白了一个道理，宣传远比实力重要啊，我们都经过了资本的原始积累阶段了，现在宣传才是最重要的环节，这一点，你也看得很明白啊。热旦赞许地对陈虎说。

陈虎对热旦说，现在拉佳狄马已经成了我们那个藏獒养殖基地的形象代言了呢，所有的宣传品上面印的都是它的头像，它现在可是我们公司的宝贝哟，所以，到什么地方我都尽量亲自带着它。

哈哈，我对这条土狗也是这样的，我对它可好呢。热旦指着他身边的那条土狗，说，我来内地这么多年，可都是它陪着我呢。

可是，你为什么不养一条藏獒呢？陈虎有点不明白，说，这狗虽然长得漂亮，可是在我们这里到处都是啊。

也许是以前在拉萨见过太多藏獒了，所以一来内地，我反而喜欢这里的狗了，这也叫入乡随俗吧。热旦哈哈笑着说。

这晚上大家吃得很是尽兴。在吃饭时，陈虎突然接到了公司里面的一个电话，接了电话后，他对那员工说，公司里还有事，你推迟一天再带拉佳狄马到拉萨去吧。员工点了点头。

半夜，陈虎又接到了一个电话，那电话是公司那员工打来的。那员工很焦急地说,不好了,陈总,拉佳狄马不见了!

不见了?陈虎大吃一惊,说,你怎么了,不是叫你要寸步不离地看着它吗?

是啊,我就是这样做的啊,陈总。那员工委屈地说,本来吃完饭后我想送它回养殖场,但我想陈总您吩咐过,要我寸步不离地看着它,所以,我就带着它到我家了,还专门把它关在一个房间里面呢,可是,刚才我却突然发现它不见了!

陈虎赶到那员工家里,那员工一家人都诚惶诚恐地站在那里,不知道怎么办。陈虎一看拉佳狄马待的那个房间就明白是怎么回事了。那房间就在阳台边上,而这家又住在二楼,阳台上也没有任何防护,虽然房间有窗户,但其中有一扇窗户已经被拉佳狄马咬开了一个大洞,而在那个房间的某个地方,一条本来拴着拉佳狄马的桌子的腿,也被咬断了!

那员工很害怕地对陈虎说,您看是不是要报警?

陈虎摇了摇头,叹了口气,说,它是自己跑了的,又不是人偷了的,报什么警啊!

那员工全身都在发抖,他知道现在拉佳狄马在养殖场的地位,也知道拉佳狄马在陈虎心中的地位,更知道陈虎是一个什么样的人,所以,出了这么一个事情,他完全不知道怎么办,只能眼巴巴地看着陈虎。

陈虎竟然出人意料地什么都没有说,他只是摇了摇头,说,你们睡吧,我回去了。

陈总……员工怯懦地对陈虎说,这事实在是没想到,是我的错,是我考虑不周……

算了,陈虎想了想,说,你还是去拉萨吧,不过带另外一条母藏獒去。

这……员工有点不明白,说,可是我们养殖场里的其他母獒都不是特别纯种的啊。

你不说谁知道?陈虎看着那员工,说,反正只要一个广告效应不就行了?

是!是!员工愣了一下,又马上连连点头。因为自己的失误,让拉佳狄马跑了,这让他不仅仅是惶恐,更是害怕,所以对陈虎说的什么话,他现在都只能应承,不敢再辩解了。

第二天,陈虎让公司里的其他员工也去找了一下拉佳狄马,但大家跑遍了县城里的所有地方,都没有找到。陈虎虽然表面上没什么,但心里却很不爽。

回到家里吃饭时,陈虎对陈列说,爸爸,那事你考虑得怎么样了?虽然一直同住一个屋檐下,但陈虎很多年都没叫过陈列"爸爸"了,他每次有事叫陈列时,都是以"喂"或者"你"相称。陈列突然听到陈虎这样叫自己,还有点不习惯。不过他还是面无表情地说,没考虑。

没考虑?这事我不是已经给你说了好多天了吗?!陈虎一下子就恢复了原来的面目,发起火来。

你给我说了好多天我就该同意啊!陈列理也不理陈虎,似乎他眼前根本就没有这个人。

我们村里几乎所有的地都被政府征用了,以前你不同意,那还可以理解,因为那是别人的项目,可是现在这个项目是我自己的,要征用我们家自己的地,你凭什么也不同意!陈虎火越来越大。

陈虎所说的项目,是他觉得自己不能老是从别人的工地上承接一些小项目,他也必须要搞一些开发,所以,他就准备也在光芒村承建一个西藏干部的退休安置房。他已经和那个单位谈好了,那单位对他说,只要把地这个最棘手的事情搞定,其他的什么事情都好商量。而陈虎看中的那块地,刚好也包括自己家的那些。开始时他认为陈列应该会同意,因为这毕竟是他的工程,但当他给陈列说了后,陈列一直都没说什么,现在直接问,陈列居然说自己根本就没考虑,这当然让陈虎非常生气。

陈列听了陈虎的话,却还是面无表情地吸着他已经抽了好多年的旱烟,不紧不慢地说,我这辈子是离不开那些地的,所以,你就别再打它们的主意了,想了也是白想。

就那么几块破地,你有什么必要守得这么紧?陈虎冲陈列吼了起来,说,就算你天天在土里刨食,你又能在那里面刨出花来还是刨出黄金来?!现在的地人家都用来修房子修路才能赚钱,你认为以后还会有多少人像你这样就只知道在地里种那些毫无用处的东西!

刨出什么来对我都不重要,我也不希望能刨出什么来,但我知道,那地里却可以刨出把你养这么大的粮食来!就是这些你认为毫无用处的东西,就是这些粮食,才把你养了这么大!陈列早就对陈虎不满了,平时他都不想和他争论什么,但现在在听了陈虎对土地如此不敬的这些言辞后,他终于生气了,而且是怒不可遏。

在陈列心里,粮食是最重要的东西,他自己年轻时,就因为没吃的,才和陈常外出逃荒,从而受尽了磨难。在陈列的眼里,如果当时有粮食,就不会有那些磨难了。而粮食的来源,当然就是土地。年轻时的陈列,家里是没有地的,只能给人当长工,种出来的粮食几乎都是东家的而不是自己的。那时的他,就对土地有了一种无限的向往,老是在想,如果自己哪一天有了一块属于自己的地,那就能在地里种出属于自己的粮食。有了粮食,他心里就会无比的踏实。所以,不管是在拉萨的农场,还是回到四川后,特别是在集体土地承包到户后直到现在,陈列对地都有一种近乎痴狂的爱护。每次他到地里,都会以一种近乎宗教般的虔诚认真对待那些地。每年他都会认真规划应该在地里种什么,一旦决定要种什么之后,他就会细心地在地里除草,再耐心地拣出土里面任何一块细碎的小石头,他怕那些石头会影响自己种植的庄稼之后的成长。然后,他会带上卓玛,两人在地上一前一后地赶着大黄牛犁地,卓玛牵着牛走在前面,而他则赶着牛在后面。虽然扛着那重重的犁头经常会很累,但陈列觉得自己似乎已经拥有了这个世界上最伟大的幸福。在和卓玛一起犁地时,他们都会一起唱上几曲西藏的民歌。卓玛嘹亮而高亢的声音竟成为了光芒村农忙时一道亮丽的风景,很多人本来正在地里忙活,但一听卓玛的歌声,竟都会不约而同停下来认真倾听。卓玛的歌声由此也为大家解除在地里劳作时的疲乏作出了巨大的贡献。大家都把卓玛的歌声当成了光芒村农忙时必须欣赏的"艺术",卓玛也因此而成为了光芒村名副其实的"歌唱家"。当然,每当听到卓玛那美妙的歌声时,陈列的心里就会有一种满足。这让他更加觉得自己所拥有的,真是天大的幸福。在他的心里,土地就像卓玛一样,卓玛也像土地一样,都是不可或缺的,缺少任何一样,都会让他觉得生活肯定再没意义。正因为这样,每次一听陈虎说要征用自家土地,陈列就会气不打一处来。但毕竟他年龄大了,也不想再与陈虎硬碰硬,所以,他每次听到陈虎对自己提到这事时,都是不发一言。而这次陈虎直接这样咄咄逼人,让他不得不也旗帜鲜明地再次表明了态度。

但陈虎却不是一盏省油的灯。他在听了父亲的话后,再看父亲这些年来已经很少出现的如此暴怒的神情,居然控制住了自己心中那早已升腾起来的怒火。他轻蔑地看了陈列一眼,转身走了出去。

陈列知道,陈虎这小子一定又想到什么坏主意了。否则,他不会突然之间就这么镇定的。陈列一下子担心了起来,开始为他那些视如命根子的土地担心起来。

18

热旦这几天真是被一件事情给惊呆了!热旦从来没遇到过这种事情,更没有看到过这种事情。

热旦那天晚上和陈虎一起吃过饭后,第二天就踏上了回西藏的路途。他先到的成都,再从成都坐飞机到拉萨。因为对那条土狗的爱护,热旦也把它带上了。热旦觉得自己从来没有对人好过,既然不能对人好,那就对一条狗好吧。他经常这样自我调侃。那土狗已经成了热旦唯一的亲人。只有它在身边,热旦才能感到踏实,才能让热旦觉得自己不是孤单的一个人。

热旦从光芒到成都,用了一个小时。开始时,他一直在车上睡觉。因为车子颠簸,他也没睡着。走了一会儿后,他终于睁开眼,看着车窗外。这是个阴雨天,路上雾蒙蒙的,倒也和成都周边的气候一致。因为这天气,车窗上也经常被一些雾汽或者水汽遮上,不太看得清楚外面的情况,好多东西都只能看个大概,模模糊糊的。就在这种状态中,热旦突然看到车窗外似乎有个什么东西在晃动。那东西在跳跃着前进,似乎是狗的样子,但又比一般的狗明显要大。热旦是个爱狗的人,他看着身边的土狗,对他说,你看啊,有你的同类呢。

那土狗却也正聚精会神地看着外面。因为这天汽车上人比较少,所以土狗也占了一个座位,它就坐在热旦的边上。

看到自己的同类就不理我了啊？热旦看自己对土狗说话时,它理也不理自己,就感觉好笑。要是以往,自己咳嗽一声这家伙都会马上专注地看着他,现在却只是专心地看着窗外,这让热旦倒有点莫名的吃醋。不过他马上就感觉到了自己的可笑,自嘲地说,自己跟一条狗这么计较干什么啊。所以,他也就不理土狗了,自己闭上眼睛,开始睡觉。

很快到了成都。一出汽车站,再倒一趟市内公交车,就到了机场。但在到机场的途中,热旦却老是觉得车外有什么东西在晃动,那东西热旦觉得好像就是刚才见到的那条狗。它一直都跟着汽车在跑,时隐时现的,有时车子跑得快点,它就会被落在后面,有时车子停了,它又会跟上来。不过热旦还是看不清它的具体样子,这让他突然间好奇了起来。他不由得趴在车窗外,仔细往外面看。因为还是看不清,他干脆掏出兜里的纸巾,把车窗玻璃擦干净了。这一擦,不由得让热旦一下子张大了嘴! 他真的是惊呆了!

因为他看到,那一直跟着车子在跑的,竟然是拉佳狄马!

因了它藏獒的身姿,所以一看起来就很高大,而且,它也跑得很快,虽然车子一直在往前走,它却能一直跟上! 它就那么在车子外面跟着,在公路上跑着,似乎对自己身边川流不息的车辆完全不在意,它就像一个在公路上不断移动的美丽的孤岛,让热旦一下子感觉到了它的气息!

热旦就那么呆呆在看着拉佳狄马,而车里的其他人,也都发现了有一条很漂亮的狗在跟着车跑。有人大声说,看,那狗真是好看啊,又高大又健壮! 热旦马上纠正他的话,说,那不是狗,那是一条獒,一条藏獒! 藏獒啊! 所有车里的人都发出了一声惊叹,说,原来藏獒真是这么漂亮啊! 听着大家的赞叹声,热旦的内心不由自主就涌上了一种强烈的自豪感。这种自豪感,是来自西藏的那片高天厚土的,是一种平时不能轻易发觉但一到某些环境就会自动从内心深处奔涌出来的亲切感。

但热旦真不知道为什么拉佳狄马会跟着汽车跑! 他看着急速移动身

体的拉佳狄马,真是百思不得其解。突然,他看到自己身边的土狗冲车窗外发出了几声轻微的吠叫,心里不由得一动,想,它不会是为了它而来的吧?热旦认真地看了看拉佳狄马,再认真地看了看身边的土狗,心里竟然觉得自己真是找到了答案!

车子到了机场,热旦和土狗一下车,拉佳狄马竟然就守在了车子的门前!而土狗也"汪汪"叫着,一下子挣脱热旦手上牵着它的绳子,向拉佳狄马奔了过去!

一獒一狗竟然如同好久没见过面的老朋友,更像一对好久没见的热恋中的情人,它们居然就一下子挨在了一起,互相用舌头舔着对方身上的皮毛。那种亲热劲儿,让热旦马上就惊呆了!

但他想得更多的事情,却是马上通知陈虎。

他找到机场的公用电话亭,给陈虎打了一个电话。电话接通后,他第一句话就问,你那条藏獒怎么跑到成都来了?

成都?陈虎也是吃了一惊,说,你看到它了啊!

是啊,我刚才看到它了!它现在正在成都机场呢!热旦说。

那你等一会儿,我马上就过来,怎么样?陈虎也很急。在他的眼里,拉佳狄马就是一个赚钱的工具,这样的工具,根本就是大把大把的钞票。他是不可能让钞票无缘无故地就流走而不见踪影了的。

可是我马上就要登机,来不及等你了啊!热旦本来就是掐着时间过来的,现在到飞机起飞,只有二十分钟左右了,他还要办登机手续。而陈虎从光芒赶过来,至少也要一个小时以上。以热旦的性格,他当然也不会为了别人的事情而延误自己的事。虽然他和陈虎来往比较多,但那些都是生意上的往来,是有着利益上的挂钩的。

那你马上帮我找个地方,把拉佳狄马放在那里,我马上就过来啊。陈虎急切地说。

只有二十多分钟了,我怎么帮你找地方啊?热旦直接回答。

那你帮我把它带到拉萨,我的员工明天也要到拉萨去,到时你交给他就行了。陈虎连忙想办法。

这更不可能啊。热旦回答。

你自己不是也带了一条狗吗?陈虎说。

可是你不知道,我带土狗走,都是提前给航空公司打了电话,而且是办了很多手续,还专门开了它的检疫证明啊,拉佳狄马的检疫证明我也没有,就是想托运,也没办法呢。热旦说到这里,说,你自己看吧,我实在是没办法了,如果你来的时候它还在机场附近,那就是你运气好。我马上就登机了!说完,热旦挂了电话,也不管陈虎还想再说什么,马上开始办他的登机手续和土狗的托运事宜。

热旦把土狗的托运办好,机场的工作人员把它带进一个专门的笼子时,他看到,土狗的眼神一直在看着机场外的某个地方。那个地方,拉佳狄马正焦急地来回窜着,不停地跑动,还冲着里面吠叫,叫得好多人都因了它那庞大的身躯而产生了怕意不得不绕道而行。但机场的工作人员却排成一条长队,大家虽然害怕,却也担心这条威猛的藏獒伤害到机场的其他人员,所以,他们就把它往机场外面人少的地方赶。热旦上飞机时,他想拉佳狄马肯定已经被赶出了机场。

事实真如热旦所料,当一个小时后陈虎急匆匆赶到时,他是怎么都没找到拉佳狄马,他问了机场很多工作人员,问他们见过一条很大的狗没有。工作人员几乎都说,你说的是那条藏獒吗?陈虎连连点头。可工作人员说,那藏獒刚才竟然一直想往机场里面冲,可把他们吓怕了,他们害怕它咬着机场里的乘客,所以后来出动了很多人,把那藏獒赶到了离机场很远的地方。一个领导干部模样的人问陈虎,那藏獒是他的吗?陈虎忙不迭地点头,不想那领导面色严肃地对陈虎进行了批评,说他不应该擅自把狗放出来,这样会危害到别人的安全的,也会给别人带来麻烦!陈虎无语,他只能问了当时工作人员把拉佳狄马赶离的大概方向,就走了。

但一天下来,陈虎都没在机场附近再找到拉佳狄马。

陈虎懊丧地回到县城,而随着陈虎的回去,拉佳狄马失踪的消息已经传得全村人皆知。有关拉佳狄马失踪的原因,村里人给出了各种版本。有的人说是因为拉佳狄马不甘心做一部生育机器,就只是给陈虎繁殖藏獒,从而成为一个赚钱的工具。也有人说那是因为拉佳狄马爱上了热旦的那条土狗,否则,它怎么会在头一天晚上见到土狗后,第二天就跟着热旦他们跑到了成都机场?更有人说,拉佳狄马的老家原本不是光芒村,它是在拉萨长大的,它现在不想在光芒待了,它要回到拉萨去,回到那块生它养它的土地上去。这些版本,一时在光芒村成了众人热聊的话题。当然,大家也只是觉得好笑,并没有把这当成一件非常了不起的事。很多人都是把拉佳狄马的经历和自己的人生观联系起来进行猜测,虽然知道这种猜测本也无甚意义,但因了拉佳狄马,光芒村人却又无比空前地找到了一个共同话题,这让因为征地已经逐渐与城市生活融为一体的光芒村人竟然再一次团聚了起来。而光芒村现在已经完全成了西藏很多单位退休安置房修建的首选地,自然地,这里就多了很多原本在西藏生活和工作过很多年的人。这些新来的人对光芒村出现如此一个现象,都很感兴趣,也积极地参与进来,讨论这个事情。因为拉佳狄马,不管是原有的光芒村人,还是后来安置在这里的西藏退休干部们,大家竟然没有了原来还有的那么一点生分,觉得好像成了一家人。

而卓玛对这话题也是非常关心。她这段时间经常去照看那老太太。老太太的身体已经越来越不好,孩子们因为路途遥远,也是难得回来看她一次。老太太经常一个人独自坐在房间里面发呆。这天,当卓玛走进她的房间时,竟然看到老太太的神情很是活泼。她有点意外,问老人家是不是遇到啥好事了。老太太却说,刚才听说一条藏獒为了一条土狗跑了呢。卓玛笑了,说,这藏獒就是我家的呢。老太太好奇地说,哦,那你不觉得可惜吗?卓玛说,其实我看它每年的任务就是为了配种生小藏獒,我早就希望它能跑掉呢。老太太"嘎嘎"地笑了,笑得很开心,笑完后对卓玛说,一条母獒,是应该生小藏獒啊。卓玛就将自家儿子陈虎的事情给老太太讲了。老太太一听,马上拍着手说,跑得好啊,如果是我,我也要跑!老太太拍着手的样子,就像很小的孩子,脸上充满了一种童稚与天真。

卓玛心里对陈虎把拉佳狄马作为一个生育工具也一直都是反对的。但陈虎从小就不听她的话,她也没办法,经常是她有什么想法,即使对陈虎而言是很好的建议,陈虎也是爱理不理的。但相对于陈列,陈虎对自己的母亲却已经是好了很多了。

这天晚上,她刚回家,就看到陈虎已经回来了。虽然对这个儿子很失望,但儿子毕竟是儿子,所以,卓玛就对陈虎说,怎么今天舍得回来吃饭了呢?

陈虎笑着对她说,还不是因为知道老头子不在家,特意回来陪你老人家的嘛。

陈列今晚的确有事不在家。但一听陈虎这话,卓玛就有点不乐意。她皱着眉头问陈虎,说,你就这么讨厌你爹啊?爸都不叫一个,叫老头子!这称呼是你叫的吗?!

我知道,我知道这称呼只能是妈你叫的,这样对了吧?陈虎嬉皮笑脸地对卓玛说。

因为陈虎也难得回家,所以卓玛也就好好地做了饭,再等陈洛回家,三个人一起吃饭。陈洛自从上次发生的蒙面女人事件后,性格孤僻了很多,变得不爱与人打交道,也不愿与人说话,成绩也差了不少。越是成绩差,他就越不愿与人打交道。这样,陷入了一种怪圈。陈列和卓玛,甚至包括陈虎,都想了很多办法,却是毫不见效,这让一家人都大为头痛。陈虎虽然对谁都不上心,但对他这个唯一的儿子,却还是有着一份关爱的,陈洛的成绩这事他也经常过问。因此,在吃饭时,他又问陈洛这次期中考试考了多少。

陈洛在父亲面前有点畏惧,开始不敢说,但看陈虎一直盯着他的眼睛看,知道躲也是躲不过去的,只好小心翼翼地说,不好。

不好是有多不好?陈虎追问。

很不好。陈洛低下了头,饭都不敢吃了。

快点吃,快点吃,这次考不好还有下次嘛,读书又不是唯一的出路!卓玛连忙打圆场,给陈洛夹菜,让他吃饭。

实在不行,我看你以后到拉萨去考试吧。陈虎对陈洛说,看你现在的成绩,以后想要考大学,在这里肯定是没希望了,只有到拉萨去考,可能还有戏!

到拉萨去考?陈洛和卓玛都呆住了,不明白陈虎在说什么。

是啊,前几天我打听了,西藏的分数线比内地要低一些,所以我们可以钻这个空子,让陈洛去拉萨参加考试。

可是就这样去考行吗?卓玛担心地问。

直接去当然不行,我们只要把陈洛的户口转到拉萨去就行了。陈虎回应。

户口转到拉萨?为什么?卓玛不解地问。

因为只有有拉萨的户口,陈洛才能在拉萨参加考试。陈虎说,这个事我已经问过好多从西藏退休后回来的人了，他们说只要户口转过去就行了。

可怎么转户口呢？卓玛问。

妈你不是拉萨人吗？陈虎对卓玛说，我们直接转过去不就行了？

可我因为当初和你父亲回到内地，户口也迁到光芒了的啊。卓玛说。

这……陈虎迟疑了一下，说，没事，我还有办法。

还有办法？卓玛疑惑地问，你不是想做一些见不得光的事情吧？

你想啥呢！陈虎不满地冲卓玛说，你怎么和爸一样，都认为我是这样的人呢！

那你有啥办法？我们家没有一个人的户口在拉萨，也没有亲戚朋友在那里，怎么能把洛洛的户口迁过去呢？卓玛一点都不明白。

这事我有把握，你就别管了，妈。陈虎信心满满地对卓玛说。之后，他转过头，对陈洛说，你看你，不好好读书，还非得让我去给你想办法！

陈洛却用极低的声调说了一句话。陈虎开始没听清，他径直问陈洛，说，你说什么？陈洛还是咕哝着低声说了一句，不过这次陈虎倒是听清楚了。他听陈洛只说了几个字，那几个字是：我不去拉萨考！

不去拉萨考？陈虎惊讶了，他没想到陈洛会表达反对意见。自从上次的蒙面女人事件后，陈洛对什么事情都越来越沉默，几乎都不表明自己的观点了。

为什么不去？陈虎压抑着自己的情绪，尽量平和地跟陈洛说话。

反正我就不去。陈洛虽然害怕父亲，但一旦表达出了观点，就会一直坚持。这一点与陈列和陈虎都一样。

你说不去就不去啊？陈虎说，这是为你的前途着想呢！而且，你还不知道要把你的户口办到拉萨老子要费多大的劲！

可是……陈洛低声打断了陈虎的话，想再说什么。

别给老子可是可是了！陈虎提高了语气，说，你就给我老老实实地上课，等我把事情办好了再说其他事！

你还是别逼孩子了，等以后再说吧。卓玛看着陈洛在陈虎面前那害怕的样子，就觉得心痛。

不是逼他，这是为了他好！陈虎说，除了户口，我还打算把他的民族成分也改了呢。

民族成分？当初洛洛生下来时，不就是定的汉族吗？现在还改干什么？卓玛惊讶地说。

干什么？还不是为了他以后考试能加分嘛！陈虎得意地说，我听人家说，只要把他的民族成分改成藏族，那他以后考试不管是在拉萨还是在我们这里，都会少好多分数的。

你干这么多事干吗呢？洛洛的前途让他自己以后去奋斗不就行了，他现在还这么小，你操这些心，有用吗？卓玛从内心里很抗拒陈虎刚才说的这些。

怎么会没用呢，妈？陈虎很自信地对卓玛说，之后，他又叹了一口气，说，妈，你是知道的，我一直都想做一个城里人，为了这个目标，我不断在努力，我就不相信，我不能成为一个城里人！可是现在看来，虽然我开公司挣了一些钱，但人家还是不把我当城里人看。如果我这辈子没办法当城里人，那就只能把希望寄托在洛洛的身上了，他以后一定得是我们家的第一个城里人，好给我争一口气！虽然我没有一个好父亲，我儿子一定得有一个什么都能为他办而且愿意为他办的父亲！说着这一通话的时候，陈虎好像一直在说着他自己的历史。他对自己的经历完全是遗憾和失望，但对陈洛的将来却有无限的把握，似乎一切都已经在他的安排下马上就能实现。

卓玛叹了一口气，作为母亲，她都不知道和陈虎再说什么了。

这天晚上，陈虎找到卓玛，说，妈，我们家的户口本你放哪里了？

卓玛随意地问，你找户口本干什么？

陈虎说，这不是要给洛洛办拉萨户口吗？

卓玛也不好再说什么，只好把户口本拿出来。她找到装户口本的那个袋子，拿出户口本，看了一下，却惊讶了，对陈虎说，你看，这是怎么回事？她指着户口本中的一页纸，那页纸上盖了一个章，那个章是红的，里面有几个字，写着：已迁出。那页纸上面写着王吖的名字。

陈虎看着卓玛指着的那页纸，不动声色地说，什么啊。

什么？卓玛看着陈虎，表情很严肃，说，你给我说实话，王吖几年前是不是回来过？那个蒙面的女人，难道真的是王吖？

你问这么多干吗啊！陈虎不耐烦地说，这些事又与你无关！

卓玛只好默默地把户口本给了陈虎,再不说什么。她太了解自己这个儿子了,他不愿意说的事情,问得再多也是白问。

陈虎拿着户口本,到相关部门办了手续。当然,他现在不是办陈洛迁户口这事,他是拿着自己一家的户口本,直接办理了同意征地的手续。当然,陈列和卓玛的签名是陈虎直接代签的。陈虎现在在县城也有一定影响,好多机关的人都认识他。办手续的时候他说家里其他人没时间来,让他代签,别人也没怀疑什么,直接就让他一个人签了就完事了。

办完这些后,陈虎舒了一口气。他得意地想,这老头子再不同意,可现在手续都齐了,到时那些地直接征用了,看他能怎么办!想着自己承包的第一个项目马上就快要落实并开工了,陈虎就不禁充满了兴奋。

一兴奋,他首先想到的一个人,就是王桂花。

这么多年了,陈虎始终还是对王桂花抱着一种近乎莫名其妙的情感。这种情感让陈虎的内心一直充斥着一个近乎梦幻的精神高地,而这高地,就是王桂花给予的,所有有关王桂花的一切,都在陈虎的脑子里面定格了,都成为了陈虎精神高原里旁人永远都无法窥视的隐秘。王桂花的一颦一笑,一举一动,天天都像放电影一样,在陈虎的眼前晃动。不管是王桂花对他好,还是对他不好,在陈虎看来,这都是自己和王桂花的缘分。只要能与王桂花有过那么一段经历,有过与王桂花共同度过的那些岁月,哪怕王桂花其时根本就没注意到他,陈虎也深深地将之铭刻于心,当成了自己脑海中一道无法抹去的深刻的记忆。

现在,陈虎一想起王桂花,就有一种想找到她的冲动。当然,这几年的王桂花不仅生意是越做越好,对陈虎的态度也改变了不少,因为陈虎的生意不仅在光芒村,甚至在县城也能排上号了,按王桂花一贯看人的标准,自然就将陈虎列入了自己尚可接受的男人。而且两人毕竟多年前就有过那么一段事情,再续前缘,也就容易了很多。在陈虎的生意成功后,几乎没再费多大的劲儿,他就再次和王桂花重温了旧梦,而且两人还都心照不宣地形成了一种私底下的约定,那就是一个月幽会那么两三次,每次都是在县城固定的宾馆和固定的房间,一到那个时间,两人就会不约而同地相会。这每个月与王桂花的两三次相会,是陈虎生活中最享受也最值得回味的事情,每次都让他觉得生活原来除了当城里人,也还是有其他值得自己留恋的东西的。可以说,王桂花真是为陈虎打开了一扇实实在在的窗户。

陈虎打王桂花店里的电话,一听到是陈虎的声音,王桂花就大概知道了他的意思,连忙假装问,你那货送到什么地方啊?陈虎知道王桂花的老公其时肯定在店里,就随便胡诌了一个地名,然后就到了他们经常约会的那个宾馆。

进去后,陈虎先在浴缸里放好了水,然后脱了衣服,跳进里面泡了起来。不一会儿,外面有人敲门,陈虎知道这肯定是王桂花到了,所以衣服也没穿,就开了门。门只开了一道缝,一个人就一下子倒了进来,陈虎一把抱住那个温香满怀的女人,三把两把脱下她的衣服,再一个熊抱,两人滚入浴缸。

翻云覆雨后,王桂花问,死鬼,怎么又有兴致了?

陈虎一边给王桂花倒红酒,一边说,怎么这么说呢,你又不是不知道,我是什么时候对你都有兴致,而且兴致还越来越浓呢,如果你愿意,你就离婚,和我一起过,怎么样?陈虎涎皮赖脸地凑在王桂花面前,说。陈虎现在生活好了,也越来越有情调,每次和王桂花来这里,都会和她小酌一杯刚在这个小城出现的红酒。

这可免谈啊,这事我可不只给你说过一次!王桂花别过脸,理都不理陈虎。

好的,不谈不谈,呵呵。陈虎知道王桂花不高兴了,连忙转移话题,说,亲爱的,你不知道,我征地那事基本上可以搞定了呢。

真的?王桂花一把抱住陈虎的脖子,亲了一口,说,你怎么把你们家那个榆木脑壳搞定的?在这地方,"榆木脑壳"就是指思想僵化的人,是一种贬义称呼。王桂花所说的,当然是指陈列。

他啊?陈虎笑了笑,说,老是认为自己不同意就行了,可是,如果哪天木已成舟,他想不同意也不行了!

那是好事啊!王桂花主动贴了上来,说,看你这么能干,那再奖励你一次吧!

一贴近王桂花那丰满圆润的身体,陈虎立马就有了反应,他翻身上去,不料刚想有所动作,王桂花却再一次拦住了他,说,对了,还有一个事,上次我说我资金周转不过来,让你给我准备的钱呢,带来没有?

陈虎说,怎么可能没带呢,你看那不是？他指着床边柜子上面的一个袋子,说,放心,都在里面呢。

王桂花才再一次"容纳"了陈虎。

陈虎生意走上正轨后,王桂花只要资金周转上有问题,都会找陈虎。而陈虎对这个自己心仪已久的女人,也从来都是有求必应。不过王桂花有一点好,就是只要说好了什么时候还,肯定会还,这一点从来没有含糊过,因此陈虎对她也非常放心。

几天后,陈虎给热旦打电话,本想向他问一下有关项目承包的具体问题,不想他刚打通电话,热旦就无限伤感地对他说了一个事,说土狗到拉萨后只两天,竟然就死了！陈虎吃了一惊,问怎么会这样呢,热旦叹了一口气,说,他也没想到,不过应该是不适应当地的气候和海拔环境吧,因为那狗一到拉萨,就不停地流着鼻涕,精神也恹恹的,开始时他也没在意,认为只是一般的正常反应,不想两天后的清晨,他竟然发现土狗完全没了呼吸,等再送到医院,已然来不及了。陈虎心里其实除了吃惊,也没有什么,这事毕竟与他没任何关系,热旦却说得很伤感,陈列因为有很多工程上的事情还要他帮忙,因此也只好在电话里陪着他一起叹气。

热旦也问陈虎找到拉佳狄马没有,陈虎说没有,那东西就一直不见踪影了,他报了警,警察却说这没法查,所以,他也只能听天由命,不再管它了。

这几天,卓玛老是在咳嗽。陈列让卓玛去医院看看,卓玛却说没什么,应该是感冒了。可是吃了一段时间感冒药后,咳嗽不仅没治好,甚至更严重了。有一天早上卓玛起床后,甚至还咳出了血。这可把陈列吓住了,他马上送卓玛到医院检查,这一查不打紧,竟查出卓玛得了肺癌,而且是晚期！

这一下子陈家全体人都呆住了！癌症这东西,在光芒村以前从来没有人得过,所以很多人虽然听说过这是不治之症,但因为自己没遇到过,也就不以为然。现在都知道卓玛得了癌症,几乎所有的人都感到了自身的某种危险。但让光芒村人没想到的是,卓玛本人对这事竟然十分看得开。她不止一次对陈列和村里的其他人说,她马上就要去见佛祖了,见了佛祖之后,她马上就会重新转世了。陈列每次听卓玛这么说,虽然老是掉泪,却为卓玛这般豁达的态度感动不已。

自从得知自己得了癌症之后,卓玛就更以自己全部的精力来照顾陈列。她经常对陈列说,这辈子她已经足够了,因为她遇到了一个天底下最好的男人,一个最能照顾她的男人。陈列每每一看卓玛幸福地对他说这些话,都会紧紧地拥抱着卓玛。

卓玛自知所剩时日不多,所以偶尔也会有一点伤感。

有一天,她忧伤地看着陈列,说,老头子,真是舍不得离开你啊。

陈列紧紧抱着她,说,没事的,你一定会好起来的!

你就会安慰我! 卓玛笑了,说,不过你这种安慰我喜欢听!

陈列说,叫了你这么多年的老太婆,我已经习惯了,老天肯定还会让我再叫你几十年"老太婆"的!

卓玛看着陈列,轻轻摸着他那已经皱纹密布的脸,说,没事的,老头子,我们已经什么都得到了,我也很满足了。

陈列想哭,却强忍着泪水,不敢哭。

卓玛说,老头子,我知道我要走了,有一件事,我想给你说。

什么事? 陈列说,只要你说了,我一定会给你办到!

可是……卓玛竟然突然中断了,她似乎是不知道怎么给陈列说。

你说吧,没事的,任何事情我都可以帮你办到。陈虎坚决地说。

我想……我想回拉萨。卓玛中间顿了一下,终于说出了她的话。

回拉萨? 陈列真的一下子呆住了,说,可是你身体现在这样,怎么可能再回拉萨啊?

如果现在不能回去,我想等我老了以后,不知道能不能由你送我回去? 卓玛看着陈列,眼神中充满了期待。

陈列看着卓玛,马上就点头,说,你放心,我到时一定会送你回去! 你知道,我早就有这种想法了啊,不仅是你,到时我老了,也会回拉萨去陪着你的!

可是……可是我不仅仅只是想回到拉萨而已,我是想自己老了,能在拉萨天葬! 卓玛的身体已经很虚弱了,断断续续地说了这么多话,她真是有点累了。但当她终于说出了自己内心的想法时,脸上又洋溢出一副无比满足的神情。

243

天葬！好的，好的，我们到时到拉萨去天葬！陈列连连点头。此时的他，已泪流满面。卓玛提的任何要求，他都必然是会答应的。

⑲

两个月后，卓玛去世了。

卓玛的去世，让光芒村失去了第一个来这里定居的藏族女人。全光芒村人都为卓玛的去世而感到悲痛，几乎所有的光芒村人都来参加了卓玛的葬礼。但这个葬礼却不是依照汉族的习惯进行土葬，而是天葬。

光芒村人都很好奇，因为他们虽然都听说过天葬，却不知道天葬究竟是怎么回事。因为卓玛毕竟在光芒村待了这么久，又嫁给了一个汉族人，所以，陈列还是先按光芒村人的习俗在村里举办了丧礼。丧礼一结束，陈列就雇了一辆车，马上就带卓玛一起出发了。他们要去的地方，就是拉萨。

卓玛的去世，不仅对陈列打击惨重，对陈洛的打击更是大。陈洛从小就是自己的爷爷奶奶带大的。他一直对奶奶都有着很深的感情，这种感情早就植根于他自己的内心最深处，让他对奶奶的离去不仅悲痛欲绝，甚至有着一种天塌下来的感觉。因此，见爷爷要送奶奶回拉萨，陈洛也非要去。一看陈洛也要去拉萨，陈虎却一下子生气了。他马上以毋庸置疑的口吻对陈洛说不行，但陈洛只是一直流着泪，看装着奶奶的车子开动了，就撒开脚丫子，跟着车子跑。跑了好几十米，其间还摔倒几次，甚至把自己的一只手掌都蹭破了。陈虎却还是不同意，他抓住陈洛，说，你现在正在上学读书，你去拉萨，会耽搁很长时间的，本来你成绩就不行，如果再耽搁，怎么还能跟得上？！

陈洛却一直跟着车子跑，还撕心裂肺地喊着"奶奶"，终于，陈列让他雇用的那个司机师傅把车停下来，对陈洛说，你上来吧，和爷爷一起去拉萨，我们好好地送你奶奶一程！

陈虎见陈列这种行为，立即大为光火，他冲陈列大叫起来，说，小孩子发疯不知道轻重也就算了，你这么大年龄了，还在跟着孩子发疯？你还认为你也是小孩子啊！最初你说要送妈回拉萨我就不同意，现在你不仅要把她送回去，还要带陈洛过去，你这是干什么啊，神经病啊！

陈列一听陈虎这些话，当即跳下车，一巴掌就打在了陈虎的脸上！周围的人只听得"啪"的一声，陈虎的半边脸马上就肿了起来，几个鲜红的指印一下子就印在了陈虎的脸上！

陈虎捂住自己的那半边脸，眼睛直盯着陈列，嚷，你还真的发疯了啊？！

我发疯？陈列指着陈虎，痛心疾首地说，一个小孩子，要去送他奶奶的最后一程，有什么不对？！你却偏偏要说什么读书，你认为他读书好了，他心里就会好受吗？他心里就永远对得起他的奶奶吗？我也不知道怎么教你的，这么大的人了，你除了做对自己有用的事，你还做过什么！在你的心里，是不是除了进城，除了当个体面人，就什么都没有了，就什么都不值一提？！

陈列一把抓过陈虎，指着车子里面，对他说，你看清楚，这里面躺着的这个人，她不是别人，她是你的母亲！她也不是别人，她是陈洛的奶奶！她马上就回拉萨了，她一回拉萨，她这辈子就再也不会回光芒村了！而我们还要在光芒住，陈洛更要在光芒住一辈子，他以后都看不到他奶奶了，他现在去送送，有错吗？！

陈列顿了一下，他的脸上因激动而血脉贲张，看起来整个脸通红，他长长地吐了一口气，却还是难以控制住自己的情绪，他继续冲陈虎说，你妈妈那么年轻的时候，就因为我的身体和其他原因，不得不跟着我来到了光芒，来到了这个她从来就人生地不熟的地方。在这里，她辛苦地把你带大，这你不领情也就算了，可她还更加辛苦地把陈洛也带这么大了！一个外乡女人来到这里，她哪天不想着自己从小长大的地方？她什么时候不是在做梦时也在想着要回拉萨？可是你居然认为你妈妈最后提的这个要求根本就是无稽之谈，你认为一个老人她最后的要求会是随便提出来的吗？不是为了我,不是为了你,不是为了陈洛,不是为了我们爷孙三个,她会来这里吗?!

我不跟你说了,你想怎么做就怎么做吧!反正你现在是家里的老大,你说了算!陈虎完全不能再听父亲说下去了,他听着父亲说的这些话,觉得这根本就是一个小孩子在朗诵诗歌,这对现实的生活,是没有任何裨益的。因此,他一个字都听不进去了,他干脆转过身,直接走了。虽然他的母亲的尸体还在车里,还在那个马上就要向西藏进发的车子里,他却已经没有再看一眼的任何心思了。他就那么转过了身子,从此与他的母亲越离越远。

而陈列则一把抱住了陈洛,爷孙俩在车上相拥而泣。就这样,车子出发了。

这一路上,陈列和陈洛都神情肃穆,爷孙俩甚至很少说话。师傅是第一次接这样的活,本来路途遥远,成都到拉萨的路况又差,几乎没有人愿意干,但这个师傅一听了陈列说的具体情况后,马上为其感动,就慷慨同意了。车子开始几天都走得比较顺利,几乎没遇到任何问题。

这一天,车子上了青藏高原,到了离拉萨还有一千多公里的一个地方。现在天气寒冷,高原上到处都是白雪皑皑,一片银白而空旷的世界,让三个人都觉得自己好渺小。陈列看到车子外面到处都是身穿藏族服饰的人们,到处都是牦牛,到处都是高原特有的经幡,再看看一直静静地躺在车里的卓玛那张安详的脸,他的鼻子就一阵阵发酸,感觉有一种控制不住的东西立即就要喷涌而出。师傅看他那个表情,委婉地说,大哥,前面是一个吃饭的地方了,我们先休息一下再走?陈列点了点头,他们下了车,找到一个藏族饭馆,点了几样藏餐。

那些多年前熟悉的东西一摆上桌,陈列的泪水再次不能自已,他看着那些曾经在卓玛的心中是如此香醇的食物,就感觉卓玛正坐在自己的对面,与自己一起吃着这些东西。卓玛的音容笑貌,又如电影镜头一样,一幕幕地闪现在了他的眼前。

陈洛的心情也不是太好,他也呆坐在一边,和爷爷一样,吃不下饭。

师傅本来是想以吃饭转移一下爷孙俩的注意力,没想到反而因为吃饭让他们更是悲伤,竟有点不知所措,也只好坐在一边,不知吃还是不吃了。

陈列流了一会儿泪,突然见师傅端着碗小心翼翼地在看着他们,似乎是吃也不好,不吃也不好,赶紧对师傅说,师傅,你吃吧,你要吃好才能安全送我们到拉萨啊。

师傅只好说,是啊,吃吧,吃吧。他说着话,又转过头对陈洛说,洛洛,我们都一起吃吧。

师傅不说还好,一说话,陈洛突然"哇"的一声哭了起来!

这几天,陈洛这个早熟的孩子都一直压抑着自己,几乎没说什么话,更没有说有关奶奶的话,现在师傅这句话却一下子勾起了他内心无比的伤痛,因此得到机会,情感终于宣泄而出!

餐馆的老板是个藏族汉子。他早先看这三人进来时就觉得有点怪怪的,所以一直在注意着他们。见他们坐下后,一老一少都表情忧郁,不说话,不吃饭,就那么一直在掉着眼泪,更觉得奇怪。现在突然一个孩子还开始哭了,老板就走了过来,小心地问,请问你们怎么了,是不是我们有什么地方做得不好?

老板是用不太好的普通话问的,陈列却用藏语回答他,说,没事,孩子就是有点心事,伤心,过一会儿就好了。

那老板一看一个汉族模样的人居然会说这么流利的藏语,不禁惊讶了,问,你是藏族吗?

陈列摇了摇头,说,我不是,但我老婆是。

你老婆?老板说,她没和你们一起来吗?

来了!陈列流着泪,对老板哽咽着说。

来了?可你们只有三个人啊。老板更是奇怪了。

她在车子上!陈列指着外面停着的那个车子。

在车子上?怎么不叫她下来一起吃饭呢?是不是有高原反应啊?我这里有专治高原反应的药的。老板好心地说。

没事的,她没有高原反应,你自己忙吧,不用管我们了!陈列看着老板,有气无力地说。他感觉自己的全身都很累,累得只想现在就和卓玛坐在一起。因此他站了起来,跌跌撞撞地向车子走去。师傅一看情况似乎有点不对,想扶他,陈列却摆了摆手,说,你吃吧,我到车子上去休息一会儿。看他那么坚决的样子,师傅只好坐在那里。而陈洛见爷爷这状态,担心是因为自己的伤心而造成了爷爷内心的难受,因此也止住了哭声,开始吃饭。

陈列走到车子门前,拉开车门,看到躺在后面一排的卓玛,他就全身不住地抽搐,终于,身子一软,瘫倒在车门外!

那餐馆老板一直看着陈列,见他突然倒在了地上,马上喊了一声,不好了,出事了!就冲到车子边,想扶起陈列。没想到,他刚要扶陈列,却突然看到车子内有一张面无血色的脸正面对着他,他"哇"的一声大叫,连忙惊恐地转身,一下子蹦到了几米开外,全身发抖,对餐馆里面的其他人喊,有死人,有死人!

老板这话一喊出来,整个餐馆里面的人都惊呆了!很多人一拥而出,都围住了车子!

陈列本来瘫软在地上,正在大口大口地喘气,没想到因为一个偶然事件引来了这么多人,他连忙举起手,对围上来的那些人说,没事的,没事的,你们不要慌!

一个藏族小伙子拿着一根棍子冲了上来,一把把陈列抓住,大声吼道,说,你们杀的人是谁?!其他人一见,也都立刻围住了陈列,师傅和陈洛也随后被店子里的其他人按在了地上!

师傅连忙大声喊,说,你们搞错了,我们不是杀人犯,我们没有杀人!

没有杀人?那车子里面的死人是怎么回事!老板斥问。

那……那就是他刚才给你说的他的老婆啊!师傅指着陈列,急切地申辩。

他的老婆?他连他自己的老婆都杀了?老板的脸色更是变得惊恐,对身边的人喊,你们快去报警!快去叫警察来!

有人马上打了电话。

陈列知道,现在大家的情绪都很激动,就是申辩也没有用,只有等警察来了,他再给大家说明情况才行。

没多久,警察来了。

几个警察一看这情景开始也觉得不可思议,后来弄清楚了情况,更是觉得不可想象。但陈列身上有着各种证件和手续,包括卓玛的死亡证明,他们也不得不相信了。

一个外地人带着他的老婆要回拉萨去天葬!这消息几乎没经任何故

意的渲染,就很快传遍了高原。

这之后的高原公路上,出现了一个很奇特的现象,那就是只要当有一辆车到某个地方时,就会有很多藏族群众手持哈达站在路边,等着他们下车,然后就会端上酥油茶,送上青稞面,再默默地为车里的那个闭着眼睛的女人祈祷。车里的陈列和陈洛俩爷孙,都为高原人的纯朴而感动不已,他们都有一种回到了家的真诚感觉。不仅是卓玛回到了家,他们也回到了家。寒冷孤寂的高原因了他们,竟也呈现出了另外一面的颜色,这颜色,让爷孙俩都感觉到了从未有过的温馨。

没几天,陈列他们到了拉萨。

拉萨好多人竟然也都提前知道了这个传奇的故事,所以,一进拉萨城,陈列他们就看到沿途到处都是飘扬的经幡,到处都是真心为卓玛念经祈福的普通老百姓。

陈列找了一家旅馆住下,准备第二天就送卓玛上天葬台。他刚一住下,就有好多藏族普通群众到了旅馆外面,大家都默默地站在外面,不发一言,虽然外面大雪纷飞,但所有的人都在真诚地欢迎一个曾经的拉萨人再次回到故土。

陈列再次为拉萨人民的纯朴无比感动。

这天晚上,陈列把卓玛和自己放在一个房间,他想再陪卓玛最后一个晚上。他静静地守在卓玛的面前,没有开灯,而是专门买了一些蜡烛。他将床拉到房间中心,然后将那些蜡烛围着她摆了一个圈子,再将所有的蜡烛都点上。房间里一会儿就全亮起了蜡烛微弱的光,它们将陈列的脸牢牢地印在了卓玛的身上,投射进了卓玛那颗似乎永远都不会停止跳动的心。陈列心里也在一遍遍地回想着他和卓玛之前的那些故事。陈列觉得自己已经没有泪再可以流了,相反,他感觉不是自己的泪哭干了,而是他认为他再也不需要哭了,因为卓玛已经回到了她一直以来魂牵梦萦的拉萨,卓玛今后也将再也不会离开拉萨了。她与拉萨,真的将再一次融合在一起。陈列的内心已渐趋平静,他觉得卓玛的离去不仅是一种肉体的归家,更是一种灵魂上的返家。他看着卓玛安静的面容,就觉得自己从未与她分开过。

半夜时分,陈列还是守在卓玛的面前,虽然冷,但他一点凉意都没有。陈洛因为年龄小,这一路也旅途劳顿,一进旅馆就睡着了。这也给了陈列再一次与卓玛单独相处的机会。

快天亮的时候,陈列突然听到一阵敲门声。他以为是喇嘛或者是天葬师过来了,就去开了门,没想到一开门,却看到了一张他曾经无比熟悉的脸。那张脸让陈列一下子怔住了。

那人看着开门的陈列,声音颤抖着说,真的是你啊,爸!真的是你啊!

王吖,你怎么会在这里呢?陈列都不知道说什么了,只能这样问。

爸,我们先不说这些了,我听别人说有一个汉族人带着他的藏族妻子回拉萨来天葬,我就想可能是你,没想到真的是你啊,爸!王吖一下子扑到陈列的怀里,放声大哭。

孩子,苦了你了,这些年苦了你了!陈列抚摸着王吖的头发,不禁再一次老泪纵横。

妈什么时候去的?哭了一阵后,王吖泪水涟涟地问。

正要回答王吖的问题,天葬师来了。陈列连忙把情况简要给王吖说了一下,再从另一个房间把陈洛叫醒。陈洛突然见到一个陌生女人站在自己的面前,开始一愣,等王吖一把抱住他,并不停地亲吻他,叫他"儿子"时,他才醒悟过来!

他怔怔地看着面前这个女人,这个让他没有一点心理准备却一直在叫他"儿子"的女人,他只能像刺猬似的伸出他内心敏感的触觉,小心翼翼地问,你真是我的妈妈?

我是你的妈妈!王吖抽泣着,泪水奔涌。

突然见到一个陌生女人这样抱着自己哭,陈洛顿时慌了,想反抗,却一点力气都使不出来,无奈,只得任由那女人抱着。而那女人则一直喊着"洛洛!洛洛",这让陈洛突然又有了一种亲近感,他觉得自己面前这个女人一定是和自己有着某种渊源的。你为什么这么多年都不回家来找我?陈洛也不知道为什么突然就想到了这个问题。也许这个问题早就一直在他的脑海中萦绕,只是他自己强迫自己不要去想而已。现在自己这个只有小时候才见过的妈妈真的站在了自己的面前,陈洛完全不知所措。他唯一能做的,就只能对面前这个自称是自己妈妈的女人说,奶奶……奶奶去世了。他说这话时,眼睛越过王吖的身体,看着屋内还躺在床上的卓玛。

王吖几步跨到床前,她都不知道自己还有多少泪能流。这个躺在床上的女人,这个她曾经叫妈的女人,在陈家时是除了陈列之外,对她最好的一个人。

这天上午,在喇嘛们的诵经声中,拉萨城边的一个天葬台上,周围经幡翻卷,桑烟缭绕,一个魁梧的天葬师举起海螺,朝天空吹响,然后,一众喇嘛在燃起的柏烟之中开始念起超度经。随着柏树的浓烟升到空中,远处盘旋在天空的鹫鹰便落在天葬台不远的地方,接着铺天盖地的鹫鹰也纷纷落在天葬台周围。

陈列和陈洛都守在天葬台下面一个不是太远的地方。陈列的内心随着桑烟在山谷的飘绕而越来越平静。他深深地相信,卓玛肯定已经找到了她自己最好的归宿。天葬这天,除了陈列和陈洛,王吖也来了。当然,除了王吖,还有一个人也来了,那就是热旦。热旦看着那些袅袅升起的桑烟,也是老泪纵横。

卓玛天葬之后,陈列带着陈洛又在拉萨住了几天。这期间王吖又来了几次,但每次都是悄悄地来,似乎是不敢让别人知道。但每次只要一来,她都给陈洛带来好多好东西,不管陈洛想要什么,只要是她觉得好的,只要是她认为应该是陈洛这个年龄觉得好的,她都给他买了送过来。陈列想问王吖现在的处境,不过看她的穿着,陈列感到自己已经无须再问了。他想问王吖是否还是一个人,却更是问不出口。他知道是陈虎对不起王吖,是他们陈家对不起王吖,所以,他根本没办法再求王吖回到光芒村。最后,他还是终于鼓起勇气,试探性地对王吖说,丫头,如果有时间,你还是回光芒村看看吧?说话时,他眼睛看着陈洛,意思很明白,就是虽然我们陈家对不起你,但你也毕竟还有个儿子在那里啊。

王吖却只是不断地给陈洛试穿着她新买来的各种衣服,对陈列的话,也不知道是没听到,还是故意不想回应,反正就是不作声。陈列叹了一口气,再不问这话题。

有一天,王吖没来,陈列带陈洛到拉萨各处走走。他想给陈洛看看自己和卓玛曾经生活过的地方,也想让他从这些地方看到他奶奶的身影。当走到多年前卓玛家那块草场时,陈列心中充满了无限的感慨。他带着陈列在那辽阔的草场上慢慢走着,让陈洛看着那到处都是的玛尼石堆,让他慢慢体会着蓝天白云之间那些飘逸的阳光对他轻轻的吻。而陈洛稚嫩的内心,也感觉到自己仿佛又回到了奶奶的怀抱里,回到了自己以前和奶奶在一起的岁月。

突然,陈洛面前闪过了一道优美的弧线!那弧线就像一道绚丽的彩虹,一下子将陈洛的眼睛牢牢地吸引住了!他内心一阵狂跳,不由激动地喊,爷爷,拉佳狄马!

陈列也惊喜地看到一条高大而似曾相识的藏獒正在朝着他们狂奔而来!那藏獒嘴里发出欢快的轻声吠叫,完全有如见了久别的亲人那样,只几秒钟就飘到了陈列和陈洛的面前。陈洛一见拉佳狄马,心里狂喜,他一下子弯下腰,把拉佳狄马抱住,拉佳狄马也任由他抱着,一人一獒就那么在还覆盖着一层白雪的草原上打起滚来!

见到拉佳狄马,对陈洛和陈列来说都是极其意外的。而对拉佳狄马来说,显然也是很意外的。但现在的拉佳狄马一看就没有以前那么精神了,它虽然还是那么漂亮,还是那么高大,但身上的皮毛却污浊不堪,到处都沾着泥巴,甚至连眼圈周围也是黑黢黢的泥巴。这让两爷孙一看就心痛。不过看着拉佳狄马欢快地围着自己和陈洛吠叫,陈列突然觉得卓玛的在天之灵一定正在拉萨的某个角落,远远地看着他们。

爷爷,它是不是过得很不好啊?陈洛抱着拉佳狄马,担心地问陈列。

陈列点了点头,说,看来是这样啊,你想,它是在我们那里失踪的,没想到现在我们却在拉萨见到了它,从成都到拉萨,它得经过多少磨难才能到啊!

是啊,它肯定可辛苦了!陈洛流下了泪来。他紧紧地抱着拉佳狄马,对陈列说,那我们把它带回去吧,不要让它受苦了,爷爷!

陈列点了点头,说,好不容易找到它了,我们当然是要带它回去的啊。

这天晚上,他们把拉佳狄马带回了旅馆。陈洛给拉佳狄马洗了一个澡,就一直抱着它睡。

半夜,陈洛却突然叫醒陈列,焦急地说,爷爷,拉佳狄马不见了!

陈列一看,房间里果然没有了拉佳狄马的身影!

虽然陈列也觉得意外,但他安慰陈洛说,没事的,它可能是半夜出去了,会回来的。

第二天早上,拉佳狄马果然回来了。这让陈洛非常高兴。

不过下午,拉佳狄马居然又不见了!陈洛急得到处找,但都没见到踪影,后来,陈列带着陈洛又到了遇见拉佳狄马的草场,却真的在那里再见到了它!

这让陈洛再次开心了起来。

这次陈洛想再带拉佳狄马走的时候,它却再也不走了,而且让爷孙俩都觉得奇怪的是,它居然一直就围绕着草场的某个地方在那里转着圈。它有时低声嘶叫,有时看着天空静静地站着,有时又毫无顾忌地在陈洛身边撒着欢。不过,它就是没有离开过那个地方。那个地方是在一堆玛尼石边上,附近有一些零乱的骨头堆在那里。有些骨头都变黑了,有些则根本就不能再叫骨头了,而是已经腐蚀成了泥。

那是些什么骨头啊?陈洛问爷爷,拉佳狄马怎么就一直不离开这地方呢?

那是些狗骨头。陈列对陈洛说,而且是好多条狗的骨头。

好多条狗的骨头?拉佳狄马这是怎么了啊?陈洛不禁心里难过,说,它不会就只是靠着这些骨头过日子吧?

我看不是,它都没动过这些骨头呢。陈列说。

是啊,真奇怪啊,而且它也不再愿意跟着我们走!陈洛是百思不得其解。

正在这时,一个人来了。这个人,是热旦。

热旦手里提着一口袋东西,一见陈列,他连忙问,怎么,你们还没走啊,我以为你回去了呢。他在说话时,拉佳狄马已经跑到他的身边,陈列就见到热旦把手里的东西放在了拉佳狄马的面前,拉佳狄马开始吃了起来。

陈列看着面前这场景,惊讶地说,这……

没想到是怎么回事吧?热旦笑笑,说,开始我也没想到呢。

说到这里,热旦给陈列讲了一件事。

他说,他从成都回拉萨后,本来就只是为了办一点个人的事情,然后就再回成都去做生意,没想到他从内地带到拉萨的那条土狗却在刚到拉萨两天后就死掉了,因此他非常伤心。后来,按他们以前草场上的风俗,他把土狗的骨头安葬在了这堆玛尼石旁。这里的风俗是把死去的狗放在旷野里,然后各种野生食腐动物很快把肉吃掉,狗的骨头堆在一起,就算安葬了。

因为这条土狗陪过他很多年,他就会经常来这里看看,只要看到那些骨头,他就觉得土狗还没有死掉。但某一天,他却突然见到拉佳狄马也出现在了这里! 当时的拉佳狄马,不仅浑身脏兮兮的,还瘦骨嶙峋,一看就是经过了很大的艰难困苦。他想起在成都机场外面见到拉佳狄马的情景,突然明白了,拉佳狄马肯定是为了土狗才历尽艰险来到这里的! 他当时就感动不已,想把拉佳狄马带回家,但它怎么都不愿意,就那么天天守在这土狗的尸骨附近。后来,热旦也就不再勉强了,不过看拉佳狄马到处流浪,他也于心不忍,干脆每天都给它送点吃的东西过来。

陈列听了,不禁欷歔不已。他真没想到,原来拉佳狄马竟然是这么一条有情有义的藏獒。

后来,陈洛问陈列,爷爷,我们还把拉佳狄马带回去吗?

陈列摇了摇头,说,不用了,这里本来就是它的家,我们没必要再把它带回去,就让它一直留在这里吧。

陈洛看着爷爷,他的眼睛里也有一种光在闪动。陈列不知道陈洛在想什么,但他相信,这孩子的内心一定有一个美好的梦想正在绽放。

几天后,王吘给陈列和陈洛买了机票,让他们坐飞机回到了四川。

刚一回到光芒村,一件事就让陈列大吃一惊!

他竟然看到在自家的地里,正有几台挖掘机在轰鸣着挖掘着什么。他连忙上前,问那些人在挖什么。那些挖掘机师傅说,他们正在挖公司新项目的地基。

什么新项目? 陈列完全不明白。

那些人说,就是西藏干部退休安置房项目啊。

安置房? 陈列大声说,你们弄你们的,可挖我的地干什么呢? 你们肯定搞错了吧!

没有搞错啊。有个师傅说,这地是我们老总亲自带我们来的呢。

你们老总? 谁啊? 陈列急急地问。

陈虎啊。师傅说。

他? 陈列一下子怒不可遏,他马上对那些师傅说,你们先停下,不要挖了!

为什么? 我们一停下来,可就要扣工资呢。师傅们说。

不停下来,你们的工作就都停了!陈列大声吼道。

老人家,你凭什么这么横啊?这么大年龄了,别在这里搅局了!有师傅开玩笑。

横?有个在旁边看热闹的村民开口了,说,你不知道这个老人家的儿子是谁吗?

他的儿子是谁关我什么事啊,我只要知道我儿子是谁就可以了。那师傅继续开着玩笑。其他师傅一听他这样说,也都哄笑了起来。

可是他的儿子是谁倒真关你的事呢,那村民不屑地翘起嘴巴,对那师傅说,你不知道,这位老人家有个儿子叫陈虎吗?

陈虎?在场所有的师傅都惊了,呆呆地看着陈列,不知所措。

陈列却懒得再和他们说什么了,只是冲他们说,你们现在先不要挖了,快点停下来!

刚才那个师傅还有点迟疑,但其他师傅一听,都马上停了,他也不得不停了下来。

陈列马上转身,离开了他的那些地。而那些挖掘机师傅,则目瞪口呆地在那里待着,不知道该怎么办。

陈列当然是去找陈虎。

一找到陈虎,陈列就火冒三丈。陈列见到陈虎时,不发火的时候真的很少。但这次的火却特别的大,甚至那把火一下子就把陈虎震住了,他看着正在自己面前拍着桌子咆哮不已的父亲,说,你回来了啊?回来不在家待着,来我这里闹什么啊!

你说我闹什么?你趁我去拉萨,竟然想在我们家的地上建什么项目!我给你说,这绝对不行!陈列大声吼着,吼声让陈虎公司的所有人都听到了。

不行?这有什么不行的?陈虎一听父亲是为这事闹上来的,马上胸有成竹地说,这事上面已经批了!

上面批了,我没批也不行!陈列拍着桌子冲陈虎吼。

你别在我面前耍横,反正征用这些地也是上面的人批的,你有本事去找批的人吧!陈虎理也不理自己的父亲,站起身来,就往外走,说,反正你是我的父亲,你想在这里闹多久都可以,我可不奉陪了!

陈虎想往外走,陈列却拉住他,陈虎一使劲儿,就把陈列拉住他的手甩开了,陈列想再拉住他,他干脆用手一推,陈列一个不留神,"砰"的一声滑倒,然后仰面八叉摔在了地上!

陈列和陈虎两人都怔住了。

陈列躺在地上,怔怔地看着正转过身的陈虎。陈虎也将身子转过来,正面看着陈列。

父子两人互相都盯着对方,不过,他们眼睛中流露出来的眼神,却迥然不同。

陈列的心一下子就平静了。他知道,自己面前的这个人,如果还能称作自己儿子的话,那也只能是法律意义上的一个名词罢了。除了这,这个叫陈虎的人,已经与自己毫无关系。

陈虎的心也一下子就平静了。他看着这个现在正倒在地上,用一双愤怒的眼神看着自己的老人。他觉得,这个老人除了是生下自己并把自己养大的人,他已和自己没有任何关系了。这个老人想的,只是他头脑中的那一亩三分地,只是他念念不忘的那些地里种出来的粮食。这个老人是永远不可能理解自己这么多年来的打拼是为了什么,他与自己,完全就是两个世界的人。

两人都这么平静地看着对方,就这么坚持了十几分钟。十几分钟后,陈列从地面爬起,什么都没说,只是拍了拍自己身上的灰,就径直拉开陈虎办公室的门,平静地看了看一众偷偷围在老总办公室门外的公司员工,出去了。

陈虎一言不发,只是重新坐到了他那张豪华的办公桌前,掏出一支他最近迷恋上的雪茄,点燃,抽了起来。在烟圈环绕之中,陈虎想到了很多很多。

这天晚上,光芒村最后一块还没有被挖掘机完全铲平的地面上,突然出现了一个帐篷。那帐篷不算大,几乎只能容纳一个人住在里面。但这个帐篷搭在那块地的最中心,就像一块突兀的巨石,一下子就挡住了河流的去路。而那帐篷里面住着的人,不是别人,就是陈列。

陈列是在挖掘机师傅们目瞪口呆的神情中一步步搭起那间帐篷的。那个帐篷是陈列自己做的,没到市面上去买任何材料,所有需要的东西都是他从家里搬来的,甚至包括那张大帆布,也是陈列留在家里在夏天晒谷子时专门用来防雨的,是用很多小布缝起来的。陈列认真地在地里忙活了一天,一个简易的、还漏着风的小型帐篷就算搭好了。搭好了这个不能算帐篷的帐篷之后,陈列从家里搬来了锅碗瓢盆,甚至还在帐篷外面用一些石块和废弃的砖头搭建了一个简易灶台。

当天,陈列就在帐篷里面度过了他的第一个夜晚。他躺在偶尔还有风漏进来的那块帆布下,想象着帆布上面繁星点点的天空和帆布下面那块陪了他几十年的,他从未离开过的土地。他的眼睛里,天空和土地已经因为他置身于其中,而融为了一体。陈列的内心里,现在就像有一条静静的河流,那些河水从天上来,流进他的身体,再缓缓地经过他内心的每一个地方,流出他的身体,流向他身下的那块厚实的土地。那些土地因了这些水,变得更加肥沃,更加芳香扑鼻,让陈列只要一接触到它们,内心就会异常的安宁和平稳。只有地才能让陈列的内心平静下来,它们才能给陈列带来他想要的世界。它们与陈列,本来就是一体的,本来就是根本没办法分开的。那晚上陈列在帐篷里面睡得很好,甚至比他以往的任何一个夜晚都睡得好。他睡着时,虽然外面的风一阵阵吹荡着,发出"呜呜"的低鸣声,但陈列安详的脸上却挂着幸福而又满足的笑容。

几乎所有的人都为陈列的举动而惊讶。光芒村因了陈列和他的帐篷,一下子成为了整个县城关注的焦点。

❷⓿

陈虎接到员工的电话,说陈列竟然在工地上搭了一个帐篷时,真是气急败坏。他怎么也没想到,虽然自己已经暗中办妥了所有的手续,但父亲却给自己来了这么一手！陈虎现在却没办法回去,因为他其时刚刚踏上拉萨的土地。

陈虎这次来拉萨,是因为陈洛。父亲把母亲送回拉萨,陈虎都没有回去,但因为陈洛,他却去了拉萨。

陈虎是在陈洛送奶奶走后的一天知道陈洛的成绩后才下定决心再次到拉萨的。那天也是很偶然,陈虎刚好有事到陈洛的学校去,又刚好遇到了陈洛的班主任王丹老师。

王老师一见陈虎,就直接问,陈总,听说你家陈洛到拉萨去了?

陈虎一愣,说,是啊。

怎么都不请个假呢?王老师说。

陈虎连忙道歉,说自己忘了,而且也是临时决定的。

他可不能再多缺课了啊。王老师叹了一口气说。

陈虎一听这话,就知道陈洛的成绩肯定出问题了。一问王老师,果然,前几天刚进行了一次考试,七门课陈洛竟然有六门都没有及格!

这对陈虎的打击,甚至比对陈洛都还要严重。在陈虎的心里,自己一门心思创办公司,一心一意挣钱,就是想能到城里去,当一个真正的城里人。现在自己是没办法了,他只好把希望全寄托在了陈洛的身上。但现在,陈洛的成绩居然到了这种地步,这让陈虎真是无比沮丧。

就在这种沮丧之中,那晚陈虎偶然遇到了几个已经从西藏退休住在安置房的老人。他们见陈虎如此状态,就随便问了一下,陈虎正找不到人说话,就把陈洛成绩越来越差的事情给几个老人说了一下。

几个老人一听,开始没作声,都只是象征性地安慰了陈虎几句就走了。但当陈虎也正准备走时,有一个老人却突然悄悄地折过身,很神秘地把陈虎拉到一个僻静处,问,你真的很希望陈洛考上大学?

陈虎点点头,说,当然啊,只有考上大学,他才可以成为名副其实的城里人,在城里工作,在城里生活,比这征地换来的城里人身份还好呢!

你觉得靠征地换一个城里人的身份没意思?那老人说。

开始我还认为有点意思,想毕竟是城里人了,可后来发现,就是征地后由农村人成为了城里人,他们在城里也只能干些扫大街啊什么的最底层的活,这还不如就在农村呢,所以,我就想让陈洛好好读书,因为只有读书,才会真的改变他的一生！陈虎没想到自己对这个陌生的老人竟然是如此的坦诚,一不留神就把心里话全讲出来了。陈虎是很少对别人这样坦诚的。

那老人听了,似乎深有同感。他擦了擦自己已经镶满了一道道皱纹的额头,对陈虎说,这事我以前也遇到过呢。

你也遇到过？陈虎一下子就有了精神,问,那你是怎么做的？

你知不知道,现在在不同的地方,考试的录取分数差别很大呢。那老人说。

不同的地方？陈虎有点疑惑。

是啊,比如我们这个地方的学生如果到其他地方去考,分数可能大不一样呢,有的地方可能分数会低很多,而有的地方则可能会高很多。老人说。

陈虎的眼睛一亮,问,你这意思,是？

你可以让陈洛换一个地方去考试啊,说不定在我们这里他成绩不行,到另一个地方就可以了呢。老人压低声音对陈虎说。

换一个地方？陈虎一下子想起了拉萨,想起了王新。这事情陈虎本来一直都记在心里的,只是他之前还对陈洛的成绩仍抱有一点奢望,认为只要他努力,肯定会好起来的,所以也就没真正运作这事。没想到陈洛的成绩现在却是越来越差,甚至完全无可救药了。陈虎不得不开始考虑这事到底该怎么办。

陈洛当即决定,要到拉萨去找王新,给她说陈洛要到拉萨去考试。因为陈洛觉得这事是他目前生活中最大的事情,所以,他决定马上就去。

一到拉萨,当他再次出现在王新面前时,王新一下子惊讶了。

她看着陈虎,说,你来干什么？

刚好在这个时候,陈虎公司的人打电话来说,陈列在工地上搭了一个帐篷。陈虎一听这话,就很生气,他脸色都变了,当着王新的面,冲电话里吼,说,这么大年龄的一个老头子了,你们还搞不定吗？

可……陈总……这个人是你的……你的父亲嘛。电话那边的人唯唯诺诺地一连说了几句话,才敢说出这话。

是我的什么！从现在起,他和我什么都不是了！陈虎继续大声在电话里吼。

但……那边的人还是很犹豫。

但什么但！陈虎暴跳如雷,那老东西以后就不是我父亲了！

唉……王新听了陈虎的话,大概也猜出是怎么回事了,她看了一眼陈虎,摇了摇头,不发一言。

陈虎电话里面的那人不敢再说话了,只好敷衍了两句,挂了电话。陈虎电话一挂,看着王新,说,你叹什么气呢？

你这个人,从来是为了自己,可以不择手段。王新直言道。因为这种不择手段的事情,多年前陈虎也曾直接用在自己身上,所以王新觉得自己一点都不用给面前这个男人什么面子。

随便你怎么说吧。陈虎反倒不生气,因为他知道自己是有事来求王新的。

你直接说吧,这次来找我有什么事？王新不转弯抹角,很干脆地问。

我想把陈洛弄到拉萨来考试。陈虎也直截了当。

弄到拉萨？王新不解地问,为什么？

这样对他肯定有利一点。陈虎说。

王新低头想了一会儿,说,可是,你怎么把他弄过来考试呢？

怎么弄？陈虎奇怪地看着王新,说,你不是他妈吗？

王新的脸一红,转过身去,良久,才背对着陈虎说,可是,我现在不方便。

不方便？陈虎说,你不会真的一直向旦增隐瞒了你曾经结过婚的事实吧？

这不关你的事！王新一句话呛回了陈虎。

陈虎心里冷笑了两声,说,不关我的事？

他本来想讥讽王新两句,不想陈虎刚说到这里,一个人却从背后一把抱住了他,并爽朗地说,表哥,怎么你来了,都不给我打个招呼啊？

陈虎转头一看,是旦增。

旦增脸上充满了笑意,言辞之间似乎在责怪陈虎,说,大老远的来拉萨,你应该早点给我说说,我好安排嘛。

陈虎尴尬地说,一家人了,还安排什么啊。

正因为是一家人才要安排呢。旦增"呵呵"笑着,对一个员工说,让他马上去饭店订一桌饭。因为这时正巧到了吃饭时间。

陈虎不得不随着旦增去了饭店。王新说让他们先去,她把店子里的生意处理一下就来。

到吃饭的地方一坐下,旦增就开门见山地对陈虎说,表哥,不够意思啊,上次你走的时候我悄悄拜托你的事,你后来竟然连一点回音都没给我啊。

陈虎知道旦增肯定要问这个问题,虽然他的脸皮够厚,脸却还是红了,不过他也算是老江湖了,因此也不回避,直接说,没办法啊,回去后好长一段时间我们那里的电话往拉萨打都打不通,不知道出什么问题了,你知道,那时我们那里几乎都还没有电话呢。

哈哈,没事的,我也就只是随便问一下。旦增"哈哈"笑着,说,不过后来王新自己去了一趟内地,虽然她老家都没有亲人了,但还是把她的户口什么的都转过来了,我们也顺利结了婚。

哦,这样啊。陈虎知道这事,却不得不装出一副毫不知情的表情。

我听说王新回内地转户口的时候,也见过你啊。旦增也装作不经意的样子问。

是啊,是啊,我们毕竟是亲戚嘛。陈虎知道自己只能这么回答。

这不就对了嘛,虽然王新说她的直系亲戚一个都不在世了,表哥你只是远房的,但毕竟还是她的亲戚嘛。旦增的语调中透露出了明显的嘲讽。

这点陈虎也看出来了。他只好问一些鸡毛蒜皮的事,顾左右而言他。幸好旦增也只是发泄了自己的一点点不满,就开始和陈虎喝酒。他们喝的是一种啤酒。旦增说,拉萨这些年喝啤酒的人越来越多,啤酒在拉萨已然成为了一种时尚,很多拉萨人都喝啤酒,啤酒在拉萨的销量甚至都有超越这里的传统酒的趋势。

陈虎知道旦增也在转移话题,不想让场面太尴尬,因此也就问他为什么这里的啤酒这么受欢迎。

旦增说,我们藏族人豪迈,喜欢喝酒,而且喜欢和一群朋友聚在一起好好喝,那白酒太烈,喝太多不行,喝太多醉了就不好玩了,而啤酒度数低,可以一直喝,那时间就会长一些。

正说到这里,王新过来了。

王新过来时,两人饭桌前已经摆了长长一排啤酒瓶子。

旦增一见王新，就说，你快来陪表哥，我要上厕所。说完，就急急站了起来，到卫生间去了。旦增从第二瓶啤酒下肚，就一直不停地在上厕所。

陈虎一见王新，马上对她说，那事你看怎么办？

我怎么办？我能怎么办？王新绝望地看着陈虎，说，你知道的，如果洛洛要到拉萨来考试，必须要把他的户口转到我的名下啊。

是啊，你是他的母亲，这样做也是理所当然的。陈虎虽然头也有点晕，但他知道此行的目的是什么，所以问话也还很有条理。

但你知道，如果洛洛的户口转到我的名下，那岂不是直接给旦增说我结过婚了吗？王新的泪又落了下来。

你本来……陈虎刚说到这里，旦增就回来了，他一屁股坐下，说，哈，撒了一大泡尿，舒服了！表哥，来，再喝！说着，旦增又端起杯子，和陈虎碰杯。

陈虎的眼睛一直看着王新。王新却神色游离，明显心不在焉。

一会儿，旦增再上厕所时，陈虎又直接问，我看你还是把洛洛的户口转过来吧，而且，我还想把洛洛的民族也改了。

民族？这怎么改？！王新惊讶地看着陈虎，说，当初洛洛上户口时登记的民族可是汉族，而且你和我都是汉族，他的民族成分怎么可能改？

我本来可以把民族登记成藏族的，因为我的母亲是藏族，但家里的那个老顽固当初一点都没有为我的将来考虑，弄得洛洛的事情也麻烦了很多。不过你和旦增现在在拉萨的生意都做得这么大，肯定认识不少人，弄这么一个小事还有什么难的？陈虎觉得这事对旦增来说，应该是一个小事。

可改了民族能有什么用呢？王新有点不明白。

还不是为了洛洛以后的考试，可以少分数啊！陈虎有点不耐烦地说。

陈虎，你已经害过我那么多次了，这次你不要再害我了，行不行？王新用哀求的语气对陈虎说，手不停地擦泪。

害你？这是为了你儿子的未来，你怎么能说为了儿子的事情是害了你呢？陈虎一句话就把王新呛了回去。

洛洛他如果考不上，就让他过自己的生活吧，为什么非要读大学呢？王新说，他成绩不好，就是我们想办法让他上了大学，以后他也会跟不上的啊。

这是以后的事,我现在就只想把他的户口和民族改过来!陈虎的语气一点都不容商量。

你就是把自己的希望寄托在孩子的身上!王新无奈地叹了一口气,说,你现在已经够有钱了,你还想得到什么?

我就想进城,成城里人!陈虎完全不掩饰自己的想法。

唉……王新叹了一口气,她对陈洛已经毫无语言了。

这晚上,旦增后来喝得酩酊大醉,竟有点不省人事了。

在送旦增回去的路上,陈虎对王新说,你抓紧时间把洛洛的户口转过来吧。说完,他把陈洛的户籍和其他资料证明都给了王新。

王新默默地接过,没有说话。

陈虎说,我在拉萨还要待两天,我会天天来看你的。陈虎说。

王新知道陈虎的话里有威胁的意味,却还是什么话都没说。

陈虎从旦增的住所出来回旅馆的路上,天已经完全黑了。拉萨这个季节的夜晚很静,风很凉,陈虎在街上走着,儿时在拉萨的记忆都一一涌了上来。

突然,陈虎看到自己面前有一道影子窜了过去!影子一窜过陈虎的面前,他的心里就一怔!一看那姿势,一看那奔跑的身形,陈虎就知道,这是他一个熟悉的老朋友!而且是一个熟悉得不能再熟悉的老朋友!什么都不用看,仅凭那影子,陈虎就已经能够下判断了,而且这判断绝对无误!

拉佳狄马!陈虎呵斥了一声,那急速窜过去的影子,竟然真的停了下来。

陈虎跑过去一看,竟然真的就是拉佳狄马!

陈虎怔怔地看着拉佳狄马。他没想到居然能在这里见到它。他实在想不明白拉佳狄马为什么会到了拉萨。而拉佳狄马也一下子站在了原地,它的眼睛一下子定住了,刚刚还一闪一闪的眼瞳,竟然没有了一丁点光泽,它的眼神深处似乎立即升起了一股强烈的失望之情,似乎对自己面前突然出现的这个人表现出了极度的抗拒。陈虎知道拉佳狄马从来就不欢迎自己,也从来没和自己亲近过。但陈虎是一个现实的人,他知道有些事情是不需要理由的,所以,他几乎在一瞬间就已经决定自己不能再去想拉佳狄马为什么会在拉萨,他首先想到的,是自己怎么能把拉佳狄马再次弄回去!

因此,他伸出双手,脸上露出了笑容。陈虎相信,自己这笑容一定是宽容的,一定是灿烂的,一定是会让拉佳狄马感觉到有一种亲人般的暖风扑面的温情。他想,拉佳狄马虽然只是一条獒,但一见自己对它如此既往不咎,也一定会是感恩戴德的,它肯定会热情地与自己重新开始的。

但陈虎想错了。就在陈虎脸上绽开着笑容要拥抱拉佳狄马时,拉佳狄马的尾巴却一下子竖了起来,鼻孔也发出了"扑哧扑哧"的声音!陈虎知道,一旦拉佳狄马对人表现出这种状态,那就是它不愿意再接近自己面前的这个人了!

陈虎有点意想不到。但他还想试试,他不相信拉佳狄马会这么对待它之前的主人。他再次伸出手,要去拥抱拉佳狄马!

陈虎做梦都没有想到,就在他双手刚靠近拉佳狄马身体的时候,拉佳狄马竟然一口咬住了他的手臂!当然,它并没有咬住陈虎手臂上的肉,而只是咬住了陈虎手臂上的衣服!咬住后,它再头一甩,一个虎跃,陈虎只听到"哗"的一声响,自己穿的衣服的一只袖管就那么被拉佳狄马的嘴给撕了下来!陈虎清清楚楚地听到了那袖管离开自己身体时发出的那声脆响。

陈虎猛然怔住了。他呆呆地看着拉佳狄马,心里一时不敢相信这事情竟然会是真的。

对陈虎的惊讶,拉佳狄马却一点都不理会,它转过身,根本再也没看一眼陈虎,就往远处跑去了!

而陈虎,也不敢再对拉佳狄马怎么样了。他知道刚才拉佳狄马做的,其实就是对他的一种警告。

陈虎呆在原地,不禁有点怅然若失。他不明白,区区一条獒,怎么可以这么对待他?

晚上陈虎到外面转了一圈,心里有点想不通。这时王桂花打电话,说她的公司现在缺一笔资金,看陈虎能否给她想想办法周转一下。陈虎一听她又要周转资金,几乎没考虑,马上答应了。王桂花却在电话里娇声娇气地问,死鬼,你怎么答应得这么快呢?

陈虎笑了,刚才由拉佳狄马引起的不快因为王桂花的声音而有了不少的减退,他说,你的事情不就是我的事情吗?

可是这次有点多呢。王桂花还是娇笑着说。

只要一听到王桂花那撒娇的声音,陈虎马上就会感觉到电话另一端那个女人极端的妖媚,这会令他立刻就没有了抗拒之情,甚至骨头都酥了。陈虎几乎想都没想,就说,没事的,只要是你要的,我都会给你想办法!谁叫你那么吸引我呢!你不知道,只要一听你的声音,我就想马上抱着你,马上和你……

死鬼,电话里的声音都会让你想入非非啊。王桂花"咯咯"地笑了起来,似乎有点花枝乱颤。这点陈虎完全能够感觉到。想象着王桂花在另一边的风情,陈虎问她需要多少,然后他就给公司财务人员打电话,让他们转账。

王桂花说了一个数字,开始让陈虎一惊,让他觉得好像是自己听错了,又问了一遍,没想到王桂花说的真的是那个数字,陈虎一下子怔住了!

因为王桂花这次想要的数目,竟然远远超出了她之前给陈虎说的那些。

陈虎愣了一会儿,说,你怎么突然要这么多钱呢?

王桂花不再娇笑了,她叹了一口气,说,现在公司遇到了一个瓶颈,必须要这么多钱,否则,公司就有可能倒闭了!

这么严重?陈虎疑虑地问。

是啊,不过我知道这数目对你来说,肯定是没问题的,所以我才给你打的电话嘛。王桂花继续撒娇。

这数目对我来说也不算小啊。陈虎实话实说。在王桂花面前,陈虎可从来都是打肿脸充胖子那种态势,还没有过像现在这样主动给她说这种话的情况。

可我只需要最多一个月就可以了嘛,到时马上会把钱给你转过来的。王桂花说完,又补充了一句,说,难道连我你都不相信了吗,死鬼?!这话听着是撒娇,实际上却明显是在给陈虎施压。陈虎是聪明人,当然是一下子就听出来了。

你别急嘛,我会想办法的。一听王桂花的语气,陈虎就知道自己是完全不可能拒绝的,所以他咬了咬牙,开始在心里盘算。他将自己公司近期的资金流向大概清理了一下,马上确定自己能够在一个月内将王桂花所说的那些资金抽转出来,所以,他立即对王桂花说了同意,但也不得不对她说必须要在一个月内将钱都还他。

王桂花明显心花怒放,她连连在电话里"吧嗒吧嗒"亲了陈虎好几口,对陈虎说,死鬼,你快点把钱转到我以前的那个账户,还有,你回来我就在那个老地方等你啊。后面那句话明显带着暧昧甚至是挑逗的语气,让陈虎一下子就完全没有了招架之力。

陈虎挂了王桂花电话,立即给自己公司打电话安排转账。账务人员一听他要转这么多数目,马上也呆了,有个财务人员小心翼翼地在电话里对他说,陈总,这么大的数目转出去,不会出什么事吧?

陈虎说,我叫你转的,会出什么事呢?

我看,是不是还是等你回来再说这事?财务人员明显有点害怕。

我说了转就转,你们还磨叽个什么啊!陈虎在公司的管理上一向是他自己一个人说了算,谁也不敢对他的决定有任何置疑。因此,财务人员也不得不答应了。

回到宾馆,陈虎却见到王新站在那里。

怎么了,你想通了?陈虎一见王新,就知道了她是因为什么事情而来的。

洛洛毕竟是我自己的儿子。王新叹了一口气,说。

那你早点答应不就得了?陈虎语带讥讽。

可是,这事如果让我老公知道了,他……王新还是一脸犹豫。

你不让他知道不就得了?陈虎说,当初你和他结婚时只改了一个名字,就可以把你自己的过去瞒下,让他认为你还是第一次结婚,这次为了儿子,你当然更可以想其他办法了啊!

我倒是真想了一个办法。王新看着陈虎,也不知道是该说还是不该说,有点迟疑。

有什么办法就快点说。陈虎一点都不给王新再考虑的时间。

我想,反正我和旦增结婚了这么久都没有孩子,我看能不能给他说,把洛洛收养过来,成为我们的养子?王新说这些话的时候,心里明显底气不足。

养子?谁会收养一个年龄都这么大的孩子?陈虎讥笑着说。

这正是我担心的。王新叹了一口气,说,但除了这办法,我确实是没其他办法了啊。

可你怎么去说服旦增呢？陈虎看着王新。

这个事你放心，我会想办法的。王新犹犹豫豫地说。

那你明天上午必须得给我答复。陈虎语气坚决，不容王新再说任何其他话。他知道，怎么搞定旦增是王新的事，与他无关。

这天晚上陈虎回到宾馆，完全忘了拉佳狄马的事。他躺下，只想着王桂花那诱人的身体，想着王桂花给予他的那些激情难忘的岁月，之后也不知道怎么才睡着了。在陈虎的世界里，什么人他都可以对不起，但是对王桂花，他却从来都是例外，甚至只有王桂花对不起他的时候。

第二天一大早，陈虎还没有起床，就听到了敲门声。他一听，想肯定是王新过来了，他连衣服都没穿就跳下了床，开了门。一开门，却看到门外站的是旦增。

旦增的眼圈发黑，一看就是没有睡好的样子。他一看到陈虎开门，就低下头，弯腰抱起一箱东西。陈虎一看，是两箱啤酒。

陈虎的门一开，旦增就把两箱啤酒往里面抱。陈虎愣住了，不知道旦增这是干吗。

旦增看陈虎没反应，就冲陈虎说，关上门啊，我们兄弟俩再好好喝一次酒来着！

不是才喝过了吗？陈虎有点摸不着头脑，说，大清早喝酒，也不好吧？

有什么不好的呢？旦增眼圈发黑，眼珠却骨碌直转。他看着陈虎，将啤酒用力扔在床上，然后一屁股坐了上去，"啪"打开一瓶，扔给陈虎，再"啪"打开一瓶，自己仰头喝了起来。

陈虎接过旦增扔过来的啤酒，拿在手里。

旦增喝了好大一口酒，看陈虎还是没什么动静，就说，怎么了，喝啊！

陈虎还是默不作声，他静静地将那瓶打开的啤酒拿在手里摆弄着。他知道旦增一定是有事情来找自己，否则不会这么早来敲自己的门。

看陈虎不喝酒，旦增不乐意了。他将自己手里的那瓶啤酒一下子晃到了陈虎面前，主动与陈虎手里的那瓶碰了碰，发出"叮"的一声脆响，然后说，来啊，都碰杯了，还不喝啊？

在很多地方，只要碰杯了，就必须要喝。在拉萨也是这样。

别愣着了,你喝,然后我给你讲一个故事。旦增对陈虎说。在说话时,他又喝下了两大口酒。

故事?陈虎一听,就知道旦增有什么事情要给他说了。他反倒一点都不担心了,甚至还轻松地坐在了旦增的对面,举起啤酒瓶,主动喝了起来。

两人开始就那么闷声不响地喝酒,直到都喝完了一箱啤酒,再打开另一箱时,旦增才终于说话了。他说,他这个故事,是很特别的。

有什么特别呢?陈虎的头也被酒精刺激得有点晕眩了。但他知道自己想听到什么。

那是很久很久以前的故事了。酒喝了这么多,旦增讲话时明显比平常更富有感情色彩,甚至连语音的轻重缓急都更有节奏感。他说,当时,他就因为一点点小事到成都,没想到,却在那个地方碰到了一个姑娘,一个衣衫褴褛、瘦骨嶙峋的姑娘。

之后呢?陈虎淡淡地问。

旦增拿着一瓶酒,眼神已经全然迷离了,他的目光似乎已经穿越了好多年的时光,回到了离现在很远很远的某个在他心中已然刻骨铭心的地方。他深情地说着话,好像陈虎已经不在他的面前了。他说,那姑娘虽然一看就那么可怜,但我一下子就明白,这个人是佛祖指引给我的,她是我的缘分!为此,我马上问她遇到了什么事情,是不是需要我的帮助。但那姑娘却惊恐地看着我,不敢和我说什么,她本来想转身逃开,但因为我手里那时刚好端着一杯茶,一杯我从拉萨带到内地,并每天都没有断过的酥油茶。那酥油茶被我冲得好浓好浓,它散发出一种淡淡的清香。也正是因为这清香,让那姑娘在想转身逃离我的时候,忍不住看了看它。她这眼神,当然逃不了我的目光。所以我马上将那杯酥油茶递了过去,说,你是不是饿了,你先喝一点吧?那姑娘开始还迟疑了一下,之后她小心地用眼角看了看我,似乎并没看到我的眼神中有恶意,所以,她颤抖着双手,终于接过了那杯茶,然后,几乎没给自己一点思考的余地,就一口喝了下去!

她一喝下那杯茶,我就感觉到那姑娘的眼神中已经闪动着某种光芒。于是,我小心地问她,说我自己这里还有酥油茶,问她还喝不。姑娘对我似乎也完全没有了防备之心,虽然她只是看着我,什么话都没有说,但我知道,她对我们清香的酥油茶已然产生了强烈的好感。于是,我指着某一个地方,对她说,走吧,姑娘,我住在那里,你跟我来我马上给你再泡茶。那个地方,就是我住的宾馆。

话一出口,我发现姑娘明显有了一点局促。我一下子明白自己说错话了,我立即责备自己,内心里想,怎么能叫人家一个陌生姑娘跟着一个大男人去宾馆呢?所以,我立即改口,对她说,对不起,我说错了,我看你还是在这里等着我,我一会儿就马上过来,好吗?

那姑娘眼神中的局促竟然马上就散失了,她轻轻地点了点头。而我,则以最快的速度跑回宾馆,打开自己的包,拿出装好的酥油和茶,再以最快的速度将它们泡好并装在一个壶里,之后,我又拿出了一些糌粑粉,盛在一个碗里,再按我们藏族的方式捏好,捏好后我就提着那壶酥油茶和捏好的糌粑再次出去。

那姑娘果然还在那里。她一看到我,眼睛就露出了一种惊喜。那种惊喜,完全是一种无防备的惊喜,是一种让你一看,就能和她走得很近的惊喜。她当时的那种表情,让我印象极其深刻。我只知道,我刚才做的事情没有白做,甚至我还觉得,我是在为一个身上有着佛性的人在做事,而这人,已经让我看到了她身上闪烁着的类似佛光一样的圣洁光芒。

而我就是在这种光芒的笼罩下,看着那姑娘在一口口地喝我泡的酥油茶,看着她用心地吃着我捏好的糌粑。我知道很多内地人第一次喝酥油茶和吃糌粑都会不适应,毕竟以前没有接触过。但我看那姑娘似乎自己就是藏族人一样。她完全以一种享受的表情在吃着喝着,完全没认为这些东西是自己从来就没接触过的。而我一看到这场景,心里对那姑娘的亲近感竟然又近了一层。我甚至已经觉得,她天生就是一个与我们高原有缘的人。

姑娘那双扑闪扑闪的大眼睛,也一下子就吸引住我了。虽然我一看她就不是一个漂亮女人,但我知道,自己的内心已经给我作出了最好的判断。

就这样,我和她认识了。

完全没有任何安排,也没有任何预兆,我和那姑娘就谈上话了。她吃过喝过后,冲我满足地一笑,说,你真是一个好人。

我当时羞涩地站在她面前。我是一个害怕别人表扬我的人。所以,一听她这么说我,我就特别害羞。而她似乎也看出了我的困窘,又转移了话题,说,你给我吃的这些东西,真是好吃啊,我以前还从来没吃过这么好吃

269

的呢,一定是好东西吧?

我看着她,说,这在我们那边是很普通的,不算好东西,只是我们日常生活里必须要有的呢。

日常生活?那姑娘明显有点惊讶了,日常生活你们都吃这么好的啊?

不好啊,这在我们那里真的很普通呢。我在说这话时,甚至都有点忍俊不禁了。

哦,那你是哪里的呢?那姑娘问。

拉萨的!一听她问我是哪里的,我无端地就有了一点激动,甚至脸都红了起来。我也不明白自己为什么会脸红,但我记得很清楚,当时我的脸确实是红了。

你真是一个好人。那姑娘看着我,说出了这么一句话。

而我,就这样和一个我自认为身上闪着佛光的女人认识了。不过在我和她认识后,她说的一些话,却又让我不得不产生强烈的同情。

为什么呢?听到这里,陈虎不由得插了一句话。因为他觉得自己不能老在那里听着别人说,他要给自己一点主动权。陈虎从来都不是一个耐得住寂寞的男人。在任何人面前,都有着一种强烈的控制欲。

为什么?旦增睨着眼看了陈虎一下,说,因为后来那姑娘说,她是被家人赶出来的!

21

我绝对绝对没有想到,在这么一个社会,居然还会有女人被人从家里赶出来这种事!旦增猛地喝了一口酒,脸涨得通红,连气也出不顺了,那瓶啤酒一下子被他全部"吸"进了嘴里,他再"砰"地将啤酒瓶用力砸在地上,瓶子"啪"的一声碎了,玻璃屑溅得到处都是。

陈虎斜着眼看了看旦增,身体动也不动,似乎完全没有被他所说的话触动,只是在旦增扔瓶子时挪了挪身子,似乎只是害怕那些碎屑溅到自己身上。他的脸上也没有表现出任何与平时不一样的表情。他只是看着旦增,完全以一个旁观者的身份面无表情地坐在一边,就像一个纯粹的听书人。

这人真他娘的不是人,如果这事发生在我们藏族人这里,老子肯定会拿藏刀把那家人剁得稀烂!旦增情绪越发激动,甚至"当"一声将腰上一直挂着的一把藏刀从鞘里拔了出来,也不管三七二十一,一刀往床上的被褥砍去!那厚厚的被褥竟然一下子就成了两段。

陈虎终于说话了,说,这被褥砍坏了,可要赔的呢。

赔就赔,我旦增这点东西还赔不起啊?!旦增一句话把陈虎的话顶了回去。

陈虎也不生气,居然马上就将自己的嘴闭上了,再不说话,只是一边喝酒,一边听旦增究竟想说什么。

你知道这个女人为什么要给我说这些吗?要给我这么一个陌生人说这些吗?旦增继续喝酒,说着下面的话。

我自从那次和她接触后,连续几天都在附近见到她。开始我也不以为意,认为这不过就是一个生活困窘的人而已,而我对她好,也不过是一个佛教徒应该做的。但后来,我发现这女人身上好像有一点与其他生活困窘者不一样的地方。那不一样的就是,她的眼神特别清澈,看上去就像一潭我们雪域高原神山圣湖里面的水,一眼就能看到底。特别是有一天,她对我说,大哥,我不能光吃你的东西,你看你有什么活让我干干?别看我是女人,我有的是力气呢。她说着这些话时,完全不是以一个受施者的立场来叙述,而是以一个独立的人的独立的语调在和我说。我一下子更感觉到她身上有着一种与旁人迥异的东西。刚好我那时真的需要一个人帮我看一些在成都进的货,所以,就问她愿不愿意帮我忙。她一听,马上就同意了。

后来,这个女人就一直在我身边。让我没想到的是,她和我在一起时,不管是在工作上,还是在生活中,我们俩都异常的合拍。特别是她对我们

271

藏区很多吃的东西,竟然好像有一种天生的喜爱一样,不管是酥油茶还是糌粑,甚至是我们的特色小东西,她都认为非常非常的香甜可口。而她对我们的生活习惯,也是很快就适应了,不久之后,还觉得藏传佛教真是一个让她佩服不已的佛教门派,所以,也信了佛。这样,我发觉她身上有一种越来越吸引我的能量,那种能量,让我不由自主地靠近她。后来我在成都的事情做完后,就问她愿不愿意和我到拉萨去。她居然都没考虑,就一口答应了。我问她不害怕我是一个坏人吗。她说,不会的,从第一眼看到你的时候,我就知道你是好人!理所当然地,后来我们就走到了一起。

　　后来我问她,为什么会被人赶了出来?我知道这话如果换了一个人,是不会问的,害怕伤人自尊嘛。但是不知道怎么的,对她的事情,我就是有一种特别的好奇,我想知道所有有关她的事。但不出所料,她一直没回答我这个问题。后来我问她,现在有政府,有妇联,为什么不去告赶你出来的那些人?她也摇头,说,无所谓了,出来就出来吧,反正再待在那里,也只有受罪,没有任何意义,还不如出来,一个人轻松。她当时是淡然地说完了这句话的。说话时她的表情异常平静,但我从她平静的脸庞上,看到了一种内心难以言喻的疼。而我,也相信在她平静的面容后面,一定有很多难以言喻的故事。但因为她不说,所以,我也就不问。

　　说到这里,旦增又猛地喝了一口酒。他带来的两箱啤酒,已经喝得只剩几瓶了。他的整个脸都涨得通红通红,嘴里也是酒气直冒,头还不停地左右摇晃着,似乎很是难受,但又特别想说话。陈虎明白旦增现在的状况,虽然旦增将继续说什么他已经完全知道了,但他是一个耐不住寂寞却能耐得住性子的人,所以,对旦增说的话也就当成一个与他自己毫无关系的故事来听。而旦增似乎也很满意有他这样一个忠诚的听众,因此也就继续往下说。

　　后来,我一直想和她结婚,不过让我奇怪的是,她居然就是不答应。可我们在一起那么久了,虽然没有夫妻之实,但别人也觉得我们俩就应该是夫妻才对啊。她不答应结婚,这可让我怎么都想不通。后来被我逼得实在没办法了,她就说,她其实是一个孤儿,根本没有家,所以也不知道到哪里去开结婚证明。我问她,说我们最初见面时你不是说你被人从家里赶出来的吗?但她矢口否认,说那时是因为太饿,想博取我的同情,把她留下来,所以故意这样说的。我有点怀疑,直接对她说,如果想博取我的同情,那你是孤儿这事本身就已经足够了!但她就是一直坚持自己的这个最新说法。我是一个不愿意强迫别人的人,即使是对自己最喜欢的人也是这样。因为我从小受藏传佛教的影响,佛教给了我一颗包容的心。我知道如果别人不说,肯定是有自己的苦衷的。

这事就这样一直拖了下来。中间虽然她在拉萨也遇到了很多麻烦,比如人家查户口、查身份证时她都拿不出来,但我毕竟在拉萨还算有一些人脉和关系,所以这些事我还能帮着她应付过来。后来,我还专门开了一家虫草店,让她来经营。她管理得也很好,完全是一个和我一样的天生的生意人。但让我没想到的是,就在我们的生意越做越好时,居然有一个人突然来到了拉萨,而这个人,竟然自称是她的表哥!

这事开始就让我觉得很诡异。一个先说自己是被人从家里赶出来后来又说自己是孤儿的人,什么时候冒出一个表哥来了?虽然一再强调这只是远房亲戚,但我就是觉得有哪个地方不对劲。而她也一直对我闪烁其词,我知道,这个所谓的表哥,一定与她有着什么不一样的关系。后来,我果然就发现了很多的不正常,为了证明我的直觉,我故意委托那表哥回去后为我办一些事,还特意给了那表哥一笔钱。给他钱的目的,就是想验证一下这个人是不是和她有什么特殊的关系。如果没有,他肯定会为我办我委托的那些事儿甚至连我的钱都不会要,如果有,他一定会收了钱就消失了。

事实真像我预料的那样在发展。我一下子觉得好失望好失望。当然,我不是对她失望。因为我知道,不管她有什么过去,我喜欢的只是她的现在。但是,也不知道是怎么回事,自从有那么一个特殊的"表哥"出现后,她居然很长一段时间都显得心神不宁,后来,她找理由说要到成都去和一个虫草客户见面,她说那个虫草客户很大,如果能联系上,以后我们的虫草就会越卖越好。对她的要求,我从来没拒绝过,虽然我之前从来没有让她单独到外面去约见过什么客户,什么事情都是我帮她办好。但现在她说要出去办事,我也就由着她了。

让我没想到的是,她再回拉萨后,居然就把自己的户口转了过来。这里面有太多让人想不通的细节,但是,我还是装作什么都不知道,我还显得特别高兴。而事实上我也真的是很高兴。我高兴自己终于可以与一个自己喜欢了这么久的人结婚了。佛不仅给了我一颗宽容的心,而且给了我一个必须要珍惜当下、善待自己身边所有人的胸怀。所以,我就很高兴地开始筹备婚礼。她也显得特别高兴。这样,我们顺理成章就成为了夫妻。

我们好好地生活了这么多年,虽然也不知道是什么原因,我们一直都没有孩子,但我俩真的都觉得有没有孩子都无所谓,因为只要我们两个能在一起,这就是最大的幸福,所以我们也从来没有到医院去查过这是谁的问题。之后,我们的日子就这样一直平静地过着,平静得让我发现原来生活真的可以在这样的一种平静中,不知不觉就被巨大的幸福包围得密不透风。

我原本认为,我和她的幸福生活会一直这样继续下去。但让我没想到的是,突然,她昨天竟然给我提了一个很奇怪的要求。

说到这里,旦增顿了一下,可能喝下去的啤酒太多,他"呼"地打了一个饱嗝,一股浊气朝着陈虎迎面扑来。陈虎也不闪避,不过在那股浊气到来之前,紧闭了自己的鼻子,不呼气也不吸气。也许是因为憋着了,他的脸一下子也呈现出了不一样的状态。旦增看着他的脸,说,你怎么了?脸怎么涨得这么红呢?不会是听了我的故事后,心里有什么不好受的吧?

我会有什么不好受的呢?陈虎终于再开始吸气,浊气已然散去,他看着旦增,还是用一种完全是听众和旁人的语气说,你不是还在讲故事吗?继续啊,她给你提了什么要求?

这要求真的是很奇怪!旦增说,她居然说,要我们收养一个孩子。

你们本来就没孩子,收养一个也很正常啊。陈虎回应。

正常?旦增看着陈虎,说,可她之前从来没有提过这种要求的。

哦。

最奇怪的是,她居然要收养一个大孩子。而且听说已经是高中生了,快要考大学了。

大孩子?陈虎不动声色,看着旦增。

是啊,都读高中了。

读高中有什么不行吗?

当然不行了啊,我有个朋友去年也收养了一个孤儿,人家要求收养的孩子都不得满十四岁呢。

哦。

可我把这个限制条件讲给她听以后,她就一直在哭!

陈虎看着旦增一瓶瓶把那些啤酒全部喝完。后来,旦增一把抓住陈虎,说,表哥,你不觉得这事有点奇怪吗?旦增在叫着"表哥"这两个字的时候,似乎是故意加重了语气。

没什么啊,一个女人一直没有自己的孩子,难免想要有一个陪在她身边。陈虎轻描淡写地说。

可我怎么都觉得这事有点不对劲,表哥。旦增直直地看着陈虎。

哪些地方不对劲呢?陈虎明知故问。

有一个人自从来到这里后,就有点不对劲了。旦增还是以那种直直的眼神看着陈虎。

哦?关他什么事呢?陈虎的语气还是那样波澜不惊。

本来她说自己没有亲人的,没有家的,甚至连户口什么的都没有的,可是,就在某个人来到这里再走了之后,她居然没多久就把自己的户口迁过来了!还有,那个人和她相遇,她开始时也对我躲躲闪闪的。

这有什么不对吗?陈虎继续装糊涂。

当然不对啊!旦增又喷了一口酒气出来。明显是啤酒喝得太多了。

陈虎看着旦增。

旦增继续说,因为她一直给我说,那个人是她的表哥啊!

陈虎笑了,说,是表哥又有什么不对呢?他现在的笑,明显有一点对旦增的不屑。

你觉得呢?旦增继续喷着酒气。

其实我可以给你说清楚的。陈虎看着旦增,说,你也是一个聪明人,我就给你说实话了吧,我和王新以前是夫妻,王新以前的名字叫王吖。

然后呢?旦增似乎早就预料到了这种状况。

我和王新分开以后,我真没想过要来这里找她,因为我根本就不知道她来到了这里。但生活就是那么巧,就让我在这里遇上了她!

再然后呢?

她看到我,很惊讶,为了和你结婚,她不得不回到老家,转了户口什么的。

可你为什么还要来找她呢？

我和她有一个儿子，就是王新给你说的她想收养的那个大孩子。陈虎一点都不隐瞒了，他干脆直接说了出来。

哦？

之所以想让你们收养那孩子，完全是为了孩子的将来。那孩子成绩不好，如果能来拉萨考试，他考上大学的几率就会多得多。

为什么他一定要读大学呢？

因为这是我的梦想！我不想一辈子待在那块黄土地上，像我父亲一样脸朝黄土背朝天地过一辈子！

可你现在生意已经做得不错了啊！

生意做得是不错，但我始终认为自己不是城里人。陈虎说到这里，居然能用一种异常平静的语调说话。

可孩子就是王新的孩子，根本就不用收养啊！旦增说。

你的意思，是你同意孩子以后来拉萨考试？陈虎直截了当地问。

这是你和王新的事情，其实和我无关。不过有一句话我可以给你说，不管王新做什么事情，我都不会有意见的，而且，我都会毫无条件地支持的！因为，她是我的老婆！说到这里，旦增摇摇晃晃地站了起来，朝门口走去。到了门口时，他又转过头，说，陈虎，其实我真的很鄙视你这样的一个人！一个可以为了自己的目的而不择手段的人，是会玷污我们拉萨这里的佛像的！说完，旦增直接出了门，再也不看陈虎一眼。

陈虎决定马上回老家去。但走之前，他特意再找到了王新，说了旦增和他说的话。王新听了，良久无语，说，既然你把所有的事情都给旦增说了，那洛洛的事，你看着办吧，我会尽量办的。

考试是没问题了，可是我不知道你能不能想个办法，将洛洛的民族也改了？陈虎问。

民族？这个我真没办法做到。王新直接拒绝。

你在拉萨这么久，肯定认识很多人，你想个办法，把洛洛的民族改成其他民族，那他考试时又可以少一些分数了。陈虎说。

你是不是天天在做梦？异想天开？！王新的语气一下子严厉了起来，

冲陈虎吼,这事你想办你自己去办!反正我给你说,我是没这个本事!

你怎么这么说话呢?洛洛的奶奶本来就是藏族,当初就是因为我父亲所以我的民族写成了汉族,如果当时他把我的民族写成藏族,那现在洛洛不是汉族也是理所当然的啊!陈虎觉得自己太理直气壮了。

不管是什么原因,但这事我没办法!王新说完,转身就走。

陈虎看着王新的背影,久久不语。

陈虎回到光芒村,第一件事情就是到工地上去。

工地已经开始了施工,征用的那些地几乎全部纳入了施工的范围,很多原有的耕地都被挖掘机挖得面目全非,完全没有了原来土地的样子。

一看陈虎回来,项目经理立即长吁了一口气,似乎有天大的事情终于从他头顶卸下来了。陈虎也知道他是因为什么,所以,一到工地他就径直朝着一个方向走去。

陈虎到了,看很多工地的人都正望着一个地方。他一看,那是一个矮矮的帐篷。帐篷天蓝色,看起来很小,帐篷外面却是锅碗瓢盆一应俱全,最让陈虎想不到的是,隔帐篷两米开外,竟然有一个用废弃砖头搭建起来的简易灶台。这一套设备任何人一看,都知道是干什么的了。

陈虎看工地上的人都以一种畏惧的眼神看着他。他知道他们在顾虑着什么。因此,他一句话没说,只是随手从一个工友的手里拿过来了一把铲子,然后大踏步奔向灶台,双臂抡圆,举起铲子,集中全身力气,嘴里还发出了一声"嗨",那铲子就重重地一下子砸向灶台!只听得"哗"的一声响,原本就搭得极不坚固的灶台顷刻间土崩瓦解,全部散了架,再没有了灶台的样子。这边灶台刚倒,陈虎马上转过身,几脚将那些锅碗瓢盆踢翻在地!

旁边的人看陈虎的架势,全都吓傻了,几乎没有一个人敢吭一声。而陈虎则冲着大家喊,说,你们还愣着干什么啊!是不是不想要工钱了!想要工钱,就快点上来给我把帐篷推了!

这时,一个工人上前,指着帐篷里面,战战兢兢地说,陈总,有人啊!

有人?有人也要推了!陈虎大声嚷着,明显是说给帐篷里面的人听。

这不合适吧?有人还是心存疑虑。

陈虎冲挖掘机师傅喊,怎么,你呆站在那里干什么,还不快点开机器过来!

277

挖掘机师傅看看陈虎,又看看帐篷,脸上充满了为难之色。

陈虎干脆什么话都不说了,走近挖掘机,打开驾驶舱,一把把师傅拽了下来,自己再一个箭步跃上,坐好,立刻开动了挖掘机!

挖掘机摇晃着它那笨拙的躯体,发出刺耳的轰鸣声,朝着前面的那个帐篷驶去!

到了帐篷外面,陈虎冲里面喊,你快点出来!

里面没响动。

陈虎再喊,你再不出来,我的挖掘机就过来了!

里面还是没响动。

陈虎按了按喇叭,说,你别认为我做不出来,挖掘机过来,到时连你都填平在地下了!

你这混蛋,你还有什么做不出来的?!帐篷里面终于传出来了一句悲凉的声音。这话当然是陈列说的。陈列说话时,似乎已经在尽最大的努力控制自己的情绪了,可是话语声还是一直在颤抖着。他说,从小到大,你有什么事做不出来的?你今天干脆就把老子碾在下面算了,反正你这个老爹你也看不顺眼!

陈虎听了这话,二话没说,挖掘机"轰轰"开了过去!

眼看机器的前斗就要接近帐篷了,两个工人才突然省悟了过来,他们飞快地冲到了前面,进了帐篷,然后就听到帐篷里面有激烈的撕扯声!两个工人说,叔,你还是快出去吧,陈总的机器真的要把这全挖掉啊!陈列却还是嚷着,说,他要挖就让他来挖吧,老子反正老了,不怕!

外面的人听着这些话,想象着两个工人一定在全力以赴地要把老人弄出来,但老人就是不肯,终于,两个工人明显是使用了暴力,因为大家在听到一阵激烈的碰撞声后,看到他们架着陈列到了帐篷门口!

陈列双手被两个工人架着,一点都不能动,双脚却还是在激烈地到处挥舞着,想摆脱两个工人的挟持。但两个工人毕竟年轻,有力气,就那么强有力地架着陈列出了帐篷!

陈虎一看陈列被架出来了,立即按下了按钮,挖掘机几乎在最短的时间内就以迅雷不及掩耳之势把那个原本就小的帐篷给掀翻了,然后就看到原来帐篷所在的地方,马上就出现了一个大坑!

之后,陈虎从挖掘机上跳了下来,指着已经呆若木鸡的师傅说,你来,照原有计划弄这场地!

陈虎说话时,一个工人却突然高叫,不好了!不好了,有人自杀了!

陈虎扭过头去一看,却见陈列不知什么时候完全躺在了地上!他连忙奔了过去,一看,陈列的一只手正握着一把刀,脖子上的鲜血正汩汩地往外冒!陈列的嘴巴张得大大的,完全只有出的气没有进的气了!

陈虎一下子慌了。不管怎么样,这人毕竟还是他的亲生父亲啊!他一边脱下自己身上的衬衣,把伤口缠住,防止鲜血再往外冒,一边冲旁边的人吼,你们怎么看的啊!旁边的人都不敢出声,只有一个人说,陈总,我们都在看你挖帐篷,把你父亲弄出来后,就都没注意他了啊!

陈虎嚷,还啰唆什么啊,快点把他抬到车上,弄到医院!

救护车好不容易才到了。陈虎抱着陈列往车上赶的时候,他似乎看到一个人影正跌跌撞撞地往工地上跑,那人一边跑,一边撕心裂肺地喊:"爷爷!爷爷!"陈虎知道,这一定是陈洛。他想肯定是刚才有人告诉陈洛爷爷自杀了。小村平时很少出这样的大事,一旦出了,传播的速度会比原子弹爆炸的速度都还要快。陈虎听陈洛哭泣的声音就知道,这孩子以后一定会恨自己了!但他现在已经顾不上陈洛的感受了,他现在只想尽快把陈列送到医院!

工地上发生了这样的血腥事情,当然所有的施工也都停了下来。而工地上的事情,没多久就传遍了整个县城,几乎所有县城的人都知道某个工地上出现了一桩血案,而造成这血案的人,则是那个人的儿子。

在陈虎把陈列送到医院抢救时,有关部门的人也直接来到了医院。他们传达了部分领导的意见,说对陈虎处理事情的办法很是生气。陈虎想解释,但他知道解释了也无用。他只能守在急救室门口,等着抢救结果出来!

抢救进行了一天一夜。这一天一夜,陈虎和陈洛一直守在外面。陈洛自始至终都没有看陈虎一眼,似乎这个人已经完全和自己无关。

第二天下午,陈列终于被抢救过来了。医生说,生命无大碍,但因为病人自杀时是割喉,所以以后有可能终生说不了话了。

陈虎愣在了那里。而陈洛,则"哇"一声哭了出来,并马上奔进了病房。

陈虎也一天一夜没睡觉了,他的眼皮都快撑不开了,他的眼前甚至还出现了幻觉,那幻觉是小时候他在拉萨时,跟在父亲和母亲身后到草场上放牧的情景。那情景,似乎是那么真实地再次发生在了陈虎的身上,而那时的他,还是那么的小,看着父母的样子,也是那么的天真,拉萨的那些蓝天白云,都完全像是自己最亲密的朋友一样,天天簇拥着他,那草场上的风,也时时在他的耳边轻声细语。陈虎看着眼前的自己,他就想不明白为什么自己会以这样一种状态站在这里。他对自己惟有苦笑。但他真不知道自己应该怎么办了。

就在陈虎还处于那种虚幻时,一个政府工作人员找到了他,通知他到某个地方开会。

陈虎几乎是在一种头重脚轻的状态中来到一个宽敞的会议室的。他一进去,看到很多人都神情严肃地端坐在那里。他们一看到他,脸上都呈现出了一种难以言喻的表情。陈虎看到最中央坐的,是县长。陈虎虽说还只是一介平民,但还是见过县长几次。以前他见县长时,县长对他都很亲切,好几次都主动握着他的手,说,陈总啊,要好好努力,把乡镇企业做强做大啊,本县的发展,可全寄托在你们这些乡镇企业家的身上了啊!每次县长这么一说,陈虎都是受宠若惊,马上把该表的态都全表了,就害怕自己辜负了县长的知遇之恩。但现在坐在中间的县长,脸上已经完全没有了以往的亲切,他板着脸,眼睛抬也不抬,嘴角透露出了一股看不出来的愠怒。陈虎一看这架势,都不知道自己该坐在哪里了,幸好有工作人员把他带到了一个位子,他才知道自己该坐哪里。但到了那座位,陈虎却不知道自己该不该坐下去。其实,不是该不该,而是陈虎不敢坐下去。

县长终于抬起了头,瞟了陈虎一眼,说,你还站着干什么?坐下吧,我们开会了!

陈虎这才坐下。一坐下,主持人就宣读了一份处罚通知。那处罚通知当然是针对陈虎公司的,说的是陈虎公司在征地项目中没有注意采取合适的方式方法,导致出现了一些损害老百姓感情的事情,从而在人民群众中损害了政府的形象。

陈虎呆呆地坐在那里,一言不发。他知道,在这种场合,他即使说了,也没有用。

一会儿,县长开始总结讲话。在讲话中,县长声色俱厉地对这件事情进行了谴责,从目前全县乡镇企业在经济与社会发展中起到的重要作用进行了分析,但他马上话锋一转,说个别乡镇企业家不要因为现在政府对他们放宽了政策,在扶持他们,就为所欲为,无法无天。县长还特别强调,不管为本地经济作出了多大贡献,不管是谁,他们都还是必须要考虑经济效益之外的社会效益,没有了社会效益的经济发展,是不能为老百姓带来真正的好处的!

陈虎一听这定调,就明白父亲这事给自己到底带来了多大的影响了。

过了一个月,陈列终于出院了。

陈列果然再发不出任何声音了,整个人完全哑了。

老了还出现这种事情,对陈列来说真的是一个巨大的灾难。

但陈家的地,却再也没有人来劝他必须征用了。陈列也就安安心心地守护在那块地上。

这却出现了一个问题。陈家的地本来是在征用地的正中间,现在那块地因为事情闹大了,没有人敢来动了,但周围土地的开发却不能停下来。陈虎只能先开发其他的地。不过因为正中间空出来那么一块,他不得不增加了很多成本。这成本令他都感觉到资金很吃力了。以前陈虎承包什么工程时只要给银行相关部门打个招呼,事情就可以解决了,但现在不行了。因为这次的事情实在太大,很多银行都绕着陈虎走。陈虎基本上陷入了一种两难的境地。放弃,自己心有不甘,不放弃,资金却实在是困难。陈虎突然想起自己在王桂花那里还有一笔可观的资金。

陈虎立即给王桂花打电话,没想到,电话一通,陈虎却先听到了王桂花的哭声!

王桂花在电话里还没说话,却已经哭得肝肠寸断,让陈虎一下子就乱了阵脚,忘了自己打电话找她的事情。他连忙问王桂花发生什么事了。王桂花哽咽了好久,才说,家里……出……出事了! 出……大事了!

大事? 陈虎愣了。

我们家那个……那个……王桂花一直在哽咽,几乎说不出一句话。这地方女人嘴里的"那个",一般都是特指自己的老公。

他怎么了? 陈虎连忙追问。他知道王桂花从来不在他面前提起她家的"那个",这次一提起,那当然是真出事了! 人也真的很奇怪,陈虎是一个对任何人都不相信的人,但对王桂花说的话,却从来没有过任何怀疑,甚至王桂花还真的利用过他甚至骗过他,但他就不认为她说的话自己需要再考虑一下。

他……被抓了！王桂花终于说出了原因,一说出原因,她马上嚎啕大哭起来。

陈虎忙问王桂花在哪里,王桂花说了一个地址,陈虎飞快赶了过去。过去一看,王桂花正在那里哭得梨花带雨,整个面部都哭得有点变形了,完全没有了平时在陈虎眼里的那种无穷的风韵。但正因为这样,陈虎觉得王桂花更需要他的呵护。

他问王桂花到底发生什么事了。

王桂花哭哭啼啼地终于把发生在她家的一件大事给陈虎说了。陈虎一听,这还真的是一件大事,一件可以让一个家庭完全毁灭的大事。

原来,王桂花的男人一直在政府部门上班。这是个从最基层干起的干部。凭着其踏实肯干的作风,一步步地走上了领导岗位。刚走上领导岗位时,这个男人也兢兢业业地做事,战战兢兢地做人,但后来,因为王桂花一门心思想做生意想发大财,但又没有资金,所以,他不断以一些不正当手段敛取钱财,后来帮王桂花开了那家化妆品店。王桂花的生意的确也是越做越好。因为不仅有她男人在资金上的支持,还有她男人利用自己的社会资源为她开拓了不少的发展渠道。但是,因为王桂花的生意越做越大,所需要的资金缺口也是越来越多。除了在陈虎这里经常能周转一些,她老公也根本没办法停住了,到最后,事情就如绝大多数类似案例一样,被人揭发了出来。事情败露,人马上就被有关部门抓了,而王桂花的公司,因为资金来历不正当,当然也被查封清盘。

王桂花说着这事的时候,陈虎首先想到的,是自己也完了！王桂花的公司被清盘了,那他前段时间借给王桂花的那笔钱,岂不是也同样没踪影了？

陈虎颓然跌坐在地上,长时间无语。

王桂花一看,还认为陈虎是因为自己的事情而伤心,连忙上前,抱着他的头,说,谢谢你,只有你,才在这种境况时,还能守在我的身边,陪着我！王桂花似乎因陈虎这举动感动了,泪水流得满脸都是。

陈虎却摇了摇头,说,也许这就是宿命吧,我这个人天生就该为了你而吃下这些苦果。

没有苦果啊。王桂花使劲搂住他,说,那个死鬼反正也注定要进监狱了,等他一进去,我就和他离婚,到时我们就可以真的在一起了啊!

你是这样想的?陈虎抬起头,看着王桂花。

是啊,这样想有什么不对吗?王桂花看着陈虎,说,你不是一直都想和我在一起吗?

你说呢?陈虎直直地盯着王桂花那张急迫的脸,嘴里轻轻地吐出了这么几个字。

22

陈列在某一天,突然提出要回拉萨去看看。

陈列现在不能说话了。他只能用笔在纸上写。虽然小时候没上过学,但在部队时还学了一点文化,这让他在交流方面没有一点问题。

陈列提出要回拉萨的时候,陈虎的公司已经破产了。陈虎公司的破产,主要还是因为资金周转问题。银行不再愿意帮忙,而王桂花那边也突然出了事。很多地方都需要钱,设备和材料都不能拖太久,久了人家就不再续货,工程也没办法再继续,而工人也等着发工资,如此,陈虎几乎完全陷入了绝境。无奈之下,陈虎只得宣布公司破产。

就在陈虎公司破产的时候,陈列却提出要回拉萨。这让陈虎真的是气不打一处来。

陈虎看着陈列,说,你爱去哪里去哪里,反正你现在做的一切事情,都和我无关了!

　　陈列说不出话来,但眼神却明显告诉陈虎,意思是我自己的事也不需要你管。

　　陈虎以讥讽的语气说,你这辈子就假清高吧,到现在,弄得一家人人不是人,鬼不是鬼,要钱没钱,要人没人,你干脆不要去什么拉萨了,你就守在你那块以命换来的地上,守一辈子吧,直到你死了,就直接以那些土来埋葬你就行了。跑拉萨那么远干吗呢,你在那里本来就是一个失败者。现在你在这里,好歹把你儿子斗赢了,让你儿子破产了,你在这里待着多有面子,人家都会夸你呢!

　　任凭陈虎怎么说,怎么挖苦他,陈列都一言不发。

　　这天晚上,陈列来到自己那块几乎以命才换来的土地上。

　　那晚月光如水,夜色让人内心充盈了一种宁静。陈列看着那地上自己刚种下的菜,抚摸着那油嫩碧绿的菜叶,不禁悲从中来。他蹲下,泪如泉涌,他看着自己的泪,一滴一滴落到那些柔柔的菜叶上,再顺着菜叶的脉络,流到菜心,或是流到那些散发着芬芳气息的土壤上。陈列的内心,有一种诗人般的柔情。虽然他知道自己从来就是一个货真价实的农民。但于他这个农民来说,土地就是他的一页最珍贵的稿纸,而他的一生,都在这页永远写不满字符的稿纸上写诗。土地是他的纸,锄头是他的笔,几十年来,他用锄头这支笔尽情地在土地这张纸上挥洒着他的青春,挥洒着他的岁月,挥洒着他对这片皇天后土的款款深情。

　　陈列回到拉萨,竟再次遇到了王吖。王吖一看陈列哑了,不禁伤心不止。那天,王吖陪陈列到了天葬台。王吖知道陈列是想再来看看卓玛。卓玛天葬那天天葬台上的桑烟,似乎还在两人的面前缭绕。陈列的眼睛一直湿润着,他想哭,却哭不出来,他只是冲着那辽远的天空说话给卓玛听,虽然他发不出声音,但他知道卓玛一定正在某个遥远的地方充满柔情地看着他,也正在用心地聆听着他的每一句话。陈列看着天葬台边偶尔有过来觅食的鹫鹰,感觉它们正在以一种独特的方式将他与卓玛连接了起来。他看着那些雄壮的鹫鹰,不禁笑了。他的笑,就像那天葬台边悬浮着的蓝天白云,让陈列一下子感觉到了另一颗心永远的温度。

　　陈列这次本想一直待在拉萨。但想着家里还有一块地需要自己,他后来还是回去了。

一年后,陈虎也带着陈洛来到了拉萨,准备参加两个月后的高考。

陈洛是不想来拉萨的。但陈虎不同意,甚至在家里还差点因这事把陈洛揍了一顿。陈洛没办法,只得跟随着陈虎到了拉萨。

陈虎的公司破产后,他几乎没有了任何收入。但他还是想办法借了一些钱,陪着陈洛到了拉萨,并在拉萨租了最好的一个地方,专门陪着陈洛,让他安心准备考试。当然,陈虎没把陈洛到拉萨的事情给王新说。他害怕王新知道后来找陈洛,从而影响陈洛的复习考试。

陈洛到拉萨后只几天,就因为感冒患了肺气肿。陈洛在考试前得了这样严重的病,陈虎当然慌了。没办法,只得将陈洛送进了拉萨最好的医院。

可是一进医院,医生却要陈虎交一大笔押金,说陈洛的病已经很严重了,如果没有押金,他们不给治。陈虎将身上所有的钱都掏完了,却还是不够。他一下子急了,差点对医生发火。但他知道即使自己再怎么闹,医生见不到钱肯定不会救治的,所以也没再闹。他突然想到了王新。

王新一见他又来了,都有点像见蝗虫一样,唯恐避之不及。但陈虎一把抓住了她,对她说,我来是有事求你的!

王新全身都起了鸡皮疙瘩,说,洛洛的户口不是早就已经办过来了吗?你还想怎么样?

陈虎说,我现在没钱了,我想你借点钱给我。陈虎说得很直接。

借钱?你自己不就已经是老板了吗?王新问。她还不知道陈虎破产的事情。

不管你怎么说,反正我现在真的需要钱。陈虎直截了当地说。

你不会是破产了吧?王新讥讽道。

是。陈虎一点都不回避。

哦?王新似乎没想到陈虎会直接承认,显得有点意外。

本来我不想来找你的,但现在是因为洛洛,所以我不得不来找你。陈虎说。

洛洛?王新一听"洛洛"两个字就急了,急切地问,他怎么了?

他来拉萨参加高考,现在在医院,得肺水肿了,我身上的钱不够。陈虎说。

你怎么不早说？王新一把推开了陈虎,脸色一下子变了,冲陈虎说,洛洛现在在哪里?!他在哪里?!王新完全六神无主了。

在医院啊,我刚才就说了。陈虎说。

那你还不快点带我去！王新冲陈虎大声嚷道。陈虎连忙带着王新往医院方向赶去。

就在他们往医院赶的时候,一双眼睛默默地在后面注视着他们。那是旦增的眼睛。

王新一到医院,就找到病房,抱着陈洛抱头痛哭。陈洛因肺水肿已然极度虚弱,一直在发高烧,处于一种昏迷状态。

陈虎却在一边急了,他伸手拉王新,说,你带钱了吗？王新愣了一下,伸手一摸自己身上,却什么也没有摸出来。这时旁边的那个护士用阴阳怪气的声音说,还说去找钱,让我们把床位先给你留着！可是你看你……没钱就快点把床位让出来！

陈虎怔住了。他看着那护士,想发火。而王新明显已经知道护士为什么这么说了,她连忙说,你再等一下,我马上就回去拿钱！

都等了这么久了！那护士以一种完全不容商量的语气说,没钱就快点走吧！

你……陈虎脑门有一股血一下子充了上来,他挥起拳头就想打那个护士！

陈虎的拳头刚举起来的时候,却被一个人一把抓住了！他扭头一看,竟然是旦增！

只见旦增手里拿着一张单子,对那个护士说,你快去给主治医生说,钱我已经交了！

护士本也被陈虎的拳头吓住了。现在一看有人救场,当然忙不迭地闪在一边,拿过旦增手里的那张条子看了看,之后就马上跑出了病房。

一会儿主治医生来了,他们终于开始抢救陈洛。

陈虎、王新和旦增,都站在门外等着医生抢救。

这次抢救,持续了两天两夜。

终于,陈洛被抢救过来了。

但是,医生说,陈洛的大脑以后会有影响。王新和陈虎都惊住了。他们立即问对陈洛的大脑到底会有哪些影响。医生说,以后反应可能会比正常人差一点,但对生活自理能力不会有太大的影响。

王新嚎啕大哭。而陈虎,则黯然地走出了医院。他一个人到处闲逛。虽然陈洛现在还躺在医院里,陈虎却一点都不知道自己应该到什么地方去,他甚至都有点怀疑自己了,不知道自己忙活了这么多年,到底是为了什么。

陈虎漫无目的地到处走着。可是令他万万没想到的是,当他走到一个小胡同的时候,一条藏獒却突然朝他冲了过来!陈虎完全在一种毫无防备的情况下就被那条藏獒按倒在了地上!他眼睁睁地看着那条藏獒张着血盆大嘴一口咬了下来!他甚至没有丝毫的反抗之力!陈虎只觉得自己的身上某个部位一阵剧痛,然后就不省人事了。

陈虎醒来时,发现自己也已经在医院了。他睁开眼,又看到了旦增。

旦增看他醒了,疲惫的眼神终于有了点光。他说,你醒了就好了。

我这是怎么了?陈虎问。

你被一只不小心挣脱在外的藏獒咬伤了。旦增说。

咬伤了?藏獒?陈虎动了一下,感觉自己下身的某个部位传来一阵剧痛。

这……陈虎一下子慌了,连忙问,我,我怎么了?

唉,医生说你以后……旦增欲言又止。

我以后怎么了?陈虎已经有了一种强烈的预感,他绝望地看着旦增。

说你以后不会有生育能力了,因为你那个部位,已经被那条藏獒一口咬了下来,而发现你的时候,已经太晚,过了最佳救治时期。旦增叹了一口气。

旦增还没有说完话,陈虎却又晕了过去!

再次醒来时,陈虎发现自己的床前除了旦增,还多了一个陌生人。

那是个藏族中年男人。那男人充满愧疚地看着他,一见他醒了,就连忙上前道歉,说,对不起,对不起!

陈虎却没有一点心情来听他说这话,而且他也不知道这人为什么要这样对他说。

后来陈虎的情绪终于平静了一点后,旦增对他说了那藏族男人是谁。

原来,陈虎就是被他家的藏獒咬伤了,那人现在赶来,除了对陈虎表示道歉之外,还说他会尽全力赔偿陈虎的损失。

陈虎却毫无兴致听他说话。他呆呆地看着那个藏族男人,不管他怎么说着道歉的话,也不管他说要赔偿自己多少,他只觉得自己的眼前是一片片浓得化不开的迷雾。这迷雾让他无所适从更了无希望。

陈虎出院的那天,陈洛刚好参加高考。陈虎还专门送陈洛进了考场。

陈洛走出考场时,陈虎问他考得怎么样,陈洛也不声张。陈虎现在全部的希望都寄托在了陈洛的身上,因此不断地追问。陈洛只是象征性地点点头,却不说一个字。后来连续考了几场,终于考完了时,陈洛抱住来接他的陈虎和王新,放声大哭。王新也哭得很伤心。陈虎却从那一天开始,就在盼着陈洛的成绩出来。

可是他没想到,陈洛虽然参加了考试,却全交的是白卷。

终于,陈洛的成绩出来了。陈虎看着那成绩单上的一连串零字,竟然一句话都说不出来了!

陈虎再次回到光芒村时,他带回了一大笔赔偿金。

陈虎的公司又开始运作了。而王桂花果然也与她老公离了婚。不过令王桂花没想到的是,在她的再婚之夜,她才发现,原来这个男人已经不能再称之为男人了。而陈虎看到自己这个梦寐以求这么多年的女人终于成为了自己的老婆,心里的那种狂喜甚至远超过了自己身体之痛。整个新婚之夜,陈虎就一直抱着赤身裸体的王桂花不停地亲吻,不停地抚摸。虽然他一点办法都没有了,但他觉得他已经得到了王桂花的全部。王桂花那一夜的哭喊声传遍了整个光芒村。她的泪,甚至湿了整个床单。

而陈列,则一直守在自己的那片地上种着地。那片地的周围全都盖起了各式各样现代化的楼房,只有陈列那块地,还种着绿油油的庄稼。

陈洛也陪着自己的爷爷,一直在种着地。

直到某一天,城外的很多地都没有人种而放荒了,到处都长出了杂草,陈列的那块地却还是那样绿油油的,永远让人觉得是那么的心醉。

终于有一天,陈列去世了。而他去世之前,他叮嘱孙子陈洛,一定要将自己送到拉萨天葬,即使是骨灰也行。

23

如果天堂死了,你一定还活着,陪着一个活蹦乱跳的梦,在远处,看着那个,可能是我的我……陈洛嘴里轻轻地默念着这句话,看着自己眼前一大片绿绿的草地。一看到草地,陈洛的心情就无比畅快,陈洛满足地看着那些在草场上悠闲散步的牦牛,拉佳狄马也不停地在那些牦牛中间到处穿梭着。那一头头健壮而漂亮的牦牛,完全把拉佳狄马当成了自己最好的朋友。拉佳狄马对它们也完全没有生疏感,它在牦牛群里来来回回跑着,身姿有如离弦的箭。对拉佳狄马,陈洛一直都有着一种亲如兄弟的感觉,甚至觉得除了爷爷和奶奶,它就是自己最亲的亲人了。在陈洛的心里,拉佳狄马在的地方,那就是天堂。现在,陈洛充满幸福地看着正在面前跳动着的拉佳狄马,听着它偶尔发出的几声吠叫,感觉蓝天白云已经完全拥抱了自己,太阳普照的草场,就有如一个圣殿,让他的神志也渐渐迷离了。

就在这种迷离之中,陈洛的脑海里闪现出了前段时间有一次他在公用电话亭打电话时的情景。

你这是什么意思?陈洛听到陈虎在电话里冲自己大发雷霆,似乎光芒村的空气都被他通过电话线传到了拉萨。

什么意思?陈洛怔住了,说,没什么意思啊。

没什么意思?陈虎更是火大了,在电话里吼,我在拉萨出生,从小在拉萨生活,后来你爷爷好不容易才带着我回到了光芒,不就是为了你能在老家好好生活?你现在可好,一个猛子扎到了拉萨,还给老子说什么你以后就要在拉萨扎根了!"一个猛子"是光芒村的土话,意思就是突然之间,根本想都没想到的事情却发生了。

我来拉萨,不就是为了送爷爷的骨灰过来吗?陈洛说。

是,陈虎还是很生气,但我不是叫你安葬完你爷爷,就马上回来吗!

可是回来干吗呢?陈洛都不知道该怎么说话了,他只能说,我又没考上大学,在老家也没事做,现在待在拉萨,不也是挺好的吗?

挺好?陈虎破口大骂,而且用的是光芒村的土话,你个龟儿子!你这样做对得起谁?!

对得起谁?陈洛抬起头,看着电话亭外面湛蓝的天空,说,爸,是不是我不回来就对不起你了?而且只是对不起你呢?

这……陈虎似乎没料到陈洛突然会这样说话,他明显呆了一下,不过马上就回过神来,继续大声说,你就是对不起我啊!

你?陈洛说话时,不自觉地将一只手在另一只手臂上不停地摩擦着。他自己也不知道为什么会这样,反正他就觉得只要一和不想理的人说话时,他就想这样。此时,他好像都不知道自己到底该和这个应该称之为"爸爸"的人说什么了。正在这时,电话亭外一个身影突然窜了过来。那身影在陈洛面前闪现出了一道优美的弧线,有如天空中划过的彩虹,一下子让陈洛的心情好了起来。

因为心情好了,所以,陈洛的语气也就稍微和刚才不太一样。他径直冲电话那端的陈虎说,爸,不管怎么样,你是我爸,所以,你怎么说我都可以,不过,如果你说我对不起你,那你先想想你当初是怎么对我妈的吧!

你妈?电话里的陈虎一听这话,果然立马蔫了下来,久久不语。

陈洛听电话里好久没有声音,就扣下话筒,再弯下腰,一把抱住刚才飘过来的"彩虹",用脸在那"彩虹"的脸上轻轻擦着,嘴里也冲"彩虹"喃喃说着话。陈洛说,拉佳狄马,你别急!放心,以后我再也不会离开你了!

拉佳狄马也伸出它长长的舌头,不停地在他的脸上舔着。陈洛知道,只有对自己最亲的人,拉佳狄马才会表现出如此亲昵的动作。因此,他也任由拉佳狄马在自己的脸上舔着,感觉心里无比放松。

陈洛,你还在打电话?一个声音传过来。陈洛只听声音,不看人,也知道这是旦增。

是啊,旦增叔叔。陈洛回答说。

走吧,我们回去吧。旦增说。

陈洛走到路边停着的一辆小车前面。旦增从车窗中探出头看着他,说,又给你爸打电话了?

陈洛点了点头,却不知道该说什么才好。

没事的,旦增微笑地看着他,说,你已经过了十八岁了,完全可以自己做主,况且你妈妈本来就在拉萨,也有亲人在身边的,你就放心做你自己的事情吧。

陈洛还是不言语,只是开了车门,坐了进去。

旦增启动了车子,问,你那个叫牙签的朋友是不是找到了?

一听旦增说到这事,陈洛情绪马上有了一些转变,说,是啊,旦增叔叔,太巧了,就在碰到你们后不久,有一天我就在布达拉宫附近的一条街上碰到了他呢!

哦,这么巧?看来你运气不错哟,佛祖一定一直都在保佑着你呢。不过拉萨本来就不大,遇到也很正常。旦增"呵呵"笑着说。

不过真的很巧呢。陈洛说,安葬了爷爷后,我本来想按爸说的马上回四川,没想到刚到汽车站,就意外碰到了旦增叔叔你!

你啊,如果我那天不是为朋友买几张到内地的汽车票,还真不知道你来拉萨了呢,不仅是我,连你妈妈都不知道!以后可别这样了哟。旦增故意用嗔怪的语气说。

我是不想麻烦你啊。陈洛不好意思了。

不想麻烦我倒可以理解,可是你妈妈不是就在拉萨吗?旦增边开车边微笑地转过了头,说,你这孩子啊,难道在你心中,你妈妈都是外人了吗?

陈洛一听,脸马上红了,都不知道该怎么回答。

也许是看出了陈洛的尴尬,旦增转移了话题,说,你不是给我说过牙签的电话打不通吗?他那时是不是遇到什么事了?

他当时的确是遇到事了。陈洛说,本来我来之前,他给我说过要来接我的,没想到,正在他要到车站的时候,他们工地上却突然出了事故,正在修建的一栋楼塌了。那楼塌了后,伤了很多人,而且把工地上的临时电话都砸坏了。所以,我当时一直打那电话也打不通。而等他把所有受伤的工友都送到医院再到车站找我时,我早就已经走了。

哦,这样啊,前段时间我的确听到在拉鲁湿地附近不远处有一个工地出了事故,伤了好多人,原来就是牙签打工的地方啊。旦增惊讶地说。

是啊。陈洛点头回答。

那今天晚上叫他一起来吃饭吧,我们在外面饭店订了一个包间,反正也不多他一个人。旦增说。

这……陈洛更不好意思了,说,没必要在饭店吃吧,旦增叔叔?在家吃不是一样吗?

没事的,旦增"呵呵"笑着说,你不知道,除了我和你妈妈,你热旦爷爷也想见见你呢。

热旦爷爷?陈洛有点糊涂了,不知道旦增说的是谁。

你应该见过他的,只是可能没有什么印象了。旦增还是"呵呵"笑着,说,他以前和你爷爷关系很好的,后来到了你们光芒,还带着你父亲做生意呢。

哦。听旦增这样一说,陈洛的脑海中还真的浮现出了一个人的身影。

但这个人陈洛却真的不是很熟悉,只是知道父亲曾经很感激一个人,说是有一个叫"热旦"的人以前帮过他不少。

晚上,旦增带着陈洛到了一个饭店。到饭店时,王新早在一个包间里面等着了。一见到陈洛,虽然已经见了好几天了,王新却还是控制不住,依然是之前见到陈洛一样,一步上前,紧紧把他拥在了怀里,似乎是生怕他再突然从自己的面前消失了。

陈洛也任由她抱着,什么话也不说。虽然他从小不是由眼前抱着自己的这个女人养大的,但不知怎么的,只要她一抱着自己,陈洛内心还是涌起了一种亲近感。

旦增过了好一会儿才笑着说,好了,好了,你们娘俩以后有的是见面的机会,也不争这一时,是吧,王新?

王新似乎也有点不好意思了,她甚至有点扭捏地放开了陈洛,脸上还飞起了一片红云,说,不就抱一会儿吗?你急什么啊。

没有急!没有急!旦增连忙说,我可是害怕热旦叔叔和人家牙签突然进来,看到你还抱着这么大的儿子,可不好呢。旦增用半开玩笑半认真的语气说。

你……王新刚想说什么,却听到一种笑声,她一听,就知道这是热旦的声音。

热旦人还未到,爽朗的笑声却先传了进来。他"呵呵"笑着,说,旦增啊,今天叫我来吃饭,不是又遇到什么喜事了吧?

陈洛就看到一个身材高大、满头白发、脸上沟壑纵横交错的老人健步走了过来。陈洛一看这人走路的姿势,脑海中马上就浮现出了一个很多年前自己尚年幼时见过的人。陈洛站在那里,小时候的情景又一幕幕地涌现在了眼前。正在他分神之际,旦增却一把拉过了他,把他推到了自己的面前,再指着陈洛,对那个老人说,热旦叔叔,这就是陈洛。

陈洛?那老人突然看到自己面前多了一个年轻人,开始还没有反应过来,等回过神来时,他惊讶地说,这名字怎么这么熟悉呢?我好像在哪里听过呢。

爷爷,我是光芒村陈列的孙子。陈洛主动说话了。

陈列的孙子?热旦的眼睛一下子睁大了,惊讶的表情一下子堆满了他的脸部,几乎在陈洛刚说完话几秒,他一个熊抱,将陈洛抱在了怀里,嘴里说,难怪!原来是你啊,孩子!

饭店的服务员这时上来,问旦增,说外面有一个叫牙签的人在找人,不知道是不是找他们。旦增一听,连忙点头。一会儿,牙签也进了包间。而热旦因为突然又见到了光芒村的人,一下子就觉得无比亲切。热旦牵着陈洛的手,让他坐在自己的座位旁边,不停地问陈洛光芒村现在的情况。热旦毕竟在光芒村待过那么多年,光芒村不仅让他圆了一个财富梦,还让他第一次觉得真正地实现了自己的人生价值。正因为此,光芒村在热旦的心里,几乎和拉萨在陈列的心里一样,都成了自己的第二故乡了。

热旦一直在问着陈洛光芒村的事,后来他问,你爷爷现在还好吗?

一听热旦提到爷爷,陈洛的眼圈就红了。他小声地对热旦说,爷爷已经去世了。

去世了?热旦一听到这几个字,也猛地怔了一下,良久,才摇了摇头,说,真没想到,他老哥也去了啊。

我这次来拉萨,就是带他老人家来拉萨安葬的。陈洛说。

你爷爷葬在拉萨?热旦一听,反倒意外了。

陈洛将爷爷的身后事一一说给了热旦听。

热旦听了,又是沉默良久,才缓缓地端起了杯子,斟满酒,再举起来,对着天空,用手指轻轻弹了三滴,再一饮而尽。

旦增本来没说话,此时却笑了,说,热旦叔叔,你这是藏式礼节还是汉式礼节啊?

热旦却摇了摇头,说,现在还分什么藏式和汉式呢?但他顿了一下,却又说,其实这说是藏式或者汉式,都是可以的。

旦增说,藏式我知道,三口一杯嘛,不过三口一杯一向都是敬在世的人啊。

他爷爷可一直都在我心里活着,并没有离开我们呢。热旦的眼睛看着陈洛说,所以,用我们藏族的三口一杯这样敬他,我觉得也应该的啊。

那汉式又怎么说呢?旦增问。

汉族有一个说法,敬天、敬地、敬人啊,我用手指弹三下,就是这个意思呢。热旦回答。

哦。旦增说,难怪你老人家说藏式或汉式都可以啊。

一席人终于在热旦情绪平复得差不多了时,才开始吃饭。吃了一会儿,热旦突然又好奇地问旦增,说,你怎么与陈洛认识的呢?

这个……旦增看了看王新,似乎是不好说什么。王新反倒很大方地对热旦说,叔叔,你和旦增相处了这么多年了,我们也认识了好几年了,有个事其实早就该给你说了。

事?什么事?热旦看王新这么郑重地给自己说话,竟然有点不适应了。

你知道的,我现在叫王新,但我以前不叫这个名字的。王新说。

不叫这个名字?热旦听王新这么说,更奇怪了,急忙问,那你原来叫什么名字?

我原来叫王吖。王新回答。

王吖?热旦更不理解了,可这与你们和陈洛认识有什么关系呢?

我以前叫王吖。王新又重复了一遍,再说,不仅这样,我以前还有个丈夫,叫陈虎。

陈虎?热旦手里的杯子"砰"的一下落到了地面,立即摔得粉碎。看热旦的表情，他明显是太惊讶了。也许是他从来没想到，自己都这么大年龄了，今晚本来应该是很平常的一顿饭，却没想到听到了这么多让他完全没意料到的事情。

等服务员上来把碎的杯子清理了，热旦才说，你以前竟然是陈虎的老婆？他完全是不知道问什么，只好把王新刚才的话又重复了一遍。

王新肯定地点了点头。

你知道这事吧？热旦有点尴尬地看着旦增。他似乎觉得，现在不问一下旦增的态度，好像都有点不知道说什么才好了。

旦增也在他面前坦然地点了点头，甚至没让热旦在他的脸上感觉到有一点点的难堪。

这下我明白了。热旦轻轻地又端起了一杯酒，自己喝了一口，又说，陈洛是陈列的孙子，陈虎是陈列的儿子，陈洛是陈虎的儿子……说到这里，他顿了一下，指着王新，说，你又是陈虎的前妻，那陈洛，也就是你的儿子了？

王新听了热旦这么绕的话，面带微笑，缓缓地点了点头，甚至还走了过来，当着热旦和大家的面，再一次把陈洛抱住，脸上洋溢了幸福的笑容。

这晚，因这么多离奇的事情发生，让热旦不禁酒兴大作，放开自己，也不知道喝了多少。反正，他就一杯一杯地跟旦增和陈洛喝酒。陈洛酒量不行，没喝多少杯就醉了。陈洛只觉得自己后来完全不知道东南西北了，整个人都糊涂了，甚至最后自己做了什么，他都不知道了。

等第二天陈洛醒来，却发现自己正躺在一张床上。

一睁开眼，陈洛就觉得自己的头好痛。这是陈洛第一次喝醉。他使劲儿地揉了揉自己的眼睛，撑起了身子，想看看周围的环境。哪知刚撑起身子，王新就急忙走了进来。王新看陈洛的样子，马上又把他按在了床上，说，你啊，好好躺着，今天就好好休息，不要起床了，由妈妈来好好照顾你！

陈洛一看王新，就知道自己在哪里了。他有点不好意思地说，真不好意思啊，妈，昨晚我喝醉了。

没事，男人嘛，偶尔醉一次也没什么大不了的！王新充满怜爱地看着陈洛，似乎恨不得再将他拥在怀里。但陈洛却一看到王新的眼神，就无意识地将身体挪了挪。王新一下子反应了过来，连忙微笑着对陈洛说，你放心，我不会再像昨晚那么紧紧地拥抱着你了，我的好小伙子！说完，还用手

295

指在陈洛的鼻梁上轻轻地刮了一下。

陈洛的脸却红了,说,我不是这个意思的,妈。

我知道,可是你毕竟也大了,小伙子再不能天天和妈妈黏在一起了,否则,你会不习惯的。王新继续笑着说。她一笑,陈洛的内心倒真的放松了下来。说真的,这几天和王新相处,比他上次来拉萨时感觉还要紧张。毕竟自己小时候和亲生母亲就没怎么在一起待过。就是有过,那时自己也还小,几乎都记不得了。但陈洛知道,虽然自己对母亲几乎没什么具体印象,但每次小伙伴们在谈论各自的妈妈时,他都静静地站在一边,内心酸楚不已。

对了,王新突然问陈洛,你那个朋友牙签,是不是在工地上做事?

陈洛不明白王新为什么突然问这个问题,虽然不清楚原因,却还是点了点头。

你热旦爷爷说了,他现在在拉鲁湿地上有一个工地,如果你那朋友愿意的话,可以到他那里去做,他还可以让他当一个小工头呢。王新说。

拉鲁湿地?陈洛是第一次听到这个地名。

是啊,就在我们家不远的地方,那个地方有很多高原特有的植物和野生动物。王新说。

野生的?陈洛有点惊讶了。在他的印象里,拉萨毕竟是一个省会城市,相对于光芒村来说,已经是一个大城市了。在一个大城市里,居然还会有这么一个地方,真是让他不得不感到意外了。他一下子就想到了爷爷在光芒的那块地。那块地的周围,现在已经全部是高楼大厦了,爷爷以前一直陪着它,现在爷爷也走了,只有那块地还孤独地保留在那里。

就是呢。王新怜爱地看着他,说,你上次过来考试,因为时间太紧,所以,我也没带你好好在拉萨转转,这次时间比较宽松,你就可以把拉萨都转完了。

爸一直在催我快点回去呢。陈洛说。

这……王新明显迟疑了一下,之后她用很急切的语气问,其实洛洛,你考虑过今后就留在拉萨这个问题没有?

就留在拉萨?陈洛一听王新的话,一时也没反应过来,根本不知道该怎么回答。其实他这几天给父亲打电话,就已经在说这个事情了。虽然他嘴里对父亲说自己不想回去了,但也只是说说而已。陈虎一直在催他回去,陈洛毕竟年轻,内心逆反心理很重,父亲越是叫他回去,他越是跟他说不回去了。

是啊,就留在拉萨,毕竟我也是你的亲生母亲啊,我在这里,可以好好地照顾你呢。王新的话一旦开了头,也就不再有其他的顾虑了,她干脆直接把自己已经想了很久的真实想法说了出来。她接着说,况且,爷爷和奶奶现在都长眠在了这里,有你和我陪着他们,我想爷爷奶奶泉下有知,也会更加快乐的。

这……因为太突然,陈洛一时不知道该怎么回答母亲提出的要求,他一下子更紧张了,真不知道该说什么。

这样吧,洛洛,你今天好好休息,也仔细考虑一下这个问题,当然,你不用着急,我完全尊重你自己的意见,你想留在这里,就留在这里,你如果不想,那回光芒去,我也完全支持。说到这里,看陈洛表情似乎放松了,王新又说,你还是尽快和你的朋友牙签联系一下,看他愿意到你热旦爷爷的工地上做工不?王新终于在自己的儿子面前说出了自己的想法,心里也舒了一口气,感觉轻松了许多。

陈洛点了点头。王新将陈洛带到了家里客厅,让他给牙签打电话。

电话一通,听了陈洛所说的话,牙签非常高兴,当即一口答应了下来。第二天,牙签就在王新的带领下,到了热旦的工地。陈洛当然也陪着去了。

一到了那地方,陈洛就呆住了。拉鲁湿地真是一块非常大的地方,这里几乎是陈洛在拉萨看到的最漂亮最宽阔的区域了。陈洛的目光所及,全是一大片绿色的草地,而且,在那一片绿色的海洋里,柳枝轻拂,微风徐来,一阵阵清新的空气有如陈洛幼时记忆中母亲的奶香一样,让他的味觉马上变得与平常完全不同。陈洛真的是呆住了。他完全没想到在拉萨竟然会有一个如此美妙的去处。这么一块地方,也和爷爷的那块地一样,都是在城市里,唯一不同的是,爷爷那块地早就已经被城市包围了,而这块地还在城市的边缘。陈洛看着那一片片绿色之下,各种明显一看就是野生的动物们,是那么的悠闲自在,那么的气定神闲。它们似乎根本就没有怕人的这种观念,一个个或欢快、或忧郁地将自己嵌在那些绿色之中,对绿色之外的那些来来往往的人,竟然根本不予理会,好像在它们的世界里,这片土地和这些人完全无关,这里只是它们自己的家园。陈洛从小在光芒长大,在他很小很小的时候,光芒也曾经有过这样一番景象,但即使是在光芒人和动物最和谐的那些日子,陈洛也不曾看到过这样的情景。后来陈洛长大了,他发现内地的野生动物是越来越少,直到他把爷爷的骨灰送到拉萨之前,因为光芒几乎已经完全城市化了,所以,幼时所见的那些野生动物,就彻彻底底远离了陈洛的视线。现在突然见到这样一幅让陈洛找回儿时记忆的画面,他不禁又惊又喜。陈洛就像幼时见到光芒竹林里的那些野生鸟一样,他走进了湿地,靠近了现在他面前的那些他第一次见到甚至连名字都叫不出来的动物。陈洛干脆匍匐在地,像曾经亲吻爷爷那块地一样,亲吻着眼前的这块地。爷爷的那块地,陈洛经常去。那时爷爷就这样,虽然地的旁边房子越修越多,但他却什么都不管,只是一个人在那地里薅草,一个人在那里为那些庄稼揉碎土粒,一个人将土里的那些石子拣出来扔到边上。陈洛每每一见到如此情景,心里就会产生一种莫名的感动。也正因为这样,陈洛对土地的感情也越来越像爷爷。当爷爷休息时,有时他会轻轻捧起一小抔土,在嘴边亲吻,陈洛一看爷爷这样,也会将那些土放在自己的鼻子边,先是闻它们的气息,后来觉得那气息真的是很好闻,也就会学着爷爷一样,亲吻着它们。现在,王新突然见到儿子这样,就有点发蒙了,不知道陈洛怎么了。陈洛在王新等人的招呼下,却不管不顾。王新心想陈洛怎么能这样直接走到那么茂密的草地里去呢,害怕他有危险,陈洛却仍在湿地里面待着。里面草很多,水洼也很多,陈洛看着自己的不远处,竟然有一只像鸡一样的东西正在啄着什么东西,它外表长得和鸡差不多,但个头却比鸡大了很多,而且羽毛颜色也比陈洛一向看到的鸡要鲜艳斑斓很多,可谓五彩缤纷。陈洛走近了它,那鸡一样的东西却根本就不惧,甚至还一个虎跳,跳到了陈洛的面前。陈洛也适时地在自己的兜里掏了掏,刚好摸到一粒糖,于是他把糖拿了出来,撕掉包装纸,将糖放在手心,伸向那可爱的小东西。那小东西一见,竟然主动地伸出嘴来,轻轻在陈洛的手心一啄,就心安理得地将那糖叼了过去,再一声低鸣,一个转身,跳进了旁边的一荡芦苇丛。

陈洛痴痴地看着那小东西,脸上不禁洋溢了一种幸福的表情。这时,王新却走了过来,一把抓住了陈洛的手臂,说,这孩子,真是呆了啊,还不快出来！据说这湿地里面一不小心就有可能陷入淤地里,再也出不来呢。

陈洛听了,心里才终有了一点警觉。他不由得后退了好几步,回到了刚才进入湿地的地方。但即使是出来了,他却还是伸长了脖子,看着里面。他想看清楚刚才那小东西把他的糖叼过去后是怎么吃下去的,他还好奇,那小东西是不是会将那粒糖分给自己在草地里面的小伙伴。陈洛知道自己的想法有点天真,连他想到这里时,都不禁哑然失笑,他却真的希望,自己能看到刚才所想到的这些事情。

牙签看到陈洛的表情,一把抓了一下他的手臂,说,走吧,今天可是你给我介绍工作呢,你说热旦爷爷的工地在哪里?

陈洛还没有说话,王新就指着一个地方,说,就在那里呢。

牙签看了看王新所指的地方,发出了一声惊呼,说,那工地好大呢!

是啊,你热旦爷爷这些年做的都是大工程,一般的工程他根本就不接了,呵呵。旦增在旁边代王新说。

正说话间,几个人已经到了工地边上。

陈洛一看,那工地的确是非常的大。里面堆着一些乱七八糟却几乎是应有尽有的建材,各色人等都在工地上忙碌着,各种机器也在轰鸣着,震耳欲聋,让陈洛都想立即捂住自己的耳朵了。

热旦此时却笑呵呵地走了过来。他一过来,就上来拥抱了陈洛一下,在拥抱时,还笑着说,孩子,真不错啊,让你帮我叫这小伙子过来,你就叫了,真是爷爷的好孙子啊!陈洛在老年人面前还是有点不好意思,他红着脸不说话。

热旦却爽朗地笑着说,洛洛啊,你可和你父亲完全不一样啊,没想到你父亲那么外向,你却是这样的腼腆。刚说到这里,他似乎觉得在王新面前提到陈虎好像有点不太好,马上就转移了话题,问牙签以前在工地上主要做什么。牙签说自己最擅长的是粉糊,也就是用灰浆刷墙面。热旦一听,又显得很开心,他说,我现在手下最缺的,可就是你这一行啊!孩子,你来得可真是时候!

就这样,牙签留在了热旦的工地。他甚至还真的当了那里的一个小工头,收入也比以前高了很多。因牙签在那里,后来陈洛就经常去热旦的工地。当然,去的目的,是因为陈洛喜欢湿地里的那些东西,甚至可以说是里

299

面的一切东西。他对湿地里那些野生的动植物都是发自内心的喜爱,仿佛它们就是自己身边的亲人一样。就这样,陈洛竟然在好长一段时间都再没有向王新提出要回光芒的想法。王新当然也很乐意这样,所以,几乎也就不再管他。

有一天,陈洛觉得好奇,问热旦,你修这么多房子,是从哪里来的地啊?

热旦"呵呵"笑着说,买的啊。

买的?陈洛对生意经当然是完全不知道了。

是啊,这些地,原来是拉鲁湿地呢,本也空着,我看太可惜,就买来修房子了啊。热旦说着话,脸上浮现出了一种得意的表情,似乎很为他这个英明的决断感到自豪。

拉鲁湿地?陈洛却吃了一惊。

是啊,现在工地这些地方,以前可就是拉鲁湿地的一部分呢。热旦兀自笑着说,你可不知道,因为这地本来没有人觉得它们可以利用,所以,我花了极少的钱就买到这好大的一块地皮了呢。

以前这里真的是湿地啊?陈洛的嘴巴都有点合不拢了。

你这孩子!热旦看着陈洛说,你难道还认为你爷爷会说谎吗?目前来看,这里的房子虽然还在修建,却几乎已经预售完了,因此,爷爷还准备在这一期结束后,再买一些湿地里面的地多修一些房子呢!不过因为这次我捡了个便宜,有些人眼红了,就不卖给我了,不过我已经找了一个合伙人,由他出面去把这事搞定,到时我只要付钱投资就行了。你可不知道,现在修房子可是包赚不赔的买卖呢!热旦"呵呵"地笑着,语气间因自己的英明决定而显得有点志满意得。

陈洛抬起头,先看了看热旦的脸,看他的脸上还是洋溢着得意之情,他又看了看眼前的工地,工地上各种各样的人群正在来回忙碌着,之后,他将眼光投向了湿地。他发现,湿地上正有一股微风轻轻地从他的面前吹了过来。但是,陈洛却怎么都感觉不到之前一见到湿地时就产生的那种惬意。他只觉得这风好冷。而且,这风竟然是从他面前一个自己称之为"爷爷"的人的嘴里发出来的。陈洛全身不由得打了一个寒战。这寒战,让他一下子觉得这人世间原来还有这样的与自己格格不入的得意摆在面前。陈洛突然就对热旦这个人,有了不想再看下去的念头。

热旦却完全没有想到陈洛的内心正在经历着这样复杂的过程。他还是笑呵呵地对陈洛说,洛洛,凭我和你爷爷、父亲的关系,如果你也想到我工地上来做,我就让你先挂一个副总,学学管理,以后也跟着我做生意!要知道,你看你旦增叔叔现在生意虽然做得这么大,但最开始,却也是我带他起步的呢!

陈洛却完全没有听到热旦在说什么。

热旦认为陈洛可能是分心了。他也听旦增说了,这孩子因为某些原因,现在的反应可能有点慢,所以,他又重复了一遍。他差不多是一个字一个字将刚才说的话又说了一遍,陈洛却还是没有反应。

这时,拉佳狄马突然跑了过来。

拉佳狄马?热旦当然认识这条藏獒了!他不由得马上就分了心,也顾不上刚才给陈洛说的话了,只是一步上前,想抱住拉佳狄马。

拉佳狄马却一个转身,嘴里一声低吼,脖子上的鬃毛也立即竖了起来,完全是一副拒热旦于千里之外的样子!热旦当然也感受到了这一点,他马上后退了几步,有点尴尬地说,算了,不让接近就不让接近嘛,干吗做出这么丑的样子呢?

看他后退了,拉佳狄马靠近了陈洛。

陈洛却完全没有前面几天见到拉佳狄马时的那种兴奋。他痴痴地站在原地,虽然知道拉佳狄马来了,却只是用一只手轻轻地摸着它的头,眼睛却看着面前那一大片湿地,嘴巴上下轻抖着,也不知道在说些什么。拉佳狄马却似乎很享受这种状态,它任凭陈洛的手在它的身上来回抚摸着,只是静静地站在那里。

而陈洛,看着那工地上来来往往的人和不断轰鸣着的各种机械,眼前不由得浮现出了另一幅情景。那情景,还是爷爷的那块地。正因为那块种满庄稼绿油油的地,陈洛一见到拉鲁湿地才会产生那么强烈的一种亲近感。他甚至觉得,这拉鲁湿地,根本就是光芒村那块爷爷为之不顾一切的地了!陈洛一想到这里,不禁马上喊,牙签!牙签!你快出来!

牙签本来正在工地上忙,一开始没有听到陈洛在喊自己。可陈洛看牙签没有出来,就放大了音量,而且在工地上到处跑,大声喊着"牙签"。热旦见陈洛突然叫牙签,又笑了,说,你这孩子,人家牙签可要干活挣钱,你可就不要打扰他了呢。陈洛却还是不管,只是一直叫着。终于,牙签听到了,他放下手里粉糊专用的刷子,穿着工地上那件脏兮兮的衣服,上面还粘满了白色的水泥粉,就跑了出来,问陈洛,你这么急叫我有什么事吗?

有啊。陈洛一步上前,拉住了牙签,再把他手里还拿着的刷子一把抓了过来,往身边很远的地方一扔,说,你不要在这里干了,你还是换工地吧!

换工地?一听陈洛这话,牙签和热旦都吃了一惊。

24

是啊,换工地!陈洛很坚定地对牙签说。

牙签还没有说话,热旦却不可思议地对陈洛说,洛洛,你怎么了?你怎么能这样对他说呢?这工地可是你爷爷我的啊!而且,牙签也是你介绍过来帮我的呢,现在工期正到了紧要关头,爷爷这工地上正急需要人,你怎么能无缘无故地就叫你的朋友走呢?

怎么是无缘无故的呢?陈洛转过头,对热旦说,我不管你这里需不需要人,但我要牙签马上走。

陈洛说的话语气不重,甚至听起来语调还很轻,语速也很慢,但让人一听,就能让人明白,这孩子说的话,不是在给你开玩笑,他是在郑重其事地通知你一件事,这根本就不是在和你商量。

热旦一下子就感觉到了这点。他真的不知道出了什么事,想再问,但看陈洛的眼神,他马上清楚,即使问了,也没什么意义了,所以,作为一个经历过那么多世事的老人,他干脆也不问了,只是看着牙签,问,你愿意走吗?

牙签却完全不明白发生了什么事。他怔怔地呆站在那里,走也不是,不走也不是。走的话,他觉得有点舍不得,毕竟自己还从来都没有当过工头,好不容易有了这个机会,可以管几个人了,却没想到陈洛要叫自己走。不走吧,陈洛又是自己的朋友,虽说两人没有在一起读过书,但因为多年前的某件事,他和陈洛在光芒遇上后,就相互之间都成了最好的朋友。所以,陈洛来拉萨,就算不给王新打电话却都要给他打。而他最初来拉萨,也是因为高考之后没考上大学,听陈洛说那里的人工工资要比内地高,他才过来的。但现在陈洛却给自己出了这么一个难题,让他真是左右为难,不知道该怎么办。

陈洛看牙签为难的样子,也不再说话,转身走了。

牙签知道,如果陈洛一声不吭,往往代表他更生气。牙签连忙对热旦说,老板,我先去问一下陈洛究竟发生了什么事,一会儿再回来。

热旦突然觉得牙签这小伙子很会处世。他也不说话,只是点了点头,自己转身到工地上去了。

牙签跟在陈洛的背后跑,但陈洛走得很快,追了很久,直到到了一片草场,才追上陈洛。

牙签看到陈洛在一片玛尼石堆边坐了下来,默默地还是不发一言。

牙签知道陈洛肯定是遇到了什么事。他太了解自己这个最好的朋友的内心了。他也在玛尼石堆旁边找了一个地方坐下,不说什么话。牙签看到自己的头顶上太阳明晃晃地照着,整个苍穹映衬着绿绿的草地,仿佛天空都沾染上了草场的颜色。牙签突然觉得这地方真是比自己心中想象了很多次的圣殿都还要漂亮。牙签也是一个比较理想化的人。他之前来拉萨是为了找到一份收入相对较高的工作,而后来,他慢慢地真正地喜欢上了拉萨。但因平时工地上实在太忙、太累,牙签根本就没有时间来好好欣赏这个地方。现在,因了陈洛,他竟然能好好地坐下来,静静地看着自己头上的太阳,聆听着自己耳边缓缓滑过的轻风,感受着身边绿意盎然的草场,思绪也仿佛完全跟那些静立着的玛尼石堆一样,完全和这空旷的原野融为了一体。牙签自己也痴了。他甚至感觉这是一个只有他自己的圣殿。这个圣殿完全是因了他而存在,也因了他才有了这么多的意象。

陈洛却突然说话了。陈洛说,牙签,你知道我是怎么找到拉佳狄马的吗?

牙签没想到陈洛会提起这个问题。他真的不知道，所以摇了摇头。

就是在这里呢。陈洛边说话，边扭头看着身边的草场，眼睛里充满柔情。

这里？牙签也跟着陈洛的眼光看了看自己所处的地方。

那天我将爷爷的骨灰送上天葬台后，因为心里觉得很空，所以就随便找了一个方向，想到处转转。我一个人就那么乱走着，也没有什么目标。当时我感觉自己就像一个被人流放了的孤儿，根本没有人理我。我走啊走，走得腿都发酸了，人都发蒙了，但我还是停不下来，我就是那么想继续走下去。终于，我走到了这块草场上。当时，我一看到这草场，心里就突然有了一种无比安静的情绪。而且更为奇怪的是……

奇怪？

是啊，我刚走到这堆玛尼石边……陈洛边说，边用手指着他和牙签身边的一堆上面挂满了五颜六色经幡的石头，说，就看到一个身影，一个无比熟悉的身影，突然间就蹿了出来。

啊？什么东西？没吓着你吧？

开始当然吓了我一跳！但是等那东西蹿到我面前时，我几乎不用看，只凭感觉，我就知道这是什么了！

拉佳狄马？

是啊！人世间就有这么多巧合和奇遇。就在我毫无准备的时候，没想到好久不见的拉佳狄马就那么活生生地又出现在了我的面前！当时我心里的那个惊奇和激动，真的是完全无法用语言来描述的呢。要知道，拉佳狄马可是在小时候陪了我好久好久的，有时爷爷奶奶忙，他们不在的时候，也是拉佳狄马一直在陪着我呢。从小到大，它陪我的时间，有时比爷爷奶奶陪我的时间都还要多。拉佳狄马消失之前，我几乎把它当成了我最重要的一个亲人，虽然它只是一条獒，但在我的心里，它就是我们家里的一员。说句不该说的话，它在我的心里，有时地位比你都重要。

不过那时我们还不认识呢。牙签笑了，说，我们认识后你就经常在我面前提拉佳狄马，一开始我还认为是一个人名，甚至是一个外国人的名字呢，弄了好久才明白那是一条藏獒的名字，呵呵。

是啊，虽然它只是一条藏獒，但它对我的重要性，却真的不是言语能说得清楚的。而那天,我一看到拉佳狄马出现在了眼前,我就知道,上天虽然让我先失去了奶奶,又失去了爷爷,可是,它却不会让你一直处于悲痛之中,它总会找机会给你一些惊喜。而当时,拉佳狄马就是上天给我的一个最重要的惊喜。

是啊,你和它失散了那么多年还能重逢,当然是莫大的惊喜了啊。

可是你知道我再看到拉佳狄马的时候,我心里还有什么感觉吗?

啥感觉?

我明显感觉到,拉佳狄马和爷爷去世前的状态一样,它老了。

老了?

是啊,我真的觉得那时的拉佳狄马,虽然还是我印象中的样子,但是,它走路的速度没有以前快了,它的眼睛,也显得有些灰蒙蒙的,看着我时,虽然眼睛里还是发出了一丝因惊喜而透露出来的光亮,但是在光亮之下,却难以掩盖它那种因年龄而自然产生的疲倦感。你知道我当时做了一件什么事情吗,牙签?

啥事?

我竟然不由自主地一把抱住了拉佳狄马。我完全不知道是怎么回事,反正我就是感觉自己没任何理由也无须任何由头,就悲从中来,将自己的脸,紧紧贴着拉佳狄马的脸,感觉就是两个人紧紧相拥一样,没有任何间隙,我自己的泪,没一会儿就浸透了拉佳狄马脸上的毛,那些毛,慢慢地湿了,后来我终于放开拉佳狄马,用手一擦,竟然发现自己的手上全都是拉佳狄马脸上留下的毛。

哦。

在我的心里,其实也明白当时自己这样不是毫无缘由的。

嗯,你是因它想起了爷爷。牙签对陈洛这时的啰唆,甚至是前言不搭后语,都表现出了一种毫不计较的宽容与大度。

是啊。你知道,爷爷最后那些年,几乎都没在家里住,他就在他自己的那块地边搭了一个帐篷,就那么天天守着,虽然后来周围的房子是越修越高,越修越现代化,但他那块地却一直都没有任何变化,他就像一直呵护我一样,细心照料着它们,让自己的全副精力都投入在了那些地里。而当我这次来到拉萨,特别是突然看到那个叫拉鲁湿地的地方后,你知道,我想到

305

了什么吗？

想到了什么？

我一看拉鲁湿地那静静的样子，看到拉鲁湿地里那些茂盛的野草和野草里那些生动的鸟啊鸡啊，就仿佛看到了爷爷正静静地蹲在他的那块地里，正用他充满慈爱的眼神看着他面前那一粒粒黑色的泥巴时的情景。这两个地方虽然相距太远，甚至可以用毫无关联这些词来形容，但不知为什么，我就是想将它们联系在一起。

哦。牙签一听到陈洛说到这里，心里不由得一动。他似乎明白了什么。

所以，我一听到热旦爷爷的工地居然是开发了拉鲁湿地的一部分而修建的，我心里的那个难受，就一下子难以言喻。我在想，他怎么能这样呢，拉鲁湿地那么好的一块地，那么安静的一块地，他需要在那里修那些所谓的房子吗？他在那里修房子，那些鸟啊鸡啊，以后到哪里去安家呢？

因此你就让我辞职？

是啊，我是一个晚辈，我不可能让热旦爷爷马上改变想法，但我却不能让自己现在最好的朋友还在他的工地上做着这些我最不愿意看到的事情。

可是他现在这个工地已经开工很久了，现在要停下来根本不可能。牙签终于知道陈洛在想什么了，因此干脆把自己知道的直接说了出来。

正因为这样，所以我只能把你叫出来。陈洛说。说话时，他的语气里也明显有一种歉意。

这时，拉佳狄马不知道从什么地方又跑了过来。这几天陈洛一直带着拉佳狄马在身边，牙签对它也熟悉了。拉佳狄马对牙签也完全没有敌意，似乎早就知道牙签和自己的小主人是最好的朋友。

牙签用一只手揽着拉佳狄马，感觉它的确是像陈洛所说的一样，有点显老了，甚至呼吸都与其他的盛年藏獒不太一样，有点粗重。牙签说，我如果不去上班了，那怎么办呢？毕竟我是来拉萨打工的，现在要重新找一个工作也不是那么容易呢。

我妈妈好像经营着一个店子，如果你愿意，我去给她说说，让你去她的店子帮忙？陈洛虽然这么说，但他心里却没什么底，因为他真的不知道母亲会不会同意自己的建议。但在牙签面前，他却必须表现得很镇静才行。

因陈洛的镇静,牙签也一下子就下了决心,说,那好,我们就到工地上去,给热旦老板说我不在那里干了!

陈洛点了点头。他的表情一下子因牙签的表态而显得开心了起来。然后,两人就准备离开草场。

正在这时,拉佳狄马却突然叫了几声,它全身的毛,也一下子像钢鬃一样竖了起来!

陈洛和牙签都一惊,不知道拉佳狄马遇到什么了。他们都顺着拉佳狄马吠叫的方向看去,这一看却不打紧,他们看到,在离自己不太远的地方,突然之间竟然出现了一大群牦牛!

那一群牦牛,看上去至少有一百头之多。里面有大的,有小的,有黑色毛发的,也有白色毛发的,但不管是什么样子的牦牛,它们都是很精神的,显得很悠闲,就那么轻松漫步在草场上,随意地摇着尾巴,晃着牛角,慢慢地吃着草,细细地咀嚼着,仿佛时间在它们那里完全就没有流动一样,让人感觉这一大群牦牛,竟然都是那么的贵气。

陈洛一下子就呆住了。他瞬间就完全被这一群牦牛吸引住了。

而拉佳狄马,在那一群牦牛慢慢向这个方向集体走过来时,它的毛也很快就不再竖着了,竟然表现出了一种很轻松的样子。它甚至很欢快地摇着自己的尾巴,就像重新见到陈洛时那样,一下子就蹿了出去,然后很快就到了牦牛群里,在那些牦牛中间四处窜着,仿佛那些牦牛就是它的老朋友一样。而那些牦牛竟然也对拉佳狄马毫无防备,甚至没一点排斥,就任由拉佳狄马在它们之间来回跑动着,有的牦牛还用自己的牛角和拉佳狄马亲昵地碰触着,看起来它们早就是很好的朋友了。

陈洛从来没有见过拉佳狄马这样快乐地面对着一群陌生的牦牛。他有点惊讶了。

正在他惊讶的时候,他的耳边突然传来了一阵嘹亮而优美的歌声。

那歌声,仿佛苍穹里的圣音,有如轻柔的流水,缓慢而优雅地流入了陈洛的耳朵里。

陈洛听到那歌声,虽然还没有看到人,却全身一颤!仿佛有一种电流,瞬间就击穿了他的整个身体!

陈洛顿时痴了。他的眼睛,立即顺着歌声的方向寻去。他看到,就在那一群牦牛前面,一个穿着五彩藏装的姑娘,正面对着那一块绿色的草场,引吭高歌。她唱歌时那种陶醉的表情,让陈洛一下子就沉迷了进去。陈洛觉得那姑娘已经完全把周围的一切都不放在眼里了,身边的一切她都几乎视若无物,在她的视线内,应该只有那飘浮着的白云,那湛蓝的天空,那青青的草场和那身边流过的柔柔轻风。这种感觉,不知怎么的,就传到了陈洛的内心深处,他完全将自己与女孩的歌声融在了一起。

怎么了?牙签惊讶了,问,你不走了吗?

陈洛却完全没有任何反应,眼睛还是痴痴地看着那唱歌的姑娘。

牙签看了看陈洛,再看了看不远处的那个姑娘,一下子明白了过来,说,怎么了,你居然也对女孩子感兴趣了啊?

陈洛的脸上立即飞起了一片红云。牙签一看,顿时更明白了。他对陈洛说,你先站在这里,看我的!

牙签也不管陈洛听到他说的话没有,就直接冲女孩子的方向挥手,说,普姆,你唱的歌真好听啊,我们这兄弟可已经被你的歌声完全迷住了呢!

牙签这方面可比陈洛胆子大多了,也许是他的社会经验比陈洛丰富吧,完全没有任何羞涩,就直接冲姑娘说话了。

歌声因牙签的喊话一下子停了下来。那姑娘突然之间看到有两个人站在那里,也面露惊讶,似乎是完全没想到身边不远处竟然有两个人站在这里!她有点害羞地瞄了两眼陈洛和牙签,没有说话。

牙签却拉着陈洛,往姑娘所在的方向走去。陈洛还有点不好意思,原本站在那里不想动,但牙签力气大,一拽,就把他拉动了。等到了姑娘面前,牙签说,普姆,你不知道,我们这老兄刚一听到你唱歌,就完全痴迷了呢。

姑娘的脸上不由自主地飘过了一片红云。那美丽的藏装都比不上脸上那五彩纷呈的色彩。她低声问,你们是谁?

牙签指着陈洛说,他叫陈洛。然后又指着自己说,我叫牙签。

牙签?这名字好怪!姑娘一下子没有了刚才的羞涩,"咯咯"笑了。

是啊,不仅名字怪,人也怪呢!牙签也笑了,不禁自嘲地开着玩笑。

你们在这里干吗?姑娘问。

我们在这里……牙签刚说到这里,陈洛却插话了,说,听你唱歌啊。

唱歌？不会吧？姑娘又"咯咯"地笑了起来,说,我都不认识你们呢。虽然她这样说,不过明显因陈洛的话而感到很高兴,也许是小姑娘内心的虚荣心一下子得到了满足,脸上更是浮起了一片红云,与原本白皙而好看的脸庞映衬着,看起来越发漂亮。

牙签也没想到陈洛竟然突然之间这么会说话。他知道陈洛以前因事故导致大脑反应有点慢,却从来不在陌生人面前提这事,甚至也从来不在陈洛的面前提。他觉得陈洛现在的状况一点都不像脑袋有问题的人。他知道,自己的好朋友已经陷入情网了。而且,这应该就是传说中的一见钟情。

拉佳狄马这时却跑到了三人的身边。

看拉佳狄马过来,陈洛和那姑娘几乎同时说话了。

陈洛说,拉佳狄马,不要动!

那姑娘说,扎西!站住!

刚说完,两个人都同时上前,伸出自己的双手,抱住了拉佳狄马!因为动作太过一致,两人的手一下子就抱在了一起。两人都愣住了,不由得面面相觑。

陈洛说,你也认识它?

那姑娘也说,你和它很熟?

陈洛点了点头。姑娘也随后点了点头。

这情景看在牙签的眼里,他越发觉得今天来这草场没有白来。

回去时,陈洛的心情明显好了很多。

晚上,陈洛带牙签和王新、旦增一起吃饭。

吃饭时,旦增问牙签,说,你是不是没在热旦叔叔的工地上干了呢?他今天打电话问我了呢。

牙签不好意思地点了点头,说,是啊,叔叔,我没在那里干了。

为什么呢?王新听了,马上问。

牙签刚想回答,陈洛却说话了。他说,妈,你能不能在你的店里给牙签安排一个职位?

这……王新没想到陈洛会突然提出这要求,她立即问牙签,说,为什么不在工地上干了呢?

我才知道，原来热旦爷爷的工地，以前也是拉鲁湿地呢！陈洛说。

是啊，可这有什么问题吗？旦增和王新一听陈洛的话，都张大了嘴，不知道陈洛在说什么。

那么好的一块地，里面有那么多可爱的野生动植物，它们原来安安静静地将那块地当成了自己的家，也因为它们，让那里成了一个充满了生气和欢乐的地方，可那里却被热旦爷爷修成房子，修成像僵尸一样的地方，有什么意思啊？陈洛直接说出自己的感受。

僵尸一样的地方？旦增和王新听了陈洛的话，完全呆住了。他们没想到陈洛竟然说出了这样的话来。

是啊。陈洛不容置疑地点了点头。

可是现在人多，必须要多修房子才够住啊。旦增说。

修房子没错，可是不一定要占用湿地那么好的地方嘛，他完全可以重新选择一个地方修啊。陈洛说。

正说着，热旦来了。

热旦一看牙签和陈洛在，还有点尴尬。陈洛却不管不顾，还没等王新开口，就将刚才说的话又给热旦说了一遍。

热旦似乎也没想到陈洛会说出这样的话，他呆呆地坐在一边，愣了好久，对陈洛说的"僵尸一样的地方"，更是震动。做生意这么多年了，热旦都只想到赚钱这个唯一的目的，对其他的事情，他几乎从来没考虑过，也认为无须考虑。热旦和很多人一样，一直都有一种观点根深蒂固，那就是一个人只要有钱花了，其他的事都是不重要的。但陈洛这么一个年纪轻轻的小伙子今天这么一句话，无端地引起了他情绪上的巨大波动。他突然想，是啊，如果一个人的思想观念里全是钢筋水泥，全是混凝土，全是由钢筋水泥和混凝土造成的金钱，那这个人不是僵尸，又还能是什么呢？

王新没想到陈洛会直接把他的想法说给热旦听。虽然疼爱陈洛，但为了维护热旦的面子，她马上用呵斥的语气对陈洛说，洛洛，不要说了，在热旦爷爷面前懂点礼貌嘛！

陈洛却不听，几乎是一口气又重复了一遍他刚才的那些话。

听完，热旦的表情也僵硬了。

不好意思，不好意思！王新一看，连忙道歉，说，孩子小，不懂事，让你见笑了!

可不是这样啊!热旦的表情慢慢舒展开来,说,可不是孩子不懂事啊,我听了他说的那些话,觉得他这么小的孩子,明白的道理可是比我这个糟老头子还多啊!

这……王新倒稍觉得有点意外了。

我现在才明白他为什么要让牙签不在我那里干了。热旦看着牙签,牙签脸有点红,转过了头,不说话,热旦却继续说,现在看来,他的这些理由,真让我这个活了大半个世纪的人都感到惭愧呢!

可是孩子,热旦转过身,对陈洛说,这工地已经修了一半多了,如果现在要停下来,你热旦爷爷可不仅仅是破产的问题哟!

您老人家之前不是说这个工地完了,还准备继续在湿地搞项目吗?陈洛说,那你停下来,另选地方就行了啊。

这倒是!这倒是!热旦连连点头,说,孩子,我真没想到,原来你是一个这么有心的孩子啊,真是大智若愚呢。

热旦问,孩子,你有宗教方面的信仰吗?

陈洛茫然地摇了摇头,似乎一下子没听清楚,说,啥?

热旦好像没料到陈洛会这样回答,说,我是说你信佛吗?

陈洛这次好像更糊涂了,说,啥佛?

热旦转过身,对王新说,没想到我一辈子信佛修行,却还不如一个从来不知道佛是何物的人有佛性。

旦增听了热旦的话,也久久不语。

热旦后来又对陈洛说,他这次几乎是用乞求的语气在说话,孩子,我目前的工地真是不可能停工了,你看能不能让牙签先帮我把这个项目的工程干完?

陈洛看着牙签,说,热旦爷爷,这事你问他自己吧。

热旦又问牙签,牙签面带微笑,点头说,您老人家还看不出来吗?

正在这时,王新家的电话响了。旦增先去接,说了两句,他对王新说,你的电话。

王新问,谁啊?

旦增说,陈虎。

他？王新的脸色一下子不好看了,说,他打来干吗?

他好像是说有关洛洛的事情。旦增说,所以我觉得自己不好给他说,还是你去说吧。

陈洛一听是父亲打来的,马上就知道他是什么原因了。

果然,过了一会儿,王新脸色很难看地走了过来,对陈洛说,你父亲说他过两天就要来拉萨。

陈洛摇了摇头说,随便他吧。

可他说是我鼓动你,让你留在拉萨的呢。王新说。

唉,陈洛叹了一口气说,他愿意这么想就这么想吧,反正我决定要留在拉萨了。

留在拉萨?王新一听,立即露出了惊喜的神情,说,你说的是真的,洛洛?

是啊。陈洛点了点头。

那好啊!那好啊!王新激动得脸都泛红了,两手不停地相互搓着,似乎都不知道该怎么样表达自己此时的激动了。

旦增听了陈洛的话,连忙说,可是洛洛,这事你可要好好和你父亲商量呢。旦增自己没儿女,他害怕到时候陈虎误会是自己有意要留下陈洛的,因此马上好意提醒陈洛。

陈洛点了点头。

此后的两天,王新一直处于一种激动之中。虽然知道陈虎快要来拉萨了,但因为陈洛给她说的话,她好像觉得陈虎来不来都无所谓了。

但这两天白天,几乎都没见到陈洛。因为陈洛的决定让她一直处于一种兴奋状态,所以王新对陈洛的失踪也来不及多想,只认为他去工地上找牙签玩去了。她却没想到,陈洛这两天都到草场上见一个人去了。

那个人,就是前几天牙签和陈洛一起见到的那个姑娘。那姑娘的名字陈洛也知道了,叫卓嘎。她家就在草场上,她现在主要的事情,就是在家里看养那一大群牦牛。陈洛问卓嘎有多少头牦牛,卓嘎羞涩地说,不多。陈洛问究竟有多少,卓嘎说大概两百头左右吧,陈洛说,这还不多啊?卓嘎说,在草原上这也只能算中等偏上吧,有的人家还更多呢。陈洛本来不善言辞,更不会说笑,但他却对卓嘎开玩笑地说,那我以后来和你一起放牦牛,行吗? 卓嘎一听,"咯咯"地笑了,回应说,你会吗? 不会就学呗! 陈洛说。

卓嘎却不说这个问题了,她问陈洛,你怎么认识拉佳狄马的呢? 卓嘎问时,拉佳狄马正在她的身边安静地蹲着,不时伸出长舌头,舔着她的手。卓嘎也爱抚地用一只手在它的头上抚摸着,任由拉佳狄马舔着自己的手,一人一狗很亲密,都很享受的样子。

陈洛把拉佳狄马和自己的故事讲给卓嘎听了。

卓嘎一听,不由得张大了嘴巴,说,原来是这样啊! 她不由得一把抱住了拉佳狄马,用嘴亲吻着它的头和嘴,说,没想到你原来有这么光辉的历史啊! 不过你也受了不少的苦呢!

陈洛说,是啊,它从拉萨到内地,又自己从内地到了拉萨,来来回回,受了很多苦难呢。

看来以后我要好好对它! 卓嘎翘起可爱的小嘴角,说。

我看你已经对它很好了啊。陈洛"呵呵"地笑着,然后又问,你又是怎么和它遇上了的呢?

以前我在学校读书,没亲自来放过牦牛。后来毕业了,我在家里也没什么事,而且我也喜欢这些看起来很憨厚的大家伙们,所以我就请求我爸,让我来放牧。我爸开始不愿意,说我老在牧场上,会把我晒黑的,那就不好看了,但后来禁不住我再三纠缠,见我暂时也没找到什么事情做,就答应了,但说我只是暂时来这里照看一下而已。没想到我刚照顾它们没多久,就发现有一头藏獒老是在这堆玛尼石附近出现。它来了,不叫,也不干其他什么事,就那么静静地待在这里。甚至见到我这个陌生人,它也不咬我,甚至完全没什么敌意。我当时看它很瘦,瘦得都不成样子了,所以,只要它在这里,我就会扔给它一些吃的东西。时间久了,我们就熟了,后来我给它取了一个名字,叫"扎西",它也主动帮我看护起了这群牦牛。

原来是这样啊。陈洛感慨地说,幸好它遇上你了啊,否则,它现在的生活会有多惨呢。

当时它可真是瘦骨嶙峋呢,瘦得让我一看就觉得心痛! 卓嘎又伸过手,一把把拉佳狄马抱在了怀里。

以后我们叫它扎西还是拉佳狄马呢? 陈洛觉得这真是一个难题。

拉佳狄马也很好听呢,干脆还是叫拉佳狄马吧!卓嘎用双手抬起拉佳狄马的头,很郑重地问它,你说呢,小家伙,你是喜欢叫扎西还是叫拉佳狄马呢?

拉佳狄马"汪汪汪汪"叫了几声。

哦,你没叫两声啊,看来你也和我一样,还真愿意拉佳狄马这个名字呢!卓嘎开心地将自己的脸贴在了拉佳狄马的脸上。陈洛看到卓嘎可爱的样子,心里不由得一阵一阵跳动着。

这天晚上回去之前,陈洛想还是到热旦的工地上去看看牙签,看他干得怎么样了。

哪知刚到工地,却看到几个人正气势汹汹地手拿木棒往里走!那些人一看就不是善类,都挥舞着木棒,朝工地里面大声吼着,热旦,你快给我出来!

陈洛想,看来热旦爷爷是得罪了什么人了!他连忙跟在这些人身后,想看看他们到底想干什么。

工地上的工人们一见这几个人凶狠的样子,都胆怯地躲在了一边,几乎没有一个人敢上来问他们究竟想干啥。

而那些人似乎对工地很熟,进去之后,就一直往一个方向走。没一会儿,就到了一个临时工棚前面。热旦正站在那工棚附近。

一见这些人,热旦就不解地大声问,你们是谁?到我们工地来想干吗?

一个人冲到前面,一把抓住热旦,说,你睁大眼睛看看,我是谁你都不知道了吗?

热旦马上说,哦,是你啊,可你来这里闹什么呢?

闹什么?那人一下子把热旦推在了地上,热旦一个不留神,脚下没站稳,就倒在了地上。那人却不管不顾,一脚踩在了热旦的身上,虽然没使什么力气,却已踩得热旦"嗷嗷"叫了起来。毕竟年龄大了,他受不了这样的冲撞。陈洛一见不对劲儿,连忙冲了过去,一把推开那个人,抢过他手里的棒子,再扶起热旦,大声呵斥说,你这人怎么了!你怎么忍心这样对待一个老人家!说完,举起手里的棒子,指着那人,说,你给我往后退!

那人猝不及防,一不留神就让陈洛抢了手里的木棒,刚开始还没反应过来,等回过神来一看,自己面前居然站着一个面相年轻的小伙子,顿时更为生气,对热旦嚷道,你还能叫人来帮忙呢!兄弟们,给我上!

旁边其他人张牙舞爪地上来就想撕打,陈洛也做好了准备,牙签却突然带了一群人冲了过来,护住了热旦和他。

那人看来了这么多人,只好转过身,指着热旦说,今天这事就算给你一个教训!不过你可不要忘了,那项目可不是你说不做就能不做的!说完,带着那群人,转身而去。

陈洛看那些人走了,连忙问,热旦爷爷,这究竟是怎么回事?他们为什么要找你麻烦啊?

热旦叹了一口气,说,还不是因为这湿地上的项目啊。

项目?

是啊,我之前不是说了这个项目完了之后还要再开发一个吗?一开始我就和他们的老板商量好,我出资金,他们负责与有关部门协调,相当于一起做,后来因为你说的那些话,让我突然明白了,有些东西还是不能碰的,碰了,以后会一直让我内心不安的,我也不想再造一个像僵尸一样的地方了,所以,我就跟他们说了,下一个项目不做了。谁知他们不同意,说是以前已经说好了,不能再变。因为没签合同,我就坚持不同意,他们没办法了,只能这样来威胁我。

哦?这些人怎么能这样呢?牙签在旁边听得也惊讶了。

热旦一时也不知道说什么,他看着湿地里那些正长得茂盛的草地,沉默了。

这天晚上,王新对陈洛说,他父亲又打了电话来,说不来拉萨了。

哦,他怎么又想通了呢?陈洛也觉得奇怪。

听他语气,好像还是很挂念你的,他不让你留在我身边,也是害怕你以后不会回去看他了吧。我看经过了这么多年,他的心态应该好了很多了。王新说。

是啊,爷爷快去世时,他就已经和那个女人离婚了。虽然他自己不愿意,但那女人却找到了法院,最后他不得不离了。自从离了婚后,他的性情就改变了很多。

陈洛嘴中的"那个女人",王新当然知道是谁。她叹了一口气,说,他这样的性格能有这种转变,也是难得,只是不知道以后还会不会旧病复发。

315

说到这里,似乎觉得老是讨论这些问题也没啥意思,王新故意转移了话题,说,你爷爷以前那块地,现在不知道怎么样了。

我过来时,问过父亲,不过当时他没有说什么,现在还真不知道那地怎么样了呢。

真希望你爷爷的愿望能一直保持着啊,孩子,听了你对拉鲁湿地的那些看法,我明白你爷爷当初那么死命守着那块地的原因了。你今天回来之前,你热旦爷爷也来给我说了拉鲁湿地项目开发的事情,他说他作为一个老人,居然没有你的眼界,真让他觉得羞愧呢。

母亲的话,却让陈洛不好意思了,他红了脸,说,也许是因为我脑袋转不过弯,所以干什么事情都是一根筋吧。

王新轻轻握住陈洛的手,说,孩子,不管怎么样,只要你觉得是对的事情,只要你觉得这件事情不会影响到别人,你就要坚持,一直做下去!

陈洛一下子觉得母亲的话像一股热流一样,流进了他的心房。他不由得坚定地看着母亲的眼睛,点了点头。

王新又说,听牙签说你认识了一个叫卓嘎的女孩子?

陈洛的脸更红了,他完全不知道该怎么说这事了。

没事的,孩子。王新充满怜爱地看着陈洛,说,你真的长大了,孩子。

后来,在拉萨的拉鲁湿地,出现了一个年逾七旬的藏族老人,他经常走在湿地旁边,向某些来这里考察要在这里开发项目的老板解说这个地方不能修房子的原因。老人的一条腿已经瘸了。因为他不愿意再在这里修建项目,被另一个合伙人打伤了。那合伙人后来被抓了,并被判了刑,老人就一直在那里劝着其他后来的开发者,让他们不要来这里投资,如果要投资,可以到拉萨的其他地方,他劝那些人,不要再打扰拉鲁湿地了,就让它安安静静地躺在那里吧,千万不要让这里也变成了一个像僵尸一样的地方。老人后来就成了拉鲁湿地的一道风景。

在拉萨的一个草场上,则出现了另一番情景。一条名叫拉佳狄马的藏獒,一个名叫卓嘎的普姆和一个叫陈洛的男人,他们经常在一起,守候着一群可爱的牦牛。而陈洛经常想着爷爷,嘴里念着那句他已经不知道念了多少次的诗句:"如果天堂死了,你一定还活着,陪着一个活蹦乱跳的梦,在远处,看着那个,可能是我的我……"念着诗句时,陈洛就仿佛真的看到了爷爷奶奶正站在自己的面前，充满慈爱地看着他。他则满目含情地看着卓嘎，看着她面前那一大片绿绿的草地。每当这时，陈洛就似乎觉得草地上那清新的空气也正一丝丝地朝他的鼻腔里面漫着，完全和那些一睁眼，就漫山遍野浸透了他眼角的阳光一样，从来都没有给他的呼吸留下一点点的空隙。陈洛看着在草场上悠闲漫步的牦牛，那些牦牛，在金黄色阳光的映衬下，就像在这高原上已然存在几千年甚至上万年的贵族，它们气定神闲，它们雍容华贵，它们吐气若兰。拉佳狄马在牦牛群中欢快地跑动着，它们几乎就是这片阳光下最神圣的物种。因了它们，这阳光才显得这么充盈，这草原也才拥有了一种让人想急切亲近的气息。它们于这天，于这地，于这苍穹，于这沃野，都是一种不可或缺的精灵。而它们似乎也和身边的这一切都融为了一体，时而静静地站在一旁，动也不动，时而在草场上恣意奔跑，而头顶上的蓝天白云也随着那些优美的身影不断变幻着，让陈洛目不暇接。

陈洛知道，自己真的来到了天堂，来到了一个太阳的圣殿。陈洛的眼睛里，那圣殿里的阳光都幻化成了一朵朵鲜艳的花，正盛开在他和卓嘎的面前。

2013 年 1 月 7 日初稿于北京鲁迅文学院
2013 年 2 月 17 日二稿于西藏拉萨
2013 年 10 月 23 日三稿于四川成都